Le Livre des âmes

du même auteur
au **cherche midi**

Le Livre des morts, traduit de l'anglais (États-Unis) par Carine Chichereau, 2010.

Glenn Cooper

Le Livre des âmes

Traduit de l'anglais (États-Unis)
par Carine Chichereau

COLLECTION THRILLERS

cherche midi

Direction éditoriale : Arnaud Hofmarcher
Coordination éditoriale : Roland Brénin

Titre original : *Book of Souls*
Éditeur original : Arrow Books

23, rue du Cherche-Midi
75006 Paris
Vous pouvez consulter notre catalogue général
et l'annonce de nos prochaines parutions sur notre site :
www.cherche-midi.com

Prologue

APRÈS TRENTE ANS PASSÉS dans le domaine des livres rares, le seul moment où Toby Parfitt éprouvait encore un frisson d'excitation, c'était lorsqu'il plongeait ses mains délicates dans une caisse d'ouvrages fraîchement arrivés.

Chez Pierce & Whyte Auctions, célèbre maison de vente aux enchères, on procédait à l'ouverture des colis pour en cataloguer le contenu au sous-sol, très loin du brouhaha de la bruyante Kensington High Street. Toby aimait travailler dans le silence de ce sanctuaire confortable, aux tables de chêne polies par les années, aux lampes anciennes et aux tabourets bien rembourrés. Les seuls bruits audibles étaient ceux du carton qu'on ouvre, du papier bulle qu'on retire avant de le jeter à la poubelle et, peut-être, parfois, un léger éternuement, une respiration d'asthmatique.

Il leva les yeux vers le visage boutonneux de Peter Nieve. À regret, lui adressa un signe de tête. Aujourd'hui, le plaisir de la découverte serait amoindri. Mais il ne pouvait tout de même pas demander au jeune homme de décamper.

« Il paraît que les caisses de Cantwell Hall sont arrivées, s'enquit Nieve.

– En effet. Je viens d'ouvrir la première.

– J'espère qu'elles sont bien là, toutes les quatorze.

– Pourquoi ne pas les compter pour vous en assurer ?

– Bonne idée, Toby. »

Toby ! Cette familiarité lui était insupportable. Pas de « monsieur Parfitt », ni de « monsieur » tout court, marquant la déférence. Même pas « Alistair ». Toby ! Le surnom que lui donnaient ses amis ! Certes, les temps avaient changé – pour le pire –, et il n'avait plus la force de se rebiffer. Si un jeune employé se sentait autorisé à appeler Toby le directeur de la section des livres anciens, eh bien, il l'acceptait, stoïque. La main-d'œuvre qualifiée était difficile à dénicher de nos jours et, diplômé de la faculté d'histoire de l'art de Manchester, Nieve était ce qu'on pouvait recruter de mieux pour 20 000 livres par an. Au moins était-il capable d'arriver tous les matins avec une chemise propre et une cravate, bien que ses cols soient trop larges pour son cou de poulet – on aurait dit que sa tête était fixée à son torse au moyen d'un pivot.

Toby grinça des dents en entendant l'employé compter les caisses une par une, à haute voix, comme un enfant.

« Elles sont toutes là.

– Fort bien.

– Martin dit que ce lot va vous plaire. »

Il était rare désormais que Toby se rende en personne chez les clients. Il laissait cette part du travail à son adjoint, Martin Stein. En réalité, il exécrait la campagne : il ne quittait Londres que contraint et forcé. Parfois, un particulier proposait à la vente un véritable joyau, alors Pierce & Whyte tentait le tout pour le tout afin d'arracher le marché à Christie's ou Sotheby's. « Croyez-moi, assurait Toby à son patron, si j'ai vent de la présence d'un Shakespeare de la deuxième édition, d'un bon Brontë ou encore d'un Walter Raleigh, même si c'est au fin fond du Shropshire, j'y serai avant même que vous ayez eu le temps de dire ouf. »

À ce qu'il avait compris, la collection Cantwell contenait des livres fort intéressants, mais aussi de plus banals. Toutefois, Martin lui avait assuré qu'il apprécierait la diversité du lot.

Lord Cantwell était le client typique : vieillard anachronique qui luttait pour sauver son domaine de la ruine et satisfaire les impôts en se séparant petit à petit de ses meubles, tableaux, livres et argenterie. Le vieux filou expédiait ses plus belles pièces aux grandes maisons, toutefois, grâce à sa réputation dans le domaine des livres, cartes et documents autographes, Pierce & Whyte s'était assuré une jolie part de l'héritage des Cantwell.

Dans la poche intérieure de son veston sur mesure de chez Chester Barrie, Toby prit un fin gant de coton blanc. Quelques décennies plus tôt, son patron l'avait en effet emmené chez son tailleur de Savile Row, la rue la plus chic de Londres en matière de confection. Depuis, il prenait soin d'enrober son petit corps nerveux dans les plus belles étoffes qu'il pouvait s'offrir. L'habit était important, comme tout ce qu'on montrait de sa personne. Aussi, chaque mardi midi, il rendait visite à son barbier, qui taillait sa moustache et veillait à ce que ses tempes grises soient toujours parfaitement uniformes.

Il enfila son gant, comme un chirurgien, puis se pencha sur la première caisse où il apercevait déjà plusieurs couvertures.

« Très bien. Voyons ce que nous avons là. »

Sur le dessus, apparaissait une collection en plusieurs volumes. Il en retira le premier.

« Ah ! les six tomes de l'*Histoire de la conquête de l'Angleterre par les Normands* de Freeman. 1877-1879, si ma mémoire est bonne. Une première édition, ajouta-t-il en ouvrant le livre. Parfait ! Sont-ils tous de la même époque ?

– Tous de la première édition, Toby.

– Fort bien, fort bien. Ils devraient partir pour 600 à 800 livres. Hélas, on récupère souvent des collections dont les volumes sont issus d'éditions différentes, vous savez. »

Il aligna avec soin les ouvrages sur une table, prit quelques notes sur leur état, puis replongea dans la caisse.

« Voici quelque chose de plus ancien. »

C'était une belle bible en latin, éditée à Anvers en 1653, reliée dans un beau cuir orné de lettres d'or sur la tranche.

« Magnifique, roucoula-t-il. Je dirais entre 150 et 200. »

Les œuvres suivantes étaient beaucoup plus ordinaires : quelques éditions tardives de Ruskin et Fielding en piètre condition. Soudain, son enthousiasme fut ravivé par la découverte d'un exemplaire du *Journal of a Tour Through Parts of the Snowy Range of the Himala Mountains, and to the Source of the Rivers Jumna and Ganges* de l'explorateur Fraser, relatant un voyage en Asie, daté de 1820 : une première édition en parfait état.

« Il y a des années que je n'en ai pas vu d'aussi bien conservé. Superbe ! Trois mille, sans problème. Les affaires reprennent ! Dites-moi, il n'y aurait pas par hasard d'incunable, dans la collection ? »

Devant l'expression perplexe du jeune homme, Toby comprit qu'il ignorait de quoi il lui parlait.

« Un incunable. Un livre imprimé en Europe avant 1500. Ça vous dit quelque chose ? »

Déconcerté par la dureté de Toby, le jeune homme rougit.

« Ah ? Oui. Désolé. Non, pas d'incunable. Par contre, dans le genre très ancien, il y a quelque chose, mais c'est écrit à la main, répondit-il en désignant la caisse. Il est là. Sa petite-fille avait l'air ennuyée de s'en séparer.

– Quelle petite-fille ?

– Celle de lord Cantwell. Elle a un corps de rêve.

– En général, nous ne discutons pas du corps de nos clients », répliqua l'autre avec sécheresse en prenant le livre en question.

Le volume était très lourd, et il lui fallut y mettre les deux mains pour le sortir de sa caisse et le déposer sur la table.

Il ne l'avait pas encore ouvert, mais déjà son cœur battait plus vite. Soudain, il eut la bouche sèche. Quelque chose dans ce gros volume d'une densité inhabituelle éveilla son instinct. La reliure était en cuir de veau ancien, couleur chocolat au lait. Elle dégageait une odeur légèrement fruitée, rappelant la moisissure et l'humidité. Le livre était de dimension prodigieuse : environ quarante-cinq centimètres de hauteur pour trente de largeur et douze d'épaisseur. Dans les deux mille pages, sans doute. Quant au poids, il dépassait largement les deux kilos. La seule annotation visible se trouvait sur la tranche, profondément gravée à la main dans le cuir : 1527.

Au moment de l'ouvrir, il eut la surprise de constater que sa main tremblait. L'usage avait assoupli la reliure, qui ne craqua pas. À l'intérieur, une feuille de garde de couleur crème collée sur le contreplat. Pas de frontispice ni d'*ex-libris*. La première page du livre, elle aussi de couleur crème, irrégulière au toucher, démarrait sans préambule sur une écriture manuscrite serrée, nerveuse. Plume et encre noire. Lignes et colonnes. Au moins une centaine de noms et de dates. Il absorba une grande quantité d'informations visuelles, puis tourna la page. La suivante était identique, la troisième aussi, la quatrième, et ainsi de suite. Il ouvrit l'ouvrage au milieu. Puis vers la fin. Enfin à la dernière page. Il fit un vague calcul, mais comme la pagination était inexistante, il ne pouvait que se livrer à une estimation : il devait y avoir plus de cent mille noms répertoriés.

« Tout à fait remarquable, murmura-t-il.

– Martin ne savait pas trop quoi en penser. Il a cru que c'était une sorte de registre paroissial. Il a dit aussi que vous auriez peut-être une idée.

– J'ai en effet de nombreuses idées. Hélas, elles ne sont guère compatibles les unes avec les autres. Observez ces pages, dit-il en en relevant une. Ce n'est pas du papier. C'est du parchemin, un support de très grande qualité. Je n'en suis pas certain, bien sûr, mais il me semble que c'est du vélin, de la peau de fœtus de veau trempée dans la chaux, raclée au couteau, amincie, polie et blanchie. On l'utilisait pour les manuscrits les plus précieux, pas pour un misérable registre paroissial. »

Il tourna les pages, désignant des détails de son doigt ganté tout en poursuivant ses commentaires. « C'est une chronique des naissances et des décès. Voyez ceci : Nicholas Amcotts 13 1 1527 *natus*. Cela semble annoncer qu'un dénommé Nicholas Amcotts est né le 13 janvier 1527. C'est assez concis. Toutefois, regardez la ligne suivante. Même date, *mors*, un décès, mais il s'agit de caractères chinois. Suivante : un autre décès, Kaetherlin Banwartz, ce doit être un nom germanique. Quant à celui-là, si je ne m'abuse, c'est de l'arabe. »

En moins d'une minute, il identifia des noms grecs, portugais, italiens, français, espagnols, anglais, sans compter d'autres graphies en cyrillique, hébreu, swahili ou chinois. Dans certains cas, il ne pouvait que deviner la langue. Il marmonna quelque chose au sujet de dialectes africains.

Les mains jointes, il s'abîma dans la contemplation.

« Quel genre de ville pouvait bien abriter une population aussi diversifiée, surtout en 1527 ? Et ce vélin ? La reliure est assez fruste. J'ai l'impression que nous avons affaire là à un livre antérieur au XVIe siècle. Ce manuscrit a vraiment quelque chose de médiéval

– Mais il est daté de 1527 ?

– En effet. Je l'ai bien noté. Toutefois, c'est mon sentiment profond. Je me fie toujours à mon intuition – et vous devriez en faire de même. Je pense que nous devrons aller demander leur avis à des collègues de la faculté.

– Et quelle est sa valeur ?

– Je n'en ai aucune idée. Il s'agit d'un ouvrage singulier, une véritable curiosité, une pièce unique. Or les collectionneurs raffolent de ce qui est unique. »

Avec le plus grand soin, il transporta le manuscrit à l'autre bout de la table pour le mettre à part, à la place d'honneur. « Occupons-nous maintenant des autres livres, voulez-vous ? Vous aurez beaucoup de travail pour tout rentrer dans l'ordinateur. Quand vous aurez terminé, je veux que vous preniez chaque livre et que vous en tourniez toutes les pages afin d'y chercher d'éventuelles lettres, documents autographes, timbres, etc. Nous n'avons pas à faire de cadeaux à nos clients, n'est-ce pas ? »

Le soir, bien après le départ du jeune Nieve, Toby redescendit au sous-sol. Il passa sans s'arrêter devant les trois tables où étaient disposés les volumes de la collection Cantwell. Pour l'heure, ils n'avaient à ses yeux pas plus d'intérêt qu'un tas d'anciens numéros de *Cosmopolitan*. Il alla droit au livre qui toute la journée avait occupé son esprit. Avec lenteur, il retira ses gants pour caresser la couverture de cuir lisse. Plus tard, il affirmerait que, à cet instant, il avait éprouvé une sorte de relation charnelle avec cet objet inanimé, sensation peu convenable pour un homme n'éprouvant pas la moindre inclination pour ce genre de fétichisme.

« Qui es-tu donc ? » fit-il à haute voix. Il s'assura qu'il était bien seul, car parler aux livres pourrait être un frein certain à sa carrière chez Pierce & Whyte. « Pourquoi refuses-tu de me livrer tes secrets ? »

LES BÉBÉS BRAILLARDS, ça n'avait jamais été son truc. Surtout quand ce bébé était le sien. Will Piper conservait un vague souvenir de ce premier poupon hurlant comme un beau diable, un quart de siècle plus tôt. À l'époque, il était jeune shérif en Floride, et on l'affectait aux permanences dont personne ne voulait. Quand il arrivait chez lui, le matin, sa petite fille avait déjà entamé sa journée de joyeux bébé. Lorsqu'il passait la nuit aux côtés de sa femme et que Laura se mettait à pleurer, il ouvrait un œil, grommelait quelque chose, et se rendormait avant même que Mélanie eût fini de préparer le biberon. D'ailleurs, il ne donnait pas le biberon. Il ne changeait pas les couches. Il ne berçait pas le bébé braillard. Quand Laura fêta ses deux ans, il n'était déjà plus là depuis un bon bout de temps.

Mais ça, c'était dans une autre vie, il y avait deux mariages de cela. Aujourd'hui, il était un autre homme, enfin, c'est ce qu'il se disait à lui-même. Il s'était laissé transformer en père moderne new-yorkais du XXIe siècle, avec tous les pièges que cela comprenait. Si naguère il avait pu se rendre sur les lieux des crimes, voire toucher de la chair en décomposition, alors il était capable de changer les couches de son enfant. S'il parvenait à interroger la mère d'une victime malgré ses sanglots, alors il pouvait s'occuper d'un bébé braillard.

Ça ne signifiait pas qu'il était forcé d'aimer ça.

Il avait connu plusieurs phases dans sa vie, et cela faisait un mois qu'il était entré dans la dernière en date, mélange de retraite et de paternité assumée. Il s'était seulement écoulé six mois entre son soudain départ du FBI et le retour de Nancy au travail après son congé maternité. À présent, il se retrouvait seul avec son fils, Phillip Weston Piper. Mais pour de courtes périodes, car leur budget leur permettait de s'offrir une nounou trente heures par semaine. Aussi, chaque jour devait-il se débrouiller tout seul pendant quelques heures.

En matière de changement de rythme de vie, celui-là était assez sidérant. Pendant ses vingt ans passés au FBI, il avait été l'un des plus éminents profileurs, l'un des meilleurs chasseurs de tueurs en série de sa génération. S'il n'y avait pas eu ce qu'il appelait ses « incidents de parcours », il se serait retiré en beauté, avec tous les honneurs, obtenant une place bien au chaud de consultant en matière criminelle.

Hélas, son goût pour l'alcool et les femmes s'ajoutant à son manque chronique d'ambition avaient mis un puissant frein à sa carrière, qui s'était terminée sur la sinistre affaire Apocalypse. Aux yeux du monde, l'enquête n'était d'ailleurs pas terminée, mais Will, lui, savait. Il avait résolu l'énigme. Et il avait été pris à son tour dans l'engrenage.

Tout cela avait conduit à sa mise à la retraite anticipée, sous des apparences banales, avec force accords de confidentialité. Il s'en était tiré sain et sauf – c'était déjà ça.

Le bon côté de l'affaire Apocalypse, c'est qu'elle lui avait permis de rencontrer Nancy, sa coéquipière lors de l'enquête. C'est elle qui lui avait donné son premier fils. À six mois, Phillip sentait bien le changement qui s'opérait dès que sa mère refermait la porte de l'appartement derrière elle le matin : dès cet instant, ses cordes vocales mettaient le turbo.

Par chance, ses hurlements s'apaisaient quand on le berçait – pour reprendre de plus belle aussitôt que son père le reposait dans son lit. Espérant sans vraiment y croire qu'il se lasse, Will sortait ensuite de la chambre à pas de loup. Il n'allait pas bien loin – l'appartement était petit. Il allumait la chaîne info du câble, et accordait le volume en fonction des vagissements de son rejeton.

Il avait beau souffrir d'un manque de sommeil chronique, il avait désormais l'esprit parfaitement clair : en effet, il avait décidé de se séparer de son bon vieux copain Johnnie Walker. Dans le meuble, sous la télévision, il conservait une bouteille de deux litres de Black Label aux trois quarts pleine, telle une relique. Il n'était pas du genre alcoolique repenti pratiquant la chasse aux sorcières. De temps à autre, il allait rendre visite à sa bouteille, lui lançait des clins d'œil, la prenait comme *sparring-partner*. Il la défiait plus qu'elle ne le tentait. Il n'assistait pas aux réunions des Alcooliques anonymes. Il ne parlait pas non plus de « son problème » à quiconque. D'ailleurs il n'avait même pas arrêté de boire ! Souvent, il prenait une ou deux bières, un verre de vin généreux et, quand il était à jeun, il lui arrivait même que la tête lui tourne. Il s'empêchait juste de toucher à ce beau nectar d'ambre fumé – son amour mortel. Il se fichait bien de ce qu'on disait au sujet de l'addiction et de l'abstinence, dans les bouquins. Il était seul maître à bord et il avait promis à sa jeune épouse comme à lui-même qu'il ne rechuterait pas.

Assis sur le canapé, les mains posées sur les cuisses, il attendait, en short, T-shirt et baskets, prêt à aller courir. La nounou était en retard, comme d'habitude. Il se sentait piégé, il étouffait. Il passait beaucoup trop de temps dans cet appartement minuscule, qui lui paraissait déjà trop petit quand il y vivait seul. C'était pour lui une prison de luxe. Malgré toutes ses bonnes intentions, il savait qu'il allait finir par craquer. Bien sûr, il faisait tout pour honorer ses engagements, mais il ne tenait plus en place. New York lui avait toujours porté sur les nerfs : à présent, cette ville lui donnait la nausée.

Le coup de sonnette l'arracha à ses idées noires. Un instant plus tard, la nounou – Rase-moquette, comme l'appelait Will dans son dos – se lançait dans une diatribe contre les transports en commun en guise d'excuses. Leonora Monica Nepomuceno lança son sac sur le comptoir de la kitchenette et courut au chevet du bébé braillard qu'elle serra tout de suite contre son énorme poitrine. Originaire des Philippines, mesurant moins d'un mètre cinquante, elle avait une cinquantaine d'années, et elle était si laide que, en apprenant son surnom, Moonflower – Fleur-de-lune –, Nancy et Will avaient été pris d'un fou rire inextinguible.

« Ah, ah, soupira-t-elle à l'oreille du bébé, tatie Leonora est là. Tu peux t'arrêter de pleurer maintenant.

– Je vais courir, grommela Piper.

– Alors prenez tout votre temps, monsieur Will. »

Le jogging faisait désormais partie de la routine de retraité de l'ex-agent du FBI. C'était un de ses nouveaux principes de vie. Plus mince et plus fort qu'il ne l'avait été depuis bien longtemps, il pesait désormais à peine cinq kilos de plus qu'à l'époque où il était membre de l'équipe de football américain d'Harvard. À l'aube de la cinquantaine, son régime sans scotch l'avait rajeuni. Il était grand, athlétique, la mâchoire prononcée, des cheveux blonds et des yeux d'un bleu azur. Quand il sortait ainsi en tenue de sport, les femmes se retournaient sur son passage – même les plus jeunes. Nancy avait du mal à s'y habituer.

Arrivé dans la rue, il se rendit compte que l'été indien était terminé et qu'une fraîcheur désagréable régnait désormais. Tout en étirant ses mollets et ses tendons d'Achille contre un panneau de signalisation, il hésita à remonter chercher une veste.

C'est alors qu'il vit le camping-car de l'autre côté de la 23e Rue Est. Le moteur s'alluma et cracha des fumées de diesel.

Will avait passé presque vingt ans à observer des individus et à les suivre. Il savait très bien se rendre invisible. Ce n'était pas le cas du chauffeur – mais peut-être s'en moquait-il. Il l'avait bien remarqué, ce bahut monstrueux, la veille, alors qu'il passait devant chez lui à dix à l'heure, créant un embouteillage et un concert de klaxons. Difficile de ne pas le voir, en effet ! Un Beaver super luxe bleu roi, aux flancs éclaboussés de traînées grises et bordeaux, long de treize mètres, avec portes coulissantes. Il s'était même posé la question : mais qui peut bien se trimballer à une allure d'escargot dans un camping-car d'un demi-million de dollars dans les rues de Manhattan à la recherche d'une adresse ? Et s'il la trouve, où est-ce qu'il va bien pouvoir se garer ? Mais c'est la plaque d'immatriculation qui aurait dû lui mettre la puce à l'oreille.

Nevada. Bon Dieu !

Il semblait que le conducteur ait trouvé trois ou quatre places de stationnement libres pour passer la nuit, juste en face de chez Will, ce qui constituait en soi un véritable exploit. Le cœur de l'ancien agent spécial se mit à battre à son rythme de joggeur avant même qu'il ait commencé à courir. Il y avait des mois qu'il ne se retournait plus pour s'assurer qu'il n'était pas suivi quand il sortait.

Manifestement, c'était une erreur. Mais putain, foutez-moi la paix, songea-t-il. Une plaque du Nevada...

Tout de même, ça ne leur ressemblait pas. Les gardiens en mission ne se déplaçaient pas dans des Hilton roulants, visibles à dix kilomètres à la ronde. S'ils décidaient de le faire disparaître en pleine rue, il ne les verrait même pas venir. C'étaient des pros, nom de Dieu !

La rue était à double sens et le bahut orienté vers l'ouest. Il suffisait à Will de partir dans l'autre direction, vers le fleuve, puis de tourner vite à droite, à gauche, et il les sèmerait. Seulement il ignorerait alors si c'était bien lui qu'ils suivaient. Et ne pas savoir, cela l'ennuyait beaucoup. Alors il prit vers l'ouest. Sans se presser. Pour leur faciliter la tâche.

Le camping-car quitta aussitôt sa place et le suivit. Will força un peu son allure, pour voir si ses poursuivants l'imiteraient, mais aussi pour se réchauffer. En arrivant au croisement de la 3e Avenue, il attendit tranquillement que ce soit son tour pour traverser. Les autres étaient à une trentaine de mètres derrière lui, coincés au milieu des taxis. La main en visière, il scruta le pare-brise : il distingua deux hommes. Le conducteur était barbu.

Le feu changea. Will traversa le carrefour et continua sur le trottoir guère encombré. Il tourna la tête : le camping-car était toujours derrière lui, suivant la 23e Rue, mais au fond ça ne signifiait pas grand-chose. En atteignant le croisement de Lexington Avenue, il prit à gauche, vers le sud. Bien sûr, le véhicule suivit le même chemin.

Se réchauffer, pensait Will, se réchauffer.

Il voulait atteindre Gramercy Park, enclave de verdure à quelques rues de là, bordée par des voies qui étaient toutes à sens unique. Si ces mecs continuaient à le suivre, il allait bien s'amuser.

Lexington Avenue s'arrêtait en effet devant le square, là où elle rencontrait la 21e Rue Est. Will traversa et suivit la grille dans le sens contraire des voitures. Le camping-car dut prendre la direction opposée.

Will se mit à tourner autour du parc, le circuit ne prenant que quelques minutes. Il vit à quel point le chauffeur avait du mal dans les virages, touchant presque à chaque fois les véhicules garés dans les angles.

Cela n'avait bien sûr rien de drôle d'être suivi, pourtant, il ne pouvait s'empêcher de sourire en voyant l'énorme camping-car effectuer avec gaucherie son propre circuit. Chaque rencontre lui donnait d'ailleurs l'occasion de mieux examiner ses poursuivants. Ils ne lui inspiraient aucune crainte, mais il restait sur ses gardes. En tout cas, ces clowns n'étaient pas des gardiens. Mais il existait d'autres sources de problèmes potentiels. Il avait mis beaucoup de tueurs derrière les barreaux. Or les assassins avaient souvent une famille. Et la vengeance est justement une affaire de famille.

Le conducteur était un type âgé aux cheveux longs, avec une barbe épaisse, couleur de cendre. Son visage poupin et ses épaules rondes laissaient penser qu'il était corpulent. Son acolyte, en revanche, semblait grand et mince, plus tout jeune lui non plus. Les yeux à l'affût, il observait Will à la dérobée, alors que le chauffeur jouait l'indifférence.

Au troisième tour, Will repéra deux flics qui patrouillaient sur la 20e Rue. Gramercy Park était un quartier chic: c'était l'unique square privé de Manhattan. Les habitants des demeures alentour étaient les seuls à posséder la clé du parc, et la police effectuait des rondes fréquentes pour débarrasser les lieux de tous les individus louches et agresseurs potentiels. Will s'arrêta, le souffle court.

« Bonjour, messieurs. Vous voyez le camping-car, là-bas. Je l'ai vu s'arrêter, et le chauffeur s'en est pris à une fillette. Il a essayé de la faire monter. »

Les policiers l'écoutèrent, impassibles. Son accent traînant du Sud nuisait à sa crédibilité. On le regardait toujours comme un étranger à New York.

« Vous êtes sûr de ce que vous avancez ?

– Je suis un ancien du FBI. »

Will attendit un court moment. Les flics se postèrent au milieu de la rue et arrêtèrent le véhicule. Il ne resta pas pour voir comment se passait leur intervention. Il était certes curieux, mais désirait avant tout faire son tour habituel en bordure du fleuve. De plus, son instinct lui disait qu'il reverrait ces gars-là très vite.

Par mesure de sécurité, une fois de retour chez lui, il sortit son arme de son placard pour l'huiler.

WILL ÉTAIT CONTENT D'ÊTRE ACCAPARÉ par les corvées domestiques. En début d'après-midi, il alla faire les courses chez l'épicier, le boucher, le caviste, sans jamais voir réapparaître le gros camping-car bleu. Ensuite, par gestes lents et méthodiques, il coupa les légumes en morceaux, réduisit en poudre les épices et fit rissoler la viande dans sa minuscule cuisine. Bientôt, tout l'appartement s'emplit de l'odeur inimitable du *chili con carne*. C'était le seul plat qu'il réussissait toujours à la perfection, son ticket gagnant lorsqu'il recevait à dîner.

Phillip faisait encore la sieste quand Nancy rentra. Will lui fit signe de ne pas faire de bruit, puis il lui fit un câlin de jeune marié, quand les mains sont encore baladeuses.

« Il y a longtemps que Moonflower est partie ? demanda-t-elle.

– Il y a une heure. Il dort depuis.

– Il m'a tellement manqué ! fit-elle en essayant de se dégager. Je veux le voir !

– Et moi, alors ?

– Il passe en premier. Toi, en second. »

Il la suivit dans la chambre et l'observa qui se penchait sur le berceau tout en retirant ses chaussures. Il l'avait déjà remarqué, mais cette fois, cela le frappa : Nancy dégageait à présent une beauté sereine de femme épanouie qui le rendait dingue. Espiègle, il lui rappelait parfois qu'à l'époque où ils s'étaient rencontrés, lors de l'affaire Apocalypse, elle n'était pas franchement excitante. Elle était alors trop dodue à son goût : elle subissait de plein fouet le syndrome du début de carrière, nouveau boulot, stress énorme, mauvaises habitudes alimentaires, et voilà le travail. À vrai dire, Will avait toujours eu un faible pour le style mannequin de lingerie. Star de son équipe de football, au lycée, il avait été profondément marqué par l'image des pom-pom girls. Toute sa vie durant, il en avait été ainsi : dès qu'il voyait passer une belle fille, il ne pouvait s'empêcher de la suivre.

À vrai dire, Nancy ne lui faisait aucun effet avant qu'un régime draconien ne l'ait transformée en pin-up. Je suis très superficiel, admettait-il volontiers quand on lui en faisait la remarque. Pourtant, au début, il n'y avait pas que le physique qui le rebutait chez sa jeune coéquipière. Il lui avait aussi fallu l'initier au cynisme. Au début, son enthousiasme de nouvelle recrue fraîchement émoulue de l'académie, sa volonté de plaire aux autres, tout cela l'insupportait. Mais il faisait un tuteur plein de patience, et peu à peu il lui avait appris à remettre en cause l'autorité, à ne pas respecter à la lettre les règles bureaucratiques et, de manière générale, à naviguer à vue dans les eaux dangereuses.

Un jour où ils étaient bel et bien enlisés dans l'inextricable affaire Apocalypse, il s'aperçut soudain que cette femme en fait répondait désormais à tous ses critères. Elle était devenue très jolie, et sa petite taille lui paraissait très séduisante. Il aimait pouvoir l'envelopper entre ses bras et ses jambes, la faisant presque disparaître. Il appréciait la texture soyeuse de sa chevelure brune, sa façon de rougir jusqu'à la base du cou, et de rire quand ils faisaient l'amour. Elle était très intelligente et perspicace. Sa culture encyclopédique, surtout en matière d'art, l'intriguait, même si ses connaissances à lui se limitaient aux films de Spiderman. Et puis, cerise sur le gâteau, il appréciait ses parents !

Bref, il était mûr pour tomber amoureux.

La Zone 51 et la bibliothèque avaient fait le reste : soudain, il s'était mis à réfléchir à l'existence, et avait songé à se poser.

Nancy, elle, avait géré sa grossesse comme une vraie pro : elle mangeait équilibré, et faisait du sport tous les jours, presque jusqu'à la naissance. Après, elle avait très vite reperdu ses kilos pour retrouver une silhouette au top de sa forme. Elle voulait à tout prix rester désirable aux yeux de son mari. De plus il était hors de question que la maternité l'empêche d'avancer dans sa carrière. Elle savait qu'officiellement elle ne craignait rien, mais elle ne voulait pas être traitée en enquêtrice de second ordre, dépassée par de jeunes collègues masculins bourrés de testostérone. Elle était prête à se battre.

Tous ses efforts physiques et émotionnels lui avaient fait gagner en maturité dans son esprit comme dans son corps. À son retour de congé maternité, elle était plus forte, plus confiante, elle avait des nerfs d'acier et, psychologiquement, elle était tel le marbre : solide et la tête froide. Elle avait un mari, un fils, qui tous deux se comportaient à la perfection. Tout allait bien.

À l'entendre, le fait qu'elle tombe amoureuse de Will était tout à fait prévisible. Son air de mauvais garçon baraqué était aussi attirant pour cette jeune femme sage qu'une flamme pour un papillon de nuit – et tout aussi nocif. Seulement Nancy n'entendait pas s'y brûler les ailes : elle était trop coriace et trop sagace pour se laisser prendre. Elle s'était faite à la différence d'âge – dix-sept ans –, pas à la différence de principes de vie. La légèreté de Will lui plaisait, en revanche elle refusait de vivre avec un Bulldozer, sobriquet que lui avait attribué sa propre fille, Laura, à cause de ses mariages et nombreuses liaisons ratés.

Savoir si l'alcool était la source ou le résultat des inconséquences de Will n'intéressait guère Nancy . boire était mauvais pour lui, pour eux, alors il promit d'arrêter – enfin, le whisky tout au moins. Il avait aussi promis d'être fidèle. De la laisser mener sa carrière. De rester vivre à New York tant qu'elle ne pourrait obtenir un bon poste ailleurs, dans un endroit qui leur plaise à tous les deux. Il n'avait pas eu à promettre d'être un bon père : elle savait que cela ne poserait aucun problème.

Alors elle avait accepté sa demande en mariage, en croisant les doigts.

Pendant que Nancy faisait la sieste avec le bébé, Will termina de préparer le dîner, s'offrant au passage un petit verre de merlot pour fêter ça. Le riz fumait et la table était dressée quand arrivèrent sa fille et son gendre.

Radieuse, Laura commençait juste à avoir du ventre. On aurait dit une liane rebelle avec sa robe de gaze et ses cuissardes de hippie moderne. En réalité, Will trouva qu'elle ressemblait beaucoup à sa mère au même âge. Greg était à New York en reportage pour le *Washington Post*. Il était logé à l'hôtel et Laura l'avait suivi, s'arrêtant quelques jours de travailler sur son second roman. Le premier, *Bulldozer*, inspiré du divorce de ses parents, connaissait un succès modeste en librairie, mais avait recueilli de bonnes critiques.

Le livre était doublement lourd de sens, pour Will, et chaque fois qu'il regardait son exemplaire exhibé avec fierté sur la table basse, il ne pouvait s'empêcher de songer au rôle qu'il avait joué dans la résolution de l'affaire Apocalypse. Alors, il secouait la tête, son regard se voilait, et seule Nancy savait dans quelle contrée l'emportaient ses pensées.

Will sentit la mauvaise humeur de Greg avant même qu'il entre, et il lui mit aussitôt un verre de vin entre les mains.

« Allez, du nerf ! lui dit-il dès que les deux femmes se furent retirées dans la chambre pour parler bébé. Si moi j'y arrive, toi aussi tu peux le faire !

– Ça va, ça va. »

Pourtant, ça n'en avait pas l'air. Greg paraissait toujours malingre, affamé, avec ces joues creuses, ce nez anguleux, cette fossette profonde au menton : le genre de visage décharné qui projette ses propres ombres sur lui-même. Il semblait ne jamais se coiffer. Pour Will, il incarnait la caricature du journaliste toujours crevé, entre café noir et nuits blanches, qui se prenait trop au sérieux. Mais bon, c'était un type bien. Quand Laura était tombée enceinte, il s'était montré à la hauteur : il l'avait épousée sans hésiter. La famille Piper avait connu cette année-là deux mariages et deux bébés.

Les deux hommes s'assirent. Will demanda à son gendre sur quoi il travaillait. Il répondit d'un ton monotone qu'il couvrait un forum sur le changement climatique, sujet dont ils se lassèrent très vite. La carrière du jeune journaliste piétinait. Il n'avait pas encore décroché la grosse affaire qui aurait pu le lancer. Will en avait parfaitement conscience quand Greg lui demanda :

« Alors, toujours rien de neuf au sujet de l'affaire Apocalypse ?

– Non, rien.

– Elle n'a jamais été résolue.

– Non, jamais.

– Les meurtres ont tout bonnement cessé.

– Ouais, c'est ça.

– Tu ne trouves pas ça bizarre ?

– Ça fait un an que je ne suis plus sur l'affaire, répondit-il en haussant les épaules.

– Tu ne m'as jamais raconté ce qui s'était passé. Pourquoi ils vous ont retiré l'enquête, et puis cet avis de recherche te concernant. Et comment tout est rentré dans l'ordre.

– C'est vrai. Je ne t'ai jamais raconté. Bon, ajouta-t-il en se levant, je vais arrêter sous le riz, sinon, ça va être de la bouillie. »

Will laissa Greg finir seul son verre de vin, dépité.

Au cours du dîner, Laura se montra en pleine forme. Ses hormones lui donnaient un regain d'énergie, décuplé lorsqu'elle tenait Phillip dans ses bras et qu'elle imaginait son enfant à venir. Entre deux énormes cuillerées de chili, elle ne cessait de bavarder.

« Alors, comment se passe la retraite de papa ?

– Il est en perte de vitesse, répondit Nancy.

– Eh, je suis là ! Pourquoi tu ne me poses pas la question à moi ?

– Très bien, papa, comment se passe ta retraite ?

– Je suis en perte de vitesse.

– Tu vois ! déclara Nancy en riant. Ça se passait si bien, pourtant.

– Combien est-ce qu'un homme peut encaisser de musées et de concerts à la suite ? déclara Will.

– Tu parles de quel genre d'homme ?

– D'un vrai mec, qui veut juste aller à la pêche.

– Alors va en Floride ! fit-elle exaspérée. Va pêcher dans le Golfe pendant une semaine ! On demandera à la nounou de faire des heures sup.

– Et si on te demande à toi de faire des heures sup ?

– Je bosse sur des histoires de papiers d'identité volés, Will. Je passe ma journée sur l'ordinateur. Aucun risque qu'on me demande de faire des heures sup tant que je ne serai pas sur une affaire un peu plus trépidante. »

Agressif, il revint sur son sujet :

« Moi, je veux aller à la pêche tous les jours, quand j'ai envie. »

Le sourire de Nancy disparut.

« Bref, tu veux qu'on déménage. »

Sous la table, Laura donna un coup de pied à Greg, pour lui faire comprendre que son tour était venu.

« En fait, ça te manque, Will ? intervint-il.

– Quoi ?

– De travailler. Au FBI.

– Bien sûr que non ! Ce qui me manque, c'est la pêche. »

Le jeune homme s'éclaircit la gorge.

« As-tu jamais songé à écrire un livre ?

– À propos de quoi ?

– De tes enquêtes sur les tueurs en série. »

Puis, avisant le regardant acerbe de son beau-père, il se hâta d'ajouter : « À part l'affaire Apocalypse, bien sûr.

– Pourquoi est-ce que j'aurais envie d'aller remuer toute cette merde ?

– Ce sont des affaires célèbres, des histoires populaires. Ça fascine les foules.

– Des histoires ! Pour moi ce sont des cauchemars. Et puis je ne sais pas écrire.

– Prends un nègre. Ta fille écrit. Moi aussi. On pense que ça pourrait avoir du succès. »

Will sentait croître son irritation. S'il avait bu ce soir-là, il aurait explosé en entendant ces mots. Mais le nouveau Will se contenta de froncer les sourcils et de secouer la tête.

« Débrouillez-vous tout seuls. Ne comptez pas sur moi pour l'avancement de votre carrière.

– Will ! s'exclama Nancy en lui tapant sur le bras.

– Papa, ce n'est pas ça que veut dire Greg !

– Ah bon ? »

L'interphone sonna. Will se leva et alla décrocher le combiné d'un geste énervé.

« Allô ? »

Pas de réponse.

« Allô ? »

La sonnerie retentit à nouveau.

« Ils se foutent de ma gueule ! » s'écria-t-il en claquant la porte.

De plus en plus en colère, il descendit dans le hall, et contempla l'espace vide. Il s'apprêtait à sortir dans la rue quand il vit une carte de visite fixée à hauteur d'yeux sur la porte avec du ruban adhésif.

Club 2027. Henry Spence, président. Suivait un numéro de téléphone commençant par 702. La zone géographique de Las Vegas. Une note manuscrite, en capitales, disait : « MONSIEUR PIPER, APPELEZ-MOI AU PLUS VITE. »

2027.

En voyant la date, il soupira, la mâchoire crispée.

Il sortit. Dehors, la nuit était fraîche. Pelotonnés sur eux-mêmes pour se prémunir du froid, quelques rares passants avançaient d'un pas décidé, comme tout le monde dans ce quartier résidentiel. Personne ne traînait sur le trottoir, aucun camping-car en vue.

Il avait son portable dans sa poche, là où il le gardait dans la journée pour appeler Nancy. Il composa le numéro.

« Bonjour, monsieur Piper. »

La voix était guillerette, presque surexcitée.

« Qui est à l'appareil ? demanda Will sur la défensive.

– Henry Spence. Je suis dans le camping-car. Merci de me rappeler aussi vite.

– Qu'est-ce que vous voulez ?

– Je souhaite vous parler.

– À quel sujet ?

– À propos de 2027 et d'autres choses.

– Je ne pense pas que ce soit une très bonne idée. »

Will alla jusqu'au carrefour suivant pour voir si le camping-car se trouvait dans les parages.

« Je déteste tomber dans les clichés mais, monsieur Piper, il s'agit là d'une question de vie ou de mort.

– La mort de qui ?

– La mienne. Il me reste une dizaine de jours à vivre. S'il vous plaît, exaucez le vœu d'un mourant et acceptez de me rencontrer. »

WILL ATTENDIT QUE SA FILLE et son gendre soient partis et, une fois la vaisselle faite, il s'assura que sa femme et son fils dormaient. Il quitta alors discrètement son appartement pour aller au rendez-vous fixé par l'homme du camping-car.

Il remonta la fermeture de son blouson jusqu'en haut, enfonça les mains dans les poches de son jean pour les maintenir au chaud, puis se mit à faire les cent pas, en se demandant si c'était vraiment une bonne idée de rencontrer ce dénommé Henry Spence. Par prudence, il avait pris son revolver, en bandoulière en travers de sa poitrine, et se réaccoutumait au poids de l'acier contre son cœur. Le trottoir était sombre, désert, et, malgré quelques voitures qui circulaient encore, il se sentait seul et vulnérable. Il sursauta au bruit d'une sirène jaillissant soudain d'une ambulance qui fonçait vers l'hôpital Bellevue. Il sentit la crosse de son arme appuyer contre la couture de son vêtement au rythme accéléré de sa respiration.

Au moment où il s'apprêtait à abandonner, l'énorme camping-car surgit. Ses freins poussèrent un long soupir et le véhicule s'immobilisa. La porte s'ouvrit, côté passager. Will se retrouva face à un visage hirsute, en surplomb, qui le dévisageait depuis la place du conducteur.

« Bonsoir, monsieur Piper. » Une ombre bougeait à l'arrière. « Ce n'est que Kenyon. Vous n'avez rien à craindre. Montez. »

Will grimpa à l'intérieur et essaya de se faire une idée de la situation, en vieux professionnel. Il aimait embrasser d'un seul coup d'œil les lieux des crimes, absorbant tout du regard jusqu'au moindre détail.

Il y avait là deux hommes : le conducteur poids lourd et un type maigrichon qui s'appuyait contre le comptoir de la cuisine, un peu plus loin derrière. Le premier avait dépassé la soixantaine, il aurait rempli un costume de père Noël sans ajouter de rembourrage. Il portait une barbe généreuse, couleur écureuil, qui se déversait sur sa chemise écossaise, canalisée entre des bretelles marron. Sa chevelure poivre et sel lui tombait sur les épaules. Il avait la peau mouchetée, les joues flasques, le regard fatigué et un peu dans le vague. Pourtant, les rides aux commissures de ses paupières suggéraient une vivacité désormais perdue.

Et puis il y avait son attirail. Des tubes de plastique vert pâle qui s'enroulaient autour de son cou et plongeaient dans ses narines. Ils serpentaient ensuite le long de ses flancs et pénétraient dans une boîte ivoire qui ronronnait à ses pieds. Il était sous oxygène.

Kenyon, l'autre type, avait à peu près le même âge. C'était un vrai sac d'os enveloppé dans un pull étriqué. Il était grand, dégingandé, conventionnel et propre sur lui, les cheveux bien séparés par une raie, la mâchoire crispée, avec le regard sans concession d'un ancien militaire, d'un missionnaire ou bien d'un fervent adorateur de… Dieu sait quoi.

En découvrant l'intérieur du camping-car, Will constata qu'il s'agissait d'un véhicule de loisir. C'était un vrai bijou, d'une incroyable opulence : sol de marbre noir, cabinets en bois d'érable ciré, tissus d'ornement noirs et blancs, plusieurs écrans vidéo. Le tout, éclairé par des petites lumières indirectes placées avec discrétion. À l'arrière se trouvait une chambre luxueuse au lit défait. La vaisselle sale s'empilait dans l'évier, et il flottait partout une odeur d'oignon et de saucisse. L'endroit semblait habité de façon permanente, comme si ses occupants effectuaient un long voyage. La table était jonchée de cartes, livres, magazines ; le dallage était recouvert de chaussures, chaussons, chaussettes en boule ; enfin, sur les chaises, s'entassaient des manteaux et des casquettes de base-ball.

Will comprit tout de suite qu'il n'était pas en danger. Il pouvait jouer le jeu en toute sécurité, pour voir où cela le mènerait.

Un conducteur klaxonna. Puis un autre.

« Asseyez-vous, lui dit Spence d'une voix ferme et sérieuse. Les New-Yorkais ne sont pas patients. »

Will s'exécuta et s'assit près du conducteur tandis que la porte se refermait et que le camping-car bondissait en avant. Pour ne pas être bousculé, Kenyon s'installa sur le canapé.

« Où on va ?

– Nous allons juste rouler. Vous n'imaginez pas à quel point il est difficile de garer ce monstre dans New York.

– Cette situation est extrêmement éprouvante, renchérit l'autre. Je m'appelle Alf Kenyon. Nous sommes très heureux de faire votre connaissance, monsieur, même si vous avez failli nous faire arrêter ce matin. »

Bien qu'il ne se sente pas menacé, Will n'était pas à l'aise pour autant.

« Qu'est-ce que vous me voulez ? » fit-il d'un ton sec.

Spence ralentit et freina en arrivant au feu rouge.

« Nous avons en commun un certain intérêt pour la Zone 51, monsieur Piper. Tout part de là.

– Je ne suis jamais allé là-bas, répondit-il en essayant de rester impassible.

– Oh, il n'y a pas grand-chose à voir. Enfin, de l'extérieur. Dessous, c'est une autre histoire. »

Mais Will refusait de mordre à l'hameçon. Le feu passa au vert et le véhicule redémarra.

« Combien ça consomme, un engin pareil ?

– C'est donc ça qui vous préoccupe, monsieur Piper ? La consommation du camping-car ? »

Will faisait un effort pour garder les deux hommes ensemble dans son champ de vision.

« Écoutez, je n'ai pas la moindre idée de ce que vous savez sur moi, ou croyez savoir. Je peux seulement vous dire que j'ignore tout de la Zone 51. Par contre, j'imagine que vous devez consommer un litre au kilomètre, alors je vais vous faire réaliser des économies en descendant ici et en rentrant chez moi à pied.

– Nous sommes certains que vous avez signé des accords de confidentialité, coupa aussitôt Kenyon. Nous aussi, nous les avons signés. Nous sommes aussi exposés que vous. Nous avons une famille. Et nous savons de quoi ils sont capables. Nous sommes dans le même bateau.

– Nous dépendons les uns des autres, reprit Spence. Je n'ai plus beaucoup de temps. Je vous en prie, aidez-nous. »

La circulation était fluide sur Broadway. Will aimait bien voir la ville défiler ainsi, installé sur ce trône. Il s'imagina au volant du véhicule, fichant ces deux vieux croûtons dehors, avant d'aller chercher Nancy et son fils pour prendre la direction du sud, jusqu'à ce que l'azur transparent du golfe du Mexique emplisse le pare-brise géant.

« Et à quoi pensez-vous exactement ?

– Nous voulons savoir ce que l'année 2027 signifie. Nous voulons savoir ce qu'a de spécial la date du 9 février. Ce qui se passera le 10. Et nous pensons que vous aussi, vous partagez ce désir.

– Forcément ! » fit Kenyon avec grandiloquence.

Bien sûr que Will voulait savoir. Il y pensait chaque fois qu'il regardait Phillip dormir dans son berceau, chaque fois qu'il faisait l'amour avec sa femme. L'horizon. Il n'était plus très loin à présent. Moins de dix-sept ans. En un clin d'œil, on y serait. Et il serait là, lui aussi. Il était ADH, « Au-delà de l'horizon », c'est-à-dire destiné à vivre au moins jusqu'en 2027.

« Sur votre carte de visite est mentionné le "Club 2027". Comment en devient-on membre ?

– Vous en faites déjà partie.

– Tiens, c'est bizarre, mais je ne me souviens pas d'avoir reçu ma carte de membre par la poste ?

– Tous ceux qui connaissent l'existence de la bibliothèque sont membres *de facto.* »

La mâchoire de Will était tellement crispée que c'en était douloureux.

« C'est bon. Ça suffit. Pourquoi vous ne me dites pas qui vous êtes ? »

AU COURS DE L'HEURE QUI SUIVIT, Will cessa de prêter attention au trajet emprunté par le camping-car. Il se rendit vaguement compte qu'ils passaient par Times Square, Columbus Circle, devant le tentaculaire Museum d'histoire naturelle, plongé dans l'ombre. Puis ils firent plusieurs fois le tour de Central Park, les énormes pneus propulsant dans l'air nocturne des cascades de feuilles mortes. Mais Will était si concentré qu'il en oubliait complètement la ville.

À Princeton, Henry Spence faisait figure de prodige parmi les prodiges. C'était un adolescent plus que surdoué. Au début des années 1960, au plus fort de la guerre froide, à l'inverse de la plupart de ses pairs qui se destinaient à l'étude de la biologie, Henry Spence s'était consacré aux langues étrangères et aux sciences politiques. Il maîtrisait le mandarin, le japonais, et se débrouillait en russe. De plus, il était assez doué en matière de relations internationales. Issu des milieux conservateurs de Philadelphie en raison de son sérieux et de sa droiture, il faisait un candidat idéal pour les agents recruteurs de la CIA. Son professeur d'études soviétiques se frottait les mains chaque fois qu'il rencontrait cet étudiant à la coupe militaire et au visage pâle, rayonnant d'intelligence, absorbé dans un livre.

Jusqu'à maintenant, il demeurait le plus jeune agent jamais recruté par la CIA, et certains anciens se souvenaient encore de ce gosse génial, se pavanant à travers le QG de Langley, avec son ego surdimensionné et ses étonnantes capacités d'analyse. Il était presque inévitable qu'un jour un homme insignifiant lui remette une carte de visite improbable portant le logo de la marine américaine. Spence, bien entendu intrigué, voulut savoir pourquoi la marine s'intéressait à lui. Ce qu'il apprit décida de son avenir.

Will se souvint de son étonnement quand Mark lui avait expliqué que la Zone 51 dépendait de la marine. L'armée avait ses traditions, dont certaines montraient un entêtement stupide : c'en était un bon exemple.

Comme Will le savait déjà, en 1947, le président Truman avait confié à l'un de ses hommes de confiance, James Forrestal, la mission de construire une base militaire ultra secrète à Groom Lake, coin perdu dans le désert près de Yucca Flats, dans le Nevada. Sur les cartes, l'endroit avait pour référence géographique le nom de Zone de test du Nevada – 51 ; la base s'était par conséquent appelée Zone 51.

En effet, les Britanniques avaient fait une découverte archéologique extraordinairement troublante dans l'île de Wight, sur le site d'une ancienne abbaye. Ils avaient entrouvert la boîte de Pandore, pour la refermer *illico* lorsqu'ils avaient compris de quoi il s'agissait. Clement Attlee, alors Premier ministre, avait nommé Winston Churchill émissaire auprès du président Truman. Le sauveur de la Grande-Bretagne avait pour tâche de persuader les Américains de les débarrasser de cet encombrant trésor. Le pays tout entier, absorbé par sa reconstruction, n'avait pas les moyens de se laisser distraire par cette révélation extraordinaire.

Ainsi naquit le Projet Vectis[1], du nom romain de l'île de Wight.

Forrestal était à l'époque secrétaire à la Marine et, par la suite, le Projet Vectis était demeuré sous la responsabilité de

1. Voir, du même auteur, *Le Livre des morts*, le cherche midi éditeur, Paris, 2010.

cette branche de l'armée, faisant de la Zone 51 la base navale la plus aride et la plus éloignée des mers au monde. Le groupe de travail de l'époque, sous la direction personnelle de Truman, avait alors eu l'idée de cette ingénieuse campagne de désinformation : il avait lancé sa propre rumeur sur la Zone 51, tout en la démentant formellement sur le plan officiel. Misant sur la mode des ovnis, à l'époque, ils avaient mis en scène un faux crash de soucoupe volante à Roswell, au Nouveau-Mexique, puis avaient fait courir le bruit que la nouvelle base inaugurée dans le Nevada se consacrait à l'étude des Martiens. Dès lors, la Zone 51 avait pu mener ses recherches en toute tranquillité, protégée par la crédulité des masses.

Par la suite, dans chaque nouvelle administration, au Pentagone, le secrétaire à la Marine s'était retrouvé de fait chef de cette base top secrète, et l'un des rares à savoir de quoi elle s'occupait vraiment. Le débauchage d'Henry Spence de la CIA était un tel événement qu'il fut reçu par le secrétaire à la Marine en personne, pour le féliciter de les avoir rejoints. L'incroyable vérité qu'il venait de découvrir était encore si fraîche dans l'esprit de Spence qu'il ne garda guère de souvenir de cette entrevue, trop absorbé par ses pensées.

Will l'écouta avec attention décrire sa première journée dans l'aile Truman, bâtiment principal de la Zone 51, profondément enfouie sous terre. Comme il était nouveau, son supérieur le conduisit avec une grande solennité jusqu'à la crypte, encadré par des « gardiens » armés, à l'air rébarbatif. Enfin, il pénétra dans cette cathédrale moderne, espace immense, sombre, silencieux, où régnait la fraîcheur, et il posa les yeux sur les sept cent mille manuscrits anciens.

C'était la bibliothèque la plus singulière de la planète.

« Monsieur Spence, voici la bibliothèque, déclara son supérieur en effectuant un geste plein de grandiloquence. Rares sont ceux qui ont eu le privilège de la contempler. Nous fondons de grands espoirs sur vous. »

Alors commença pour Spence une nouvelle vie.

En cet homme, la Zone 51 avait non seulement trouvé une bonne recrue, mais aussi un ardent partisan. Pendant une bonne trentaine d'années, chaque fois qu'il était descendu dans l'aile Truman, il s'était délecté du privilège décrit par son premier supérieur : l'enivrante idée de partager le secret le mieux gardé au monde.

Spence exploitait à fond ses capacités d'analyse et ses connaissances linguistiques, aussi, au bout de quelques années, il fut nommé responsable du département de la Chine. Par la suite, il grimpa encore les échelons pour devenir directeur des Affaires asiatiques. À la fin de sa carrière, il était le membre le plus décoré qu'ait connu la Zone 51.

Dans les années 1970, il avait expérimenté une approche nouvelle, permettant d'obtenir des données individuelles en se fondant sur les bases de données chinoises disponibles – bien qu'élémentaires – et des recensements rudimentaires, le tout combiné avec les informations obtenues par un réseau d'agents qu'il avait développé en association avec la CIA. Les purges maoïstes et les déplacements de population l'obligeaient souvent à s'appuyer sur la modélisation statistique. Pourtant, en 1974, il parvint à prévoir la catastrophe naturelle qui, le 28 juillet 1976, ravagea la ville minière de Tangshan dans le nord-est de la Chine, faisant deux cent cinquante-cinq mille victimes – ce fut l'une de ses plus grandes réussites. Dès que le tremblement de terre fut officiellement annoncé, le président Gerald Ford put proposer au président Hua Guofeng une aide déjà mobilisée, consolidant ainsi le réchauffement des relations diplomatiques entre les deux pays initié par le président Nixon.

Ce fut un grand moment dans la carrière de Spence. Il décrivait avec une excitation morbide l'exaltation qu'il avait ressentie quand les premiers rapports sur ce séisme dévastateur étaient arrivés dans le Nevada. Devant l'air réprobateur de Will, il s'empressa d'ajouter :

« Voyons, ce n'est pas moi qui ai causé ce tremblement de terre : je n'ai fait que l'annoncer ! »

Dans sa jeunesse, Spence était un beau garçon arrogant qui avait profité de la vie tumultueuse dans cette ville en pleine expansion qu'était alors Las Vegas. Pourtant, au fil du temps, ses origines aristocratiques et conservatrices de la côte est l'avaient rattrapé : dans cet univers de nouveaux riches, il était comme un poisson hors de l'eau. Peu à peu, il se remit à fréquenter des gens de son milieu. À son Country Club, il rencontra Martha, la fille d'un riche agent immobilier. Ils se marièrent et eurent des enfants, qui aujourd'hui étaient tous des adultes accomplis. Il était même devenu grand-père, hélas, son épouse avait été emportée par un cancer du sein avant la naissance de leur premier petit-enfant.

« Je n'ai jamais cherché ses dates, affirma-t-il. Pourtant, j'aurais sûrement pu le faire sans que cela se sache, mais je me suis abstenu. »

Il quitta la Zone 51 quand sonna l'heure de la retraite, peu après le 11-Septembre. Il serait sans doute resté davantage si on l'y avait autorisé : c'était toute sa vie. Son intérêt pour la bibliothèque était insatiable. Il aimait réfléchir sur les sujets brûlants, même quand cela sortait du domaine asiatique. Au cours de l'été 2001, alors que la retraite approchait, il s'était arrangé pour déjeuner tous les midis avec ses collègues du département américain afin d'échanger leurs points de vue, leurs théories sur l'événement qui allait bientôt tuer trois mille personnes au World Trade Center.

Lorsqu'il cessa de travailler, il était âgé, mais très riche, car il avait hérité de la fortune de sa femme dont la mort l'avait beaucoup affecté, au point d'altérer sa santé. Ses deux paquets de cigarettes quotidiens l'avaient également marqué, aggravant son emphysème pulmonaire qui, associé à la prise de stéroïdes et à sa gourmandise, l'avait rendu obèse. Désormais, il était en permanence sous oxygène et se déplaçait en fauteuil roulant. Ses deux passions, aujourd'hui, avouait-il, étaient ses petits-enfants et le Club 2027. Ce camping-car, surnommé la Papymobile, lui permettait de rester en contact avec sa famille, disséminée à travers le pays.

Spence avait à peine achevé que Kenyon reprenait le flambeau, sans laisser la possibilité à Will d'intervenir. Ce dernier avait le sentiment que les deux hommes se jouaient de lui. Ils s'étaient mis à nu devant lui, pour l'amadouer. Cela ne lui plaisait guère, mais la curiosité le poussait à vouloir entendre la suite.

Kenyon était issu d'une famille de pasteurs presbytériens du Michigan. Il avait grandi au Guatemala, mais était revenu aux États-Unis faire ses études. À Berkeley, il s'enflamma contre la guerre du Vietnam, et à mesure qu'il avançait dans ses études sur l'Amérique latine, ses opinions se radicalisèrent. Après avoir quitté l'université, il partit au Nicaragua aider les paysans à faire valoir leurs droits sur les terres contre le gouvernement de Somoza.

Au début des années 1970, les rebelles sandinistes avaient trouvé un écho dans les campagnes et réussi à mobiliser l'opposition. Kenyon soutenait leur cause. Sa présence finit hélas par attirer l'attention des milices progouvernementales et, un jour, il eut la surprise de voir débarquer dans son village un jeune Américain du même âge que lui, au visage d'ange, qui s'appelait Tony. Fait étrange, il semblait tout savoir sur Kenyon, et lui conseilla de se montrer plus discret. Bien qu'il fût de l'autre côté de la barrière, le jeune homme comprit très vite qu'il avait affaire à un membre de la CIA. Mais tout opposait les deux garçons, sur le plan politique aussi bien que culturel, et Kenyon l'envoya paître. Pourtant, quand Tony revint une semaine plus tard, il fut heureux de le revoir.

« Je crois que ni lui ni moi n'avions encore pris conscience du fait que nous étions gays. »

Will supposait que l'histoire de Kenyon avait un autre but que de lui dévoiler ses préférences sexuelles, aussi le laissa-t-il poursuivre à son rythme lent et précis.

En dépit de leurs différences politiques et religieuses, l'un étant protestant, l'autre catholique, les deux hommes étaient devenus amis : deux Américains solitaires menant des missions opposées dans une jungle hostile. Kenyon comprit qu'un autre l'aurait jeté en pâture à ses ennemis ; Tony, lui, se souciait vraiment de sa sécurité, au point de le prévenir d'une descente de la milice.

Vint décembre 1972. Kenyon prévoyait de passer la semaine de Noël à Managua. Tony lui rendit visite et le supplia – « C'est vrai ! Il me supplia ! » – de ne pas se rendre dans la capitale. Kenyon refusa de l'écouter, alors Tony lui dit une chose qui allait changer le cours de sa vie :

« "Il va se produire une catastrophe à Managua le 23 décembre. Des milliers de gens vont périr. Je t'en prie, n'y va pas." Voilà ce qu'il m'a dit, monsieur Piper. Et vous savez ce qui est arrivé ? »

Will secoua la tête.

« Le grand tremblement de terre du Nicaragua. Plus de dix mille morts, les trois quarts des bâtiments détruits. Tony a refusé de m'expliquer comment il avait obtenu cette information, mais il m'a fait une peur bleue et je n'y suis pas allé. Plus tard, quand nous sommes devenus, comment dirais-je, plus proches, il m'a raconté qu'il n'avait aucune idée de la manière dont notre gouvernement avait prévu ce qui allait arriver, mais que cette prédiction faisait partie du système, et que le système était infaillible. Inutile de vous dire que j'étais fasciné. »

Tony fut ensuite envoyé en mission dans un autre pays, quant à Kenyon, il quitta le Nicaragua quand la rébellion se transforma en guerre civile. Il revint alors aux États-Unis pour faire sa thèse dans le Michigan. Apparemment, Tony avait dû parler de lui à ses supérieurs, qui cherchaient alors un spécialiste de l'Amérique centrale. Un beau jour, Kenyon vit débarquer chez lui, à Ann Arbor, un officier de marine qui, à sa grande stupéfaction, lui demanda s'il désirait apprendre comment le gouvernement avait prévu le séisme de Managua.

Bien sûr qu'il voulait savoir ! Le poisson était ferré.

Il rejoignit la Zone 51 et fut affecté au département de l'Amérique latine. Spence était déjà là depuis quelques années. Tous deux étant du genre cérébral et aimant parler politique, ils sympathisèrent bientôt et prirent l'habitude de s'asseoir côte à côte durant le vol quotidien qui les emmenait à Groom Lake. Au fil des ans, le clan Spence adopta ce célibataire, qui participait à toutes les fêtes familiales. À la mort de Martha, c'est lui qui empêcha Spence de couler.

Ils prirent leur retraite en même temps, en 2001. En revenant pour la dernière fois à l'aéroport McCarran, ils se serrèrent dans les bras l'un l'autre, l'œil embué. Spence resta dans sa confortable demeure de Las Vegas, tandis que Kenyon déménageait à Phoenix, pour être plus près de sa sœur, seule parente qui lui restait. Les deux hommes demeurèrent toutefois très proches, liés par leur passé professionnel et le Club 2027.

Kenyon se tut. Will s'attendait à ce que Spence lui donne la réplique, mais il garda le silence lui aussi.

Kenyon l'interrogea alors :

« Puis-je vous demander si vous êtes croyant, monsieur Piper ?

– Vous pouvez. Mais ça ne vous regarde pas. »

L'autre sembla blessé par cette réponse abrupte. Will comprit alors que les deux compères lui avaient dévoilé leur vie personnelle dans l'espoir que, à son tour, il s'ouvre à eux.

« Eh bien, disons que la religion n'est pas ma tasse de thé.

– Vous êtes comme Henry, fit Kenyon en se penchant. Je trouve étonnant qu'une personne qui connaît l'existence de la bibliothèque ne croie pas en Dieu.

– À chacun ses convictions, répliqua Spence. Nous en avons parlé mille fois. Alf est dans le camp de ceux pour qui la bibliothèque prouve l'existence de Dieu.

– Il n'y a pas d'autre explication.

– Ce n'est peut-être pas le moment de reprendre cette discussion, Kenyon, fit son ami avec lassitude.

– La chose qui m'a toujours stupéfié, poursuivit-il, c'est que je suis né dans la religion parfaite. En tant que presbytérien, j'étais prêt à intégrer la bibliothèque dans ma vie spirituelle.

– Ça y est, il nous ressert la réforme protestante ! » plaisanta Spence.

Mais Will savait exactement où il voulait en venir. Depuis l'année passée, il avait lui-même réfléchi à toutes ces choses. Il le devança :

« La prédestination.

– Tout à fait ! J'étais calviniste avant même de connaître les arguments qui justifiaient ma foi. Disons que la découverte de la bibliothèque a fait de moi un fervent calviniste. Très à cheval sur la doctrine.

– Et très têtu ! ajouta son compagnon.

– Depuis que je suis à la retraite, j'ai été ordonné pasteur. Je suis par ailleurs en train d'écrire une biographie de Jean Calvin : mon but est de découvrir comment il a eu le coup de génie qui lui a fait approcher de si près la vérité Franchement, si la mort d'Henry n'était pas aussi imminente, je serais heureux comme un poisson dans l'eau. À mes yeux, tout fait sens, et c'est une position très confortable.

– Parlez-moi du Club 2027 », coupa Will.

Le feu passa au vert et Spence hésita à tourner pour faire une énième fois le tour de Central Park.

« Comme vous le savez, j'en suis sûr, le dernier volume de la bibliothèque s'arrête à la date du 9 février 2027. Les personnes dont la date de décès n'est pas répertoriée sont ADH, "Au-delà de l'horizon". Tous ceux et celles qui ont jamais franchi le seuil de la bibliothèque ont spéculé sans fin sur la raison de cette date, mais aussi sur l'identité de ceux qui ont écrit toutes les autres en premier lieu. Est-ce l'œuvre de savants, de moines, de voyants, d'extraterrestres ? Oui, Alf, mon explication est aussi valable que la tienne ! Leur tâche a-t-elle été interrompue par des facteurs extérieurs comme la guerre, une épidémie, une catastrophe naturelle ? Ou existe-t-il une explication plus sinistre encore, que les êtres humains qui peuplent cette planète devraient connaître ? D'après ce que nous savons, le gouvernement n'a jamais fait de recherches officielles pour comprendre la raison d'être de cet *horizon*, comme on l'appelle. Le Pentagone est bien trop polarisé sur les informations qu'il peut tirer des données. Il y a beaucoup de drames prévus, de gigantesques désastres dans un futur proche, et cela nous obsède. Il va bientôt se passer quelque chose de terrible en Amérique latine, pour tout vous dire. Peut-être que quand nous approcherons de 2027, il viendra à l'esprit de ces génies à Washington que notre principal sujet de préoccupation devrait être de déterminer ce qui se passera le 10 février 2027. Je peux vous affirmer une chose, monsieur Piper : ce n'est pas parce qu'on prend sa retraite qu'on cesse de se poser des questions sur *l'horizon*. Le Club 2027 a été créé dans les années 1950 par des anciens de la Zone 51. C'est à la fois une manière de rester en contact et de continuer à mener l'enquête. Toute cette affaire est très secrète, car cela viole les accords que nous avons signés en partant à la retraite, mais bon, c'est dans la nature humaine. Nous sommes d'une insatiable curiosité, et les seules personnes avec lesquelles nous puissions discuter de ces sujets, ce sont nos anciens collègues. Et puis ça nous donne l'occasion de nous voir et de boire un coup ! »

Ce long soliloque avait épuisé le vieil homme. Will voyait sa poitrine se soulever avec effort.

« Et alors, quelle est la réponse au sujet de *l'horizon* ? interrogea Will.

– La réponse ? » Spence ménageait ses effets. « Nous n'en avons aucune idée ! » Il éclata de rire. « Voilà pourquoi nous nous trimballons à travers Manhattan en essayant de vous séduire.

– Je ne vois pas comment je pourrais vous aider.

– Vous allez comprendre, fit Kenyon.

– Écoutez, renchérit Spence, nous savons tout de l'affaire Apocalypse et de Mark Shackleton. Nous le connaissions, pas très bien, sachez-le, mais si quelqu'un devait craquer, il avait le profil type : un surdoué raté, si vous voulez mon opinion. Vous le connaissiez déjà avant toute cette histoire, non ?

– On avait partagé une chambre à l'université. Pendant une année. Quelles sont vos sources d'information à mon sujet ? s'enquit Will.

– Le Club. Nous avons des réseaux et des antennes partout. Nous savons que Shackleton a sorti en douce toutes les données concernant la population américaine jusqu'à *l'horizon*. Nous savons qu'il a créé une diversion en faisant croire à tout le monde à l'existence d'un tueur en série à New York.

– Je ne parviens toujours pas à comprendre comment on peut être assez cruel pour envoyer à des gens une carte postale portant la date de leur décès, l'interrompit Kenyon en secouant la tête avec tristesse.

– Nous savons que son véritable but était le profit : gagner de l'argent par l'intermédiaire d'une compagnie d'assurances-vie. Nous savons que vous l'avez démasqué. Qu'il a été grièvement blessé par les gardiens. Que vous avez pu quitter le FBI et que vous vivez à présent dans une liberté totale. Par conséquent, monsieur Piper, nous sommes convaincus que vous détenez un extraordinaire moyen de pression sur les autorités.

– Et ce serait quoi ?

– Vous avez dû conserver une copie de la base de données de Shackleton. »

Un instant, Will se revit à Los Angeles, fuyant les gardiens, téléchargeant en urgence la base de données de Shackleton depuis son ordinateur vers une clé USB à l'arrière d'un taxi. Shackleton. À présent, il moisissait dans une chambre d'hôpital oubliée, tel un légume croupissant au fond d'un frigo.

« Je ne peux ni confirmer ni infirmer.

– Il y a autre chose. Vas-y, Henry, dis-lui tout.

– Vers le milieu des années 1990, j'ai noué des liens d'amitié avec l'un des gardiens, un type nommé Dane Bentley, au point qu'il m'a rendu le service ultime qu'on puisse rendre à la Zone 51. Ma curiosité était sans bornes. Les seules personnes qui avaient accès aux données que je convoitais avaient justement pour tâche de nous empêcher d'y toucher, nous ! Les gardiens, comme vous le savez, sont de vraies portes de prison, mais Dane était assez humain pour faire une exception pour un ami. Il a regardé ma date de décès. 30 octobre 2010. À l'époque, ça semblait très loin. Et puis, sans qu'on s'en aperçoive, ça s'est rapproché.

– Je suis désolé.

– Merci, j'apprécie. » Spence attendit d'arriver au feu rouge suivant pour lui demander : « Vous avez cherché, pour vous ? »

Will ne voyait plus l'intérêt de se taire.

« Oui. Vu les circonstances, je m'y suis senti obligé. Je suis ADH

– Parfait, fit Kenyon. Nous sommes soulagés de l'apprendre, n'est-ce pas, Henry ?

– Tout à fait.

– Moi, je n'ai jamais voulu savoir. Je préfère m'en remettre à Dieu.

– Voilà le problème, reprit Spence en donnant un coup de poing sur le volant. Il me reste dix jours pour découvrir la vérité. Je ne peux pas retarder ce qui est inévitable mais, nom de Dieu, je veux savoir avant de mourir !

– Je ne vois toujours pas en quoi je pourrais vous aider, en toute sincérité.

– Montre-lui, Alf. Montre-lui ce que nous avons découvert il y a une semaine. »

Kenyon ouvrit un dossier et en sortit quelques pages imprimées sur Internet. Il les donna à Will. Il s'agissait du catalogue en ligne d'une maison de vente aux enchères, Pierce & Whyte Auctions, à Londres, spécialisée dans les livres anciens, qui annonçait une vente pour le 21 octobre 2010 – le surlendemain. Il y avait de nombreuses photos du lot 113, un vieux volume épais portant la date de 1527 gravée sur la tranche. Il observa bien les images et la description détaillée qui suivaient. Élément crucial : tout en sachant qu'il s'agissait d'un objet unique, la maison de vente aux enchères n'avait aucune idée de ce qu'était réellement cet ouvrage. La fourchette de prix indiquée variait entre 2 000 et 3 000 livres.

« Il s'agit de ce que je pense ? » demanda Will.

Spence acquiesça.

« Ce détail était bien connu dans la Zone 51 : un volume de la bibliothèque manquait. Un livre de 1527. Et alors qu'il me reste moins de deux semaines à vivre, je le vois qui réapparaît sur le catalogue d'une vente aux enchères ! Il faut que je mette la main dessus ! Ce petit salopard est dans la nature depuis au moins six siècles ! Le seul exemplaire manquant sur des centaines de milliers ! Pourquoi a-t-il été séparé des autres ? Où était-il pendant tout ce temps ? Quelqu'un connaissait-il ses secrets ? Bon Dieu, peut-être pourrait-il nous en apprendre davantage que tous ceux de Groom Lake ! Je ne veux pas m'enflammer trop vite mais, d'après ce que nous savons, il est peut-être la clé du mystère de 2027. J'ai comme une intuition à ce sujet, monsieur Piper, oui, un sentiment très fort. Et par Hadès, je veux savoir avant de mourir !

– Quel rapport avec moi ?

– Je veux que vous vous rendiez à Londres, demain, pour acheter le livre à notre place. Je suis trop malade pour y aller moi-même et Alf, ici présent, ce cornichon entêté, refuse absolument de me quitter d'une semelle. Je vous ai réservé un billet en première classe, vous rentrez jeudi soir. Je vous ai pris une chambre au Claridge, un hôtel très agréable. »

Will lui lança un regard noir. Il s'apprêtait à répondre, mais Spence ne lui en laissa pas le temps.

« Avant que vous me répondiez, vous devez savoir que je veux autre chose, et cela compte encore plus à mes yeux. Je veux avoir accès à la base de données. Je connais la date de mon propre décès, ma DDD, mais je n'ai jamais cherché celle de mes proches. Ce salopard de Malcolm Frazier est sur nos traces – puisse le Dieu d'Alf l'abattre dès demain ! Peut-être que ce ne sont pas mes poumons qui vont m'emporter dans dix jours, mais les sbires de Frazier qui me descendront. Je refuse d'abandonner mon enveloppe charnelle en ignorant si mes enfants et petits-enfants sont ADH. Je veux savoir s'ils sont en sécurité. Je donnerais n'importe quoi pour ça. Si vous faites tout ça pour moi, monsieur Piper, si vous allez chercher le livre et que vous me communiquez la base de données, vous serez un homme riche. »

Will secouait la tête avant même qu'il ait terminé.

« Je n'irai pas en Angleterre. Je ne peux pas abandonner comme ça ma femme et mon fils. Et je ne toucherai pas à la base de données. C'est mon assurance-vie. Il est hors de question que je sacrifie la sécurité de ma famille pour vous faire plaisir. Je regrette, mais c'est non, même si l'idée de devenir riche ne me déplaît pas.

– Emmenez-les ! Je paierai tout !

– Ma femme ne peut pas quitter son travail comme ça. Laissez tomber. Prenez à droite sur la 5e Avenue et ramenez-moi. »

Il imagina un instant la réaction de Nancy : ce ne serait pas joli à voir !

Spence était de plus en plus agité. Il se mit à vociférer, à bafouiller : Will devait coopérer ! Le compte à rebours était commencé ! Ne voyait-il donc pas qu'il était désespéré ?

Soudain il fut pris d'une sévère quinte de toux et d'une crise d'éternuements. Will craignit qu'il ne perde le contrôle de son engin et ne percute les voitures garées en bordure de rue.

« Henry, du calme ! l'implora Kenyon. Tais-toi, maintenant. Laisse-moi m'en occuper. »

Mais Spence ne parvenait plus à parler. Il baissa la tête et fit signe à son ami de poursuivre à sa place.

« Très bien, monsieur Piper. Nous ne pouvons vous forcer à coopérer si vous ne voulez pas. Je craignais que vous refusiez de vous engager à nos côtés. Nous ferons nos enchères par téléphone. Accepteriez-vous quand même que nous fassions livrer le manuscrit chez vous jeudi soir, et que nous passions ensuite le chercher ? Dans l'intervalle, ayez la gentillesse de réfléchir à l'autre offre généreuse d'Henry. Il n'a pas besoin de toute la base de données, juste les DDD d'une dizaine de personnes. Je vous en prie, promettez-moi d'y réfléchir. »

Will acquiesça et garda le silence jusqu'au bout, concentrant toute son attention sur les éternuements de Spence et le sifflement de l'oxygène dans les tuyaux.

Malcolm Frazier s'éveilla en sursaut. Il avait mal dans la nuque. Il ne savait plus où il était – et il n'avait pas l'habitude d'être ainsi désorienté. Le générique du film défilait à l'écran, et la vieille dame qui occupait le siège du milieu tapotait son épaule de granit, le priant de la laisser sortir pour se rendre aux toilettes. Les sièges dcs avions américains n'étaient pas taillés pour les costauds de son espèce, et sa jambe droite était ankylosée à force d'être comprimée dans ce petit espace. Il se leva, dégourdit ses membres envahis de fourmillements, et en lui-même maudit ses supérieurs de ne pas l'avoir fait voyager en classe affaires.

Rien dans cette mission ne lui plaisait. Envoyer le chef de la sécurité de la Zone 51 acheter un livre à une vente aux enchères à Londres lui paraissait ridicule. Même dans le cas précis de cet ouvrage. Pourquoi ne pas avoir dépêché un rat de bibliothèque ? Il aurait été heureux de leur prêter un de ses gardiens en guise de garde du corps. Mais non. C'est lui que le Pentagone avait désigné. Hélas, il savait très bien pourquoi.

Les événements de Caracas : on était à J – 30. Le compte à rebours était commencé.

La pression était intense en raison d'une prédiction majeure de la Zone 51. Cette fois, pourtant, c'était différent. Ils n'étaient pas comme à l'accoutumée en mode défensif, en réaction. Cette fois, ils avaient mis le paquet : ils seraient offensifs. Le Pentagone était fin prêt. Les chefs d'état-major des trois armées étaient en réunion perpétuelle. Le vice-président en personne dirigeait le groupe de travail. Le gouvernement américain pesait de tout son poids sur ce projet. C'était donc le pire moment imaginable pour voir ce livre refaire surface. Le secret était la priorité numéro un à Groom Lake, et personne ne pouvait envisager la moindre fuite un mois avant l'opération Main Tendue.

Main Tendue !

Quel docteur Mabuse du Pentagone avait bien pu pondre ce nom-là ?

Si le volume manquant avait atterri entre les mains d'un des crânes d'œuf de la bibliothèque, qui sait quel genre de questions il aurait pu se poser, et quelles conséquences auraient pu en découler ?

Frazier comprenait parfaitement pourquoi on lui avait confié cette mission à lui. Cela dit, il n'était pas forcé d'apprécier.

Le pilote annonça qu'ils approchaient des côtes irlandaises et qu'ils atterriraient à Heathrow dans deux heures. Au pied de Frazier, une mallette en cuir vide, conçue et rembourrée exprès pour l'occasion. Il comptait les heures qui lui restaient avant de retourner dans le Nevada, l'inestimable manuscrit de 1527 bien au chaud dans son sac.

CHEZ PIERCE & WHYTE, la salle des ventes donnait sur le grand hall d'entrée, au rez-de-chaussée d'une belle demeure de style géorgien. Les acheteurs potentiels signaient à la réception, puis entraient dans cette grande pièce ancienne au magnifique parquet et au plafond mouluré. Un mur y était tout entier recouvert d'une bibliothèque, si haute qu'il fallait une échelle pour atteindre les dernières étagères. Les fenêtres donnaient sur Kensington High Street et, par les rideaux tirés, des rayons de soleil dorés tombaient sur les chaises de bois brun bien rangées, créant sur le sol une sorte de damier. Il y avait assez de place pour soixante-dix à quatre-vingts clients et, en ce beau jeudi matin, la salle se remplissait rapidement.

Malcolm Frazier était arrivé tôt, pressé d'en finir. Après avoir été enregistré par une hôtesse délurée qui accueillit sa morosité avec un large sourire, il entra dans la vaste pièce encore déserte pour aller s'asseoir au premier rang, devant le pupitre du commissaire-priseur. L'air absent, il se mit à tripoter la fermeture de son sac entre ses doigts épais. Plus les gens arrivaient, plus il détonnait dans la salle : en effet il ne ressemblait en rien aux autres acquéreurs de livres anciens. Assis avec raideur, les pieds bien plantés devant lui, près de sa mallette, c'était une véritable armoire à glace aux traits taillés à la serpe, sans la moindre rondeur. Au deuxième rang, la chaise juste derrière lui demeurait vide, car nul n'était assez grand pour voir par-dessus son épaule. Par ailleurs, aucune des personnes présentes ne semblait en mesure de soulever cent quatre-vingts kilos en position allongée, nager cent mètres sous l'eau, ni tuer un homme à mains nues. Malgré tout, Frazier était beaucoup plus nerveux que ses voisins myopes et malingres car il n'avait encore jamais assisté à une vente aux enchères et ignorait tout du processus.

Il regarda le catalogue et repéra le lot 113 vers le milieu. Si les objets étaient mis à prix dans l'ordre, l'attente risquait d'être longue. Il avait été informé de cette vente par un courriel codé envoyé par le Pentagone sur son BlackBerry. Il poussait un caddie rempli de courses au rayon des produits laitiers, suivant docilement sa femme à travers un supermarché de la banlieue de Las Vegas, quand soudain la sonnerie d'urgence avait retenti. Il avait senti son estomac se serrer en un réflexe pavlovien : ce signal n'augurait jamais rien de bon.

Un filtre depuis longtemps oublié, mis en place par les services du contre-espionnage, passait au crible les médias électroniques à la recherche des mots-clés « livre » et « 1527 ». Un analyste de base était tombé sur quelque chose et le lui avait transmis, étonné qu'un agent au service de l'armée puisse s'intéresser à un vieux bouquin mis aux enchères en Angleterre.

Toutefois, à la Zone 51, l'information avait fait l'effet d'une bombe. Le volume manquant refaisait enfin surface ! Cela revenait à dénicher une aiguille dans une botte de foin ! Où était-il donc resté caché pendant toutes ces années ? Entre les mains de qui était-il passé au fil du temps ? Quelqu'un connaissait-il sa véritable nature ? L'avait-on devinée ? Ce manuscrit avait-il quelque chose de particulier qui puisse compromettre la mission de la Zone 51 ? Des réunions avaient eu lieu. Des plans avaient été élaborés. Des documents administratifs rédigés. Des fonds débloqués et virés. L'opération Main Tendue approchait dangereusement, voilà pourquoi le Pentagone avait chargé Frazier en personne de mener à bien cette mission.

La salle était presque comble quand arriva le personnel procédant à la vente. Impeccable dans son costume, Toby Parfitt, le commissaire-priseur, monta au pupitre pour ajuster son micro et ses différents accessoires. À sa gauche, Martin Stein et deux autres assistants appartenant à la section des livres anciens s'assirent à une table recouverte d'une nappe. Chacun contacta par téléphone des acheteurs potentiels qui ne pouvaient se faire représenter et, l'appareil vissé à l'oreille, attendit avec placidité que la vente commence.

Peter Nieve, le jeune assistant de Toby, se plaça tout de suite à la droite de son maître, tel un lévrier prêt à prendre le départ. Il voulait être le plus près possible à cause du nouveau, Adam Cottle, qui n'était là que depuis quinze jours. C'était un blondinet à l'œil terne d'une vingtaine d'années, aux doigts boudinés, qui ressemblait davantage à un garçon boucher qu'à un marchand de livres anciens. Apparemment, son père connaissait le directeur du personnel, et on l'avait imposé à Toby, alors qu'il n'avait besoin de personne, et que Cottle n'avait aucune expérience, sans parler de diplôme universitaire.

Nieve était sans pitié avec lui. Enfin, il avait quelqu'un sous ses ordres, et il ne se privait pas pour lui imposer toutes les basses besognes. Le garçon s'en acquittait sans broncher, acquiesçant en silence, agissant tel un serviteur obéissant.

Toby examina la salle, adressant de petits signes de reconnaissance polis aux habitués. Il y avait là quelques têtes nouvelles, en particulier cet imposant personnage tout en muscles, assis juste devant lui, et qui ne semblait guère à sa place.

« Mesdames et messieurs, il est l'heure. Nous allons pouvoir commencer. Je suis Alistair Parfitt, votre commissaire-priseur, et je suis heureux de vous accueillir pour cette vente d'automne de livres et de manuscrits anciens de la maison Pierce & Whyte, qui représente une collection diversifiée d'œuvres littéraires de grande qualité. Parmi les objets mis en vente aujourd'hui, se trouvent les trésors de la collection du manoir de lord Cantwell dans le Warwickshire. Je me dois de vous informer que nous acceptons aussi les enchères par téléphone. Notre personnel se tient à votre service en cas de besoin. Alors, si vous le voulez bien, procédons maintenant à la vente. »

La porte du fond s'ouvrit et une belle assistante portant des gants blancs entra avec le premier lot, qu'elle tenait avec timidité devant sa poitrine.

Toby lui adressa un signe de tête et déclara :

« Le lot numéro 1 est un très bel exemplaire de *The Unity of Art*, de John Ruskin. Il s'agit du texte d'une conférence donnée lors des rencontres annuelles de l'école des beaux-arts de Manchester en 1859, publié à Oxford en 1870. L'exemplaire a légèrement bruni malgré son emballage d'origine. Il ferait une belle acquisition pour les *aficionados* de Ruskin et les passionnés d'histoire de l'art. Nous commencerons les enchères à 100 livres. »

Frazier grogna et s'arma de patience pour supporter ce qui s'avérait pour lui un supplice.

New York, au même moment, avec cinq heures de décalage. Deux heures avant que le soleil dissipe les ténèbres glaciales qui s'étendaient sur l'East River. Spence et Kenyon s'étaient réveillés très tôt dans leur domicile nocturne, un parking de supermarché sur Long Island. Dans leur petite cuisine, ils s'étaient fait des œufs au bacon, puis ils avaient pris la route de Manhattan sud afin d'éviter les premiers ralentissements. À 4 h 30, ils s'arrêtaient devant la porte de Will, qui les attendait sur le trottoir, frissonnant dans le froid, mais bouillant de colère après une querelle matinale.

Ce n'était pas une bonne idée d'avoir ce genre de discussion avec Nancy quand elle donnait le sein. Cette pensée ne le quitta pas durant toute leur dispute. Ce n'était pas bien d'élever la voix pour couvrir les bruits minuscules et délicieux d'un bébé qui tète, sans parler de gâcher ce moment de sérénité maternelle. D'un autre côté, il avait fait une promesse à Spence et, après tout, il avait quand même refusé de se rendre en Angleterre. Hélas, cet argument n'avait guère convaincu Nancy. Pour elle, l'affaire Apocalypse appartenait au passé, et mieux valait ne plus songer à la bibliothèque. Elle mesurait parfaitement le danger que représentaient les gardiens. Elle était tout entière dans le présent, les yeux tournés vers l'avenir. Elle avait un fils qu'elle adorait, un mari qu'elle aimait. La vie était belle, mais elle savait qu'il s'en fallait de peu pour que tout change. Elle lui avait dit de ne pas jouer avec le feu.

Hélas, Will était l'entêtement personnifié. Il prit son blouson et quitta l'appartement en fanfare – se culpabilisant dès la porte refermée. Pourtant, il refusa de retourner lui faire des excuses. Sur le plan intellectuel, il comprenait que le mariage nécessite des concessions, toutefois, il n'y consentait pas toujours. Il grommela pour lui-même qu'il avait bien le droit de faire ce qu'il voulait, puis matraqua le bouton de l'ascenseur, comme pour lui casser la figure.

En montant dans le camping-car, il déclara :

« Heureusement qu'on ne fait pas ça chez moi.

– Ça barde à la maison, monsieur Piper ? fit Spence.

– À partir de maintenant, vous m'appelez Will, OK ? répondit-il d'un ton énervé. Vous avez du café ? »

Il s'affala sur le canapé tandis que Kenyon lui en versait une tasse. Spence inscrivit leur destination sur le GPS et démarra. Ils se rendaient au parking d'un centre commercial du Queens où Will pensait qu'ils pourraient se garer sans encombre.

À leur arrivée, il faisait encore nuit. L'endroit était désert car les boutiques ne devaient pas ouvrir avant plusieurs heures. Spence se gara à la limite du grand espace vide. L'écran de son téléphone affichait cinq barres, aussi n'avait-il pas à se soucier de la qualité de la réception.

« Il est 10 heures à Londres. J'appelle. »

Spence se leva, tirant derrière lui sa boîte à oxygène. Il posa sur la table de la cuisine le portable branché sur haut-parleur, et ses compagnons s'assirent à ses côtés tandis qu'il composait le numéro. Un opérateur les connecta avec la maison de vente aux enchères, et une voix suave leur répondit :

« Martin Stein, Pierce & Whyte. Qui est à l'appareil ?

– Bonjour, Henry Spence, j'appelle depuis les États-Unis. Vous m'entendez bien ?

– Parfaitement, monsieur Spence. Nous attendions votre appel. Je vous saurais gré de m'indiquer quels lots vous intéressent.

– Un seul. Le lot 113.

– Je vois. Eh bien, je ne pense pas que nous y arriverons avant une bonne heure, si ce n'est deux.

– Mon téléphone est branché sur secteur et j'ai payé ma facture, donc nous sommes parés. »

À Londres, Frazier luttait contre l'ennui et la fatigue du décalage horaire, mais il était trop discipliné, trop stoïque pour faire la grimace, bâiller ou se trémousser sur sa chaise comme une personne normale. Les livres anciens défilaient en un lent flot de carton, de cuir, d'encre, de papier. Histoire, romans, récits de voyage, poésie, ornithologie, ouvrages scientifiques, de mathématiques, d'ingénierie. Il semblait le seul à ne pas s'y intéresser. Ses congénères bouillaient, enchérissant avec fureur les uns contre les autres, chacun avec son style caractéristique. Certains agitaient la main avec hardiesse. D'autres la levaient à peine. Les vrais habitués, familiers des lieux, avaient leur propre langage des signes que seul le personnel décodait : un hochement de tête décidé, une pommette ou des sourcils relevés. Il y a du fric dans cette ville, songea Frazier en voyant s'envoler à plusieurs milliers de livres des ouvrages qu'il n'aurait pas jugés dignes de caler le pied d'une table.

À New York, l'aube se levait enfin, et la lumière du jour emplissait le camping-car. De temps en temps, Stein reprenait la ligne pour les tenir au courant de l'avancée de la vente. Ils se rapprochaient. Will s'impatientait. Il avait promis à Nancy d'être de retour avant qu'elle parte au travail, et le temps s'écoulait. Spence était bruyant : il ne cessait d'éternuer, de tousser, d'inspirer dans un inhalateur, sans parler des jurons qu'il lâchait.

Quand ce fut le tour du lot 112, l'esprit de Frazier s'éclaircit et, dans un sursaut d'adrénaline, le rythme de sa respiration s'accéléra. C'était un volumineux livre ancien, et d'abord il le prit pour son manuscrit. Toby fit l'éloge de l'ouvrage, dont il prononça le nom latin sans aucune hésitation :

« Le lot 112 est un très beau manuel d'anatomie de Raymond de Vieussens, *Neurographis Universalis, Hoc Est, Omnium Corporis, Humani Nervorum,* publié en 1670 à Francfort par G. W. Kuhn. On y trouve vingt-neuf gravures sur vélin contemporain, il y a certes quelques petites déchirures, mais il s'agit néanmoins d'un excellent exemplaire d'un traité de médecine historique. Les enchères commenceront à 1 000 livres. »

De nombreuses personnes étaient intéressées et la lutte fut aussi âpre que brève. Au fond de la salle, un antiquaire corpulent portant un foulard, qui depuis le début s'intéressait presque uniquement aux ouvrages scientifiques, menait la danse, faisant grimper le prix, agressif, par bonds de 100 livres. Quand le calme revint, il avait obtenu le traité de médecine pour 2 300 livres.

Martin Stein reprit le téléphone.

« Monsieur Spence, nous sommes arrivés au lot 113. Tenez-vous prêt.

– Eh bien, messieurs, nous y sommes », dit-il à ses compagnons.

Will regarda sa montre, très ennuyé. Il avait encore le temps de rentrer chez lui et d'éviter une scène de ménage.

Dès que le manuscrit fut dans la salle, Frazier ne le quitta plus des yeux. Même à cette distance il en était certain : c'était bien lui. Il travaillait à la bibliothèque depuis vingt ans, et il n'y avait aucune erreur possible. Le moment était venu. Il avait passé la matinée à observer comment se déroulaient les enchères, et il en connaissait désormais toute la mécanique. Prêt à donner l'assaut, songea-t-il pour se mettre en condition.

Toby parla du livre avec cœur, comme s'il regrettait de le voir partir.

« Le lot 113 est tout à fait unique. Il s'agit d'un journal écrit à la main, daté de 1527, à la magnifique reliure en cuir de veau, d'un peu plus de deux mille pages d'un vélin de toute première qualité. On subodore qu'une feuille a été remplacée, à une époque indéfinie, à l'intérieur de la couverture. Ce livre semble être un registre des naissances et des décès à caractère international, puisqu'on y trouve de nombreuses langues européennes, africaines et orientales. Il fait partie des collections de la famille Cantwell sans doute depuis le XVIe siècle, mais on ignore sa provenance. Nous avons consulté des membres des universités d'Oxford et de Cambridge. Hélas, il n'existe pas de consensus quant à son origine. Ce manuscrit demeure donc, si je puis m'exprimer ainsi, une énigme enveloppée de mystère. Cela en fait par conséquent une curiosité extraordinaire, et je propose que nous démarrions les enchères à 2000 livres.

Frazier leva la main avec une telle brusquerie que Toby sursauta. C'était la première fois que cet imposant client se manifestait depuis le début de la vente, environ deux heures plus tôt.

« Merci, fit le commissaire-priseur. Qui propose 2500 ? »

À travers le petit ampli, Will entendit Stein proposer 2500 livres, et Spence de commenter :

« Très bien. »

Stein fit un signe de tête à Toby qui reprit :

« Nous avons une enchère par téléphone à 2500. Qui propose 3000 ? »

Frazier se tortillait sur son siège, mal à l'aise. Il espérait ne pas avoir de concurrents. Il leva la main.

« J'ai ici 3000, qui va pour 3500 ? Merci », fit-il en désignant le fond de la salle.

Frazier se retourna et vit l'homme au foulard hocher la tête.

« À présent qui propose 4000 ? »

Stein relaya l'information.

« Mais quel bordel ! fit Spence à voix basse. 5000 !

– J'ai ici 5000, déclara Stein.

– Très bien, acquiesça Toby avec souplesse. Qui propose 6000 ? »

Frazier ressentit un pincement d'anxiété. Il disposait d'une bonne marge, mais il escomptait que la vente se déroule en douceur. Il leva la main à nouveau.

« J'ai là 6 000, qui va pour 7 000 ? »

L'homme au foulard secoua la tête, jetant le gant. Toby se tourna vers ses collègues au téléphone. Stein parlait, puis il écouta, reprit la parole, pour annoncer enfin avec une certaine emphase :

« Mon client propose 10 000 livres !

– Je prendrai donc la liberté de demander si quelqu'un suit à 12 000 ? »

Frazier jura à voix basse et leva la main.

Spence avait les mains moites. Will le vit s'essuyer sur sa chemise.

« Je n'ai pas le temps de jouer à ce petit jeu.

– C'est votre argent, déclara Will.

– Je monte à 20 000, monsieur Stein. »

L'annonce eut beaucoup d'effet sur la salle. Frazier cligna des yeux, incrédule. Sa main frôla la poche de son pantalon où se trouvait son portable. Il était encore trop tôt pour s'en servir. Il avait encore une bonne marge.

La moustache de Toby remonta très légèrement quand sa lèvre supérieure se releva d'excitation.

« Fort bien ! Dirons-nous alors 30 000 ? »

Frazier n'hésita pas. Bien sûr qu'il suivait.

Au bout de quelques secondes, la réponse de l'enchérisseur par téléphone suivit. Stein, sidéré, annonça :

« Les enchères montent à 50 000 livres. »

Dans la salle, les murmures allaient *crescendo*. Stein et Toby échangèrent un regard interloqué, mais le commissaire-priseur conserva son calme imperturbable et déclara simplement :

« J'ai ici 50 000 livres, qui propose 60 000 ? »

Il fit signe à Peter Nieve de s'approcher et le pria d'aller chercher le directeur.

Dans son énorme poitrine, Frazier sentait cogner son cœur. Il était autorisé à monter jusqu'à 250 000 dollars, soit environ 150 000 livres, ce que ses supérieurs avaient jugé très suffisant étant donné que l'estimation supérieure du manuscrit ne dépassait pas 3 000 livres. Il n'y avait pas un penny de plus sur le compte bloqué chez Pierce & Whyte établi à son nom. La moitié était déjà engagée. Mais putain, quel est le connard qui enchérit contre moi ? se demanda-t-il avec rage. Puis il leva la main avec force.

À New York Spence appuya sur la touche muet de son téléphone et se plaignit à voix haute :

« J'aimerais pouvoir regarder dans les yeux le fils de pute qui enchérit contre nous. Mais qui voudrait payer une somme pareille pour un manuscrit qui ressemble à un registre paroissial ?

– Sans doute quelqu'un qui sait de quoi il s'agit réellement, répondit Will d'un air sinistre.

– C'est pourtant peu probable... à moins que... Alf, qu'en penses-tu ?

– C'est possible, Henry, répondit-il en haussant les épaules. C'est possible, en effet.

– De quoi parlez-vous ? interrompit Will.

– Des gardiens. Ces abrutis de la Zone 51 sont peut-être au courant. Mais j'espère que non. On va faire grimper un peu les enchères.

– Mais de combien d'argent dispose-t-il ? demanda Will à Kenyon.

– Beaucoup.

– Et on ne peut pas l'emporter avec soi ! ajouta Spence avant de débloquer la touche muet. Stein, on met le paquet : proposez 100 000 pour moi. Je n'ai pas la patience nécessaire pour ce genre de petit jeu.

– Pouvez-vous confirmer que vous venez bien de proposer 100 000 livres ? fit l'autre d'une voix blanche.

– C'est exact. »

L'employé hocha la tête et annonça d'une voix forte :

« L'enchère par téléphone est à présent de 100 000 livres ! »

Frazier s'aperçut que, malgré son flegme, Toby affichait désormais une certaine méfiance. Ce type vient de comprendre que le manuscrit est beaucoup plus important qu'il n'en a l'air, songea-t-il.

« Eh bien, fit le commissaire-priseur en regardant droit dans les yeux furieux de Frazier. Je me demande, monsieur, si vous monterez à 125 000 livres ? »

Le gardien hocha la tête et pour la première fois de la matinée répondit simplement :

« Oui. »

Il atteignait presque son plafond. La dernière fois où il avait fait l'expérience d'un état proche de la panique, il avait une vingtaine d'années et faisait partie d'un commando à bord d'un petit bateau au large de l'Afrique de l'Est. La mission avait mal tourné. Coincés, à trente contre un, ils essuyaient les tirs de grenades des rebelles. Aujourd'hui, c'était pire.

Il sortit son portable et composa en hâte le numéro du secrétaire à la Marine qui, à cet instant même, disputait une partie de squash matinale à Arlington. Son portable sonna dans son vestiaire et Frazier entendit : « Vous êtes bien sur le portable de Lester. Laissez-moi un message et je vous rappellerai. »

Stein informa Spence de la nouvelle enchère de 125 000 livres. Spence lui demanda de patienter une seconde et appuya sur la touche muet.

« Il est temps d'en finir », grommela-t-il à l'attention de ses compagnons.

Will haussa les épaules. C'était son pognon. Quand le vieil homme reprit la ligne, il dit à Stein :

« Je propose 200 000 livres. »

Quand l'autre répéta la somme, Toby dut poser les deux mains sur son pupitre pour ne pas chanceler.

Dans les coulisses, le directeur de Pierce & Whyte, un aristocrate aux cheveux blancs parfaitement impassible, se mit à pianoter du bout des doigts sur le mur, nerveux. Puis le commissaire-priseur s'adressa d'un ton poli à Frazier :

« Monsieur désire-t-il faire monter les enchères ? »

Le gardien se leva pour s'isoler.

« Je dois passer un coup de fil. »

Il avait la gorge si serrée que seul un filet de voix passait, ce qui le rendait un peu ridicule étant donné sa corpulence.

« Je peux octroyer à monsieur un petit laps de temps. »

Frazier rappela Lester, puis son bureau au Pentagone, où il tomba sur un assistant. Il inonda soudain l'infortuné sous un torrent de murmures urgents.

Toby l'observait avec patience.

« Souhaitez-vous enchérir ? finit-il par demander.

– Minute ! » s'écria Frazier.

L'assistance sursauta. Cette vente était décidément fort inhabituelle.

« Alors, est-ce qu'on l'a ? s'enquit Spence par téléphone.

– L'autre enchérisseur est au téléphone, répondit Stein.

– Eh bien dites-lui qu'il se dépêche », déclara-t-il en éternuant.

Frazier avait des sueurs froides. C'était un cauchemar : la mission tournait à l'échec, possibilité qui n'avait même pas été envisagée. Il avait l'habitude de résoudre les problèmes en recourant à la force, mais ses stratégies habituelles n'avaient pas cours dans cette salle policée du cœur de Londres, pleine de bibliophiles au teint de parchemin.

Stein releva les sourcils pour montrer à Toby que son client s'impatientait.

Le commissaire-priseur, à son tour, chercha du regard son directeur, et tous deux opinèrent du chef, scellant le destin du manuscrit.

« Je crains, à moins que quelqu'un ne propose une enchère supérieure, que nous devions nous arrêter à 200 000 livres. »

Frazier essaya de l'ignorer tandis qu'il continuait à s'exciter à voix basse dans son portable.

En un geste théâtral, Toby releva son maillet plus haut que d'ordinaire. Puis il déclara avec lenteur, clarté et fierté :

« Mesdames et messieurs, une fois, deux fois, trois fois, adjugé à l'enchérisseur par téléphone pour la somme de 200 000 livres ! »

Le maillet s'abattit sur le pupitre avec un bruit sonore, cédant la place au silence. Enfin, Frazier fit volte-face et s'exclama :

« Non ! »

FRAZIER ARPENTAIT LE TROTTOIR de Kensington High Street d'un pas furieux, sans prêter la moindre attention aux piétons, qui devaient faire un bond de côté pour éviter son train de char d'assaut. Il pianotait sur son portable en gestes hystériques, essayant de faire comprendre à ses supérieurs la gravité de la situation et de leur soutirer un plan. Quand enfin il réussit à avoir en ligne le secrétaire à la Marine, il dut se réfugier dans une parapharmacie car le ronflement du bus 27 l'empêchait d'entendre.

Quand il revint à l'extérieur, dans le brouhaha et les fumées de diesel, les poings enfoncés dans ses poches, il tirait une tête de trois pieds de long. On était jeudi midi, il faisait beau, et tous les passants qui allaient déjeuner étaient de bien meilleure humeur que lui. Les ordres de Lester étaient pathétiques : « Improvisez. Mais sans violer les lois britanniques. » Il fallait bien sûr comprendre : « Si vous commettez des actes illégaux, ne vous faites pas prendre ! »

Il revint chez Pierce & Whyte et déambula dans le hall, entrant et sortant sans arrêt de la salle des ventes. Toby l'avait vu et donnait l'impression de vouloir l'éviter. Frazier le coinça au moment où il s'apprêtait à filer par la porte réservée au personnel.

« J'aimerais parler au type qui a remporté le lot 113.

– Quel duel, en effet ! » s'exclama Toby, diplomate.

Suivit un silence délibéré, Toby espérant peut-être obtenir une explication de l'engouement pour ce manuscrit, à présent que l'homme avait perdu la partie. Mais Frazier revint à la charge sans fournir la moindre explication.

« Pouvez-vous me donner son nom et son numéro de téléphone ?

– Hélas, c'est impossible. Ce serait contraire à notre principe de confidentialité. En revanche, si vous le souhaitez, je peux communiquer vos coordonnées à votre concurrent, pour qu'il vous contacte. »

Frazier insista, laissant entendre à Toby qu'il n'aurait pas à le regretter – ce qui mit celui-ci fort mal à l'aise. Aussi, avisant Martin Stein, le commissaire-priseur s'empressa-t-il de s'excuser et d'aller trouver son adjoint. Frazier resta près d'eux malgré tout, et écouta leur conversation.

« Il a insisté pour qu'on lui livre le manuscrit à New York dès ce soir. Il offre un aller-retour en première classe, et une nuit d'hôtel à un membre de notre personnel. Il a déjà réservé une place sur le vol 179 de la British Airways pour ce soir.

– Eh bien, non, je n'irai pas, répondit Toby.

– Moi non plus, j'ai un dîner », rétorqua Martin irrité.

Le commissaire-priseur avisa alors ses deux assistants, à l'autre bout de la pièce, et leur fit signe d'approcher. Nieve bouillait encore d'excitation après cette vente fantastique ; Cottle était comme d'habitude impassible.

« J'ai besoin de quelqu'un pour livrer le manuscrit de 1527 à New York ce soir. »

Cottle s'apprêtait à répondre mais son collègue le prit de vitesse.

« Zut alors ! J'aurais adoré y aller, Toby, mais mon passeport est périmé ! Ça fait un moment que je dois m'en occuper...

– J'irai, monsieur Parfitt, proposa aussitôt Cottle. Je suis libre.

– Vous vous êtes déjà rendu à New York ?

– Oui, une fois, en voyage scolaire.

– Très bien, vous êtes donc désigné pour porter le manuscrit. L'acheteur a prévu que les taxes soient payées à Kennedy Airport et ajoutées sur sa note. Vous aurez un aller-retour en première classe, une chambre dans un hôtel de luxe, donc vous serez fort bien traité. De plus, cette personne est tout à fait consciente des problèmes relatifs à la sécurité, aussi à votre arrivée, vous récupérerez l'adresse de livraison au comptoir de la British Airways.

– En première classe ! se lamenta Nieve. Merde alors ! Tu me dois une fière chandelle, Cottle ! Faudra que tu me renvoies l'ascenseur ! »

Frazier s'éclipsa. À l'accueil, l'hôtesse rangeait les brochures et les feuilles de présence quand il s'approcha.

« Je voudrais adresser mes remerciements au jeune type qui travaille ici. Cottle. Il m'a beaucoup aidé. Vous pouvez me dire son prénom et comment s'écrit son nom de famille ?

– Il s'appelle Adam. »

Puis elle lui épela son nom, surprise qu'un employé aussi insignifiant que Cottle puisse avoir été utile à un client. C'était tout ce que Frazier avait besoin de savoir.

Quelques heures plus tard, il était dans un taxi en direction de l'aéroport, avalant goulûment trois Big Mac achetés dans le seul restaurant de Kensington High Street digne de confiance. Cent mètres plus loin, Adam Cottle filait aussi vers Heathrow. Le gardien ne craignait pas de le perdre car il connaissait la destination du jeune homme et de son précieux paquet.

Un peu plus tôt, Frazier avait appelé son bureau à la Zone 51 en demandant une recherche prioritaire sur Adam Cottle, environ vingt-cinq ans, employé chez Pierce & Whyte Auctions à Londres, en Grande-Bretagne.

Dix minutes plus tard, son subordonné le rappelait.

« J'ai votre homme. Adam Daniel Cottle, domicilié à Alexandra Road à Reading, dans le Berkshire. Date de naissance : 12 mars 1985.

– Et quelle est sa DDD ?

– C'est drôle que vous demandiez ça, chef, parce que c'est justement aujourd'hui. Votre type va clamser. »

Pourquoi est-ce que je ne suis même pas choqué ? s'interrogea Frazier avec lassitude.

WILL PASSA LES HARICOTS VERTS à son beau-père. Joseph n'en laissa que quelques-uns. Ils étaient en effet exactement comme il les aimait : bien beurrés et croquants – ce qui n'était guère étonnant, puisque c'est sa femme qui les avait préparés. Mary s'était d'ailleurs occupée de tout le repas. Jusqu'au pain. En arrivant dans la minuscule cuisine, elle avait tout déballé, réchauffé et disposé ce festin sur des plats tandis que les autres s'extasiaient sur Phillip.

Les jeunes grands-parents ne se lassaient pas de leur petit-fils. Effectuer le trajet entre Westchester et le sud de Manhattan à cette heure-là ne leur faisait pas peur si c'était pour le voir. Mary ne voulait pas infliger à sa fille débordée la préparation du dîner, aussi avait-elle cuisiné des lasagnes avec tous les accompagnements nécessaires ; quant à Joseph, il s'était occupé du vin. Phillip, lui, était en pleine forme : pour ses grands-parents c'était un vrai bonheur.

Bien qu'il s'agisse d'un dîner en famille, Mary était habillée avec élégance, et s'était même rendue chez le coiffeur. Elle s'affairait à travers la petite cuisine dans un nuage de parfum et de laque, version plus en chair de sa fille, étonnamment jeune et jolie. Avec ses longs cheveux blancs bouclés, Joseph, lui, avait l'air d'un savant fou, rampant sur le sol à la poursuite du bébé rieur.

Nancy et Will étaient assis tous les deux sur le canapé, mais à distance. Maussades, ils serraient leur verre de vin sans rien dire. Les Lipinski avaient tout de suite compris qu'ils entraient dans une zone de turbulence conjugale, et faisaient de leur mieux pour rendre l'atmosphère plus légère.

Joseph se rapprocha de sa femme, se versa un verre de vin et lui tapota l'épaule pour s'assurer qu'elle le regardait.

« Ce n'est pas si facile, tu sais, murmura-t-elle. Tu te souviens ?

– Je ne me rappelle que les bonnes choses », répondit-il en lui donnant un baiser léger.

Au dîner, Mary observa Will.

« Will, vous rajoutez du sel avant même d'avoir goûté !

– J'aime quand c'est bien salé.

– Je dois remplir la salière toutes les semaines, fit Nancy d'un ton accusateur.

– Il me semble que ce n'est pas très bon pour la santé, remarqua Joseph. Où en est votre pression artérielle ?

– J'en sais rien, répondit Will d'un ton boudeur. J'ai jamais eu de problème. »

Il n'était pas d'humeur à bavarder, et il ne faisait aucun effort pour le cacher.

Nancy n'avait guère apprécié l'histoire de la vente aux enchères, et, avec le recul, Will regrettait de ne pas avoir dissimulé les détails. Toute la journée durant, elle avait fulminé : Will se laissait embarquer dans une histoire qui n'était pas la sienne. Elle était sortie de ses gonds quand il lui avait appris d'un ton détaché qu'il avait proposé aux deux autres de passer chez lui un peu plus tard.

« Tu veux laisser ces gens venir ici, alors que Phil dort à trois mètres de là ?

– Ce sont de vieux messieurs inoffensifs. Ils ne resteront que quelques minutes. Je ferai attention à ce qu'ils ne vous réveillent pas.

– Tu as perdu l'esprit ? »

À partir de là, la situation n'avait fait qu'empirer.

« Alors, comment ça va, au travail, ma chérie ? fit Joseph à sa fille.

– Ils me traitent comme si j'avais eu une opération du cerveau. Les missions dont on me charge sont ridicules. Je viens d'avoir un bébé, je n'ai pas été malade.

– Eh bien moi, je suis heureuse que ça se passe comme ça, déclara sa mère. Tu es une jeune maman.

– Ah ? En fait, c'est toi qui donnes des ordres à mon boss ? » lâcha-t-elle avec amertume.

Joseph tenta de lui remonter le moral :

« Je suis sûr que tu vas retrouver bientôt ton niveau optimal. »

Comme Nancy ne répondait rien, il s'adressa à Will :

« Et vous, la retraite, c'est toujours aussi bien ?

– Tu parles ! Qu'est-ce qu'on se marre ! fit Will, sarcastique.

– Eh bien, vous êtes mon héros. Dans deux ans, Mary et moi, on y sera, nous aussi. Alors on vous observe pour apprendre comment il faut s'y prendre. »

Tout à sa mauvaise humeur, Will retourna ce commentaire dans sa tête en se demandant s'il y avait quelque chose d'insultant.

Après le départ de ses parents, Nancy se consacra à son fils, puis elle se prépara pour aller se coucher. Elle était glaciale avec Will, ne lui adressait pas la parole et faisait tout pour l'éviter. L'étroitesse des lieux ne faisait qu'accroître le problème.

Enfin, elle sortit de la salle de bains, rose et fraîche, vêtue d'une nuisette dévoilant juste ce qu'il fallait pour enflammer l'imagination. Les bras croisés, elle le toisa. Il regardait la télévision. La posture de Nancy mettait en valeur sa superbe poitrine. Il avait beau la trouver très, très sexy, l'expression de son visage décourageait d'office toute tentative.

« S'il te plaît, dis-leur de ne pas venir.

– Ils ne resteront que cinq minutes. Tu ne les entendras même pas », s'entêta-t-il.

Il refusait de céder. Ce n'était pas son genre.

Elle referma la porte derrière elle avec sécheresse. Si le bébé n'avait pas été assoupi, elle l'aurait sûrement claquée. Les yeux de Will glissèrent de l'écran de la télévision vers le bar, au-dessous, où trônait sa dernière bouteille de scotch. Dans sa tête, il l'ouvrit, et se versa un bon whisky.

LES HÔTESSES FERMÈRENT L'ESPACE réservé aux première classe du vol BA 179 avant d'amorcer la descente sur Kennedy Airport. Durant toute la durée du voyage, le jeune Cottle était resté assis, imperturbable, apparemment indifférent au luxe que déployait la British Airways, offrant du champagne et autres vins fins, du canard aux cerises, des truffes au chocolat, des films inédits, ainsi qu'un siège se transformant en lit, agrémenté d'une couette en plume.

À quelques rangées en arrière, Malcolm Frazier faisait la queue devant les toilettes. Au bout de six heures, recroquevillé sur un siège étroit, entre deux autres passagers, il était raide comme un piquet et sur le point d'exploser. L'opération tout entière s'avérait un désastre et ses supérieurs lui avaient bien fait comprendre qu'il était seul responsable de ce fiasco.

À présent, la tâche s'avérait beaucoup plus compliquée. Au lieu d'une simple livraison, sa mission consistait désormais en une enquête approfondie pour découvrir qui avait payé pareille fortune pour ce manuscrit et quelles étaient ses motivations. Frazier était chargé de pister le livre afin de le découvrir, sans laisser de traces, quel qu'en soit le prix. Et bien sûr, tout cela était urgentissime. Au bord de la crise de nerfs, Lester, son supérieur, avait exigé d'être informé minute par minute.

Tout ça mettait Frazier encore plus en rogne et lui donnait des envies de meurtre.

Dans la salle d'embarquement, au terminal 5 de l'aéroport d'Heathrow, le gardien avait approché Cottle alors qu'il attendait pour monter dans l'avion. L'Américain craignait en effet qu'il ne le remarque plus tard et trouve sa présence suspecte. Aussi voulait-il éliminer le doute dans la tête du jeune homme – et en profiter pour lui poser quelques questions innocentes.

« Eh ! s'exclama-t-il d'un ton joyeux. Regardez-moi qui est là ! J'étais à la vente, ce matin. »

L'Anglais le dévisagea.

« Bien sûr, monsieur. Je me souviens.

– Ah, c'était quelque chose, pas vrai ?

– Oui, monsieur, une rude partie.

– Alors comme ça, on est dans le même avion ! C'est drôle, hein ! Et je parie que je sais ce que vous transportez ! fit-il en désignant la mallette du garçon. Pas moyen de savoir à qui vous allez livrer le bouquin ? Je n'ai pas perdu espoir de l'acheter, j'aimerais faire une proposition au type qui m'a battu, aujourd'hui.

– Je crains que ça ne soit pas possible, monsieur. Le principe de confidentialité et tout ça, vous savez. »

Un haut-parleur annonça que les première classe pouvaient à présent monter dans l'appareil. Cottle agita sa carte d'embarquement.

« Bon voyage, monsieur », termina-t-il avant de s'éloigner.

Will bondit du canapé avant que la sonnette retentisse une seconde fois. Il était presque 23 heures : les gars étaient pile au rendez-vous. Il les attendit dans l'entrée, afin de leur rappeler de ne pas faire de bruit. Quand les portes de l'ascenseur s'ouvrirent, il fut ébahi en découvrant Spence juché sur un scooter électrique rouge comme un camion de pompiers, sa boîte à oxygène bien installée dans le panier à bagage, flanqué de Kenyon.

« Ça fait pas de bruit, au moins, votre engin ? fit Will soudain nerveux.

– Ce n'est pas une Harley », répondit Spence avec indifférence. Sa machine avança en ronronnant doucement.

Les trois hommes formaient une étrange équipe dans le petit salon de Will. Ils parlaient peu, à voix basse, et regardaient le journal télévisé de 23 heures. Kenyon avait suivi la progression du vol BA 179 et confirma qu'il n'avait pas de retard. Le temps d'effectuer les formalités d'usage à la douane, de monter dans un taxi, le porteur n'allait pas tarder à présent.

Grâce à sa plaque fédérale, Frazier n'attendit pas pour passer la douane. Il se mêla au public qui attendait les passagers dans la salle de débarquement. L'un de ses hommes, DeCorso, était déjà là. Avec son blouson de cuir matelassé, sa barbe de trois jours et sa claudication prononcée, il avait l'air patibulaire. Sans un mot, il tendit à son chef une lourde pochette en cuir. Frazier se sentit tout de suite soulagé de retrouver ses outils de travail habituels. Il glissa l'arme dans la mallette vide, où le manuscrit aurait dû se trouver.

DeCorso se tenait à son côté, statue silencieuse. Depuis le temps qu'il travaillait avec lui, Frazier savait qu'il était inutile de lui faire la conversation : il n'était pas du genre bavard. Il savait aussi que s'il lui donnait un ordre, DeCorso l'appliquerait à la lettre. Il lui devait bien ça. La seule raison pour laquelle il avait été réintégré à la Zone 51 à sa sortie de l'hôpital, c'est parce que son chef l'avait demandé. En effet, il ne s'était pas vraiment couvert de gloire.

Will Piper était la cause de tous ses maux. À quatre contre un, ce putain d'agent du FBI les avait tous éliminés en combat rapproché. DeCorso avait repris le boulot depuis à peine quelques mois. À présent, il n'avait plus de rate, se trimballait toute une quincaillerie dans le fémur et devrait toute sa vie durant subir des injections régulières de Pneumovax pour éviter les infections. Les trois autres conservaient de lourds handicaps. L'un d'eux avait même un tube qui lui sortait de l'estomac. En tant que chef d'équipe, DeCorso avait complètement foiré.

Frazier n'était pas obligé de le reprendre avec lui, pourtant, il avait tenu à le faire.

L'air d'un touriste égaré, Adam Cottle arriva enfin dans la salle avec sa mallette. Frazier le désigna du menton.

« C'est lui », fit-il avant de se cacher derrière DeCorso.

Ils virent le jeune homme aller au comptoir de la British Airways où on lui remit une enveloppe. Il prit ensuite la direction de la sortie.

« Je suis garé sur le trottoir. Un flic surveille ma bagnole.

– Parfait. Et maintenant, on va voir qui est l'enculé qui m'a planté. »

Ils suivirent le taxi jaune sur la voie express Van Wyck. La circulation était fluide, et le taxi n'était pas difficile à suivre. DeCorso annonça qu'ils allaient emprunter le tunnel menant vers Manhattan. Frazier haussa les épaules, brisé par la fatigue, et grommela :

« Peu importe. »

Le taxi s'arrêta devant un immeuble et Cottle descendit avec la mallette. Puis il se baissa et demanda au chauffeur de l'attendre. Enfin, il sortit un papier de sa poche, et s'engouffra dans le hall.

« Vous voulez que je le suive ? » demanda DeCorso.

Ils stationnaient à peu de distance.

« Non. Son taxi l'attend, il ne va pas tarder. Sors-moi la liste des résidents de l'immeuble. »

DeCorso prit son ordinateur portable et entra le code pour se connecter au serveur de la Zone 51. Pendant qu'il cherchait, Frazier ferma les yeux, bercé par le cliquetis du clavier.

« Nom de Dieu !

– Qu'est-ce qu'il y a ? » fit Frazier en sursautant.

DeCorso lui passa le portable. L'autre le prit et cligna des yeux pour mieux lire les caractères minuscules de l'écran.

« Et alors ?

– Regardez, en bas de la liste. »

C'est alors qu'il le vit. Will Piper. Appartement 6 F.

Le visage du chef des gardiens s'allongea. Suivit un torrent d'injures.

« Putain ! J'y crois pas ! Will Piper ! Je leur avais bien dit à ces connards du Pentagone qu'ils étaient dingues de le laisser filer ! »

Aussitôt il le revit, confortablement installé dans le fauteuil du jet privé de Lester, sirotant son scotch à douze mille mètres d'altitude, énonçant ses conditions.

« Pour sûr, chef, vous le leur avez dit.

– Et maintenant, le voilà qui revient nous faire chier !

– Laissez-moi le descendre, patron. »

DeCorso suppliait presque. Il frotta sa cuisse droite, encore douloureuse là où Will lui avait éclaté l'os.

« Il est ADH, tu te souviens ?

– Ça n'empêche pas que je peux bien l'amocher. »

Frazier ne répondit pas. Dans sa tête, il passait en revue différents scénarios. À nouveau, il allait devoir donner quelques coups de fil, mais cette fois un peu plus haut dans la hiérarchie.

« Un agent du FBI à la retraite qui vit dans un quartier comme celui-là ne peut pas avoir 300 000 dollars sous le coude pour s'acheter un bouquin à une vente aux enchères. C'est un homme de paille. Faut qu'on trouve qui il couvre. Et il faut surveiller nos arrières. » Il rendit le portable à DeCorso. « Mais quel fouteur de merde, ce Piper ! »

Cottle était assis avec raideur sur un canapé dans une ville étrangère, où il échangeait à mi-voix des plaisanteries avec un vieillard obèse installé sur un scooter électrique. Il y avait là son ami, tout aussi vieux que lui, et un type entre deux âges, qui remplissait la pièce de sa présence imposante, menaçante.

Will songea que le jeune homme devait davantage se sentir dans la peau d'un passeur de drogue que dans celle d'un marchand de livres anciens.

L'Anglais ouvrit la mallette. Le manuscrit, enveloppé de papier bulle, formait un gros cube mou. Spence fit un geste enfantin, le pressant de le lui donner. Mais ses bras ne pouvaient supporter le poids du livre, aussi dut-il aussitôt le poser sur ses genoux. Avec enthousiasme, il entreprit de le débarrasser de sa gangue de plastique, qu'il laissa choir sur le sol.

Will l'observait, qui ôtait les différentes feuilles, comme des pelures d'oignon, s'approchant de plus en plus du cuir. Malgré la gravité de l'instant, il redoutait que Kenyon ne réveille Phillip en marchant sur le plastique et en faisant éclater les bulles.

Enfin, la dernière couche. Spence souleva la couverture avec douceur. Il se plongea dans la première page, absorbant tout ce qu'il pouvait. Kenyon s'était penché par-dessus son épaule.

« Mon Dieu ! » murmura-t-il.

Vue d'en face, l'écriture était si serrée que la page semblait noire à Will. C'était une expérience très différente de voir les noms écrits de main humaine au lieu de les lire sur l'ordinateur de Shackleton, dans une police de caractères moderne. Une personne avait trempé sa plume dans un encrier des dizaines de milliers de fois pour remplir ces pages. Que pouvait-il bien se passer dans la tête du scribe ? Qui était-il ? Comment avait-il pu accomplir ce tour de force ?

Cottle rompit ce moment de grâce. Malgré son air fruste, il s'exprimait avec politesse.

« On a contacté des experts. Des universitaires. Aucun n'avait la moindre idée de ce dont il s'agissait, ni d'où ça venait, à part bien sûr le fait évident qu'il s'agit d'un registre des naissances et des décès. On se demandait si vous, vous aviez une idée de sa provenance. »

Spence et Kenyon relevèrent en même temps la tête. Le premier ne dit rien, aussi le second dut-il faire une réponse diplomatique.

« En fait, c'est la période qui nous intéresse. Il s'est passé beaucoup de choses au début du XVIe siècle. Ce manuscrit est une pièce unique, et nous voulons l'étudier de près. Si nous trouvons quelque chose, nous serons heureux de vous en faire part.

– Merci, nous aimerions en savoir un peu plus, bien sûr. Car nous sommes curieux. C'est quand même beaucoup d'argent pour un livre dont on ne sait rien. C'est votre appartement, monsieur ? » fit-il ensuite en jetant un coup d'œil autour de lui.

Will lui lança un regard soupçonneux. Quelque chose le dérangeait dans cette question.

« Ouais, c'est chez moi.

– Vous êtes aussi de New York, monsieur Spence ?

– Un peu plus à l'ouest, fit-il, évasif. En fait, oui, vous pourriez nous aider, dit-il pour changer de sujet.

– Avec plaisir.

– Parlez-nous un peu du vendeur, Cantwell.

– Il n'y a pas longtemps que je travaille pour cette maison, mais on m'a dit que c'est le client typique : beaucoup de biens mobiliers et immobiliers, mais pas de revenus. Mon supérieur, Peter Nieve, s'est rendu à Cantwell Hall pour vérifier la marchandise à expédier. C'est un vieux manoir du Warwickshire qui est dans la famille depuis des siècles. Lord Cantwell se trouvait sur place, mais c'est surtout à sa petite-fille que Nieve a eu affaire.

– Qu'ont-ils dit à propos de ce manuscrit ?

– Pas grand-chose, en fait. Il fait partie de leur patrimoine depuis toujours. D'après les souvenirs de lord Cantwell, il est dans sa famille depuis des générations et des générations, mais il n'avait aucune anecdote particulière à raconter à son propos. Il pensait qu'il s'agissait d'un registre paroissial ou municipal. Peut-être venant du continent, étant donné le nombre de langues. Il ne tenait pas tellement à cet ouvrage. Ce qui n'était pas le cas de sa petite-fille.

– Ah bon ? Pourquoi ?

– Elle a dit à Peter qu'elle avait toujours été attachée à ce livre. Elle ne pouvait pas l'expliquer, mais elle sentait qu'il s'agissait d'une œuvre très spéciale, et elle ne voulait pas s'en séparer. Lord Cantwell n'était pas de cet avis. »

Spence referma l'ouvrage.

« Et c'est tout ? Ces gens ne savent vraiment rien d'autre sur son histoire ?

– C'est là tout ce qu'on m'a dit.

– Dites-moi, il y avait un autre enchérisseur.

– Celui contre qui vous avez bataillé.

– Qui est-ce ?

– Je ne peux pas vous le dire.

– De quelle nationalité était-il ? demanda à son tour Kenyon. Vous pouvez au moins nous dire ça ?

– C'était un Américain. »

« Il s'est montré bien curieux à notre sujet, vous ne trouvez pas ? » déclara Will après le départ de Cottle.

Spence éclata de rire.

« Ça les rend fous d'imaginer que quelqu'un d'autre puisse en savoir plus long qu'eux ! Ils doivent éprouver une angoisse viscérale à l'idée qu'ils l'ont peut-être bradé.

– Et c'est le cas, souligna Kenyon.

– N'oubliez pas que notre concurrent était américain. »

Spence secoua la tête.

« J'espère de tout mon cœur que ce fils de pute ne travaille pas dans le Nevada. Il faut être prudent et rester sur nos gardes. Et vous, Will, vous voulez jeter un coup d'œil ? dit-il en tapotant la couverture. »

Il prit le manuscrit sur les genoux de Spence puis se rassit sur le canapé. Il l'ouvrit ensuite, au hasard, et se perdit quelques minutes dans cette litanie de noms et de vies depuis longtemps envolées, dans ce livre des âmes.

COTTLE SAUTA DANS SON TAXI et demanda au chauffeur de le conduire à l'hôtel Grand Hyatt où une chambre avait été réservée à son nom. Il pensait prendre une douche rapide, puis aller faire un tour en ville. Peut-être essaierait-il une ou deux boîtes avant de s'écrouler de fatigue, éreinté par cette journée qui n'en finissait pas. Au moment où le taxi démarrait, il laissa un message à Toby Parfitt pour lui annoncer que le précieux colis était arrivé à bon port. Il lui restait encore un appel à passer, mais il attendrait d'être seul dans sa chambre d'hôtel.

Frazier avait une décision à prendre sur-le-champ : suivre le porteur afin d'essayer de lui soutirer des informations peut-être importantes, ou bien fondre sur Piper et lui reprendre le manuscrit. Encore fallait-il que l'ancien agent spécial soit seul. Qu'arriverait-il s'il devait forcer sa porte ? C'en serait fini de lui si jamais il avait maille à partir avec la police ce soir-là.

Il regretta de ne pas avoir une seconde équipe sur place. Alors, il agit selon son instinct : il savait que Cottle devait mourir ce soir, aussi décida-t-il de commencer par lui. Quand DeCorso démarra, Frazier regarda la fenêtre allumée de Will, au sixième étage, et, en silence, se promit de revenir plus tard.

Le taxi déposa Cottle un peu plus loin, devant l'entrée surélevée du Grand Hyatt, sur Vanderbilt Avenue. Le jeune Anglais prit l'escalator qui descendait vers le hall d'entrée en contrebas. Pendant qu'on lui remettait les clés de sa chambre, Frazier et DeCorso l'observaient depuis l'ascenseur. C'était à lui de venir à eux.

« Tu peux l'intimider un peu, mais vas-y mollo quand même. Il parlera. Ce n'est qu'un sous-fifre. Essaie de découvrir ce qu'il sait sur Piper, pourquoi il voulait le bouquin et s'il y avait quelqu'un d'autre dans l'appartement. Tu connais ton boulot. »

DeCorso acquiesça d'un grognement et son chef s'éclipsa en direction du bar pour éviter que Cottle l'aperçoive. Là, Frazier s'assit à une table isolée et commanda une bière. Il en avait bu la moitié quand son téléphone sonna.

C'était un de ses hommes, depuis le centre des opérations, dans le Nevada.

« Chef, on vient juste de trouver une info sur votre cible, Adam Cottle. »

Frazier n'était pas du genre qu'on surprend facilement, pourtant, il se sentit soudain désarçonné. Il mit fin à la conversation en lâchant un « C'est bon » sec et irrité, puis il contempla son portable en essayant de décider s'il fallait prévenir ou pas DeCorso. Il posa le BlackBerry sur la table et vida sa bière en quelques gorgées. De toute façon, il était trop tard pour rebrousser chemin. Donc, il ne fit rien. L'addition serait impossible à payer, mais il devait laisser advenir le sort. Le destin, c'est ce qu'il y a de pire, songea-t-il. Oui, c'est bien la pire chose au monde.

Le gardien prit l'ascenseur avec sa cible, fixant bien le plafond où, supposait-il, était logée la caméra de surveillance. Si jamais les choses tournaient mal, après avoir éliminé les autres suspects possibles, c'était sur lui que la police se concentrerait – c'était du 100 % sûr. Mais ça n'avait aucune importance car il n'existait pas. Son visage, ses empreintes, rien n'apparaissait nulle part, dans aucune base de données, si ce n'était celle du personnel de Groom Lake. Les gardiens étaient systématiquement rayés de tous les fichiers du pays. C'était un fantôme qu'ils chercheraient.

Cottle appuya sur la touche de son étage puis, poli, lui demanda où il se rendait.

« Comme vous », lâcha DeCorso.

Tous deux descendirent au vingt et unième étage. L'Américain resta en arrière, feignant de chercher sa clé, laissant à l'autre le temps de reconnaître les lieux. Le couloir était long et désert. L'Anglais semblait libre et insouciant en avançant avec sa valise à roulettes, jeune homme seul se réjouissant d'avance de passer toute une nuit à New York.

Cottle inséra la carte dans la fente. Une lumière verte clignota sur la serrure et la porte s'ouvrit. Sa valise était encore dans l'embrasure de la porte quand un bruit le fit se retourner. Le type de l'ascenseur se tenait juste derrière lui.

« Dites donc ! » s'exclama Cottle.

DeCorso referma la porte d'un coup de pied. « Je ne suis pas un voleur. J'ai juste besoin de vous parler. »

Fait inexplicable, l'Anglais ne semblait pas effrayé.

« Ah ouais ? Alors tire-toi de là et passe-moi un coup de fil demain. T'es bouché, mec ? Dégage ! »

L'incrédulité se peignit sur le visage du gardien : le gosse aurait dû trembler comme une feuille à présent, supplier qu'il lui laisse la vie sauve, offrir son portefeuille, au lieu de résister comme ça !

« Dis-moi ce que tu sais au juste sur Will Piper, le gars que tu viens de rencontrer », reprit DeCorso.

Cottle lâcha son bagage et se mit à serrer et desserrer les poings, comme pour s'échauffer.

« Écoute, je ne sais pas qui tu es, mais soit tu repars gentiment tout seul, soit je te mets en pièces, pigé ? »

L'Américain était confondu par l'agressivité du jeune homme, toutefois, il le mit en garde :

« Ne rends pas les choses plus difficiles qu'elles ne sont déjà. T'es dans la merde, mon pote. Va falloir y mettre du tien si tu veux t'en sortir.

– Pour qui tu bosses ? »

Le gardien secoua la tête, déconcerté.

« J'ai bien entendu, tu m'as posé une question, là ? Tu te fous de moi ? »

La situation se dégradait. DeCorso sortit un couteau de la poche de son blouson, puis, d'un petit geste du poignet, la lame apparut.

« Le bouquin. Pourquoi est-ce que Piper le voulait ? Il y avait quelqu'un avec lui, ce soir ? Si tu me réponds, je m'en vais. Si tu te fous de moi, tu vas le regretter. »

Soudain, Cottle se tassa, rentra la tête entre les épaules, puis il chargea son adversaire, l'écrasant contre la porte. Sous le choc DeCorso lâcha son couteau. Par instinct, le gardien frappa de ses poings la nuque de l'autre et réussit à le repousser en lui flanquant un coup de genou dans le menton.

Ils étaient à présent à cinquante centimètres l'un de l'autre. Ils se dévisagèrent un instant, avant de se retrouver à nouveau au corps à corps. DeCorso vit Cottle s'accroupir tel un lutteur professionnel, parfaitement entraîné, ce qui ne fit qu'accroître sa confusion. Il chercha des yeux son arme, et l'Anglais profita de cet instant pour lancer contre lui une volée de coups de poing et de pied, tous dirigés vers le cou et l'aine.

Grâce à son poids supérieur, l'Américain réussit à le repousser et à l'éloigner de la porte. Il regarda par terre, toujours à la recherche de son couteau. Il ne pourrait le neutraliser à mains nues : le jeunot était trop fort pour ça.

DeCorso fit une feinte : l'autre trébucha alors sur sa valise, perdit l'équilibre et tomba lourdement en arrière, la tête près de la table de chevet. Le gardien se jeta sur lui, misant sur ses cent dix kilos pour écraser son adversaire, d'un gabarit inférieur. À son souffle, il sentit qu'il lui comprimait les poumons.

Sans lui laisser le temps d'effectuer la moindre parade, l'Américain se saisit d'un radio-réveil en plastique posé sur la tablette, l'arracha à sa prise électrique, et l'écrasa d'un geste rageur sur le visage de Cottle, frappant de toutes ses forces, jusqu'à ce que l'objet soit pulvérisé et le visage de l'Anglais réduit à une bouillie sanglante d'os brisés.

DeCorso l'entendit gémir, jurer ; il tomba à genoux et se retourna, cherchant son arme.

Où était-elle passée ?

Soudain, il vit le bras du jeune Anglais se tendre vers lui. La lame, lancée avec force, transperça son blouson, mais fut freinée par l'épais rembourrage, laissant juste le temps à l'Américain de saisir le bras de son adversaire, et de le plaquer contre son genou.

Cottle poussa un hurlement de bête sauvage, qui déstabilisa DeCorso. Des années d'entraînement et de discipline cédèrent soudain, comme un pont emporté par une crue : il tenait à nouveau son couteau et, sans réfléchir, il se pencha et trancha le cou déjà ensanglanté de l'Anglais, lui sectionnant la carotide. Puis il s'écarta brutalement pour éviter le geyser de sang.

Enfin, le gardien s'assit pour reprendre sa respiration, observant sa victime qui agonisait en se vidant peu à peu.

Quand il eut retrouvé tous ses esprits, il prit le passeport et le portefeuille de Cottle, puis fouilla sa valise en éparpillant le contenu. Il trouva le papier portant l'adresse de Will et l'empocha.

Puis il s'en alla, le cœur encore battant.

À Londres, le temps passait et l'alarme se déclencha au bout d'un moment : le fiable Cottle n'avait pas passé son second coup de téléphone. L'agent de service, inquiet, l'appela sur son portable, mais tomba sur la messagerie. On était au beau milieu de la nuit à Vauxhall Cross mais, au tréfonds des bureaux modernes du MI6, les lumières ne s'éteignaient jamais. Le supérieur de Cottle aux services secrets demanda à une assistante d'appeler le Grand Hyatt pour s'assurer qu'il était bien arrivé.

Un membre du personnel de l'hôtel fut chargé d'aller voir s'il se trouvait dans sa chambre. Il frappa à la porte et, ne recevant pas de réponse, il entra, découvrant une scène dantesque.

C'ÉTAIT À PRÉSENT AU TOUR de Kenyon d'examiner le livre. Courbé au-dessus, dans une posture pleine de révérence, il en tournait les pages de ses longs doigts graciles. Pendant toutes ces années passées à la Zone 51, il n'avait jamais eu le privilège de tenir un des manuscrits sans être tétanisé par le regard des gardiens braqué sur lui.

Les trois hommes ne faisaient aucun bruit, pourtant Will eut la désagréable surprise de voir la porte de la chambre s'ouvrir. Nancy apparut, en peignoir, et les dévisagea.

« Je suis désolé, fit Will, je croyais qu'on était assez discrets.

– Je ne parviens pas à dormir. »

Elle regarda Spence, juché sur son étrange engin, puis Kenyon, assis sur le canapé, le manuscrit sur les genoux.

« Madame Piper, je suis navré d'ainsi vous déranger. Nous nous apprêtions à partir », déclara le gros homme.

Elle acquiesça d'un air maussade et disparut dans la salle de bains.

Will avait l'air embarrassé et commençait à se sentir coupable. Heureusement, Phillip ne pleurait pas.

« Alf, tu peux le remballer ? Il faut qu'on s'en aille. »

Mais Kenyon n'entendait pas son ami. Il était trop absorbé. Il comparait les feuillets de garde collés sur le contreplat au début et à la fin du volume, les pressant de la pulpe de ses doigts.

« La couverture de derrière est bizarre, chuchota-t-il. Je n'en ai jamais vu de telle.

– Fais voir ? »

Il l'apporta à Spence.

« C'est trop épais. Et c'est spongieux. Tu le sens ? »

Le gros homme appuya du bout de l'index.

« C'est juste. Will, avez-vous un couteau bien aiguisé ?

– Tu veux le découper ? s'écria Kenyon à mi-voix.

– Je viens de payer 300 000 dollars pour avoir ce privilège. »

Will possédait un magnifique petit couteau pliant, aiguisé comme un rasoir, que sa fille lui avait offert à Noël. Il le cherchait dans le tiroir de la table basse quand Nancy sortit de la salle de bains et le foudroya du regard avant de refermer la porte de la chambre derrière elle.

Spence s'empara du couteau et fit une franche entaille de vingt centimètres dans le feuillet de garde. Puis il inséra la lame dans la fente, souleva légèrement le papier et essaya en vain de distinguer quelque chose.

« On n'y voit rien. Vous avez une pince à épiler ? »

Will soupira et alla chercher celle de Nancy dans la salle de bains. Spence introduisit l'outil dans la fente, fouilla, puis le ressortit en retirant quelque chose.

« Il y a bien quelque chose à l'intérieur ! » fit-il en l'extirpant avec soin.

C'était une feuille de parchemin pliée.

Ainsi protégée de la lumière et des éléments extérieurs, la page couleur crème avait gardé sa fraîcheur et toute sa souplesse. Il la déplia une fois, deux fois.

Dessus, apparut une écriture ancienne, parfaitement centrée, calligraphiée avec soin.

« Alf ? Je n'ai pas mes lunettes. De quoi s'agit-il ? » fit le millionnaire en tendant le parchemin à son ami.

Kenyon l'examina, secouant la tête, incrédule. Il le lut, puis murmura :

« C'est incroyable ! Absolument incroyable !

– Quoi ? reprit Spence en éternuant d'impatience. Qu'y a-t-il ? »

L'émotion embuait les yeux du pasteur.

« C'est un poème, un sonnet, en fait. Il est daté de 1581. C'est au sujet du livre, j'en suis sûr.

– Bon sang ! s'exclama Spence si fort que Will fit la grimace. Mais lis-le-nous donc ! »

Kenyon dit le poème à mi-voix, d'un ton où transparaissait l'émotion.

L'énigme du destin

Quand Dieu à l'homme apprit son inconstant destin,
D'enfer et paradis, lui ouvrant grand les portes,
Des esprits sages lors en firent lettre morte,
Car il ne sied point de connaître sa fin :
Mieux vaut tenir celées dans quelque endroit privé
Les pièces du puzzle allant de un à quatre,
De crainte que des sots par l'orgueil enivrés
Feignent de les comprendre et en vain d'en débattre.
La première entretient de Prométhée la flamme,
La deuxième bénit le doux zéphyr flamand
La troisième s'élève au-dessus d'un prophète,
L'ultime est près d'un fils qui fut un trouble-fête.
Quand elle, ô là, viendra, l'heure enfin de savoir,
Puisse Dieu de notre fortune s'émouvoir.

W. Sh.
1581

Kenyon tremblait d'excitation.

« W. Sh. ! Dieu du ciel ! Mes amis, je pense que ce sonnet a été écrit par Shakespeare ! Oui, William Shakespeare ! L'un de vous saurait-il en quelle année il est né ? »

Ils secouèrent la tête.

« Vous avez Internet ? »

Will attrapa son ordinateur, glissé sous un magazine.

Kenyon le lui prit des mains, se connecta et aussitôt chercha un site consacré au Barde. Ses pupilles bondissaient de ligne en ligne.

« Né en 1564. Il avait donc dix-sept ans en 1581. On ne sait pas grand-chose sur le début de sa vie. Il n'est apparu à Londres qu'en 1585, comme acteur. Stratford-upon-Avon se trouve dans le Warwickshire ! Comme Cantwell Hall. "Quand elle, ô là, viendra, l'heure enfin de savoir", fit-il revenant au parchemin. C'est un jeu de mots ! "Quand elle, ô là" signifie Cantwell Hall. Shakespeare adorait les jeux de mots, vous savez. Ce poème est une sorte d'énigme, comme l'annonce son titre ! Il mentionne les pièces du puzzle, et je suis certain qu'elles touchent à l'origine de ce manuscrit. Elles sont cachées à Cantwell Hall, Henry, j'en mettrais ma main à couper ! »

Spence était bouche bée. Il augmenta un peu le volume d'oxygène pour se donner des forces.

« Nom de Dieu ! J'avais raison au sujet de ce manuscrit ! Il est vraiment différent des autres ! Il faut tout de suite aller là-bas. »

Malgré la tournure impersonnelle de cette injonction, c'est Will qu'il regardait.

Quand DeCorso le retrouva dans la voiture, à quelque distance de l'hôtel, Frazier n'eut pas besoin de lui demander comment s'était déroulée sa mission : il le lisait sur son visage couvert d'ecchymoses. Il attendit qu'il se soit installé.

« Que s'est-il passé ?

– Je suis tombé sur un pro, fit le gardien en palpant sa lèvre tuméfiée. Un vrai pro ! renchérit-il, sur la défensive.

– Et tu as réussi à en tirer quelque chose ?

– Non. Rien à faire. On s'est battus. C'était lui ou moi.

– Putain ! fit Frazier en secouant la tête.

– Je suis désolé », conclut DeCorso en lui tendant les affaires de Cottle.

L'autre les examina : permis de conduire, carte de crédit, argent liquide. Son passeport avait l'air ordinaire.

DeCorso revivait toute la scène dans sa tête.

« Ce type a reçu un entraînement de type commando. J'ai eu de la chance. J'aurais pu y rester.

– Il est du MI6.

– Comment vous le savez ?

– Je l'ai découvert une minute avant que tu lui sautes dessus.

– Pourquoi vous me l'avez pas dit ?

– Je savais que tout irait bien. »

Furieux, DeCorso croisa les bras sur sa poitrine qui palpitait encore.

Frazier secoua la tête. Comment une opération aussi basique avait-elle pu autant merder ?

Pendant qu'il attendait au bar, il avait composé une liste. Il la tendit à DeCorso, qui n'avait vraiment pas l'air dans son assiette.

« Cherche-moi donc ces DDD.

– C'est qui ?

– Les proches de Piper. Toute sa famille. »

Le gardien se mit au travail en silence, le souffle court. Au bout de quelques minutes, il déclara :

« Voilà, j'ai tout rentré dans votre BlackBerry. »

Au même instant, tombait la réponse. Frazier ouvrit le courriel et regarda les dates de tous les gens qui comptaient pour Will Piper en ce bas monde.

« Ah, enfin une bonne nouvelle ! »

TÔT LE LENDEMAIN MATIN, Will se leva pour aller courir avant que sa femme et son fils s'éveillent. Le soleil levant invitait à sortir, étincelant telle une épée d'or surgissant entre deux boucliers de nuages.

Il mit la cafetière en marche et regarda, comme hypnotisé, les gouttes tomber dans le pot. Perdu dans ses pensées, il remarqua Nancy seulement lorsqu'elle ouvrit le réfrigérateur pour y prendre du jus d'orange.

« Je suis désolé pour hier soir, fit-il aussitôt. Ils ont pris leur bouquin et ils sont partis. »

Elle ne lui jeta pas un regard. Voilà donc comment elle le prenait. Mais il persista sans se laisser décourager.

« On a décroché le gros lot, tu sais. Ce manuscrit, c'est une vraie bombe. »

Il était très clair qu'elle ne voulait rien entendre.

« Il y avait un poème caché dedans. Spence et Kenyon pensent qu'il a été écrit de la main même de Shakespeare. »

À présent, il voyait qu'elle faisait des efforts pour feindre l'indifférence.

« Si tu veux le voir, je l'ai scanné et imprimé. Je t'en ai laissé une copie dans le tiroir du bureau. »

Comme elle ne désarmait toujours pas, il changea de tactique et la prit dans ses bras. Mais elle refusait de s'abandonner, tenant son verre de jus d'orange à bout de bras.

Il la lâcha et poursuivit :

« Je sais que tu ne vas pas être contente mais je vais passer deux ou trois jours en Angleterre.

– Will ! »

Il avait bien préparé son discours.

« J'ai déjà appelé la nounou. Elle viendra autant que tu voudras. C'est Henry Spence qui paie et, en plus, il va me donner un bon paquet, ce qui ne nous fera pas de mal. De toute façon, il y a un moment que ça me démange, un peu d'action. Ça me fera du bien, tu ne crois pas ? »

Elle se jeta sur lui, toutes griffes dehors.

« As-tu la moindre idée de ce que j'en pense, moi ? Tu nous mets en danger ! fulminait-elle. Tu fais courir des risques à ton fils ! Tu crois vraiment que les autres, dans le Nevada, ne sont pas au courant de ce que vous trafiquez, juste sous leur nez ?

– Je n'ai pas l'intention de faire quoi que ce soit de contraire à nos accords. Il s'agit juste de quelques recherches, pour apporter des réponses à un mourant.

– Qui est mourant ?

– Spence. Tu as vu son engin, ses tubes à oxygène. Il connaît la date de sa mort. C'est dans huit jours à présent. Il ferait le voyage lui-même s'il en avait la force. »

Mais rien ne pouvait la convaincre.

« Je ne veux pas que tu partes. »

Ils se regardaient en chiens de faïence, comme s'ils faisaient un bras de fer. Soudain, Phillip se mit à pleurer, et Nancy courut à son chevet, laissant Will ruminer des idées aussi noires que son café.

Frazier était furieux. Malgré les vastes ressources de l'agence gouvernementale, il devait partager une chambre d'hôtel avec son subalterne car les prix étaient trop élevés à New York pour couvrir leurs dépenses quotidiennes. En plus, c'était un établissement de second ordre, dont les tapis mous et crasseux étaient incrustés de Dieu sait quelles substances dégoûtantes. Étalé en caleçon sur son lit, il sirotait l'affreux jus de chaussette de l'hôtel. Sur le lit jumeau, DeCorso pianotait sur son ordinateur, la tête cerclée d'un casque d'excellente qualité.

Le portable de Frazier sonna. L'écran indiquait qu'il s'agissait de la ligne privée de Lester, au Pentagone. Il sentit son estomac se vriller.

« Frazier, vous n'allez pas me croire, fit le secrétaire à la Marine avec cette parfaite maîtrise de la colère due à une longue expérience du monde bureaucratique. Votre type, Cottle, il travaillait pour les services secrets anglais ! Il était du MI6 !

– Voilà ce qui arrive quand on espionne ses amis.

– Vous n'avez pas l'air surpris.

– Parce que je le savais.

– Vraiment ? Vous voulez dire avant ou après ?

– Avant.

– Et vous l'avez quand même tué ? C'est ça que vous êtes en train de me raconter ?

– Je ne l'ai pas fait tuer. Il a attaqué un de mes hommes, qui s'est défendu. De toute façon, son heure était venue. Si ce n'avait pas été nous, il se serait étouffé avec un sandwich, ou bien il serait tombé dans la douche. Il serait mort, de toute façon. »

Lester était sans voix. Si bien que, au bout d'un moment, Frazier se demanda s'il n'avait pas raccroché.

« Dieu du ciel, Frazier, c'est à devenir fou ! Vous auriez dû m'en parler, quoi qu'il en soit.

– C'est ma responsabilité, pas la vôtre.

– J'entends bien. Mais nous avons quand même un problème. Les Britanniques sont furieux.

– Vous savez quelle était sa mission exacte ?

– Eh bien, ils sont évasifs. Ils nous en veulent toujours à propos du Projet Vectis, enfin, les anciens.

– Ils savaient que ce manuscrit venait de la bibliothèque ?

– Bien sûr. Le ministère de la Défense et les services secrets ne manquent pas une occasion de nous envoyer Vectis à la figure dès qu'il se passe un événement un peu bizarre, ou que se réalisent des scénarios inattendus. C'est le cas, en ce moment, avec l'opération Main Tendue. Ils sont persuadés que nous en savons plus sur Caracas que nous ne le disons et, franchement, nous en avons plus qu'assez de leurs questions et de leurs jérémiades. Entre nous, vous savez aussi bien que moi que, si on la leur proposait, les Britanniques reprendraient tout de suite la bibliothèque.

– C'est sûr.

– Quelle idée stupide de nous l'avoir donnée en 1947, mais c'est de l'histoire ancienne.

– Et leur plan, ça consistait en quoi ?

– Il semble qu'ils aient placé leur homme dans la maison de vente aux enchères pour surveiller le livre. Ils ont dû découvrir ça comme nous, grâce à un filtre sur Internet. Peut-être envisageaient-ils de vous enlever et de faire pression sur nous. Allez savoir. Ils n'ignoraient pas que vous veniez de Groom Lake. Quand un autre acheteur a pointé son nez, ils ont voulu voir où menait cette nouvelle piste. Ils cherchaient à obtenir un moyen de pression sur nous, ça j'en suis sûr.

– Qu'est-ce que vous voulez que je fasse ?

– Retrouvez le manuscrit. Et découvrez ce que trafique ce satané Will Piper. Ensuite, neutralisez-le. Les événements de Caracas sont imminents, désormais, et je n'ai nul besoin de vous expliquer que celui qui se mettrait en travers de l'opération Main Tendue est à éliminer. Je veux que vous me fassiez un rapport toutes les deux heures. »

Frazier raccrocha. Les événements de Caracas rendaient tout le monde hystérique. Le but de la Zone 51 consistait à extraire des données annonçant des événements futurs, afin d'orienter la politique étrangère des États-Unis. Toutefois, l'opération Main Tendue atteignait des sommets encore inconnus. Frazier n'était pas féru de politique, pourtant, il comprenait qu'à ce stade une fuite pourrait faire sauter le gouvernement.

Il jeta un regard maussade à DeCorso : il était tout entier absorbé par son travail d'écoute. On aurait dit une statue. Depuis le début de la matinée, il tenait son chef informé des moindres faits et gestes de Piper : celui-ci avait appelé la nounou pour lui demander de faire des heures supplémentaires en début de semaine. Il devait s'absenter quelques jours, mais n'avait pas dit où il allait. Par chance, une autre équipe de gardiens était arrivée sur place. L'un d'eux avait suivi Piper dans son jogging matinal le long du fleuve, puis lorsqu'il était allé faire les courses avec son bébé. Bref, un vendredi banal.

À présent, DeCorso détenait une information beaucoup plus intéressante. Il passa quelques minutes en ligne, afin de se préparer aux questions qu'allait lui poser son chef. Une fois terminé, il retira ses écouteurs. C'était une véritable percée : un séisme de magnitude 8 sur l'échelle des gardiens !

Frazier lut sur son visage qu'il avait fait une découverte capitale.

« Eh bien, de quoi s'agit-il ?

– Vous connaissez Henry Spence ? » fit DeCorso.

L'autre acquiesça. Il n'ignorait rien du Club 2027, un ramassis de vieux croûtons inoffensifs. Les gardiens les surveillaient de loin en loin, mais tout le monde savait que Spence dirigeait seulement un club du troisième âge qui ne menaçait guère les activités de la Zone 51. Tant qu'ils ne causaient pas de problème, on les laissait faire. Peut-être que Frazier lui-même s'y inscrirait une fois à la retraite – enfin, si les autres voulaient bien de lui, ce qui n'était pas garanti !

« Et alors ?

– Il vient d'appeler Piper, de son portable vers son fixe, donc ça veut dire qu'il ne sait pas qu'il est sur écoute. Spence est à New York. Il a pris au nom de Piper un billet aller-retour en première classe à destination de Londres. Il part ce soir. »

Frazier écarquilla les yeux.

« Bordel ! Je savais qu'il n'était pas seul ! Mais Henry Spence ? Est-ce qu'il est si riche que ça, ou bien il sert lui aussi d'homme de paille ?

– Il est plein aux as. C'est l'argent de sa femme. Et c'est pas fini. »

Frazier secoua la tête et lui fit signe d'en finir.

« Spence est malade. Sa DDD tombe la semaine prochaine. Je me demande si ce sera de mort naturelle ou pas.

– Dieu seul le sait », répondit son chef en enfilant son pantalon.

WILL ÉTAIT HEUREUX de reprendre du service, de voyager léger, comme au bon vieux temps. Il avait très bien dormi dans un fauteuil-couchette de première classe qui, par un hasard dont il ne saurait jamais rien, était au départ prévu pour le défunt Adam Cottle.

Will n'avait guère l'habitude de se rendre à l'étranger, mais il était déjà allé en Europe à plusieurs reprises pour son travail. Il avait même fait une conférence à Scotland Yard quelques années plus tôt, intitulée : « Sexe et tueurs en série : l'expérience américaine ». Beaucoup de monde y avait assisté. Ensuite, une équipe d'enquêteurs l'avait emmené dans un pub. Il n'avait aucun souvenir de la manière dont la soirée s'était terminée.

Une heure plus tôt, Will avait quitté la gare de Marylebone en direction de Birmingham. À présent, il traversait la plate campagne anglaise dans un compartiment de première classe. Les grises étendues de la métropole londonienne avaient cédé la place aux champs cultivés, camaïeux de verts et de bruns dilués dans la pluie d'automne. Sur les fenêtres, les gouttelettes traçaient des lignes horizontales. À force de regarder les champs défiler, les bottes de foin, les corps de ferme, ses paupières se firent lourdes. De petits villages remplissaient un instant l'espace, puis disparaissaient. Ce n'était plus la saison touristique et, en ce samedi d'automne, il avait le compartiment pour lui tout seul.

À New York, Nancy n'allait pas tarder à se lever, puis elle emmènerait Phillip faire un tour dans sa poussette, enfin, sauf s'il tombait des cordes là-bas aussi. Il n'avait pas songé à s'enquérir de la météo à New York avant de partir, mais il savait bien que, de toute façon, sa femme aurait toute la journée durant un petit nuage d'orage dans la tête. Sa chasse au trésor terminée, il avait l'intention de se rendre chez Harrods pour y chercher un moyen de sortir de son ornière conjugale. Il se sentait gêné de l'avouer à Nancy, mais Spence lui avait fait une offre irrésistible. Will ne s'était jamais cru du genre à céder aux sirènes de la fortune, mais bon, personne ne lui avait fait un tel pont d'or auparavant. Et cette nouvelle expérience n'était pas pour lui déplaire.

Le prix de sa mission ? Un chèque de 50 000 dollars, avec le camping-car en prime ! Dès que Spence aurait passé l'arme à gauche, l'engin serait à lui. Will se demandait comment il pourrait payer le carburant, mais, dans le pire des cas, il l'amarrerait quelque part en Floride, et ils en feraient leur maison de vacances.

La grosse récompense demeurait en suspens. Spence voulait les dates de décès de son clan. Mais Will était intraitable. La somme qu'il lui avait proposée lui avait fait sortir les yeux de la tête, mais tout l'argent du monde n'aurait pu le faire changer d'avis. S'il violait de la sorte les accords passés avec le gouvernement, Nancy l'avait bien dit, cela reviendrait à poser sa tête sur le billot.

Sortant soudain de sa torpeur, il entendit le conducteur annoncer la prochaine gare dans le haut-parleur et regarda sa montre. Il avait dormi pendant plus d'une demi-heure, et le train ralentissait aux abords d'une ville.

Stratford-upon-Avon. Le pays de Shakespeare. L'ironie du sort le fit sourire. Il était entré à Harvard grâce à ses performances au football américain, pas à ses connaissances en littérature. Il n'avait jamais lu un traître mot de Shakespeare. Ses ex-femmes étaient toutes dingues de théâtre, mais ce n'était pas contagieux. Même Nancy s'y était essayée en l'emmenant voir une pièce facile – *Macbeth*, sans doute – mais il avait tellement soupiré qu'elle avait renoncé. Il ne comprenait pas pourquoi on en faisait tout un plat et, soudain, il se retrouvait là, transportant avec lui l'objet shakespearien le plus rare au monde, car il s'agissait sans doute du seul texte écrit de sa main !

En ce samedi, la gare était déserte, à l'exception d'une poignée de taxis. L'un des chauffeurs attendait tranquillement près de son véhicule en fumant une cigarette sous la pluie fine, sa casquette trempée. Il jeta son mégot et demanda à Will où il se rendait.

« À Wroxall. À Cantwell Hall, précisément.

– Je me doutais bien que vous étiez pas un touriste pour Willie Wonka », fit le type en l'examinant de la tête aux pieds. Devant l'incrédulité de Will, il rajouta : « Vous savez, William Ch'ais qu'c'est pire, le Barde et tout le bazar. »

Tout le monde se mêle d'établir des profils, de nos jours, songea l'ancien agent spécial.

Wroxall était un hameau à un peu plus de quinze kilomètres au nord de Stratford, au cœur de l'ancienne forêt d'Arden que des siècles de déboisement avaient réduite à rien. Voilà comment s'appelait autrefois cette magnifique étendue sauvage. Aujourd'hui, les lieux étaient toujours aussi beaux, mais tout entiers redessinés par la main des hommes.

Le véhicule emprunta des routes secondaires, longeant de petits champs et d'épaisses haies d'érables, d'aubépines, de noisetiers.

« Vous nous avez apporté le beau temps », fit le chauffeur, sarcastique.

Will n'avait aucune envie de bavarder.

« La plupart des gens qui vont à Wroxall, reprit-il, se rendent à Abbey Estate, au centre de conférence. C'est un très bel endroit, tout a été retapé y a environ dix ans, avec hôtel de luxe et tout ça. C'était la maison de campagne de sir Christopher Wren, le grand architecte.

– Ce n'est pas là que je vais.

– Je sais. Je n'ai jamais mis les pieds à Cantwell Hall, mais je sais où c'est. Qu'est-ce qui vous amène là-bas, sans indiscrétion ? »

Quelle tête ferait-il si je lui disais la vérité ? songea Will. Je suis venu résoudre le plus grand mystère de tous les temps, mon vieux. Une question de vie ou de mort. De début et de fin du monde. Sans oublier l'existence de Dieu, bien sûr.

« Les affaires », résuma-t-il.

Le village était minuscule. Quelques douzaines de maisons, un pub, un bureau de poste et une épicerie.

« Bonjour et au revoir Wroxall ! fit le taxi. Plus que trois kilomètres. »

L'entrée du manoir n'était pas indiquée. Elle consistait en deux piliers de brique encadrant un chemin de terre au centre duquel poussaient des herbes folles. L'allée traversait un pré en friche humide, parsemé de quelques fleurs sauvages, de véroniques bleues, surtout, et de touffes de champignons charnus. Dans un virage, au loin, il aperçut un pignon surplombant une haute haie d'aubépines qui dissimulait presque tout le bâtiment.

À mesure qu'il s'approchait, Will percevait mieux l'immensité du manoir. C'était un entrelacs de pignons, de cheminées, de pans de briques patinées, plaquées sur un squelette de poutres sombres et violacées d'époque Tudor. À travers la haie, il aperçut la façade recouverte de lierre, d'où se détachaient des fenêtres en vitrail blanc, conçues par quelqu'un qui n'aimait ni les lignes ni les angles droits. Le toit d'ardoise escarpé, à faces multiples, était malpropre, couvert de mousse. Quant au jardin luxuriant qui s'étendait devant la demeure, il semblait à peine entretenu.

Ils passèrent sous un arceau de verdure. Devant la porte de chêne à croisillons, l'allée formait une boucle. Le taxi s'arrêta. Les fenêtres mortes semblaient ne réfléchir que l'extérieur.

« Pas très accueillant, fit le chauffeur. Vous voulez que je vous attende ? »

Will le paya et sortit. Une volute de fumée montait d'une cheminée.

« Ça ira, merci », répondit-il en hissant son sac sur son épaule.

Il appuya sur la sonnette et entendit un léger carillon à l'intérieur. La voiture disparut en passant sous le second arceau, puis regagna l'allée principale.

Il n'y avait pas de marquise protégeant l'entrée des éléments, aussi la pluie se déversait-elle sur Will tandis qu'il guettait le moindre signe de vie à l'intérieur. Au bout d'une bonne minute, il sonna une nouvelle fois, puis frappa à la porte.

La femme qui lui ouvrit était encore plus dégoulinante que lui. Elle sortait à peine de la douche et avait enfilé un jean et une chemise sans prendre le temps de se sécher.

Elle était grande, fort gracieuse, avec un visage expressif, intelligent, des yeux pleins d'assurance, un teint jeune et frais, couleur de lait. Ses cheveux blonds qui lui balayaient les épaules trempaient son vêtement qui, translucide, laissait entrevoir les contours de sa poitrine.

« Veuillez m'excuser. Monsieur Piper, je présume ? »

Elle est magnifique, songea Will, et j'avais pas besoin de ça !

Il acquiesça avec toute la courtoisie d'un gentleman du Sud, et entra.

« NOTRE GOUVERNANTE EST PARTIE faire les courses, mon grand-père est sourd comme un pot, quant à moi, j'étais sous la douche. Je crains que vous n'ayez attendu longtemps ainsi sous cette maudite pluie. »

Le hall d'entrée, vaste pièce lambrissée, était très sombre. Il se terminait par une voûte, un étage plus haut, accompagnant un escalier qui aboutissait à une galerie. Will eut l'impression d'être dans un musée. Il se prit soudain à redouter de briser par mégarde une assiette de porcelaine, une pendule ou bien un vase. La jeune femme appuya sur un interrupteur et, tout à coup, tel un feu d'artifice qui explose, un immense lustre en cristal de Waterford s'illumina au-dessus de leur tête.

Elle prit la veste de son hôte, l'accrocha sur une patère et rangea son bagage. Il insista pour conserver sa mallette.

« Allons près du feu, voulez-vous ? »

C'était une grande salle d'apparat mal éclairée de style Tudor. L'activité semblait se concentrer autour de la cheminée, assez vaste pour y rôtir un cochon. Le cadre autour de l'âtre était noir comme l'ébène, très orné, poli par le temps ; le manteau, épais, droit, de style médiéval. À un moment donné dans un lointain passé, quelqu'un avait fait recouvrir le bois de faïence de Delft blanche et bleue. Un feu crépitait, qui paraissait minuscule devant la taille de son réceptacle. Le conduit devait mal tirer car des volutes de fumée passaient dans la pièce, remontant lentement vers le haut plafond aux poutres de noyer. Par politesse Will se retint de tousser, mais céda bientôt.

« Je suis navrée pour la fumée. Il faut qu'on fasse vérifier le conduit. »

Elle lui désigna un gros fauteuil confortable près du feu. En s'asseyant, Will détecta une odeur d'urine, acide, astringente. La jeune femme se pencha pour disposer deux nouvelles bûches dans l'âtre, puis elle arrangea l'ensemble avec un tisonnier.

« Je vais faire du café et me rendre un peu plus présentable. Je vous promets de faire vite.

– Prenez votre temps, aucun problème, mademoiselle.

– Appelez-moi Isabelle.

– Moi, c'est Will », dit-il en lui souriant.

Malgré ses yeux irrités, un peu larmoyants, il se mit à observer la pièce, qui n'avait pas de fenêtre. Il y avait là de nombreux meubles en rangs serrés et des monceaux de bibelots accumulés au fil des siècles. Il lui sembla que seul le périmètre autour de la cheminée servait vraiment au quotidien. Plus fonctionnel, cet espace était occupé par des canapés et fauteuils contemporains, agrémentés de lampes pour lire, afin d'améliorer le confort. Il y avait là aussi quelques tables où s'empilaient des journaux, des magazines, des tasses de thé ou de café oubliées, dont certaines avaient laissé une auréole blanche sur le bois. Le reste de la grande salle d'apparat ressemblait à un musée : si Henri VIII et sa suite y avaient soudain fait irruption après une partie de chasse, ils se seraient sentis à l'aise au milieu de ces splendeurs de l'époque Tudor. Les murs recouverts de lambris de noyer étaient garnis de bas en haut de tapisseries, d'animaux empaillés et de tableaux représentant des douzaines de Cantwell barbus à l'air renfrogné, toisant le *vulgum pecus* depuis leurs toiles poussiéreuses, arborant fraise, robe et pourpoint, tel un véritable défilé de mode masculine à travers les âges. Les têtes de cerfs, fauchés par surprise par la mort, servaient à illustrer les loisirs de ces mêmes seigneurs.

La majeure partie du mobilier était disposée autour d'un immense tapis persan, aux franges usées, mais encore presque neuf en son milieu, car il était protégé par une table de banquet en chêne, cernée de hautes chaises recouvertes d'une étoffe rouge. Chaque siège était orné d'une broderie représentant la rose Tudor. À chaque extrémité de la table se dressaient deux chandeliers, de la taille d'une batte de base-ball, garnis d'énormes bougies.

Au bout d'un moment, Will se leva pour aller voir d'un peu plus près les trésors cachés dans les recoins sombres de la pièce. Une épaisse couche de poussière recouvrait tout, y compris les objets d'art. Il aurait fallu une armée de plumeaux pour tout nettoyer. Une porte ouverte menait dans une autre pièce obscure, la bibliothèque. Il allait y pénétrer lorsqu'Isabelle revint avec un plateau chargé de biscuits et de tasses de café. Ses cheveux étaient à présent attachés en une queue-de-cheval et elle s'était maquillée.

« Il nous faut davantage de lumière. Cette pièce est un vrai mausolée. Elle date du XVe siècle. »

Elle s'enquit ensuite de son voyage et lui dit combien elle et son grand-père avaient été surpris et intrigués de recevoir un appel de l'acquéreur du manuscrit. Elle avait hâte d'en savoir davantage, mais elle demanda à Will d'attendre que son grand-père les rejoigne. Il était en effet quelque peu insomniaque et il lui arrivait souvent de trouver le sommeil au petit jour, ne se réveillant alors qu'à midi. En attendant, ils évoquèrent tour à tour leur vie, chacun semblant très curieux de l'autre.

La jeune femme semblait fascinée à l'idée de discuter avec un ex-agent du FBI en chair et en os, genre de personne qui pour elle ne pouvait exister qu'au cinéma et dans les romans. Plongée dans ses prunelles d'un bleu magnétique, elle l'écoutait lui raconter de vieilles enquêtes avec son accent traînant du Sud.

Vint son tour à elle de parler, et Will la trouva tout à fait charmante, gracieuse et d'une générosité admirable, car elle avait choisi d'interrompre ses études pendant une année pour s'occuper de son grand-père qui venait de perdre son épouse au bout de cinquante ans de mariage. Elle s'apprêtait à entrer en dernière année à l'université d'Édimbourg, où elle étudiait l'histoire de l'Europe, quand sa grand-mère avait succombé à une crise cardiaque. Les parents d'Isabelle avaient essayé de persuader le vieillard de venir vivre avec eux à Londres, mais il s'était montré inflexible. Il était né au manoir et, en bon Cantwell, il y mourrait. Au bout du compte, il faudrait bien trouver une solution mais, en attendant, la décision d'Isabelle arrangeait tout le monde.

Elle avait toujours aimé cette demeure et pensait occuper cette année en commençant ses recherches pour sa future thèse de doctorat sur la Réforme anglaise, tout en apportant un peu de réconfort au vieil homme endeuillé. Les Cantwell résumaient en leur sein la lutte qui avait opposé au XVe siècle catholiques et protestants. Le manoir avait même été le théâtre d'événements dramatiques. Elle craignait qu'à la mort de son grand-père, l'impôt sur la succession n'oblige ses héritiers à vendre Cantwell Hall aux Monuments historiques ou, pire, à un promoteur immobilier. Quoi qu'il en soit, ce serait la fin d'une époque qui remontait au XIIIe siècle, quand le roi Jean sans Terre avait accordé au premier Cantwell, Robert de Wroxall, une baronnie et des terres sur lesquelles il avait fait édifier une grosse tour carrée.

Enfin, elle en arriva au manuscrit. Son grand-père et elle étaient fous de joie qu'il leur ait rapporté une pareille somme, néanmoins, elle était inconsolable à l'idée que sa famille ait perdu ce livre. Déjà petite, elle était captivée par son étrangeté, son mystère. Et, confia-t-elle à Will, c'est cette date de 1527 qui avait déclenché son goût pour cette période de l'histoire britannique. Elle espérait un jour découvrir ce que représentait ce manuscrit et comment il avait atterri à Cantwell Hall. Enfin, admettait-elle, cette vente leur apportait une manne financière qui aiderait grandement le domaine à payer ses factures, bien que cette somme soit encore très en deçà de ce qu'il aurait fallu pour procéder aux aménagements concernant la structure elle-même. En effet, l'état du manoir était de plus en plus préoccupant : il y avait le problème grandissant de l'humidité, des poutres qui pourrissaient, du toit qu'il fallait refaire, tout comme l'électricité, et la plomberie. En plaisantant, elle alla même jusqu'à dire qu'il faudrait sans doute vendre tout le mobilier et les bibelots du manoir pour pouvoir le restaurer complètement.

Will prenait un plaisir coupable à cette conversation. Elle avait l'âge de sa fille ! Malgré sa querelle avec Nancy, il était heureux en ménage. Enfin, il avait tourné la page sur sa période Casanova et sa vie de patachon, non ? Il regrettait presque qu'Isabelle soit aussi attirante. Son long corps sensuel et son esprit tranchant comme une rapière étaient tel un fusil à double canon pointé sur sa poitrine. Il se sentait à deux doigts de l'explosion. Heureusement, il était à jeun : c'était un avantage certain.

Par provocation, il lui demanda quelque chose qui la surprit beaucoup :

« Combien il vous faudrait pour tout réparer et payer les droits de succession ?

– C'est une question bien étrange.

– Mais selon vous, à vue de nez ?

– Eh bien, je ne suis ni entrepreneur ni comptable, mais j'imagine que ça ferait plusieurs millions.

– Eh bien, j'ai avec moi quelque chose qui pourrait peut-être résoudre vos problèmes », fit-il avec espièglerie.

Elle fronça les sourcils d'un air soupçonneux et répondit d'un ton sec :

« Ce serait merveilleux. Je me demande ce qui peut bien retenir mon grand-père. »

À l'instant où elle se levait, le vieil homme entra en traînant les pieds dans la grande salle d'apparat, jetant à Will un regard curieux.

« Qui est-ce ? » s'écria-t-il.

Elle répondit d'une voix forte pour être sûre de se faire comprendre :

« C'est M. Piper, qui arrive des États-Unis.

– Ah, c'est juste, je n'y pensais plus. Long voyage. Pourquoi n'a-t-il pas utilisé le téléphone ? »

Elle présenta les deux hommes. Lord Cantwell avait largement dépassé les quatre-vingts ans. Il était presque chauve, à l'exception d'une couronne de cheveux gris mal peignés. Son visage rouge en proie à l'eczéma était une sorte de jachère de touffes de poils de différentes longueurs, là où le rasoir n'était pas passé. Il était habillé pour un week-end à la campagne : pantalon de serge, veste sport à chevrons, et cravate de son ancienne université, luisante à force d'usure. Will remarqua que son pantalon était beaucoup trop grand et qu'il utilisait un trou fraîchement percé sur sa ceinture. Une perte de poids, c'était mauvais signe à cet âge-là. Cantwell était raidi par l'arthrite et sa démarche manquait de souplesse. En lui serrant la main, Will sentit à nouveau une odeur d'urine et en conclut qu'il s'était assis sur le fauteuil préféré du vieillard. Aussi lui céda-t-il sa place, geste que son hôtesse apprécia.

Elle servit à son grand-père une tasse de café, relança le feu et offrit un autre siège à son visiteur, choisissant un pouf pour elle-même.

Cantwell ne faisait pas dans la dentelle : il prit à grand bruit une gorgée de café puis s'écria :

« Pourquoi diable avez-vous dépensé deux cent mille billets pour mon livre ? J'en suis très heureux, certes, mais, par saint George, j'avoue ne pas comprendre. »

Will répondit d'une voix de stentor :

« Je ne suis que le mandataire, sir. C'est M. Spence qui vous a appelé. C'est lui, l'acquéreur. Il est très intéressé par votre manuscrit.

– Mais pourquoi donc ?

– Il pense qu'il a une grande valeur en tant que document historique. Il a échafaudé des théories et il m'a demandé de venir ici pour essayer de trouver d'autres éléments les corroborant.

– Êtes-vous historien, comme ma petite-fille ? Tu pensais que ce livre avait de la valeur, n'est-ce pas, Isabelle ? »

Elle acquiesça en souriant avec fierté.

« Je ne suis pas historien, disons que je suis plutôt enquêteur.

– M. Piper a travaillé au FBI, expliqua la jeune femme.

– Edgar Hoover et sa bande, c'est ça ? Je n'ai jamais aimé ces gens-là, rétorqua le vieillard.

– Il y a un moment qu'il n'est plus en activité, corrigea Will.

– Eh bien, je ne vois pas en quoi je peux vous être utile. Ce livre est dans ma famille depuis toujours. Mon père ignorait d'où il sortait, tout comme mon grand-père. Nous l'avons toujours considéré comme une bizarrerie, une espèce de registre municipal, venant peut-être d'Europe continentale. »

Il était temps pour Will d'abattre son jeu.

« J'ai quelque chose à vous dire, poursuivit-il en essayant de les regarder l'un et l'autre droit dans les yeux pour accentuer l'effet mélodramatique. Nous avons découvert dans le manuscrit un objet caché qui pourrait s'avérer d'une très grande valeur et permettre de résoudre en partie l'énigme de l'origine de cet ouvrage.

– Mais j'ai déjà regardé toutes les pages ! s'exclama Isabelle. Qu'est-ce que vous avez trouvé ? Et où était-ce caché ?

– Dans la couverture de derrière. Il s'agit d'un parchemin.

– Putain de merde ! s'exclama la jeune femme.

– Quel langage ! se récria le vieil homme.

– Il s'agit d'un poème, reprit Will amusé par les jurons de charretier de son interlocutrice. On n'a pas eu le temps d'en faire une étude très approfondie, mais l'un des collègues de M. Spence pense qu'il a pour sujet le manuscrit. » Il fit une pause pour ménager le suspens. « Et vous savez par qui il a été écrit ?

– Comment voulez-vous que nous le sachions ! rétorqua Isabelle, impatiente.

– Vous ne voulez pas essayer de deviner ?

– Non !

– Que diriez-vous de William Shakespeare ? »

Le grand-père et sa petite-fille se regardèrent, incrédules.

« C'est une plaisanterie ? fit Cantwell.

– Je n'en crois pas un mot ! renchérit la jeune femme.

– Je vais vous le montrer, reprit Will. Voilà le marché. Si le poème est bien de la main de Shakespeare, d'après l'un de mes associés, il vaut des millions, peut-être même des dizaines de millions. Selon lui, il n'existe pas le moindre document de sa main qui soit authentifié, or ce texte est signé – enfin, par des initiales : W. Sh. M. Spence conserve le livre. En revanche, il est tout à fait disposé à rendre le poème à la famille Cantwell si vous nous apportez votre aide.

– Au sujet de quoi ? s'enquit Isabelle, méfiante.

– Eh bien, ce poème est une énigme. Il fait référence à des indices liés au livre et, d'après moi, ils sont cachés à Cantwell Hall. Peut-être sont-ils encore là, peut-être ont-ils disparu depuis longtemps. Aidez-moi à résoudre ce jeu de piste et, que nous gagnions ou pas, le poème est à vous.

– Pourquoi ce Spence voudrait-il nous redonner quelque chose qu'il a légalement acquis ? s'interrogea le vieillard. Moi, je ne le rendrais pas.

– M. Spence est un homme riche. Mais il est mourant. Il est prêt à troquer ce poème contre des réponses qui comptent beaucoup pour lui. C'est tout.

– Peut-on voir ce parchemin ? » demanda Isabelle.

Will le sortit de sa mallette. Il était bien protégé par une pochette de plastique transparente. Il le tendit à son interlocutrice d'un geste théâtral.

Elle l'observa quelques instants, et soudain ses lèvres se mirent à trembler.

« "Quand elle, ô là" », murmura-t-elle.

Elle avait tout de suite compris.

« Que dis-tu ? l'interpella son aïeul d'un ton irrité.

– C'est une référence à notre famille, grand-père. Laissez-moi vous le lire. »

Elle dit alors le sonnet d'une voix claire, en mettant le ton, avec des nuances mélodramatiques, comme si elle avait déjà répété et le récitait à présent devant un auditoire.

Lord Cantwell fronça les sourcils.

« 1581, avez-vous dit ?

– C'est ça, grand-père. »

S'appuyant de toutes ses forces sur les accoudoirs, il se hissa sur ses jambes avant que Will ou Isabelle ait eu le temps de venir lui prêter main-forte, puis il se dirigea à petits pas vers un angle de la salle plongé dans l'obscurité tout en marmonnant :

« Le grand-père de Shakespeare, Richard, était du village. Wroxall est le pays de Shakespeare. Où est-il ? Où se trouve Edgar ? s'exclama-t-il en observant le mur.

– Quel Edgar, grand-père ? Nous en avons eu plusieurs.

– Tu sais, le Réformateur. Ce n'est pas le pire de la famille, mais pas loin. Ce devait être le maître des lieux en 1581. Ah, le voilà ! Le deuxième en partant de la gauche, à mi-hauteur. Vous le voyez ? C'est ce drôle avec le col ridiculement haut. Ce n'est pas un Apollon... il y a eu des variations génétiques dans la famille au cours des siècles. »

Isabelle alluma une lampe afin d'éclairer le portrait d'un homme renfrogné au menton pointu, portant un bouc roussâtre, et qui posait de trois quarts en bombant le torse avec arrogance. Il portait une tunique noire près du corps, aux gros boutons dorés, et un chapeau conique de style hollandais, aux bords en forme de soucoupe.

« Eh oui, c'est lui. Il y a un gars de la National Gallery qui est venu un jour : d'après lui, ce tableau a peut-être été peint par Robert Peake le Vieux. Tu le rappelleras à ton père, Isabelle, quand je ne serai plus là. Ça pourrait valoir quelques billets, en cas de besoin. »

À l'autre extrémité de la salle retentit une voix telle une corne de brume :

« Coucou ! Je suis rentrée ! Le déjeuner sera prêt dans une heure. »

Tout à sa tâche, la gouvernante, petite et râblée, portait encore son foulard trempé et son sac à main.

« Notre hôte est arrivé, Louise.

– Je le vois bien. Vous avez trouvé les serviettes propres que je lui ai sorties ?

– Nous ne sommes pas encore montés.

– Quoi ? Où sont vos bonnes manières, mademoiselle Isabelle ! Laissez donc ce monsieur aller se rafraîchir. Il a fait un long voyage. Et envoyez-moi votre grand-père à la cuisine, que je lui donne ses pilules.

– Qu'est-ce qu'elle dit ? bougonna lord Cantwell.

– Louise demande que vous veniez prendre vos médicaments. »

Le vieillard regarda son ancêtre et soupira.

« À la prochaine, Edgar. Cette créature m'effraie trop pour la faire attendre. »

L'aile réservée aux invités, à l'étage, était fraîche et sombre. Un long couloir lambrissé, orné d'un tapis usé et de lampes en cuivre à la lumière trop faible, donnait sur des chambres de part et d'autre, comme dans un hôtel. Celle qu'on avait préparée pour Will donnait sur l'arrière de la maison. Il s'approcha des fenêtres pour observer la tempête, de plus en plus violente, et balaya d'un revers de main les mouches mortes qui gisaient sur le rebord. En contrebas, il découvrit un patio en brique, puis une vaste étendue en friche où poussaient des arbres fruitiers ployant sous le vent et la pluie oblique. Devant, à sa droite, il vit ce qui devait être une ancienne étable et, au-delà du toit, il aperçut le sommet d'un autre bâtiment, une espèce de structure en pointe, indistincte sous l'averse.

Il s'aspergea le visage d'un peu d'eau, puis s'assit sur le lit à baldaquin, les yeux fixés sur la mince barre qui demeurait sur l'écran de son portable. Juste assez pour appeler chez lui. Il imagina un instant la conversation difficile. Que pourrait-il dire qui n'aggrave la situation ? Mieux valait laisser couler et faire amende honorable lorsqu'ils se retrouveraient. Il choisit d'envoyer un SMS : « Bien arrivé. De retour bientôt. Je t'aime. »

La chambre ressemblait à celle d'une vieille dame, avec des bouquets de fleurs séchées, des taies d'oreiller à frou-frou et des rideaux de dentelle. Il ôta ses chaussures, s'allongea lourdement sur le dessus-de-lit à fleurs et fit une sieste bien méritée. Au bout d'une heure, la voix mélodieuse d'Isabelle l'appela pour déjeuner tel un joyeux carillon.

Will dévorait tout ce que Louise lui servait, et plus encore. Le rôti dominical était parfait pour un amateur de viande et de pommes de terre. Il ingurgita donc un pavé de rosbif, des pommes de terre en robe des champs, des petits pois carottes couverts de sauce, mais refusa un troisième verre de bourgogne.

« Grand-père, vous rappelez-vous certaines anecdotes familiales mentionnant le passage de Shakespeare à Cantwell Hall ? »

Le vieillard répondit la bouche pleine de petits pois :

« Jamais entendu parler, mais pourquoi pas ? C'était sur son territoire, dans sa jeunesse. Nous étions une famille en vue qui demeura longtemps fidèle à sa foi catholique en ces temps troublés, et les Shakespeare étaient sans doute eux aussi des catholiques clandestins. Sans oublier le fait qu'à l'époque nous possédions déjà une bibliothèque magnifique qui aurait certainement attiré le gaillard. C'est donc tout à fait plausible.

– Vous avez une théorie sur ce qui aurait pu pousser votre ancêtre à faire écrire un poème, cacher des indices, puis fourrer le parchemin dans la reliure du livre ? » demanda Will.

Le vieil homme avala ses petits pois et vida son verre de vin.

« Comme je le disais, c'était une période difficile, vous savez, où l'on pouvait se faire trucider à cause de son appartenance religieuse. Je pense qu'ils avaient dans l'idée que le livre était dangereux. Mais ils n'ont pu se résoudre à le détruire. Ils ont préféré dissimuler son importance derrière une énigme. Voilà, c'est peut-être une explication fantaisiste, mais c'est la seule que j'aie trouvée. »

Isabelle rayonnait.

« Quant à moi, je sens que mon projet de thèse va prendre son envol.

– Alors, que dites-vous de mon offre ? reprit Will. Vous acceptez ? »

La jeune femme et son grand-père acquiescèrent de concert. Ils en avaient discuté entre eux tandis que Will faisait la sieste.

« Oui, marché conclu. L'aventure commence après le déjeuner ! »

ILS COMMENCÈRENT PAR LA BIBLIOTHÈQUE. C'était une pièce généreuse au parquet fourbi par le temps, orné de quelques beaux tapis. Sur le mur de façade, des fenêtres à vitraux de verre blanc en forme de losanges laissaient entrer une grise lumière d'orage. Les autres cloisons étaient recouvertes d'étagères de livres, hormis l'espace situé au-dessus de la cheminée, occupé par une tapisserie noire de suie, représentant une scène de chasse traditionnelle.

Il y avait là des milliers d'ouvrages, pour la plupart antérieurs au XXe siècle. Toutefois, sur le mur perpendiculaire à la façade se trouvaient quelques titres contemporains, dont une poignée de livres de poche. Will jeta sur la salle un vague regard. Lord Cantwell avait annoncé qu'il allait faire la sieste. Quant à Will, malgré son désir de mener à bien sa tâche pour rentrer plus vite chez lui, l'idée de se couler dans l'un des confortables fauteuils en cuir, dans un recoin sombre, pour se reposer un moment était loin de lui déplaire.

« J'adore cet endroit. Quand j'étais enfant, c'était pour moi un lieu magique », déclara Isabelle en allant de-ci de-là, caressant les ouvrages du bout des doigts. Son air rêveur, ses mouvements lents étaient en contraste total avec le stéréotype de l'étudiante volage qu'entretenait Will. « Je jouais ici pendant des heures. Et c'est encore là que je passe le plus clair de mon temps aujourd'hui. »

Elle lui montra une longue table encombrée de cahiers, de stylos, d'un ordinateur, et de vieux livres dont dépassaient des petits morceaux de papier pour marquer les passages importants.

« Si votre poème est authentique, il va me falloir reprendre ma thèse à partir de zéro !

– Je regrette, mais vous ne pourrez pas l'utiliser pour ça. Je vous expliquerai plus tard.

– Vous plaisantez ! Ça lancerait ma carrière.

– Et quelles sont vos ambitions ?

– Enseigner, écrire. J'aimerais devenir une historienne bien installée dans son université, une vieille prof à l'ancienne. C'est sans doute à cause de cette bibliothèque que m'est venue cette curieuse envie !

– Ça n'a rien de drôle. Vous savez, ma fille est écrivain. » Sans trop savoir pourquoi, il ajouta : « Elle n'est guère plus âgée que vous », ce qui arracha à la jeune femme un petit rire nerveux. Il contra l'inévitable question au sujet de Laura en passant sans transition à autre chose. « Montrez-moi plutôt l'endroit où se trouvait le livre à l'origine. »

Elle désigna un espace vide sur l'une des étagères à hauteur des yeux.

« Il a toujours été là ?

– D'aussi loin que je m'en souvienne.

– Et parmi les ouvrages qui l'entouraient, y a-t-il eu du changement ?

– Pas de mon vivant. On peut toujours poser la question à grand-père, mais je n'ai pas le souvenir qu'on ait déplacé aucun livre. »

Il examina les ouvrages qui flanquaient le manuscrit à l'origine. Un manuel de botanique datant du XVIIIe siècle, et un volume du XVIIe sur les monuments en Terre sainte.

« Ils ne sont pas contemporains, conclut-elle. Je doute qu'il y ait un rapport.

– Alors commençons par le premier indice, fit Will en sortant le poème de sa mallette. "La première entretient de Prométhée la flamme."

– Voyons voir. Prométhée. Il a volé le feu à Zeus pour le donner aux mortels.

– Quelque chose vous frappe ? demanda-t-il en désignant la pièce d'un geste vague.

– Eh bien, le champ est assez vaste. Il peut s'agir d'un livre sur la mythologie grecque. De l'âtre. D'une torche. Du barbecue. »

Il lui sourit.

« Commençons par les livres. Y a-t-il un catalogue ?

– Il faudrait. Mais hélas, non. Autre problème : grand-père a fait des coupes sombres dans notre bibliothèque.

– Ça, on n'y peut rien. Soyons méthodiques : je commence par ce bout-là. Pourquoi ne démarrez-vous pas de l'autre côté ? »

Bien que concentrés sur le premier indice, ils gardaient en mémoire les suivants, afin d'éviter autant que possible d'avoir à se prêter à nouveau au même exercice. Aussi cherchaient-ils en même temps des livres en rapport avec les Flandres et les Pays-Bas, ou bien avec les prophètes. En revanche, ils n'avaient pas la moindre idée de l'identité de ce fils « qui fut un trouble-fête ».

La tâche était laborieuse et, au bout d'une heure, Will se sentit aussi découragé que s'il cherchait une aiguille dans une meule de foin. De plus, il ne suffisait pas de prendre un livre, de l'ouvrir, puis de le reposer : il avait besoin de l'aide d'Isabelle dès qu'il s'agissait de latin ou de français. Elle s'approchait, jetait un rapide coup d'œil, faisait la moue, puis lui rendait l'ouvrage en secouant la tête.

La lumière de l'après-midi, déjà terne et sans éclat, finit par décliner et disparaître tout à fait. Isabelle compensa en allumant toutes les lampes et en faisant démarrer un feu dans la cheminée.

« Voyez, je vous donne le feu ! » dit-elle, espiègle, quand les flammèches se mirent à lécher les bûches.

En fin d'après-midi, ils avaient terminé. Hormis un volume pas très ancien de *Bullfinch's Mythology*, aucun ouvrage ne semblait correspondre à ce qu'ils cherchaient.

« Soit le poème ne fait pas référence à un livre, soit le bouquin en question n'est plus là. Passons à la suite.

– Très bien, répondit-elle d'une voix flûtée. Allons examiner les vieilles cheminées. Panneau coulissant, double-fond, pierre descellée. C'est très excitant ! Vous ne trouvez pas ? »

Il vérifia sur son portable s'il y avait un message de Nancy : toujours rien.

« Ouais, génial. »

D'après Isabelle, le manoir comptait six cheminées datant d'avant 1581. Trois se trouvaient au rez-de-chaussée : dans la bibliothèque, la grande salle d'apparat et la salle à manger ; trois autres étaient au premier étage : dans la chambre de son grand-père, située au-dessus de la grande salle d'apparat, ainsi que dans deux autres chambres.

Ils commencèrent par inspecter celle de la bibliothèque. Plantés devant la flambée, ils s'interrogèrent sur la meilleure manière de procéder.

« Pourquoi ne pas tout simplement taper sur les panneaux pour voir si ça sonne creux ? » proposa-t-elle.

Cela sembla parfait à Will. Mais les petits coups de la jeune femme sur le bois de noyer ancien ne révélèrent rien. Les flancs ne dissimulaient ni loquet caché ni gonds : l'ensemble était tout d'un bloc, ne laissant aucune prise. Quant aux pierres du foyer, elles étaient solides, parfaitement planes, comme le mortier. En raison de la chaleur, ils remirent à plus tard l'inspection des briques qui formaient le contrecœur de l'âtre mais, à première vue, rien ne paraissait sortir de l'ordinaire là non plus.

Dans la grande salle d'apparat en revanche, le feu était depuis longtemps éteint. Lord Cantwell lisait en somnolant dans son fauteuil et il demeura perplexe en les voyant inspecter et tapoter la cheminée joliment cannelée et rendue luisante par l'usure du temps. Le linteau consistait en une lourde poutre taillée dans un seul énorme tronc. L'encadrement était décoré de carreaux de faïence blancs et bleus, chacun montrant une scène champêtre, mais tous portant les mêmes armoiries. Will se porta volontaire pour explorer l'intérieur de la hotte. Il se courba et entra en crabe dans l'âtre immense, où il entreprit de taper sur les briques du bout du tisonnier. Ses efforts furent récompensés par une pluie de suie qui s'abattit sur sa chemise et son pantalon. En le voyant essayer de s'épousseter d'un revers de main, Isabelle éclata de rire.

Les cheminées suivantes connurent le même sort. S'il y avait quelque chose caché là, alors il faudrait tout démolir pour le trouver.

Il faisait noir à présent. L'averse avait cessé, et le froid s'abattait sur le pays, emporté par d'âpres bourrasques hurlantes. Il n'y avait pas de chauffage central à Cantwell Hall, et le manoir, plein de courants d'air, était glacial. Louise claironna qu'elle s'apprêtait à servir le thé dans la grande salle d'apparat. Elle fit redémarrer le feu et mit en marche le radiateur électrique près du fauteuil de lord Cantwell, tout en leur faisant comprendre qu'elle avait hâte de rentrer chez elle.

Will rejoignit ses hôtes pour une collation constituée de petits sandwiches à la viande et aux pickles, de biscuits et de thé. La gouvernante s'affairait autour d'eux, s'adonnant à quelque corvée de dernière minute. Puis elle leur demanda s'ils comptaient passer la soirée dans la grande salle d'apparat.

« Nous allons demeurer ici un moment, je pense, répondit la jeune femme.

– Dans ce cas, je vais allumer les bougies. Mais surtout n'oubliez pas de les éteindre avant d'aller vous coucher ! »

Ainsi, tandis qu'ils mangeaient, avec un briquet jetable, Louise alluma une douzaine de grosses bougies à travers la pièce. Avec le vent qui faisait rage au-dehors, la cheminée qui sifflait et l'obscurité de cette pièce sans fenêtre, les petites flammes formaient des étincelles de vie rassurantes. Will et Isabelle regardèrent la gouvernante enflammer la dernière mèche avant de se retirer, et soudain, ils se retournèrent face à face, s'exclamant en chœur :

« Les chandeliers ! »

Le vieillard leur demanda s'ils étaient devenus fous, mais, sans prêter attention à sa remarque, sa petite-fille lui demanda aussitôt :

« Parmi les chandeliers, lesquels datent du XVIe siècle ou bien sont antérieurs ? »

Il gratta sa couronne de cheveux et, désignant le centre de la pièce :

« Cette paire en vermeil, sur la table, je crois. Il me semble qu'ils sont vénitiens, du XIVe siècle. Dis-le à ton père, si je casse ma pipe, ils valent quelques billets. »

Ils se ruèrent sur les imposants chandeliers, soufflèrent les flammes, et déposèrent les énormes bougies sur un plateau d'argent. Chacun possédait un pied très ouvragé, composé de six pétales en vermeil. Sur ce socle s'élevait une colonne qui s'élargissait en imitant une tour d'église, avec des fenêtres en ogive, recouvertes d'émail bleu. Au-dessus, la colonne se terminait en forme de coupelle, accueillant un énorme cierge d'un diamètre supérieur à douze centimètres.

« Ils sont plutôt légers, ils pourraient être creux, nota Will. Les bases, en revanche, sont pleines. »

Il observa de près les jointures des colonnes ouvragées.

« Essayez de les dévisser, pour voir, murmura Isabelle. Mais tournez le dos à grand-père, je ne voudrais pas qu'il fasse une crise cardiaque. »

Il enroula une main autour de la tige de vermeil et, saisissant le socle de l'autre, essaya de le faire pivoter. D'abord il alla doucement, puis de plus en plus fort, jusqu'à en devenir pivoine sous l'effort. Il finit par reposer le chandelier en secouant la tête.

« Pas moyen. »

Puis il essaya l'autre. Il semblait tout d'une pièce. Au bout d'un moment, il relâcha l'effort, pour détendre ses muscles, puis, en une dernière tentative, appliqua toute sa force.

Et la colonne tourna.

Le mouvement était léger, mais bien réel.

« Allez-y, continuez ! » chuchota Isabelle.

Alors, retrouvant son énergie, il s'astreignit de nouveau à dévisser le socle, qui bientôt pivota presque sans effort, laissant apparaître un pas de vis en argent non doré. Enfin, il détacha la base, et se retrouva avec deux morceaux de chandelier entre les mains.

« Mais que faites-vous donc ? s'exclama soudain le vieillard. Je ne vous entends plus.

– Une petite minute, grand-père ! lui cria Isabelle. Patience ! »

Will posa le socle et regarda à l'intérieur du tube.

« Il me faut de la lumière. »

Il suivit la jeune femme jusqu'à une lampe sur pied. Il glissa un doigt dans la cavité et sentit un bord circulaire.

« Il y a quelque chose ! »

Il retira le doigt et tenta de nouveau de regarder à l'intérieur, en vain.

« J'ai le doigt trop gros. Essayez, vous. »

Elle inséra à son tour son index, beaucoup plus fin, qui pénétra tout entier dans la colonne. Elle fermait les yeux pour mieux éprouver ses impressions tactiles.

« Il y a quelque chose de roulé, un papier ou un parchemin. Je vais jusqu'au milieu, je pense. Là, voilà, il tourne ! »

Elle enroula avec lenteur la feuille autour de son doigt, en appuyant doucement.

Un rouleau jaune apparut. Il mesurait une vingtaine de centimètres de long et se composait d'une série de parchemins. En proie au choc et à l'excitation, elle le lui tendit :

« Non, c'est à vous d'en prendre connaissance la première. »

Alors, elle s'exécuta avec grand soin. Les feuilles étaient sèches, mais pas friables, aussi se déroulèrent-elles sans difficulté. Elle y appuya ses deux mains pour les aplanir et Will approcha la lampe pour mieux voir.

« C'est du latin.

– Alors c'est vraiment une aubaine que vous soyez là. »

Elle lut l'en-tête de la première page et le lui traduisit :

« "Épître de Félix, abbé de l'isle de Wight, écrite en l'an de grâce 1334."

– Nom de Dieu ! »

La tête lui tournait.
« Qu'y a-t-il, Will ?
– L'île de Wight !
– Vous connaissez cet endroit ?
– Oh oui. Je crois bien qu'on a décroché la timbale. »

1334
Isle de Wight, royaume d'Angleterre

DANS LE CALME DE LA NUIT, une heure après les laudes, deux heures avant l'office de prime, l'abbé Félix fut tiré de son sommeil par une terrible migraine. Dehors, on entendait le chant d'un grillon, et le léger ressac des vagues du détroit de Solent, qui se brisaient sur le rivage tout proche. Ces bruits-là étaient réconfortants. Hélas le répit fut bref, car un spasme nauséeux le fit se dresser dans son lit. Il chercha à tâtons son pot de chambre et cracha de la bile, car il avait l'estomac vide. Son dernier repas s'était limité à un bouillon de bœuf luisant de graisse de moelle et parsemé de carottes, préparé expressément pour lui par les sœurs. Le bol à moitié vide demeurait encore sur son bureau.

À soixante-neuf ans, l'abbé Félix craignait fort de ne jamais atteindre la prochaine décennie.

Il repoussa ses couvertures, appuya les mains sur le matelas rempli de paille, et se hissa sur ses deux jambes en vacillant. Sous son crâne, il sentait un battement rythmé, comme si un forgeron frappait à coups répétés sur une enclume. Chaque choc menaçait de le terrasser. Toutefois, il parvint à attraper la lourde robe bordée de fourrure qu'il avait laissée sur le dos de sa chaise. Il la passa aussitôt par-dessus sa chemise de nuit et, ainsi protégé du froid, se sentit tout de suite mieux. Ensuite, d'une main tremblante, il alluma une grosse chandelle jaune, puis se laissa glisser sur sa chaise et se massa les tempes. La lumière de la flamme jouait sur la surface polie mais irrégulière des dalles de pierre et se reflétait gaiement sur les vitraux colorés de la fenêtre donnant sur la cour.

La prospérité des quartiers de l'abbé l'avait toujours embarrassé. À son arrivée au monastère, il y avait de cela si longtemps, tête baissée par humilité, vêtu d'habits grossiers attachés au moyen d'une cordelette, les pieds nus et glacés, il se sentait proche du Seigneur, et par conséquent proche du bonheur. Son prédécesseur, Baldwin, homme inflexible qui prenait autant de plaisir à se pencher sur le registre des récoltes qu'à conduire la messe, s'était fait construire de beaux appartements en bois pour rivaliser avec ceux qu'il avait vus dans les abbayes de Londres et Dorchester. Jouxtant la chambre, se trouvait une vaste pièce agrémentée d'une très belle cheminée sculptée, de vitraux et de sièges en crin de cheval. Sur les murs étaient tendues des tapisseries, magnifiques œuvres des Flandres et de Bruges, représentant des scènes de chasse et les actes des apôtres. Sur le manteau de la cheminée était accroché un crucifix d'argent très ouvragé, haut comme le bras d'un homme.

À la mort de Baldwin, longtemps auparavant, l'évêque de Dorchester avait choisi Félix, alors prieur, pour lui succéder. Ce dernier avait prié avec ardeur pour que Dieu le guide. Il hésitait en effet à prendre la place de son prédécesseur dans ses quartiers, préférant adopter une posture plus humble. Il s'établit dans une simple cellule, parmi ses frères, prit ses repas parmi eux et continua de porter sa simple robe de bure. Seulement, avait-il songé, cela ne risquait-il point en cela de ternir l'image de son mentor et confesseur ? Baldwin n'eût-il point paru alors prodigue ? Il s'inclina devant la mémoire de son ancien maître, comme il le faisait de son vivant face à sa volonté. Fidèle serviteur, il n'avait jamais manqué aux ordres de son abbé, même lorsqu'il doutait. Que fût-il advenu s'il avait remis en question sa décision d'abolir l'Ordre des Noms ? La situation eût-elle été différente à présent s'il n'avait point allumé de sa propre main le brasier qui avait consumé la bibliothèque, quarante ans plus tôt ?

Trop éprouvé pour s'agenouiller, il courba sa tête dolente puis se mit à prier d'une voix douce, son accent breton aussi fort et chantant que lorsqu'il était jeune garçon. Le choix du psaume 42 s'imposa à lui, presque par surprise :

Introibo ad altare Dei. Ad Deum qui laetificat juventutem meam.

Je me rendrai à l'autel de Dieu. Pour le Seigneur, la joie de ma jeunesse.

Gloria Patri, et Filio, et Spiritui Sancto. Sicut erat in principio, et nunc, et semper, et in saecula saeculorum. Amen.

Gloire au Père, au Fils et au Saint-Esprit. Ainsi soit-il, maintenant et toujours, pour les siècles des siècles, amen.

Il eut une mimique marquant son scepticisme : les siècles des siècles, quelle ironie !

Autrefois, la barbe de Félix était aussi fournie et noire que la fourrure du sanglier. Il était musclé, robuste, de taille à supporter les rigueurs de la vie monastique éreintante, les maigres portions, les privations, le vent cinglant de la mer qui vous gelait jusqu'à l'os, le travail manuel qui vous brisait l'échine mais assurait la vie de la communauté, les brèves périodes de sommeil entre les offices qui ponctuaient la vie nocturne et diurne. Désormais, il avait la barbe fine, de la couleur d'un plastron de mouette, et les joues hâves. Ses muscles puissants s'étaient flétris, affaiblis, sa peau s'était desséchée pour devenir tel du parchemin, et ses démangeaisons le distrayaient même dans la prière et la méditation.

Toutefois, le changement le plus inquiétant venait de son œil droit, qui s'était mis à gonfler. C'était un processus lent et sournois. Au début, il était rouge et le gênait, comme s'il était affligé d'une poussière impossible à retirer. Puis il avait commencé de ressentir une sorte de battement derrière le globe oculaire, qui ne cessait de croître, et sa vision s'était troublée. D'abord, il avait vu un peu flou, puis avaient suivi des éclairs aveuglants, et à présent il voyait double, ce qui lui interdisait de lire ou d'écrire les deux yeux ouverts. Au cours des semaines passées, tous les hommes et toutes les femmes de l'abbaye avaient remarqué avec crainte à quel point son œil était devenu protubérant. Ils en discutaient à mi-voix lorsqu'ils trayaient les vaches, s'occupaient des cultures, et ils priaient Dieu d'étendre sa miséricorde sur leur père à tous.

Frère Girardus, l'infirmier de l'abbaye, ami intime de Félix, lui rendait visite chaque jour, lui offrant de dormir dans la grande pièce adjacente, au cas où l'abbé eût besoin d'assistance durant la nuit. Le moine ne pouvait que conjecturer sur le mal qui rongeait le vieil homme, et il supposait qu'une tumeur grossissait à l'intérieur de sa tête, cause de toutes ses souffrances, poussant ainsi sur son globe oculaire. Eût-elle été située sous la peau, Girardus eût pu inciser avec une lancette. Hélas, seul le Seigneur pouvait guérir ce qui se développait dans les profondeurs de son crâne. Aussi se contentait-il d'apaiser les douleurs de Félix et de diminuer le gonflement au moyen de décoctions d'écorce et de cataplasmes aux plantes, mais surtout, il priait.

Au bout de quelques minutes de méditation, Félix se traîna jusqu'au coffre en bois de rose qui séparait le lit du pupitre. Se courber lui était trop douloureux, aussi cette fois dut-il s'agenouiller devant la grosse malle, où étaient rangés habits, sandales et une couverture. Sous les étoffes souples se cachait un objet solide et dur. Il fallut à l'abbé beaucoup d'efforts pour le retirer de là et le porter jusqu'au pupitre.

Il s'agissait d'un gros livre ancien, couleur miel de châtaignier, œuvre des siècles passés. C'était le dernier exemplaire en son genre, supposait-il, unique rescapé d'un brasier qu'il avait lui-même allumé. S'il l'avait si bien caché depuis toutes ces années, c'est que le manuscrit portait une date ayant presque deux siècles d'avance : 1527.

Qui, parmi son entourage, pouvait le comprendre ? Qui d'entre ses frères eût reconnu ce manuscrit pour ce qu'il était vraiment et l'eût adoré ? N'eussent-ils point vu là quelque maléfice ou spectre blasphématoire ? Tous ceux qui étaient à ses côtés en ce glacial jour de janvier 1297 où l'enfer s'était abattu sur la terre, tous avaient péri. Il était le dernier témoin, et cette charge pesait sur son âme.

Félix alluma de petites chandelles, illuminant son bureau d'un arc dansant, couleur paille. Il ouvrit le livre et en retira une liasse de parchemins découpés exprès pour lui au scriptorium de l'abbaye aux dimensions du manuscrit. Il avait entrepris la relation de ses souvenirs dans un élan fiévreux, comme une course contre la montre, craignant sans cesse que la maladie n'eût raison de lui avant qu'il n'eût achevé.

Il lui était très difficile de surmonter à la fois la vision dédoublée et la migraine atroce qui lui fendait le crâne. Il était obligé de garder un œil fermé afin de fixer un seul point sur la page et d'écrire droit. Il travaillait de nuit, quand tout était calme et que nul ne risquait de surprendre son secret. Quand il était à bout de force, il remettait le manuscrit dans sa cachette et s'écroulait sur sa couche pour se reposer un peu avant que les cloches de l'abbaye ne sonnent le prochain appel à la prière.

Il souleva doucement la première page et, fermant un œil, l'approcha de son visage. Il lut : *Épître de Félix, abbé de l'isle de Wight, écrite en l'an de grâce 1334.*

> *Seigneur, je suis Votre serviteur. Louange à Vous, gloire à Vous. Immense êtes-Vous, Seigneur, et immenses devraient être Vos louanges. Ma foi en Vous est un présent que Vous m'avez insufflé par Votre Fils fait homme.*
>
> *Je suis déterminé à ressusciter le souvenir de ce que je sais, des choses que j'ai vues, de celles que j'ai faites.*
>
> *Humble suis-je devant la mémoire de ceux qui m'ont précédé. Nul d'entre eux n'est aussi précieux et aussi révéré que saint Josephus, patron de l'abbaye de l'isle de Wight, dont la dépouille sacrée repose dans la cathédrale. Car en vérité ce fut Josephus qui, mû par son amour sincère et total pour le Seigneur, établit l'Ordre des Noms, pour servir le Très-Haut et sanctifier Sa divinité. Je suis le dernier membre de l'Ordre, tous les autres sont redevenus poussière. Si je n'écrivais point*

les faits du passé, alors l'humanité serait à jamais privée de la connaissance que moi seul possède, tout pécheur et mortel que je suis. Il ne m'incombe point de décider si cette connaissance est bonne pour le genre humain. C'est à Vous, Seigneur, dans Votre infinie sagesse d'en juger. Aussi écrirai-je humblement cette épître, et Vous, mon Dieu, déciderez de son destin.

Félix posa la page, laissant son œil valide se reposer quelques instants. Quand il se sentit prêt à poursuivre, il la tourna et reprit sa lecture :

Le récit de cette journée fut transmis à travers les siècles par la bouche des frères et des sœurs. Josephus, alors prieur de l'abbaye, assista à une naissance placée sous de mauvais auspices, au septième jour du septième mois de l'an de grâce 777. Cette époque fut marquée par la présence de la comète Luctus, boule de feu rouge qui, jusqu'à ce jour, n'est jamais reparue. La femme d'un ouvrier allait donner naissance à un enfant, et, si cet enfant était mâle, il deviendrait le septième fils d'un septième fils. Or donc un enfant mâle naquit et, dans la crainte et les plaintes, son père l'occit sur-le-champ. À la grande stupeur de Josephus, la femme enfante alors un huitième fils, et ce jumeau reçut pour nom Octavus.

Félix n'avait aucun mal à imaginer Octavus, car il avait vu bien des enfants comme lui au fil des années, pâles, des yeux d'émeraude, ne versant jamais la moindre larme, de fins cheveux roux poussant sur leur crâne rose. Josephus avait-il alors soupçonné, parmi le sang et les humeurs de ce lit de douleur, au milieu des murmures terrifiés des femmes de l'assistance, qu'Octavus était bel et bien le septième fils ?

Très jeune, Octavus fut amené à l'abbaye par son père, pensant qu'il avait besoin d'être en présence du Seigneur. L'enfant, en effet, refusait de parler et ne cherchait point la compagnie des hommes. Josephus eut pitié de lui et accepta de le prendre au sein de l'abbaye. C'est alors qu'il fit cette découverte miraculeuse. En l'absence de tout enseignement, le garçon avait appris à écrire les lettres et les chiffres. De plus, il ne s'agissait point de n'importe quels lettres et chiffres, mais de ceux qui composaient les noms de Vos enfants, avec leur date de naissance et de décès à venir. Ces prophéties remplirent Josephus de crainte et d'émerveillement. S'agissait-il d'un sortilège né des puissances du mal, ou d'un rai de lumière divine ? Dans sa grande sagesse, il réunit un conseil parmi les membres de sa congrégation, fondant ainsi l'Ordre des Noms. Ces religieux sagaces conclurent que cela n'était point le fait du démon, car autrement, pourquoi l'enfant eût-il été conduit en ce lieu sacré ? C'était donc l'œuvre de la providence et de la confluence du saint nombre sept si le Très-Haut avait choisi Octavus entre toutes ses créatures pour héraut de ses révélations divines. Aussi l'enfant reçut-il asile et protection dans le scriptorium, où on lui fournit une plume, de l'encre et du parchemin, afin qu'il pût consacrer ses heures à sa vocation.

La migraine ne relâchait point son étau, aussi Félix se leva-t-il pour se préparer une décoction d'écorce. Il ranima le feu, ajouta du petit bois et, bientôt, le petit chaudron d'eau suspendu au-dessus de l'âtre se mit à siffler. Il revint vers son lit en traînant les pieds et reprit sa lecture.

Les années passèrent, et Octavus devint un homme, dont l'objectif ne varia point. Jour et nuit, il œuvrait, produisant une petite bibliothèque de plus en plus fournie, qui contenait tous les noms des créatures humaines nées et mortes. Pendant tout ce temps, Octavus n'avait aucun commerce avec ses semblables, et l'Ordre des Noms pourvoyait à ses besoins tout en protégeant son labeur. Par un jour fatal, Octavus fut pris d'un accès de passion animale et il viola une infortunée novice qui tomba enceinte. Elle donna naissance à un petit garçon qui ressemblait étrangement à son père : il avait des yeux verts, des cheveux roux, et il était muet comme une tombe. On l'appela Primus. Avec le temps, il s'avéra qu'il possédait les mêmes pouvoirs que son père. À présent ils étaient deux scribes travaillant côte à côte à écrire les noms des vivants et des morts.

L'amère décoction soulageait un peu Félix, aussi lisait-il plus vite. Il voulait terminer le passage qu'il avait rédigé la nuit précédente.

Les jours devinrent des années, les années des décennies, et les décennies des siècles. Des scribes naissaient, d'autres expiraient, et leurs protecteurs, les membres de l'Ordre des Noms, eux aussi, entraient et quittaient ce monde, sans jamais cesser de fournir aux premiers les jeunes femmes qui permettaient à leur race de se perpétuer. La bibliothèque grandissait, atteignant des proportions confondantes pour l'imagination. L'Ordre veilla à l'établir dans un lieu propice à sa conservation, la protégeant des éléments et des hommes, en creusant de vastes salles souterraines, ainsi que des catacombes sacrées pour recueillir les ossements des scribes défunts.

Pendant de longues années, ô Seigneur, je fus l'humble prieur de cette abbaye, loyal serviteur du grand abbé Baldwin et fidèle membre de l'Ordre des Noms. J'avoue, mon Dieu, que cela ne me réjouissait point de devoir forcer de jeunes sœurs à accomplir la tâche nécessaire à la reproduction des scribes, mais je m'acquittais de ma mission rempli d'amour pour Vous, avec la certitude que Votre bibliothèque devait perdurer et que Vos enfants à venir devaient posséder leurs propres chroniques.

J'ai depuis longtemps perdu le compte des enfants muets qui naquirent sur cette isle pour occuper une place dans la salle des scribes, la plume à la main, épaule contre épaule avec leurs frères. Mais je ne puis oublier cette exception lorsque, jeune moine, j'assistai à la naissance non d'un garçonnet mais d'une fillette. J'avais déjà ouï parler de ce genre d'événement par le passé, mais n'en avais jamais été témoin. J'observai cette petite fille rousse aux yeux verts. muette, qui contrairement à ses frères ne développa jamais le don d'écriture. À l'âge de douze ans, elle fut renvoyée et donnée à un marchand de grain juif du nom de Gassonet, qui l'emmena loin de l'isle pour en faire Dieu sait quoi.

Satisfait, Félix était à présent prêt à terminer ses mémoires. Il trempa la plume dans l'encrier et reprit sa rédaction d'une écriture fleurie, achevant les dernières pages aussi vite qu'il le pouvait.

Enfin il posa son instrument, et s'abandonna au plaisir d'écouter les grillons et les mouettes tandis que séchaient les dernières lignes. Par la fenêtre, il vit que l'obscurité laissait place peu à peu à une bande grise. Bientôt, les cloches de la cathédrale retentiraient. Alors il lui faudrait rassembler ses dernières forces pour diriger l'office de prime. Peut-être valait-il mieux s'étendre un moment. Malgré sa douleur, il se sentait plus léger, libéré d'une charge écrasante, et il songeait avec délice qu'il pourrait fermer les yeux et s'abandonner à un bref sommeil dépourvu de rêves.

Il se leva. C'est alors que les cloches sonnèrent. Il soupira. Il avait passé à son pupitre davantage de temps qu'il ne le croyait. Il lui fallait à présent se préparer pour célébrer la messe.

Mais des coups fermes résonnèrent à sa porte.

« Entrez », s'écria-t-il.

C'était frère Victor, le responsable de l'hospice, qui venait rarement jusqu'aux appartements de l'abbé.

« Mon père, veuillez me pardonner. J'ai attendu qu'on sonne l'office.

– Qu'y a-t-il, mon fils ?

– Un voyageur s'est présenté à la porte de l'abbaye durant la nuit.

– Et tu lui as donné l'hospitalité ?

– Oui, mon père.

– Dans ce cas, que puis-je faire ?

– Il dit qu'il s'appelle Luke. Il m'a supplié de vous porter ceci. »

Victor tendit à l'abbé un rouleau de parchemin fermé par un ruban. Félix le prit et le déroula.

Soudain, il blêmit et le jeune moine dut lui porter secours pour l'empêcher de s'effondrer.

Sur la page, une seule ligne et une date : 9 février 2027.

Il était tard et le calme régnait dans la grande salle d'apparat. Malgré tous ses efforts pour suivre la lecture méthodique et hachée de sa petite-fille, lord Cantwell avait été vaincu par ses problèmes d'audition, son âge et son verre de cognac : il était monté se coucher en demandant qu'on lui récapitule les faits le lendemain, quand il serait frais et dispos.

Jusque tard dans la nuit, avec en fond sonore l'harmonieux crépitement du feu, Isabelle traduisit l'épître de l'abbé Félix. Will l'écoutait, impassible, tandis que dans sa tête les dernières pièces du puzzle de la bibliothèque prenaient leur place. En dépit du caractère fantastique de cette lettre, il n'éprouvait guère de surprise. Il savait que la bibliothèque existait : ce simple fait impliquait qu'il s'était produit à une époque lointaine des événements incroyables. À présent, il disposait d'une explication pas moins plausible que toutes celles qu'il s'était forgées depuis ce jour où Mark Shackleton l'avait fait entrer de force dans le secret.

Tandis que la jeune femme lui transmettait le contenu du parchemin, il essayait de se construire une image mentale d'Octavus et de sa progéniture de scribes blêmes et dégingandés, qui avaient passé leur vie courbés sur leur plume, dans une pièce guère mieux éclairée que la grande salle d'apparat où il se trouvait en cet instant. Avaient-ils la moindre idée de ce qu'ils écrivaient ? se demanda-t-il. S'interrogeaient-ils sur le pourquoi de leur tâche ? Il observait le visage d'Isabelle tandis qu'elle se battait avec le texte en latin, qu'elle lui traduisait à mesure, tout en essayant d'imaginer ce qu'elle pouvait bien en penser et ce qu'il lui révélerait quand elle aurait fini. Il se préparait aussi à entendre la chute : allait-il enfin apprendre la signification de la date de 2027 ?

Elle arriva à la dernière phrase :

« "À l'âge de douze ans, elle fut renvoyée et donnée à un marchand de grain juif du nom de Gassonet, qui l'emmena loin de l'isle pour en faire Dieu sait quoi." »

Elle leva les yeux vers lui, cligna ses paupières.

« Et après ? Pourquoi vous arrêtez-vous ?

– C'est fini.

– Comment ça, fini ?

– Ça se termine comme ça ! » fit-elle. La frustration perçait dans sa voix.

Il jura.

« Les autres indices : ils veulent vraiment qu'on mette le paquet pour les trouver.

– Notre livre. Il provient de cette bibliothèque, n'est-ce pas ? »

Il imagina ce qu'il pourrait inventer, mais à quoi bon ? Pour le meilleur ou pour le pire, elle venait à son tour d'être initiée. Aussi hocha-t-il la tête.

Elle posa le parchemin et se leva.

« J'ai besoin d'un verre. »

Elle ouvrit le meuble qui servait de bar. Il entendit le son cristallin des bouteilles qui s'entrechoquaient, et regarda le dos de la jeune femme qui ployait avec grâce telle une clé de fa. Elle se retourna.

« Vous en voulez ? »

Ce n'était pas sa marque de scotch préférée, mais il sentait déjà le picotement chaud et moelleux de l'alcool dans sa bouche. Il y avait longtemps qu'il n'avait pas touché à ce nectar, et il en était fier. Sa vie s'en trouvait plus facile, et sa famille s'en portait mieux, elle aussi. La grande salle d'apparat était légèrement enfumée à cause du mauvais tirage de la cheminée. Dépourvue de fenêtre et coupée du monde, elle était comme un caisson d'isolation sensorielle. Il était recru de fatigue, souffrait du décalage horaire, bref, était hors service, dans un environnement inconnu. Et dans l'ombre, une belle femme lui faisait signe en brandissant une bouteille de scotch.

« Ouais, pourquoi pas ? »

Au bout d'une demi-heure, le flacon était à moitié vide. Ils buvaient sec tous les deux. Will se délectait de chaque gorgée, et plus il buvait, plus ses inhibitions tombaient.

Isabelle attendait de lui des réponses. Elle savait poser les bonnes questions, il fallait l'admettre. Mais il ne comptait pas lui faciliter la tâche. Elle allait devoir lui arracher les informations une par une, pied à pied, en surmontant ses réticences. En le suppliant. Le flattant. Le menaçant. Et elle le mitraillait sans relâche :

« Et après, que s'est-il passé ? Il doit y avoir autre chose. Qu'en pensez-vous ? Je vous en prie, dites-le-moi, vous gardez pour vous des informations. Si vous ne me racontez pas tout, Will, alors je ne vous aiderai pas à trouver les autres indices. »

Il comprit soudain qu'il prenait un risque en lui dévoilant la vérité. C'était dangereux pour lui, mais aussi pour elle. Toutefois, elle en savait désormais davantage sur les origines de la bibliothèque que n'importe quel employé de la Zone 51 ou membre du gouvernement, à Washington. Il lui fit jurer de garder le secret, le genre de serment solennel qu'on prête quand on a un verre plein à la main. Puis il lui parla des cartes postales. Des « meurtres ». De l'affaire Apocalypse. Expliqua que les différents assassinats ne correspondaient pas. Raconta sa frustration. Évoqua sa coéquipière, devenue sa femme. Puis leur percée, la découverte de ce type qu'il connaissait depuis l'université, ce minable génie de l'informatique qui travaillait sous terre, dans les entrailles d'une base secrète du gouvernement américain. Enfin il en vint à la bibliothèque. À l'exploitation qu'en faisait l'État. À l'escroquerie financière montée par Shackleton, impliquant la compagnie d'assurance

Desert Life. Aux gardiens. À sa fuite. Enfin, au dernier acte, dans un hôtel de luxe de Los Angeles, où Shackleton avait pris une balle dans la tête. Il termina par la base de données clandestine, ses accords avec les fédéraux, Henry Spence. Et cette date, 2027.

Voilà. Il lui avait tout dit. Le feu finissait de se consumer, et la pièce était de plus en plus obscure. Au bout d'un long silence, elle déclara :

« Ça fait beaucoup à encaisser d'un coup. »

Elle se versa encore un peu de scotch.

« Là, c'est ma limite. Et vous ? »

Il prit à son tour la bouteille et versa :

« Moi, j'ai oublié. »

La pièce tanguait. Il se sentait tel un tronc à la dérive sur un lac houleux. Il avait un peu perdu l'habitude, mais savait qu'il pourrait sans problème se remettre à boire du jour au lendemain. Pour l'heure, il se sentait bien, et souhaitait prolonger cet état. Vu la situation, il ne risquait pas grand-chose à se saouler.

« Quand j'étais petite, commença-t-elle d'une voix traînante, je prenais le manuscrit dans la bibliothèque et je venais m'allonger ici, devant le feu, pour jouer avec. J'ai toujours su qu'il avait quelque chose de spécial. De magique. Tous ces noms, ces dates, ces langues étranges. Ça dépasse l'imagination.

– Exact.

– Est-ce que vous arrivez à vous y habituer ? Je veux dire, ça fait un moment, maintenant, que vous savez tout.

– Eh bien sur le plan intellectuel, peut-être. Après, je ne sais pas. »

Au bout d'un moment, elle reprit avec une grandiloquence presque fanfaronne :

« Eh bien moi, je n'ai pas peur. » Elle ne lui laissa pas le temps de répondre et poursuivit à toute vitesse. « Savoir que nous sommes prédestinés à mourir à tel ou tel moment, en un sens, c'est plutôt rassurant. On ne cesse de s'agiter en s'inquiétant pour l'avenir. Que faut-il manger ? Que faut-il boire ? Quel airbag vaut-il mieux acheter ? Et ainsi de suite, jusqu'à la nausée. Peut-être vaut-il mieux tout simplement continuer à vivre sans se prcoccuper de tout ça. »

Il sourit.

« Vous avez quel âge, déjà ? »

Elle fronça les sourcils comme pour lui dire : « Ne commencez pas à jouer les pères avec moi ! »

« Mes parents n'ont jamais accepté le fait que je ne prenne pas la religion plus au sérieux. Les Cantwell sont catholiques depuis toujours, c'est bien connu. J'aimais bien toute la partie en latin, en revanche, j'ai toujours trouvé les rituels et les cérémonials d'une parfaite niaiserie. Peut-être, demain matin, j'y réfléchirai à nouveau. Je suis vannée, dit-elle en se frottant les yeux. Mais vous, vous devez dormir debout.

– Un petit somme ne me ferait pas de mal. »

Il vida son verre. Après ce qu'ils venaient de traverser ensemble, il se sentait assez proche d'elle pour pouvoir demander :

« Est-ce que je peux monter la bouteille ? »

À New York, il était l'heure de coucher Phillip. Après lui avoir donné son bain, Nancy s'allongea sur son lit, son bébé près d'elle, talqué, étendu sur une serviette moelleuse. Il jouait tranquillement avec un ours en peluche qu'il serrait de ses petites mains, tout en s'amusant à le porter à sa bouche. Elle prit son portable pour relire le message de Will : « Bien arrivé. De retour bientôt. Je t'aime. » Elle soupira et lui répondit. Puis elle caressa le ventre rebondi de Phillip qui se mit à rire en se tortillant, et elle l'embrassa sur les deux joues.

Au premier étage, le long couloir oscillait comme un pont suspendu dans la jungle. Cette impression de liberté ne déplaisait pas à Will qui se sentait léger, comme si les lois de la pesanteur allaient disparaître. Il suivait de près Isabelle qui avançait à pas feutrés pour ne pas réveiller son grand-père. Il lui semblait qu'elle aussi était ivre, car elle ne marchait pas droit, comme si elle évitait des obstacles invisibles, allant même jusqu'à frôler le mur. Elle lui ouvrit la porte de sa chambre en murmurant très poliment :

« Voici vos appartements. »

La pièce était plongée dans le noir. Un croissant de lune versait à travers les rideaux de dentelle une lueur argentée permettant de distinguer les formes sombres des meubles.

« Je vais allumer pour vous, sinon vous ne trouverez pas. »

Il la suivit, observant sa silhouette mince qui se détachait devant la fenêtre. Une zone endormie de son cerveau commençait à se réveiller : celle qui auparavant était consacrée aux femmes et à l'alcool. Il s'entendit soudain lui dire :

« Pas la peine d'allumer. »

Il savait que cela suffirait. Il sentait son désir à elle naître de l'alcool, de l'excitation de la découverte, et de son isolement.

Ils se retrouvèrent sur le lit. Leurs vêtements s'envolèrent comme cela n'arrive que la première fois. Leur peau fraîche, sèche, se fit ardente, moite. Les lourds bois de lit se mirent à craquer, leur grincement aigu servant de contrepoint aux soupirs des amants. Il avait perdu la notion du temps, ignorait même si ce qu'il faisait était bien. En revanche, il savait que c'était bon.

Lorsque tout fut fini, le silence reprit sa place. Jusqu'à ce qu'Isabelle le rompe :

« Tout ceci n'était pas prévu. Je peux avoir la bouteille ? »

Le scotch attendait tranquillement par terre, au pied du lit.

« J'ai pas pris de verre.

– Aucune importance. »

Elle avala une bonne lampée, puis lui passa la bouteille. Will l'imita. La tête lui tournait.

« Je voulais juste dire... » commença-t-il.

Mais elle s'était déjà levée et, dans l'obscurité, cherchait ses vêtements épars. Elle lui murmura des excuses lorsque sa main frôla son sexe par mégarde, à la recherche de sa petite culotte.

« À quelle heure faut-il vous réveiller ? »

Il la regarda, sidéré d'être ainsi traité par une femme après une partie de baise.

« Comme vous voudrez. Pas trop tard.

– Nous prendrons un bon petit déjeuner, et ensuite nous nous remettrons au travail. Je ne parviens pas à retrouver ma seconde chaussette : je peux allumer... maintenant ? »

Il ferma les yeux pour ne pas être agressé par l'éclairage soudain. Il sentit qu'elle déposait un léger baiser sur ses lèvres, puis il la regarda partir, dénudée, ses habits roulés en boule sous le bras. La porte se referma. Il était seul à présent.

Il prit son portable dans la poche de son pantalon et s'aperçut qu'il avait un message. Il l'ouvrit pour le lire.

« Plus fâchée contre toi. Tu me manques. À Phil aussi. J'ai lu le poème. Hallucinant ! Appelle-moi. »

Soudain, il s'aperçut qu'il retenait sa respiration depuis un moment. Il expira en un gros soupir. Il eut soudain honte à l'idée de lui répondre alors qu'il était nu et portait encore sur lui l'odeur de la femme avec laquelle il venait de faire l'amour. Il y songea un moment, puis lança le téléphone sur le lit avant de reprendre une lampée de scotch.

Dehors, le front froid déversait toujours son souffle glacial à travers le parc. Une jumelle monoculaire de vision nocturne émergeait des branches dégoulinantes d'un luxuriant massif de rhododendrons. Sur la lentille se détachait la fenêtre de Will, très éclairée.

Quand ce dernier se leva pour aller aux toilettes, DeCorso l'aperçut, torse nu, un instant. C'était la première fois qu'il le voyait pour de bon depuis plusieurs heures. Bien sûr, il savait qu'il était au manoir, cependant, cette confirmation le rassurait. Quelques minutes plus tôt, alors que la chambre était encore plongée dans l'obscurité, il avait entrevu une femme nue, vision de rêve verte dans son appareil. Piper prenait du bon temps. Pas lui.

L'attente s'annonçait longue et froide jusqu'à l'aube, mais il était résigné à faire son boulot de gardien jusqu'au bout.

1334
Isle de Wight, royaume d'Angleterre

FÉLIX DIRIGEAIT L'OFFICE DE PRIME. C'est le plus court de la journée, ce dont il savait gré. Il était en effet désespérément las, et sa tête le torturait toujours. La cathédrale était remplie de moines et de moniales, répondant avec fidélité à l'appel, élevant la voix pour chanter les prières en un chœur aussi doux que celui des oiseaux qui nichaient dans la charpente, lorsqu'ils appelaient leurs petits, perchés dans les chênes avoisinants. C'était le moment de l'année où une atmosphère parfaite régnait au sein de l'édifice, ni trop chaude ni trop froide. Ce serait pitié, songea Félix, de quitter cette terre en plein cœur de l'été.

De son œil valide, il voyait les frères et les sœurs lui jeter des regards furtifs depuis leurs bancs. Il était leur père, aussi s'inquiétaient-ils de lui – et de leur propre sort. Un nouvel abbé changerait à coup sûr le rythme de la vie du monastère. Après toutes ces années, ils s'étaient accoutumés à lui. Peut-être, songea-t-il même un instant, l'aimaient-ils. De plus, l'ordre de la succession n'était pas clair. Le prieur, Paul, était beaucoup trop jeune pour être nommé à sa place, et personne entre les murs de cette cathédrale ne pouvait y prétendre. Cela signifiait qu'il faudrait recourir à un étranger. Pour leur bien à tous, il essaierait de vivre le plus longtemps possible. Hélas il savait mieux que personne que les plans du Tout-Puissant étaient prédéfinis et inaltérables.

Depuis sa haute chaire sculptée, il chercha Luke à travers la cathédrale, mais son visiteur n'apparaissait nulle part. Cela ne le surprit guère.

Vers la fin du psaume 116, un classique de l'office de prime, il se sentit soudain envahi d'une grande joie : c'est au moment où il achevait son épître que Luke était revenu. C'était la providence qui l'envoyait. Le Seigneur avait entendu ses prières et lui apportait une réponse. Par gratitude, il décida d'ajouter au service un de ses hymnes préférés, l'ancien *Iam Lucis Orto Sidere*, « Maintenant que le soleil se lève sur un jour nouveau », poème vieux de plusieurs siècles, remontant à l'époque du père spirituel béni de leur Ordre, saint Benoît de Nursie.

Iam lucis orto sidere
Deum precemur supplices,
Ut in diurnis actibus
Nos servet a nocentibus.

Maintenant que le soleil se lève sur un jour nouveau,
Humbles de cœur, nous Vous prions, Seigneur,
Pour que pendant nos tâches quotidiennes
Vous nous préserviez de tout mal.

Toute la congrégation semblait transportée par cet hymne. Les voix cristallines des jeunes sopranos résonnaient en un chœur harmonieux à travers l'espace de la grande cathédrale.

Ut cum dies abscesserit,
Noctemque sors reduxerit,
Mundi per abstinentiam
Ipsi canamus gloriam.

Et quand le jour disparaît,
Que la nuit lui succède,
Libres du labeur de ce monde,
Nous chantons les louanges de notre Seigneur.

À la fin de l'office, Félix se sentit comme régénéré, oubliant sa double vision et la douleur dans son crâne. En quittant l'église, il fit signe à frère Victor d'amener dans ses appartements le visiteur nocturne.

Sœur Maria l'attendait déjà là-bas, pour lui servir du thé et du porridge assaisonné d'un peu de miel. Il en prit quelques bouchées pour lui faire plaisir, puis lui fit signe de débarrasser la table quand frère Victor vint frapper à sa porte.

Dès qu'il vit Luke, il se souvint du jour de leur rencontre, quarante ans plus tôt. Félix était alors prieur quand avait frappé à la porte du monastère ce grand gaillard qui ressemblait davantage à un soldat qu'à un apprenti cordonnier. Il avait quitté Londres, attiré vers l'isle de Wight et par ce qu'il avait entendu dire de la piété de la communauté et de la beauté simple et majestueuse du monastère. Félix s'était vite laissé convaincre par la sincérité et l'intelligence du garçon, qu'il avait pris comme oblat. Luke avait manifesté sa reconnaissance en s'appliquant à étudier avec le plus grand sérieux, en priant et travaillant avec une merveilleuse gaieté et une ardeur d'âme qui réjouissaient les cœurs de tous les habitants de l'abbaye.

À présent, il contemplait un vieil homme ayant passé la cinquantaine, encore grand et fort, mais désormais ventripotent. Son visage, jadis beau et solide, avait subi les outrages du temps et ses traits s'affaissaient, marqués de rides profondes. Son sourire juvénile n'était plus : les commissures de ses lèvres au contraire ployaient. Il était vêtu d'un habit simple d'artisan, les cheveux tirés en arrière et ramenés en chignon.

« Entre, mon fils, et assieds-toi auprès de moi. Je vois bien que c'est toi, Luke, sous les apparences d'un vieil homme.

– Et moi je vois bien que c'est vous, mon père, répondit-il, tandis que son regard s'attardait sur le visage familier de l'abbé et son œil exorbité.

– Tu vois le mal qui me ronge. Il est bon que tu sois venu aujourd'hui. Peut-être, demain, est-ce ma tombe que tu aurais trouvée. Assieds-toi, mon fils. »

Luke prit place sur l'un des confortables sièges en crin de cheval.

« Je suis navré d'entendre d'aussi tristes nouvelles, mon père.

– Je suis entre les mains de Dieu, comme toutes ses créatures. T'a-t-on donné à manger ?

– Oui, mon père.

– Dis-moi, pourquoi n'as-tu point assisté à l'office de prime à l'église ? Je t'y ai cherché. »

Luke regarda autour de lui, s'attardant sur les belles choses qui emplissaient la grande pièce et répondit simplement :

« Je n'ai pas pu. »

Félix acquiesça avec douceur et tristesse. Il comprenait, hélas, et il savait gré à son compagnon d'être revenu après tout ce temps afin de conclure cette relation qui avait duré plusieurs années, avant de s'arrêter brusquement en ce terrible jour.

Luke n'avait d'ailleurs nul besoin de lui remettre en mémoire les détails de cette épouvantable journée. L'abbé s'en souvenait comme si tout s'était passé la veille, et non des décennies auparavant.

« Où es-tu allé quand tu nous as quittés ? demanda soudain le moine.

– Nous sommes allés à Londres.

– Nous ?

– Elizabeth, la jeune fille. Elle m'a accompagné.

– Je vois. Et qu'est-il advenu d'elle ?

– Je l'ai prise pour femme. »

La nouvelle secoua le vieillard, mais il se refusa à émettre le moindre jugement.

« Avez-vous des enfants ?

– Non, mon père, elle n'a jamais pu en concevoir. »

Bien des années auparavant, par un matin d'octobre envahi de brume et de bruine, Luke avait vu sœur Sabeline entraîner Elizabeth, jeune novice terrifiée, vers une petite chapelle isolée, aux confins des terres de l'abbaye. Pendant ses quatre années passées au monastère, il avait entendu des rumeurs concernant une crypte, un monde souterrain peuplé d'étranges individus s'adonnant à une mystérieuse tâche. Les autres novices évoquaient des rituels, des perversions, une société secrète appelée l'Ordre des Noms. Luke n'en croyait rien et mettait ces bruits sur le compte des fantasmes qui hantent les esprits simples. Certes, il y avait bien une chapelle isolée, mais il n'avait point à connaître en détail le fonctionnement de l'abbaye. Il devait se concentrer sur sa vocation : aimer et servir le Seigneur.

Elizabeth avait toutefois mis à l'épreuve sa foi et son engagement. Depuis le premier jour où il l'avait vue, derrière le dortoir des sœurs, lorsqu'il l'avait aidée à rattraper une chemise emportée par le vent, l'image de la jeune fille s'était mise à le hanter jusque dans ses prières. Ses longs cheveux, pas encore rasés puisqu'elle n'avait point prononcé ses vœux, son menton parfait, ses pommettes hautes, ses yeux bleu-vert, ses lèvres humides, son corps gracile, tout cela lui donnait la fièvre. Cependant, il savait que s'il parvenait à dominer ses désirs et refusait de céder à la tentation, il en sortirait grandi et serait un meilleur serviteur pour Dieu.

Il ne pouvait alors soupçonner que sa dernière nuit en tant que moine se passerait dans une étable, où Elizabeth l'avait supplié de le rejoindre. Elle était folle de crainte. Au matin, elle devait être conduite à la crypte, sous la chapelle secrète. Là, expliqua-t-elle à Luke, elle serait livrée à un homme. Elle lui raconta ensuite une longue histoire de mères porteuses, de souffrances, de folie. Elle le supplia de la déflorer, afin de l'aider à échapper à ce funeste destin. Mais au lieu de s'exécuter, il fuit, le bruit des longs sanglots de la jeune fille se mêlant aux hennissements des chevaux.

Le lendemain matin, pour en avoir le cœur net, il se dissimula derrière un arbre et fit le guet aux abords de la chapelle secrète. Les embruns embrassaient le rivage, grimpant jusqu'à lui pour le bercer de leur souffle salé. Enfin, à l'aube, il vit la vieille moniale desséchée, sœur Sabeline, qui traînait la jeune fille en larmes vers le petit bâtiment de bois. Il lutta *in petto* avant de finalement s'engager à leur suite, changeant ainsi le cours de sa vie.

Il pénétra dans la chapelle.

Là, il ne vit qu'une pièce vide au sol de diabase, décorée d'une simple croix de bois doré. Puis il avisa une lourde porte de chêne. Il la poussa et découvrit un escalier à vis en pierre, illuminé par des torches, qui s'enfonçait dans les profondeurs de la terre. Il le descendit d'un pas hésitant et arriva dans une petite antichambre fraîche, où il découvrit une porte entrebâillée, plus ancienne, et une grosse clé dans la serrure. Il la poussa et la fit pivoter sur ses gonds avec difficulté. Il se trouvait dans la salle des scribes.

Il fallut quelques secondes pour que ses yeux s'habituent à la faible lueur des chandelles. Malgré tout, il ne parvenait pas à comprendre ce qu'il voyait. Des douzaines d'hommes et de garçons aux cheveux roux, assis les uns auprès des autres sur des bancs, devant de longues tables, trempaient leur plume dans des encriers et grattaient avec vivacité des feuilles de parchemin placées devant eux. Certains étaient vieux, d'autres encore enfants. Pourtant, en dépit de leur âge, ils se ressemblaient de manière étonnante. Leur visage était totalement dépourvu d'expression, seules leurs prunelles vertes paraissaient vivantes, et leur regard d'une intensité surnaturelle semblait transpercer la page placée devant eux.

La crypte possédait un plafond en forme de dôme recouvert de plâtre et blanchi à la chaux pour mieux refléter la lumière des chandelles. Il y avait une quinzaine de tables alignées les unes derrière les autres, jusqu'au fond de la pièce. À chaque table étaient assis environ dix scribes. Sur le sol, le long des murs on avait étalé des paillasses, où dormaient d'autres hommes aux cheveux roux.

Aucun d'entre eux ne prêta attention à Luke lorsqu'il entra : à croire qu'il avait franchi le seuil d'un univers magique où il était devenu invisible. Avant de pouvoir comprendre ce qui se passait, il entendit résonner un cri de terreur : c'était la voix d'Elizabeth.

Cela provenait de la droite, d'un recoin, sur le côté. Tel un chevalier, il s'engouffra par le premier passage obscur qu'il trouva et fut sur-le-champ submergé par une intense odeur de mort. Il était dans les catacombes. À tâtons dans le noir, il déboucha dans une première pièce, frôlant des squelettes auxquels étaient encore attachés des lambeaux de chair pourrissante, et qui s'empilaient dans des alcôves, tel du petit bois.

Les cris résonnaient plus fort. Dans une seconde pièce, il trouva sœur Sabeline, une chandelle à la main. Il s'approcha à pas de loup. La flamme illuminait la peau blafarde d'un des hommes aux cheveux roux. Il était nu, et Luke distinguait parfaitement ses fesses maigres et creuses, ses bras grêles, ballants, le long de ses flancs. Impatiente, la moniale s'exclama :

« J'ai amené cette fille pour vous ! »

Rien ne se produisit, alors elle reprit :

« Allez-y, touchez-la ! »

C'est alors que le moine vit Elizabeth, recroquevillée par terre, cachant ses yeux de ses mains, roidie à l'idée d'être effleurée par ce squelette vivant.

Luke agit sans réfléchir, et sans peur des conséquences. Il se rua sur l'autre, l'empoigna par son épaule osseuse et le jeta à terre. Il eut l'impression d'avoir affaire à un enfant. Il posa ensuite la main sur le bras de la jeune fille, qui ne se rétracta pas, comme si elle avait senti que cette main-là était celle de la providence. Elle ouvrit les yeux et scruta son sauveur avec une immense gratitude.

Ils entendirent alors sœur Sabeline s'écrier :

« Mais que faites-vous ici ? Sortez tout de suite ! »

Le jeune homme pâle essayait de se relever tant bien que mal au milieu des ossements où l'avait projeté le moine sans ménagement.

« Frère Luke, laissez-nous ! hurlait Sabeline. Vous avez violé un sanctuaire !

– Je ne partirai point sans elle, répondit-il d'un ton de défi. Et comment cet endroit pourrait-il être sacré ? Tout ce que je vois ici porte l'empreinte du mal.

– Vous ne comprenez rien ! » s'époumona la sœur.

Tout à coup, depuis la salle leur parvint une immense clameur. Des coups sourds. Des bruits d'écrasement. De déchirement. Un fracas liquide, comme d'énormes poissons se débattant sur le pont d'un navire, à l'agonie.

Le jeune scribe nu se releva et s'éloigna en direction du tumulte.

« Mais que se passe-t-il ? » s'exclama Luke.

Sabeline ne répondit rien. Sa chandelle à la main, elle se précipita dans la salle, les laissant dans le noir.

« Tu vas bien ? » fit le moine avec tendresse.

Il avait toujours la main posée sur le bras d'Elizabeth.

« Tu es venu pour moi », murmura-t-elle.

Malgré les ténèbres, il l'aida à trouver son chemin jusqu'à la lumière de la salle.

Ce qu'il vit alors se grava à jamais au fond de sa rétine; chaque fois qu'il fermerait les yeux, dorénavant, il reverrait sœur Sabeline errant, comme un automate, à travers cette scène terrible en psalmodiant :

« Oh, mon Dieu ! Oh, mon Dieu ! Oh, mon Dieu ! »

Il ne voulait point qu'Elizabeth assistât à ce spectacle, aussi lui demanda-t-il de fermer les yeux et de le laisser la guider. Tandis qu'ils se frayaient un chemin vers la porte, mû par une impulsion inexplicable, il s'empara d'un des parchemins qui demeuraient sur les pupitres, et qui ne portait aucune trace de sang.

Ils remontèrent en hâte l'escalier escarpé, traversèrent la chapelle et s'enfuirent dans la bruine dense. Ils coururent aussi longtemps que leurs jambes les portèrent, loin des terres de l'abbaye. Lorsqu'ils s'arrêtèrent pour rafraîchir leurs poumons brûlants, ils entendirent les cloches de l'église qui sonnaient le tocsin. Ils devaient se rendre jusqu'au rivage. Il devait l'emmener loin de cette île.

« Dis-moi, Luke, pourquoi es-tu revenu à l'abbaye ? demanda Félix.

– Toute ma vie, j'ai été poursuivi par l'image de ce que j'ai vu ce jour-là, et je ne voulais point rendre l'âme sans avoir compris. Il y a longtemps que je songe à revenir. Aujourd'hui, je le peux.

– Il est fort regrettable que tu aies quitté le giron de l'Église. Je me souviens de ta grande piété, de la générosité de ton âme.

– Disparues, répondit-il avec amertume. Volées.

– Tes paroles m'attristent, mon fils. Tu crois sûrement que l'abbaye de l'isle de Wight est le repaire du mal, mais ce n'est point le cas. Notre grande entreprise avait un but sacré.

– Et quel pouvait bien être ce but, mon père ?

– Nous servions le Seigneur en veillant aux besoins de Ses frêles scribes muets. Grâce à l'intervention divine, leur labeur s'est poursuivi durant des siècles. Ils établissaient des registres, Luke, où ils inscrivaient l'entrée et le départ des enfants de Dieu en ce monde, maintenant et pour les siècles futurs.

– Comment une telle chose est-elle possible ?

– Leur main était reliée à celle de Dieu. Ils vivaient dans un but étrange et singulier. En dehors de cette tâche, ils étaient tels des enfants, complètement dépendants de nous pour leurs besoins quotidiens.

– Et aussi pour d'autres choses, fit sèchement le visiteur.

– Il leur était nécessaire de se reproduire. La mission était gigantesque. Il a fallu que des milliers d'entre eux œuvrent durant des siècles. Nous devions les aider.

– Je regrette, mon père, mais ceci est une abomination. Vous avez forcé nos sœurs à se prostituer !

– Non ! » s'écria Félix. L'émotion augmentait la pression sous son crâne, et son œil battait à tout rompre. « C'était un service rendu à la communauté ! Un service qui tendait vers une fin supérieure ! Ce que les étrangers ne pouvaient comprendre. »

Il serrait à présent sa tête entre ses mains, et Luke se mit à redouter qu'il n'expirât sous ses yeux. Aussi changea-t-il de sujet.

« Et que sont devenus les livres ?

– Il y avait une bibliothèque, immense, sûrement la plus vaste de toute la chrétienté. Tu passas tout près, ce jour-là, mais tu ne la vis point. Après ta fuite, l'abbé Baldwin, bénie soit sa mémoire, fit sceller l'accès à la bibliothèque et brûler la chapelle qui permettait d'y accéder. Je pense que le feu détruisit tout.

– Pourquoi prit-il cette décision ?

– Baldwin pensait que l'homme n'était point encore prêt pour une telle révélation. Et je suppose qu'il te craignait, Luke.

– Moi ?

– En vérité, il redoutait ton courroux, que tu ne révèles à d'autres nos secrets, que ces autres ne vinssent pour nous juger, puis que des hommes aux intentions funestes n'exploitent la bibliothèque pour le pire. Il prit sa décision et je l'exécutai. J'allumai moi-même le brasier. »

Luke avisa son parchemin sur la table de l'abbé, à nouveau roulé et entouré de son ruban.

« Cette page que je pris ce jour-là, dites-moi, mon père, que signifie-t-elle ? Cette question m'obsède.

– Mon fils, je te dirai tout ce que je sais. Mon trépas est proche. Je sens une lourde charge qui m'écrase, car je suis le dernier vivant à porter encore le souvenir de la bibliothèque. J'ai couché sur un parchemin tout ce que je sais. S'il te plaît, laisse-moi me décharger sur toi de ce fardeau en te confiant ce récit, ainsi qu'un autre objet. »

Il alla vers sa malle et en sortit un énorme manuscrit. Luke vint à son secours, car le volume semblait trop lourd pour le frêle vieillard.

« C'est le dernier, expliqua Félix. Toi et moi, Luke, nous sommes liés par autre chose. Tu ignores pourquoi ce jour-là tu pris cette page ; j'ignore autant pourquoi je sauvai ce livre. Peut-être étions-nous tous deux guidés par une main invisible. Reprendras-tu ton parchemin, ainsi que cet ouvrage, qui contient mon témoignage ? Exauceras-tu la dernière volonté d'un mourant ?

– Quand j'étais jeune, vous vous êtes montré bon pour moi en m'acceptant au monastère. Oui, mon père, j'accepte tout ce que vous me confiez.

– Merci.

– Que dois-je en faire ? »

Félix leva les yeux vers le plafond de sa belle chambre.

« Dieu en décidera. »

1344
Londres

LE BARON CANTWELL DE WROXALL se réveilla en se grattant et en songeant à ses bottes. Il inspecta ses bras, son ventre, et y découvrit de petits boutons, signe qu'il avait partagé sa couche avec la vermine. Par saint Georges ! C'était certes un privilège d'être admis à la cour, d'être l'hôte du palais de Westminster, mais le roi ne souhaitait sûrement point que ses nobles fussent dévorés vivants pendant leur sommeil ! Il irait dire deux mots aux domestiques.

La chambre était petite mais confortable. Un lit, une chaise, un coffre, une commode, des chandelles et un tapis pour que le sol fût moins froid. En l'absence de cheminée, il n'eût point passé la nuit là en plein cœur de l'hiver mais, en ce plaisant début de printemps, il n'était point incommodé. Dans sa jeunesse, avant qu'il ne jouît des faveurs royales, lorsqu'il se rendait à Londres, il descendait dans des auberges où, même dans les établissements plus salubres, il fallait partager son grabat avec un inconnu. Toutefois, à cette époque, il était rare qu'il regagnât son gîte autrement qu'ivre mort. Aussi, cela n'avait-il guère d'importance. Désormais plus âgé, d'un rang supérieur, il goûtait fort son confort.

Il se soulagea dans le pot de chambre et examina ses membres à la recherche de plaies quelconques, comme il le faisait toujours après s'être rendu au bordel. Soulagé, il contempla longuement le paysage par la fenêtre. À travers le vitrail vert, il voyait la Tamise dont le cours majestueux remontait vers le nord. Un koggen aux flancs hauts voguait, toutes voiles dehors, en direction de l'estuaire, chargé de marchandises. En contrebas des appartements royaux, au bord de l'eau, un busard planait, guettant les souris ; un peu plus en amont, un chiffonnier impudent déversait des ordures dans le fleuve tout près de Westminster Hall, où le conseil royal devait se réunir le lendemain. Un instant distrait par la vision de cette grande ville, Charles pensa à nouveau à ses pieds, particulièrement cornés et mal en point. Aujourd'hui, il allait enfin quérir ses bottes neuves.

De son peigne en écaille de tortue, il lissa sa barbe taillée en pointe, sa longue moustache et sa chevelure, qui lui balayait les épaules ; puis il s'habilla prestement, enfila ses hauts-de-chausses, sa chemise de lin, son pourpoint et ses plus beaux bas, en laine verte, qu'il remonta jusqu'aux cuisses pour les attacher à sa ceinture. Il tenait sa cotte-hardie d'un cousin français, c'était un modèle bleu, près du corps, aux ornements de fourrure et aux boutons d'ivoire. Il avait beau avoir passé quarante ans, il conservait une silhouette jeune et virile, qu'il n'hésitait point à mettre en valeur. Comme il était à la cour, il compléta son costume par une très belle houppelande de fin brocart, qui s'arrêtait audacieusement à la hauteur des cuisses. Enfin, avec dédain, il enfila ses vieilles bottes. Elles étaient si miteuses, si informes, qu'il fit la grimace.

Charles était arrivé à cette situation enviable grâce à son éducation et son bon sens. Les Cantwell faisaient remonter leur arbre généalogique jusqu'à Jean sans Terre, et ils avaient joué un rôle mineur dans la négociation de la Magna Carta avec la couronne. Toutefois, la famille avait végété parmi la petite noblesse jusqu'à ce que la fortune lui sourît avec l'accession d'Édouard III au trône.

Edmund, le père de Charles, avait combattu au côté d'Édouard II lors de sa campagne hasardeuse contre Robert Bruce en Écosse, et avait même été blessé à la désastreuse bataille de Bannockburn. L'issue en eût-elle été favorable aux Anglais, les Cantwell eussent prospéré dans les années qui suivirent, car Edmund avait défendu son roi avec courage.

Édouard II était un monarque très impopulaire et ses sujets ne protestèrent guère lorsque son épouse Isabelle et son amant, Roger Mortimer, le renversèrent. Son fils, le jeune Édouard, n'avait alors que quatorze ans. Couronné avec le titre d'Édouard III, il devint un pantin entre les mains du régent Mortimer. Ce dernier ne se satisfaisant point de l'emprisonnement d'Édouard II, il le fit assassiner dans les geôles du château de Berkeley, dans le Gloucestershire. Le meurtre fut sordide. Surpris dans son lit, l'ancien roi fut maintenu sous un matelas tandis qu'on lui insérait dans l'anus un tube de cuivre par lequel on introduisait un tisonnier rougi dans son bas-ventre. Comme il n'y avait point de marques sur le cadavre, le meurtre ne pouvait être prouvé, par conséquent la mort devait être jugée naturelle. C'était aussi pour Mortimer une manière de châtier le roi qui avait la réputation d'être un sodomite.

Arrivé à son dix-huitième anniversaire, le jeune Édouard III apprit la fin terrible de son père et, en bon fils, résolut de le venger. On transmit en secret l'information selon laquelle le jeune souverain recherchait des conspirateurs. Contacté par des agents, Charles Cantwell sauta aussitôt sur l'occasion car d'une part il était partisan d'Édouard III, et d'autre part il n'avait connu que des déboires dans ses diverses entreprises. Aussi ses perspectives d'avenir étaient-elles pour le moins bouchées. En octobre 1330, il prit part à une expédition punitive dont les membres se glissèrent audacieusement dans Nottingham Castle, la forteresse de Mortimer, en empruntant un passage secret. Les conjurés arrêtèrent le régicide au nom du roi et le transférèrent dans la plus grande discrétion à la Tour de Londres, où il connut un sort funeste.

Par gratitude, Édouard III éleva Charles au rang de baron et lui octroya une généreuse bourse royale ainsi que de nouvelles terres dans la région de Wroxall. Cantwell entreprit dès lors la construction d'un beau manoir qui fît honneur à son nom : Cantwell Hall.

Le connétable des écuries du roi avait fait préparer le cheval de Charles Cantwell. Aussi partit-il au trot le long des berges de la Tamise, jouissant de l'air frais aussi longtemps que possible, avant de devoir s'immerger dans les ruelles étroites et fétides de la ville industrieuse. Une demi-heure plus tard environ, il arriva dans Thames Street, avenue assez large en comparaison, non loin du fleuve, à l'ouest de Saint-Paul, où il lui fut plus aisé de diriger sa monture au milieu des charrettes, chevaux, cavaliers et piétons.

Arrivé au pied de Garrick Hill, il éperonna l'animal pour qu'il s'engage dans une longue ruelle étouffante et sinueuse. Il sortit sur-le-champ son mouchoir pour s'en couvrir le visage. De chaque côté de Cordwainers Street coulaient des égouts à ciel ouvert, mais ce n'était point les rejets humains qui incommodaient le plus Charles. À la différence des savetiers qui fabriquaient des chaussures bon marché à partir de cuir usagé et gagnaient leur vie en rafistolant de vieilles galoches, les bottiers, aristocrates de la profession, travaillaient le cuir neuf pour confectionner de beaux souliers. Aussi dans leur quartier trouvait-on également les abattoirs et les tanneries, dont les activités, consistant à faire bouillir des peaux et de la laine de mouton, dégageaient des odeurs pestilentielles.

Toute la bonne humeur de Charles s'était envolée quand il mit pied à terre. Il s'était arrêté devant une petite échoppe dont l'enseigne figurait une botte noire en fer forgé. Il attacha son cheval à un poteau et se fraya un chemin entre les flaques de boue qui s'étendaient devant le bâtiment à étage, flanqué d'autres constructions identiques, formant une longue chaîne appartenant à la même corporation.

Il sentit aussitôt qu'il y avait un problème. Dans toutes les autres boutiques, portes et fenêtres étaient ouvertes, laissant entrevoir l'activité qui s'y déroulait, alors que celle où se rendait Charles était claquemurée. Il grommela dans sa barbe et martela la porte. Pas de réponse. Il recommença, plus fort encore, et s'apprêtait à défoncer l'huis à coups de pied quand il s'entrebâilla lentement, laissant apparaître une femme coiffée d'un fichu.

« Pourquoi l'échoppe est-elle close ? » s'exclama-t-il avec colère.

La femme était aussi frêle qu'une enfant, mais vieille et fatiguée. Cantwell l'avait déjà vue auparavant et songeait qu'elle avait dû être d'une grande beauté dans sa jeunesse. Désormais son allure s'était flétrie, fanée par de lourds soucis et un dur labeur.

« Mon époux est au plus mal, messire.

– C'est fort regrettable, madame, mais je suis venu quérir mes bottes. »

Elle le dévisagea sans dire un mot.

« Eh bien, femme, m'entends-tu ? Je suis venu quérir mes bottes !

– Il n'y a point de bottes, messire.

– Que signifie ? Sais-tu qui je suis ? »

La lèvre tremblante, elle répondit :

« Vous êtes messire le baron de Wroxall.

– Fort bien. Tu sais par conséquent que je vins ici il y a six semaines. Ton époux, Luke le bottier, fit des modèles en bois de mes pieds. Je lui payai d'avance la moitié de la somme !

– Il est malade depuis.

– Ah ! Voyons voir ! »

Il s'engouffra dans la minuscule échoppe et regarda autour de lui. L'endroit servait à la fois d'atelier, de cuisine et de pièce de vie. D'un côté se trouvait l'âtre, avec des ustensiles, une table, des chaises ; de l'autre, le banc de l'artisan, plein d'outils et quelques peaux de mouton. Au-dessus, sur une étagère, se trouvaient des douzaines de modèles en bois. Charles s'arrêta sur l'un d'eux, où était inscrit « Wroxall ».

« Voici mes pieds ! s'écria-t-il. À présent, où sont mes bottes ? »

De l'étage supérieur, une voix faible appela :

« Elizabeth ? Qui est là ?

– Il n'a jamais pu les commencer, messire, insista la vieille femme. Il est tombé malade.

– Est-il là-haut ? s'inquiéta Charles. J'ose espérer que la peste n'a point frappé cette maison ?

– Oh, non, messire. Il est atteint de consomption.

– Dans ce cas, j'irai lui parler.

– Oh non, je vous en prie, messire. Il est trop faible. Cela le tuerait. »

Depuis quelques années, Charles avait tout à fait perdu l'habitude qu'on lui refusât quoi que ce fût. Les barons étaient des barons : les serfs et la petite noblesse devaient exaucer leurs moindres désirs. Ainsi se tenait-il, les poings plantés sur les hanches, agressif, la mâchoire en avant.

« Il n'y a donc point de bottes, dit-il enfin.

– Non, messire, répondit-elle en essayant de retenir ses larmes.

– Je vous ai payé d'avance un demi-souverain, répliqua-t-il avec une froideur extrême. Rendez-moi mon argent. Avec les intérêts. Vous me devez quatre shillings. »

Elizabeth pleurait à présent à gros sanglots.

« Nous sommes sans le sou, messire. Mon mari ne peut plus travailler. J'ai même dû échanger ses peaux à d'autres membres de la guilde contre de la nourriture.

– Ainsi donc vous n'avez ni bottes ni argent ! Eh bien, que dois-je faire, femme ?

– Je ne sais point, messire.

– Il semble bien que ton époux ira finir ses jours en prison, aux bons soins de Sa Majesté, et toi aussi, tu vas découvrir ce que cela fait d'être au cachot pour dette. Je m'en vais de ce pas chercher le shérif. »

Elle tomba à genoux et, de ses bras, entoura les jambes du baron.

« Je vous en supplie, messire, ayez pitié. Il doit bien y avoir un autre moyen, articula-t-elle entre ses larmes. Prenez ses outils en guise de remboursement, prenez ce que vous voudrez.

– Elizabeth ? appela de nouveau Luke d'une voix faible.

– Tout va bien, mon cher époux », lui cria-t-elle.

Mener ces voleurs en prison eût apporté à Charles une grande satisfaction. Toutefois, il préférait passer le reste de la matinée chez un autre bottier plutôt que de parcourir les ruelles crottées de la ville à la recherche du shérif. Sans daigner répondre à la vieille femme, il se dirigea vers le banc de travail et entreprit d'inspecter les différents maillets, pinces, clous et couteaux. Il émit un ricanement. Quelle utilité pour lui ? Il saisit une sorte de lame de petite faucille et s'enquit :

« Qu'est-ce donc ?

– Un tranchet, c'est un outil de cordonnerie.

– Que ferais-je de cela à ma ceinture ? fit-il avec dérision. Couper le nez d'un ribaud ? »

Il regarda de nouveau autour de lui et conclut : « Tout cela n'a aucun intérêt. N'avez-vous donc point d'objet de valeur ici ?

– Nous sommes pauvres, messire. Je vous en prie, prenez les outils et laissez-nous en paix. »

Il se mit à arpenter la pièce, à la recherche d'un objet qui pût le satisfaire assez pour abandonner l'idée de les faire jeter en prison. Hélas, leur bien était maigre en effet, ils possédaient les mêmes objets que ses serviteurs, au fond de leurs pauvres masures.

Soudain, ses yeux s'arrêtèrent sur un coffre. Sans demander la permission, il l'ouvrit. Là étaient rangés des vêtements d'hiver, capes et robes. Il y plongea la main et sentit soudain quelque chose de plat et dur. Il arracha les habits : c'était un manuscrit.

« Vous avez donc une bible ? » s'exclama-t-il.

Les livres à l'époque étaient rares et d'une grande valeur. Jamais il n'avait rencontré paysan ou artisan qui en possédât.

Elizabeth se signa et se mit à prier en silence.

« Non, messire, ce n'est point une bible. »

Il prit le lourd volume pour l'examiner de plus près. Il s'étonna de la date gravée sur la tranche, 1527, et tourna la première page. Une liasse de parchemins non reliés tomba sur le sol. Il les ramassa et jeta un regard rapide au texte écrit en latin. Il lut le nom de Félix, à la première ligne, puis remit les feuilles à leur place. Il s'intéressa ensuite au manuscrit. Ses prunelles parcoururent d'innombrables colonnes de noms et de dates.

« Diantre, mais quel est donc ce livre ? »

La peur sécha les larmes de la vieille femme.

« Cela vient d'un monastère. L'abbé en fit présent à mon époux. Je ne sais point de quoi il s'agit. »

À la vérité, Luke ne lui avait jamais parlé du manuscrit. À son retour de l'isle de Wight, des années plus tôt, il l'avait rangé dans ce coffre, et nul n'y avait plus jamais touché. Il savait bien qu'Elizabeth ne souhaitait point entendre parler de l'abbaye. D'ailleurs jamais ils n'avaient seulement prononcé son nom. La vieille femme éprouvait pourtant le sentiment que ce livre était maudit, et se signait chaque fois qu'elle ouvrait le coffre.

Le baron de Wroxall tournait page après page, chacune consacrée à l'année 1527.

« Serait-ce là de la sorcellerie ? s'interrogea-t-il.

– Non, messire ! »

Dans un effort surhumain pour paraître crédible, elle ajouta : « C'est un livre saint fabriqué par les bons moines de l'abbaye de l'isle de Wight. Mon époux, qui a connu l'abbé dans sa jeunesse, le reçut en cadeau. »

Charles haussa les épaules. Ce manuscrit devait bien valoir quelque chose, sans doute même plus de quatre shillings. Son frère, qui était plus versé dans les livres que dans les armes, le lui dirait : dès son retour à Cantwell Hall, il le lui soumettrait.

« Je prendrai votre livre, mais sachez que je suis fort marri de ce désagrément. Je voulais ces bottes pour assister au conseil royal. À présent, tout ce qu'il me reste, c'est ma déception. »

En silence, elle le regarda fermer le manuscrit et repartir avec. Dehors, il le rangea dans les poches de sa selle, puis s'en alla en quête d'un autre bottier.

Elizabeth grimpa à l'étage et entra dans la pièce minuscule où gisait son époux sur son lit de douleur. L'homme fort, en pleine santé, qui l'avait sauvée jadis, n'existait plus. Vieux, décrépit, il était désormais l'ombre de lui-même. Il se mourait. Une atmosphère funèbre régnait autour de lui. Le devant de sa chemise était constellé d'anciennes taches de sang marron, de glaires et de traces rouges, fraîches. Elle lui releva la tête pour lui faire boire une gorgée de bière.

« Qui était-ce ? murmura-t-il.

– Le baron de Wroxall. »

Ses yeux s'écarquillèrent de frayeur.

« Je n'ai point fait ses bottes. »

Il fut pris alors d'une violente quinte de toux qui secoua son corps décharné. Elle attendit qu'il fût calmé.

« Il est reparti. Tout va bien.

– Comment l'as-tu dédommagé ? Il m'avait payé.

– Tout va bien.

– Mes outils ? hasarda-t-il avec tristesse.

– Non. Autre chose. »

Ses yeux continuaient de l'interroger. Elle prit sa main inerte dans la sienne, et lui rendit un regard plein de tendresse. Un instant, ils se retrouvèrent à l'aube de leur rencontre, deux innocents, seuls contre les forces cruelles d'un monde en proie à la folie. Ce jour-là, il avait volé à son secours, tel un chevalier, la sauvant de cette crypte immonde et d'un sort pire encore. Elle avait passé sa vie à le remercier, hélas, sans jamais parvenir à lui donner d'héritier. Peut-être, d'une certaine manière, l'avait-elle sauvé aujourd'hui, en jetant un os au loup qui hurlait à leur porte. Son bien-aimé pourrait finir ses jours dans son lit.

« Le livre. Voilà ce que je lui ai donné. »

Il cligna des yeux, incrédule, tourna lentement sa pauvre tête vers le mur, et se mit à pleurer.

WILL RECONNUT TOUT DE SUITE ces vieilles sensations familières : la tête comme lestée de plomb ; la bouche sèche ; le corps courbaturé, comme s'il avait la grippe.

Il tenait une bonne gueule de bois.

Il se maudit pour ses faiblesses, puis, avisant la bouteille aux trois quarts vide, posée à côté de lui sur l'oreiller, telle une prostituée, il lui lança avec colère :

« Mais qu'est-ce que tu fous là, toi ? »

L'envie le prit de verser le reste dans le lavabo, mais ce scotch ne lui appartenait pas. Il posa l'oreiller par-dessus, pour ne plus le voir.

Bien sûr, il se souvenait de tout : il ne pouvait même pas se servir de cette bonne vieille excuse. Il avait trompé ses ex-femmes, ses petites amies, il avait même trompé ses maîtresses, mais jamais il n'avait trompé Nancy. Au fond, il était content de se sentir aussi mal : il le méritait.

Sur son téléphone portable, le SMS de Nancy attendait toujours une réponse. Après être passé par la salle de bains, la bouche pleine du goût frais de son dentifrice à la menthe, il décida de l'appeler. Il était très tôt, outre-Atlantique, mais il savait qu'elle serait déjà levée pour s'occuper de Phillip et se préparer avant de partir au travail.

« Tiens, tu m'appelles.

– Tu as l'air surprise.

– Tu n'as pas répondu à mon texto. Loin des yeux, loin du cœur, j'imagine.

– Ne dis pas de bêtises ! Comment ça va ?

– Bien. Phillip a bon appétit.

– Super. »

Il ne semblait pas très à l'aise.

« Tout va bien ? fit-elle.

– Ouais, ouais. »

Mais elle ne parut pas convaincue.

« Comment ça se passe là-bas ?

– Je suis dans un vieux manoir anglais. J'ai l'impression d'être dans un roman d'Agatha Christie. Mais les gens, ici, sont... très gentils, ils m'aident beaucoup. Ça valait le coup de venir. On a fait une incroyable découverte, mais je suppose que tu n'as pas très envie d'en entendre parler. »

Elle garda un instant le silence, puis répondit :

« Eh bien c'est vrai, je n'étais pas contente, l'autre jour, mais j'ai réfléchi. Et j'ai compris quelque chose.

– Ah ?

– Passer tes journées à la maison, c'est difficile pour toi. Tu te sens enfermé, alors bien sûr, dès qu'une aventure se présente, tu ne peux t'empêcher de sauter sur l'occasion. »

Will sentait que ses yeux le piquaient.

« Je t'écoute, dit-il.

– Et puis il y a autre chose. Il faut vraiment qu'on déménage. Tu étouffes trop dans cette ville. Je vais me renseigner sur les possibilités de mutation. »

Il se sentit soudain envahi par un insupportable sentiment de culpabilité.

« Eh bien, je ne sais pas quoi dire.

– Tu n'as rien à dire. Parle-moi plutôt de cette découverte.

– Peut-être pas au téléphone.

– Je croyais que tout allait bien ?

– Oui, bien sûr, mais tu sais, les vieilles habitudes... Je te raconterai tout quand je te verrai.

– Quand rentres-tu ?

– Je n'ai pas encore terminé. Dans un jour ou deux. Le plus vite possible. Nous avons trouvé le premier indice. Plus que trois.

– La flamme de Prométhée.

– Il était doué pour les énigmes, ce Shakespeare. Un énorme chandelier médiéval.

– Ouah ! Et après, le zéphyr flamand ?

– Ouais.

– Une idée ?

– Aucune. Et toi ?

– Je vais y réfléchir. Rentre vite. »

Las Vegas. C'était encore la nuit, et Malcolm Frazier dormait tranquillement au côté de son épouse quand il fut réveillé par les vibrations de son téléphone. C'était l'un de ses hommes, depuis le centre des opérations, à la Zone 51. Il lui fit des excuses pour la forme.

« Ouais ? fit Frazier en se levant.

– On vient d'intercepter un appel de Piper à sa femme.

– Faites-le-moi écouter. »

Il quitta sa chambre sur la pointe des pieds, passa devant celle de ses enfants, et alla s'étendre sur le canapé du salon tout en écoutant l'enregistrement. Une fois terminé, il demanda à être mis en contact avec DeCorso.

« Chef ! s'écria l'autre. Qu'est-ce que vous faites debout à cette heure-là ?

– Mon boulot, évidemment. Et toi ? »

Le gardien était assis dans sa voiture de location, tout près de la route, et surveillait l'entrée de l'allée qui menait à Cantwell Hall. Nul ne pouvait entrer ni sortir sans qu'il le voie. Il venait juste de retirer un sandwich au poulet de son emballage de cellophane et il était en train de maculer son portable de sauce huileuse.

« Ben, moi pareil, répondit-il.

– Qu'est-ce qu'il fait ?

– Rien de particulier, à part baiser la petite-fille du lord.

– Que de turpitude ! grommela Frazier.

– De quoi ? »

Frazier ne répondit pas. Il n'était pas un dictionnaire ambulant.

« Le plus drôle, c'est qu'il vient juste d'appeler sa femme. Mais pas pour lui avouer. Il a dit qu'ils avaient fait une "incroyable découverte", qu'il n'avait pas terminé le boulot, parce qu'il a encore trois indices à trouver. On dirait qu'il s'est lancé dans une chasse au trésor. Voilà, vous savez tout, chef. Sinon, la bouffe ici est dégueulasse, mais je survivrai.

– Bien sûr, que tu t'en sortiras, dit Frazier qui en savait quelque chose. En tout cas, ne te fais pas remarquer. La CIA a promis au MI6 qu'elle allait enquêter sur ce qui était arrivé à leur agent, Cottle, et nos agents à la CIA nous ont vaguement questionnés. Tout le monde ici cherche à calmer le jeu. Mais c'est pas le cas des autres, et ça m'inquiète. »

Frazier eut du mal à se rendormir. Il repassa sa stratégie dans sa tête, évitant de trop penser à ce qui pouvait foirer afin de ne pas devenir fou. Il avait décidé de laisser Spence en liberté afin que Piper puisse tranquillement mener à bien sa mission en Angleterre, quelle qu'elle soit. Jusqu'ici, tout se passait bien. Piper semblait faire des progrès : qu'il aille jusqu'au bout, songea Frazier, on viendra cueillir le fruit quand il sera mûr. Et puis il serait toujours temps d'arrêter Spence et de lui reprendre le manuscrit. Il ne serait pas difficile à retrouver. Sa maison de Las Vegas était sous surveillance, et le chef des gardiens était persuadé qu'il referait surface avant la date fatidique. Le temps ne jouait pas en sa faveur : le vieux était comme mort.

La gouvernante déposa devant Will une assiette de haricots. Il l'examina d'un air soupçonneux. Isabelle éclata de rire en lui conseillant d'être un peu plus ouvert. Il goûta.

« Je pige pas. Pourquoi gâcher un si bon toast avec... ça ? »

Des œufs au plat, une fricassée de champignons et du bacon furent ensuite servis : il se força à manger par politesse. Avec sa gueule de bois, tout lui semblait difficile.

Isabelle, elle, était fraîche comme une rose et bavardait gaiement, comme si de rien n'était. Ça lui allait. Il voulait bien jouer le jeu, si c'était ainsi qu'elle le prenait. Après tout, c'était peut-être la norme chez les jeunes d'aujourd'hui. Faire ça quand on en avait envie, et puis ne plus y penser : pas la peine d'en faire toute une histoire. Ça lui paraissait raisonnable. Peut-être était-il né une génération trop tôt.

Lord Cantwell n'était pas encore levé, aussi étaient-ils en tête à tête.

« Ce matin, j'ai commencé à faire des recherches sur les moulins des Flandres.

– Quelle énergie !

– Eh bien, comme vous sembliez parti pour dormir la moitié de la journée, je me suis dit qu'il fallait bien que quelqu'un s'y mette ! répliqua-t-elle avec espièglerie.

– J'ai eu une nuit difficile.

– Ah ? »

Will n'avait pas envie de s'engager dans cette voie, aussi il reprit :

« Vous avez parlé de moulins des Flandres ? »

Devant elle s'étalaient des pages imprimées à partir d'un site Internet.

« Eh bien, comme je le disais, j'ai réfléchi à ce qui bénit le doux zéphyr flamand, et je suis sûre qu'il s'agit d'un moulin. En effet, saviez-vous que le premier fut construit dans les Flandres au XIIIe siècle ? Leur nombre atteignait plusieurs milliers au XVIIIe siècle. Aujourd'hui, il en reste moins de deux cents en Belgique, et seulement soixante-cinq dans les Flandres. Le dernier en activité a cessé de fonctionner en 1914. »

Elle leva les yeux vers lui et lui sourit.

« Tout ça ne nous aide pas beaucoup, répondit-il en avalant son café.

– Certes, mais cela m'a donné du grain à moudre, si je puis dire. Il faut que nous cherchions une image, un tableau, un objet d'art, quelque chose qui représente un moulin. Nous savons déjà que la bibliothèque ne recèle rien de ce genre.

– Très bien. Je vois que vous êtes pleine d'idées. Je suis heureux de constater que vous, au moins, vous êtes opérationnelle. »

Elle débordait d'enthousiasme, telle une jeune pouliche piaffant avant son galop matinal.

« La journée d'hier a été l'une des plus excitantes de toute ma vie, Will. C'était incroyable. »

Il la considéra depuis ses brumes éthyliques.

« Je veux dire, sur le plan intellectuel ! » fit-elle à haute voix, avant de murmurer sous couvert des bruits de vaisselle émanant de la cuisine : « Mais aussi physique.

– N'oubliez pas que vous ne pouvez rien dévoiler de tout cela, répliqua-t-il avec le plus grand sérieux possible. Il y a des gens qui pourraient vous faire taire de manière très brutale, dans le cas contraire.

– Mais vous ne pensez pas que le reste du monde a le droit de savoir ? reprit-elle en lui adressant un grand sourire. Et entre parenthèses, ça lancerait ma carrière d'une façon spectaculaire !

– Je vous en supplie, pour votre bien comme pour le mien, n'y pensez plus. D'ailleurs, si vous ne me jurez pas de garder le secret, je repars sur-le-champ avec le poème, et nos recherches s'arrêtent là. »

Il ne souriait plus.

« Très bien, soupira-t-elle. Et mon grand-père ? Que lui dirai-je ?

– Que le parchemin était intéressant, mais qu'il ne parlait pas du manuscrit. Trouvez quelque chose. Je fais confiance à votre imagination. »

Ils se remirent au travail en errant à travers le manoir, en quête du plus infime détail. Will remplit sa tasse de café et l'emporta avec lui, ce qu'Isabelle trouva très américain.

Le rez-de-chaussée de Cantwell Hall était labyrinthique. Les communs, à l'arrière du manoir, consistaient en une série de celliers et de quartiers réservés aux domestiques. La salle à manger, pièce aux proportions harmonieuses donnant sur la façade, était située entre les cuisines et le hall d'entrée. La veille, Will avait passé toute la journée dans la grande salle d'apparat et la bibliothèque. Ce matin-là, il découvrit une autre vaste pièce donnant sur le jardin de derrière, qu'on appelait le salon français car il était entièrement décoré de meubles et de bibelots français du XVIIIe siècle, qui dormaient sous une épaisse couche de poussière. Will découvrit aussi que la grande salle d'apparat n'avait pas de fenêtre car, au XVIIe siècle, on avait rajouté une longue galerie contre la façade, afin de relier le manoir aux écuries, reconverties en salle de bal.

L'entrée de cette galerie se situait dans le hall. Sa porte était si discrète, que Will ne l'avait même pas remarquée. C'était un long corridor haut de plafond, aux sombres lambris recouverts de tableaux, et orné par endroits d'une statue de pierre ou de bronze. Il s'ouvrait sur une immense salle à l'atmosphère fraîche, qui n'avait accueilli ni bal ni banquet depuis un bon demi-siècle. Will sentit sa volonté fléchir en entrant : l'endroit était rempli de meubles et de caisses pleines d'objets divers, recouverts de draps.

« Grand-père appelle ça son compte en banque. Ce sont les choses qu'il a décidé de vendre pour payer les factures des prochaines années.

– Et là-dedans, il pourrait y avoir des trucs qui datent du XVe siècle ?

– C'est possible. »

Will secoua la tête malgré le sang qui lui battait aux tempes. Il jura.

La salle de bal était reliée par un petit couloir à une chapelle, lieu de recueillement privé des Cantwell. C'était un petit édifice de pierre, simple et tranquille, comportant cinq rangées de bancs et un autel de calcaire. Un christ en croix contemplait l'espace désert, illuminé par le soleil qui filtrait à travers les vitraux.

« L'endroit ne sert guère. Grand-père veut que la famille se rassemble ici quand son heure sera venue. Une messe privée y sera dite lors de son d'enterrement.

– C'est le clocher que j'aperçois depuis ma chambre ? demanda Will en désignant le plafond.

– Oui. Venez voir. »

Ils sortirent dans l'herbe grasse et fraîche. Dans la lumière, la rosée faisait comme un vernis. Ils firent quelques pas pour pouvoir contempler les lieux dans leur ensemble et Will se mit à rire. C'était en effet un curieux petit bâtiment, de style gothique, avec deux tours rectangulaires encadrant la façade, une nef, un transept et un clocher pointu telle une lance s'élevant vers les cieux.

« Vous reconnaissez ? »

Il haussa les épaules.

« C'est une reproduction miniature de Notre-Dame de Paris. Edgar Cantwell l'a fait bâtir au XVIe siècle. La véritable cathédrale avait dû lui faire une grosse impression.

– Votre famille est décidément intéressante. À mon avis, les Piper ont dû nettoyer les bottes crottées de vos ancêtres ! »

L'humeur de Will s'améliorait : sa gueule de bois se dissipait peu à peu. Ils passèrent du temps à fouiller la salle de bal, cherchant un objet en rapport avec les Flandres et le vent, tout en gardant à l'esprit les notions de prophète et de fils trouble-fête. Quand le déjeuner fut servi, il avait faim.

Le vieux lord s'était levé et se joignit à eux. Sa mémoire récente étant quelque peu désorientée, Isabelle n'eut aucun mal à le détourner de l'épître de l'abbé Félix. Il s'intéressait essentiellement au supposé poème de Shakespeare car ses soucis financiers constituaient sa principale préoccupation. Aussi sonda-t-il de nouveau les intentions de Will, et fut rassuré d'entendre que si les recherches se passaient bien, il conserverait le précieux document. Il encouragea donc sa petite-fille à faire preuve d'empressement, puis se mit à disserter sur les maisons de vente aux enchères, sur la possibilité de laisser Pierce & Whyte s'occuper de l'affaire, étant donné le succès remporté par la vente du manuscrit, en évoquant toutefois la possibilité de s'adresser à Sotheby's ou Christie's, dont le standing international correspondait mieux à l'importance de l'événement. Ensuite, il s'excusa car il devait s'occuper de sa correspondance.

Will et Isabelle en profitèrent pour monter jeter un coup d'œil à la chambre de lord Cantwell. Isabelle n'avait guère l'habitude de s'y rendre, mais c'était l'une des pièces les plus anciennes du manoir, aussi ne pouvaient-ils faire l'impasse. Ils trouvèrent là quelques portraits, pendules et petites tapisseries, mais pas le moindre moulin. Ils revinrent donc à la salle de bal, où ils poursuivirent leurs recherches une bonne partie de l'après-midi, ouvrant des caisses pour examiner des douzaines de tableaux et de bibelots.

À la fin de l'après-midi, ils avaient passé au crible la salle à manger, le salon français et s'apprêtaient à retourner dans la bibliothèque et dans la grande salle d'apparat, en proie à un découragement grandissant.

Enfin, Isabelle demanda à s'arrêter pour le thé. La gouvernante n'était pas encore revenue des courses, aussi la jeune femme alla-t-elle préparer la collation à la cuisine, laissant Will allumer le feu. La tâche le ramena à l'époque où il était scout : il disposa avec application les briques dans l'âtre, puis construisit une plate-forme de petit bois qui améliorerait la circulation de l'air et diminuerait les fuites de fumée dans la pièce. Ensuite, il posa les bûches, alluma l'ensemble et s'assit pour contempler son œuvre.

Le feu prit tout de suite et les flammes grimpèrent très vite à l'assaut de la cheminée. Le reflux était moindre, en effet. Le vieux chef scout de Will, à Panama City, aurait été fier de lui – en tout cas plus que son père, ce type au cœur de pierre qui avait toujours dénigré ses premiers exploits, quand il ne pointait pas leur absence.

La mélancolie l'envahissait. Il était las, déçu de constater que ses vieux démons étaient toujours là, tapis quelque part. La bouteille de scotch était demeurée dans sa chambre. Et tandis que ses pensées dérivaient ainsi, ses yeux erraient aussi sur la cheminée, devant lui. L'un des carreaux de faïence de Delft blanche et bleue qui bordaient le cadre retint son attention. C'était une scène charmante représentant une mère qui traversait un pré avec un fagot de petit bois dans une main, tenant son bébé de l'autre bras. Son bonheur semblait parfait. Elle n'est sans doute pas mariée à un connard dans mon genre, songea Will.

Ses yeux glissèrent vers le carreau du dessous. Un instant, il resta médusé. Puis il se leva d'un bond et se précipita vers la cheminée. Quand Isabelle arriva avec un plateau, elle le trouva debout, immobile devant le feu.

« Regardez ! »

Elle déposa son chargement et s'approcha.

« Mon Dieu ! Juste sous notre nez ! J'ai tapé dessus, hier. »

Sur les berges d'un cours d'eau sinueux s'élevait un petit moulin gracieux. L'artiste était assez talentueux pour laisser imaginer qu'il allait se mettre à tourner : la brise descendait en effet dans la vallée car, au loin, on voyait des oiseaux déployer leurs ailes pour planer dans le courant d'air.

Le thé refroidit.

Isabelle s'assura que son grand-père était bien dans sa chambre, puis elle alla chercher la boîte à outils dans le placard de l'entrée. Will y prit quelques instruments.

« Je vous en supplie, ne le cassez pas. »

Il promit d'y aller doucement, sans toutefois être sûr de rien. Il choisit ensuite un petit marteau et le tournevis plat le plus petit et le plus fin possible. Puis, retenant son souffle, il entreprit de retirer le joint. C'était une tâche lente et fastidieuse, mais peu à peu le mortier, moins dur que la faïence, céda sous la lame du tournevis. Quand il eut fini avec le premier joint vertical, il continua par l'horizontal. Au bout d'une demi-heure, les deux joints horizontaux étaient dégagés. Comme il travaillait tout près du feu vif, il était en sueur, sa chemise trempée. Il décida d'essayer de décoller tout de suite le carreau, sans retirer le dernier joint. Isabelle se tenait juste derrière lui, observant le moindre de ses mouvements. Elle approuva.

Il ne fallut que trois légers coups obliques avec le tournevis pour soulever le carreau de quelques millimètres. Par bonheur, il était intact. Will posa les outils et se servit de ses doigts pour insister, soulevant peu à peu le carreau, jusqu'à ce qu'il se détache complètement.

Ils virent tout de suite un bouchon de bois au centre de l'espace dégagé.

« Voilà pourquoi ça ne sonnait pas creux quand j'ai tapé dessus, hier. »

Will utilisa son tournevis comme levier pour faire sauter l'obstacle. Derrière se trouvait une cavité arrondie, d'environ deux centimètres et demi de diamètre, et qui semblait profonde.

« J'ai besoin d'une torche », fit Will d'un ton pressant.

La boîte à outils contenait un stylo lampe. Il le braqua sur le trou et prit une pince.

« Qu'est-ce que vous voyez ? » demanda Isabelle.

La pince se referma sur quelque chose, et il tira.

« Ça. »

C'était une feuille de parchemin roulée.

« Laissez-moi regarder ! » s'exclama-t-elle.

Il la laissa le dérouler, puis se pencha sur son épaule.

« C'est écrit en français.

– C'est bien ce que je disais : je suis content que vous soyez là.

– Difficile à lire. Quelle écriture atroce ! C'est une lettre adressée à Edgar Cantwell. Datée de 1530 ! Dieu du ciel, Will, regardez qui l'a signée ! Jehan Cauvin !

– Qui ça ?

– Calvin ! Le père du calvinisme, de la prédestination, de la prescience, etc. Il s'agit juste du plus grand théologien du XVIe siècle ! »

Elle parcourait la page des yeux tout en parlant. « Et... il parle de notre livre. »

1527
Wroxall

GRÂCE À LA NEIGE QUI RECOUVRAIT la forêt et les prés des environs de Cantwell Hall, la chasse s'avérait prometteuse. Toute la matinée, Thomas Cantwell et sa suite avaient poursuivi un sanglier véloce et robuste, qui toutefois finirait rôti, car ses traces étaient très faciles à suivre sur le manteau blanc, et que les chiens n'étaient point gênés par les odeurs habituelles de l'humus.

L'hallali constitua un événement tel qu'on en causa jusqu'à la fin de l'hiver le soir autour du feu. Le soleil était au zénith, et la réverbération de la lumière sur la neige aveuglait les cavaliers, quand enfin la meute réussit à acculer l'animal contre un taillis de bruyère inextricable. Le solitaire lutta, éventrant un des lévriers, tandis qu'il se faisait mordre à l'arrière-train. Grognant, haletant, il tenait bon malgré le sang qui coulait de sa plaie. Tous les participants à la chasse assistaient au spectacle à une distance respectable, rangés en demi-cercle.

Le baron se tourna vers son fils, Edgar, jeune homme maigre âgé de dix-sept ans, aux traits taillés à la serpe.

« Achevez-le, Edgar, que je puisse être fier de vous.

– Moi ? hasarda le jeune homme.

– Oui, vous ! » répéta le baron, irrité.

Son frère, William, amena son cheval auprès de celui de son père :

« Père, pourquoi pas moi ? »

William avait un an de moins qu'Edgar, pourtant, il paraissait plus âgé. Il était mieux bâti, avait le menton plus carré et, en vrai chasseur, ses yeux étaient injectés de sang.

« Parce que telle est ma volonté », grogna le baron.

Le visage du cadet se décomposa sous l'effet du courroux, mais il se contint.

Edgar regarda autour de lui : ses cousins et ses oncles lui lançaient encouragements et plaisanteries flatteuses. Il descendit de sa monture, la poitrine gonflée, et prit la dague que lui tendait un serviteur. C'était une arme à longue lame, spécialement conçue pour la chasse au sanglier, avec une garde empêchant de pénétrer trop en profondeur. Dans les mains d'un habile chasseur, elle pouvait transpercer l'animal jusqu'au cœur, puis être retirée sans difficulté à travers la peau épaisse.

Edgar saisit la dague à deux mains, puis avança lentement dans la neige. Fou de terreur, le sanglier le vit venir et commença de grogner, de couiner ; les chiens se mirent à leur tour à aboyer de peur. Edgar avait des sueurs froides en s'approchant ainsi de la masse des bêtes. Jamais auparavant ne lui était échu cet honneur. Il voulait à tout prix s'en montrer digne et dissimuler ses craintes. Quand il sentirait le moment venu, il fondrait sur le sanglier et frapperait en passant par-dessus la meute. Il hésitait. Il se retourna vers son père qui, d'un geste irrité, lui fit signe de poursuivre.

Hélas, au moment où il se décidait enfin, le solitaire fit une tentative pour fuir et chargea les chiens. L'un d'eux, pris de panique, se releva sur son train arrière à l'instant où Edgar s'apprêtait à frapper, l'arrêtant dans son élan. La bête sauvage engagea le combat et, quelques secondes plus tard, le lévrier gisait, éventré, sur le dos. Alors, harcelé par les autres chiens, l'animal enragé fit un bond en avant, ses défenses dirigées droit sur l'aine d'Edgar.

D'instinct, ce dernier recula, mais sa botte resta enlisée dans la neige. Il perdit alors l'équilibre et tomba à la renverse. Ce faisant, il laissa choir la dague, qui se ficha, verticale, dans le sol, la pointe vers le haut. Par une chance extrême, la bête bondit et vint s'empaler sur la lame, à moins de trente centimètres du jeune homme qu'il eût autrement émasculé. Dans un horrible glapissement et un geyser de sang, le sanglier rendit l'âme entre les jambes du garçon.

Edgar frissonnait encore de froid et de peur quand tout le monde se rassembla autour de la cheminée dans la grande salle d'apparat. Les hommes parlaient haut et fort, ils riaient bêtement en engloutissant d'épaisses tranches de gâteau noyées sous des cruches de vin. Le jeune William prenait largement part aux festivités, exultant face aux mésaventures de son aîné. Seuls Edgar et son père demeuraient silencieux. Assis dans son grand fauteuil, devant l'âtre, le baron buvait sans bruit ; dans le coin, Edgar, lui, sirotait du vin doux.

« Alors, va-t-on le manger, ce sanglier ? fit l'un des cousins du jeune homme.

– Et pourquoi cette question ?

– Parce que je n'ai jamais goûté à une bête qui se fût tuée elle-même ! »

Les hommes riaient si fort qu'ils en pleuraient, ce qui ne fit qu'assombrir l'humeur du baron. Son aîné était une constante source d'inquiétude et de vexations. Il n'excellait en rien qui comptât. C'était un élève peu enthousiaste ; quand ses maîtres en parlaient, ils soupiraient, mais ne faisaient point d'éloge. Sa piété, sa ferveur dans la prière étaient douteuses. Et pour clore le tout, il était piètre chasseur. L'épisode de ce jour avait hélas confirmé les craintes de son père. C'était un miracle que le garçon n'eût point péri dans l'aventure. Le baron savait hélas que les seuls véritables talents d'Edgar consistaient à taquiner les filles et la bouteille.

Durant la sainte période de Noël, il avait prié chaque jour dans la chapelle familiale, il avait aussi beaucoup réfléchi, et décidé quel serait le sort du garçon. À présent il était plus déterminé encore.

Edgar interpella un domestique pour lui demander de remplir son verre. L'expression amère de son père ne lui échappa point, et il frissonna.

En fin de journée, après une petite sieste, Edgar s'éveilla dans sa chambre froide et sombre, au premier étage du manoir de Cantwell Hall. Il alluma plusieurs chandelles, puis rajouta quelques petites bûches dans la cheminée peu profonde. Il enfila par-dessus sa chemise une épaisse robe d'intérieur et entrebâilla la porte de sa chambre. Au bout du couloir, Molly, la femme de chambre de sa mère, était assise sur un banc, devant la porte des appartements de lady Cantwell, attendant ses ordres. D'un an plus jeune qu'Edgar, elle était petite et en chair et portait ses cheveux noirs rassemblés sous un bonnet de lin. Elle l'attendait, et lui adressa un sourire timide.

Il lui fit signe de venir, alors elle se leva sans bruit et, à pas de loup, se rendit dans la chambre du jeune homme. Ainsi se retrouvèrent-ils, sans échanger un mot, suivant une routine bien établie. Au moment où la porte se refermait derrière la servante, William Cantwell ouvrit la sienne et vit la jeune fille entrer chez son frère. En joie, il descendit ensuite l'escalier comme un voleur, pour aller commettre ses propres forfaits.

Edgar se jeta sur son lit et sourit à la petite servante.

« Bonsoir, Molly.

– Bonsoir, monseigneur.

– Est-ce que je t'ai manqué ?

– Mais je vous ai vu hier ! fit-elle, malicieuse.

– C'est déjà si loin ! » rétorqua-t-il d'un ton boudeur. Puis il tapota sur le matelas : « Reviendras-tu me voir ?

– Il faut qu'on se dépêche, dit-elle en riant. Ma maîtresse peut me mander à tout instant.

– Cela prendra exactement le temps que ça prendra. On ne peut interférer avec les lois de la nature. »

Dès qu'elle eut grimpé sur le lit, il la saisit et la prit dans ses bras. Ils se mirent à rouler d'un bord à l'autre du lit, en se caressant et en s'excitant l'un l'autre, jusqu'à ce que la jeune fille pousse un petit cri. Elle s'arrêta, sourcils froncés, et se frotta la tête.

« Mais qu'avez-vous donc caché sous votre oreiller ? »

Elle le souleva et découvrit un gros livre, qui portait sur la tranche le chiffre 1527

« Laisse ça !

– Qu'est-ce que c'est ?

– Ce n'est qu'un livre, et cela ne te concerne point, mademoiselle.

– Mais pourquoi le cachez-vous ? »

Il avait piqué sa curiosité, et il allait falloir la satisfaire avant de pouvoir passer à autre chose.

« Mon père ignore que je l'ai pris dans sa bibliothèque. Il veille jalousement sur ses livres.

– Pourquoi celui-ci vous intéresse-t-il autant ?

– Tu vois la date, ici ? 1527 ? Quand j'étais enfant, je m'interrogeais sur cet ouvrage qui possédait une date dans le futur. J'étais fasciné. Mon père m'a toujours dit que ce livre recelait un grand secret et que, à mes dix-huit ans, il me montrerait une lettre très ancienne, cachée dans son coffret, qui me révélerait toute la vérité. À l'époque, je rêvais de ce qui se passerait en l'an 1527, l'année de mes dix-huit ans. Eh bien, nous y sommes, 1527 commence, si tu ne le savais pas. Ce livre et moi avons atteint l'âge fatidique.

– Est-ce un livre de magie, monseigneur ? »

Il remit l'oreiller par-dessus, et la prit dans ses bras.

« Si la petite Molly s'intéresse à la magie, peut-être aimerait-elle voir ma baguette magique ? »

Edgar était bien trop occupé pour entendre qu'on l'appelait pour dîner. Au moment le plus mal choisi, son père ouvrit la porte de sa chambre, sans ménagement, et découvrit son fils, le derrière niché entre des cuisses nues, entourées de jupons relevés, et le visage enfoncé dans une poitrine généreuse.

« Que diable faites-vous donc ! s'écria le baron. Arrêtez cela immédiatement ! »

Il resta pétrifié, bouche bée, tandis que les jeunes amants se rhabillaient en hâte.

« Père...

– Silence ! Je vous interdis de parler. Quant à toi, petite gourgandine, tu vas quitter cette demeure sur-le-champ.

– Oh, je vous en prie, monseigneur, se mit-elle à pleurer, je n'ai nulle part où aller !

– Peu me chaut ! Si tu es encore à Cantwell Hall dans une heure, tu seras fouettée. À présent, hors d'ici ! »

Elle s'enfuit en courant, ses vêtements en désordre.

« Quant à vous, fit le baron à son fils recroquevillé de peur, je vous verrai au souper. Lors, vous serez informé de votre sort. »

La longue table à tréteaux était dressée dans la grande salle d'apparat pour le banquet du soir, et le clan Cantwell au grand complet s'attaquait déjà bruyamment aux premiers plats. Le feu crépitant dans l'âtre et le nombre de convives avaient eu raison des froidures hivernales. Thomas Cantwell était assis au centre, au côté de son épouse. Les soucis que lui causait son fils n'avaient point entamé son bel appétit, aiguisé par la longue traque dans les bois enneigés. Il eut tôt fait d'avaler son copieux bouillon de chapon, puis son potage de poireau au jambon. Le sanglier rôti étant son plat préféré, il lui fallait malgré tout garder de la place.

Toutes les conversations s'interrompirent lorsque Edgar entra, les yeux baissés, fixant le parquet pour ne point affronter les regards des membres de sa famille ou des domestiques. Tout le monde devait être au courant, désormais ; il lui fallait affronter les regards goguenards. Ses jeunes cousins, qui riaient sous cape, tout comme ses oncles, étaient sans aucun doute aussi coupables que lui en matière d'amours ancillaires. Hélas, ce soir-là, c'était lui qui s'était fait prendre, à sa grande honte.

Il vint s'asseoir près de son père et se servit un verre de vin.

« Vous avez manqué le bénédicité, Edgar », fit doucement sa mère.

William, son frère, qui se tenait auprès d'elle, sourit et murmura, acerbe :

« Il a reçu une autre forme de bénédiction !

– Silence ! tonna le baron. Je ne tolérerai point qu'on évoquât ces choses à ma table ! »

Le souper se poursuivit dans une morne ambiance. Un membre de la famille revenait de la cour, et il interrogea les autres sur ce qu'ils pensaient de la demande du roi auprès du pape pour faire annuler son union avec la reine Catherine. Les Cantwell éprouvaient force admiration pour la piété de la reine, et la catin Boleyn ne leur inspirait que mépris. Toutefois, même au sein de la famille, ce genre de propos n'était pas sans conséquences. L'influence d'Henri se faisait sentir jusque dans les moindres paroisses. On trouverait un compromis, assura Thomas. L'idée d'un schisme pour pareils motifs semblait inconcevable.

Le sanglier rôti et découpé arriva sur la table, porté sur un immense plateau de bois. Il fut immédiatement dévoré à grand renfort de tranches de pain noir. Le repas s'acheva par un flan, servi avec des noix et des figues sèches, accompagné de vin épicé. Enfin, le baron s'essuya les mains et la bouche sur la nappe qui recouvrait la table, s'éclaircit la gorge et, lorsqu'il fut sûr d'avoir capté l'attention de son fils, il le sermonna comme il l'entendait.

« Mes frères et ma fidèle épouse le savent, je suis fort mécontent de votre éducation, Edgar. »

La sévérité âpre du ton fit baisser les yeux à tous les convives.

« Vraiment, père ?

– J'attendais bien davantage de vous, mon fils. Votre oncle, Walter, sut tirer de grands profits de l'éducation qu'il reçut à Oxford en devenant, vous ne l'ignorez point, un éminent avocat dans cette ville. Hélas, il semble que les règles en vigueur à Merton College se soient beaucoup dégradées. »

La lèvre du jeune homme se mit à trembler.

« Comment ça, mon père ?

– Eh bien, il n'est qu'à vous regarder ! s'écria le baron. De quelle autre preuve aurais-je besoin ? Vous êtes plus érudit en matière de vin, de chansons et de filles qu'en latin, en grec ou en religion ! Vous ne retournerez point à Oxford, Edgar. Votre éducation se poursuivra dans un autre établissement. »

Le garçon songea alors à ses amis et au confort de Merton College. Il y avait une taverne accueillante, près de son école, qui allait beaucoup le regretter.

« Et où irai-je, père ?

– Au collège de Montaigu de l'université de Paris. »

Edgar releva la tête, rempli d'effroi, et chercha tout de suite la mine renfrognée de son cousin Archibald. Ce monstre sans joie avait passé six ans au collège de Montaigu, et il avait longuement décrit à Edgar la vie d'austérité et de privation qu'il y avait menée.

Le baron se leva et sortit de la grande salle en déclarant :

« Sur ma foi, les bons pères sauront vous éduquer, ils feront de vous un honorable Cantwell, qui craigne le Seigneur ! Allez faire vos malles, mon garçon, vous partez pour Paris ! Cette damnée cité sera désormais votre foyer. »

Archibald fit une espèce de grimace et ajouta à la misère du jeune homme :

« Il y a trois choses à savoir au sujet de Montaigu, cousin : on y soupe mal, les lits sont durs, mais point autant que les coups. Un bon conseil : finissez votre vin car, là-bas, tout ce que vous boirez, ce sera de l'eau. »

Edgar se leva à son tour. Il ne voulait point offrir à sa maudite famille le spectacle de ses larmes.

« Portons un toast à mon frère qui s'apprête à nous quitter ! s'écria alors William, grisé par le vin du banquet. Puissent les gentes dames de Paris traiter avec respect et honneur la nouvelle piété d'Edgar ! »

1527
Paris

EDGAR CANTWELL SE RÉVEILLA peu après 4 heures dans un état proche du désespoir. Il sut presque gré à l'incessant fracas de la cloche du collège de l'avoir tiré de ce mauvais sommeil. Jamais il n'avait eu aussi froid de sa vie. Les carreaux de verre de sa fenêtre étaient couverts de givre à l'intérieur et, en sortant la tête de sous sa maigre couverture pour allumer une chandelle, il vit son souffle se transformer en nuée blanchâtre sitôt sorti de ses narines. Transi, il avait dormi tout habillé, sans même ôter sa cape ni ses souliers. Pourtant, il grelottait, et se faisait l'effet d'être aussi froid qu'un glaçon. Il s'apitoya sur sa chambre minuscule, aussi dépouillée que la cellule d'un moine, et songea à ce qu'eussent pensé ses amis de Merton College s'ils avaient pu constater sa déchéance.

Montaigu n'avait point failli à sa réputation : c'était l'enfer sur terre. Mieux vaudrait la prison, songea-t-il, au moins, on ne vous y fait pas apprendre Aristote en latin à coups de cravache.

L'existence avait perdu tout intérêt pour le jeune homme, or il était là depuis seulement quelques semaines. La période scolaire s'achevait en juillet : une éternité.

La mission du collège de Montaigu était de préparer les jeunes gens à la prêtrise ou à la charge d'avocat. Sous la férule du principal Tempête, théologien conservateur de la plus terrible engeance, Montaigu exerçait un strict contrôle sur la vie morale de ses élèves. Ces derniers étaient en effet obligés de passer au crible leur conscience en confessant en public de manière régulière leurs péchés et en dénonçant le comportement de leurs camarades. Afin de les maintenir dans un état de pénitence perpétuel, Pierre Tempête les faisait continuellement jeûner en leur distribuant une nourriture grossière et parcimonieuse et, l'hiver, en les abandonnant au froid sans le moindre remords. Et puis il y avait les châtiments corporels, laissés aux bons soins d'impitoyables éducateurs, voire du principal en personne.

Edgar se levait à 4 heures pour assister à l'office du matin dans la chapelle avant de se rendre à sa première leçon, dans une salle de classe plongée dans la pénombre. Les cours étaient en français, langue qu'il avait étudiée à Oxford et que, à son grand désarroi, il devait dorénavant utiliser au quotidien. À 6 heures, avait lieu la messe, suivie d'un petit déjeuner frugal consistant en une tartine vaguement beurrée. Ensuite venait la *grande classe* avec le *quaestio*, débat entre un seul élève et un éducateur portant sur un sujet de philosophie, d'arithmétique, ou sur les Écritures, dont le jeune homme redoutait tout particulièrement la forme. Le pédagogue, muni d'une baguette, posait des questions sur un passage qu'on venait de lire. L'élève répondait, puis venait une autre question, et ainsi de suite, jusqu'à ce que le sens profond du texte eût été élucidé. Pour les meilleurs d'entre eux, l'exercice était stimulant, obligeant à un effort intellectuel soutenu. Pour Edgar, cela signifiait une pluie de coups sur les épaules et le dos, accompagnés d'insultes et de remarques méprisantes.

S'ensuivait le déjeuner, durant lequel on leur lisait la Bible ou des passages de la vie des saints. Le garçon avait un avantage sur ses camarades, car il faisait partie des caméristes, pensionnaires payants qui bénéficiaient de la table commune, où l'on servait des portions modestes. Les pauvres, quant à eux, retournaient dans leur chambre, où ils devaient jeûner : certains étaient souvent au bord de l'inanition. Même pour le jeune Anglais, ces repas étaient à peine suffisants : du pain, un peu de compote, un hareng, un œuf et un morceau de fromage, accompagnés d'un verre de vin coupé d'eau.

À midi, les élèves se rassemblaient, et on les interrogeait alors sur leurs activités matinales. Puis venait une période de repos, ou de lecture publique, en fonction des jours. De 3 heures à 5 heures de l'après-midi, ils revenaient en classe, puis se rendaient à la chapelle pour les vêpres, avant de se réunir à nouveau pour discuter de leurs travaux de l'après-midi. Le dîner consistait en un quignon de pain, un œuf ou un morceau de fromage, voire un fruit, tandis qu'on leur lisait à nouveau la Bible. Puis les éducateurs revenaient interroger leurs élèves, qui se rendaient ensuite une dernière fois à la chapelle avant d'aller se coucher à 8 heures du soir.

Deux fois par semaine, un moment récréatif était ménagé dans leur emploi du temps, pendant lequel ils pouvaient aller se promener. De l'autre côté de la rue des Sept-Voies se trouvait un repaire de brigands et de vermine de la pire engeance, qui eussent volontiers coupé le cou d'un élève pour lui ravir une agrafe de manteau ou une paire de gants. L'atmosphère n'en était que plus détestablement empuantie par les égouts de Montaigu, qui déversaient les déchets à même la chaussée, rendant l'endroit tout à fait malsain. Malgré la tentation de s'enfuir, ou plutôt de faire une escapade, les environs du collège étaient si peu accueillants que la plupart des jeunes gens se rendaient au Pré-aux-Clercs, en bordure de Seine, où se réunissaient en général les étudiants.

Encore affamé alors qu'il sortait du petit déjeuner, Edgar se rendit à la *grande classe* la peur au ventre. Le sujet du jour concernait les indulgences et l'*Exsurge Domine*, une bulle du pape Léon X où il condamnait les erreurs de Martin Luther. Le sujet déclenchait une violente controverse, aussi était-il parfait pour le débat. Le garçon redoutait que Bédier, leur maître, ne l'appelât, car il ne l'avait point fait au cours de la semaine passée. Les élèves, au nombre de vingt, prirent place sur les deux rangées de bancs bas, pelotonnés les uns contre les autres pour se tenir plus chaud. L'aube poignait, et une vague lueur pénétrait par les hautes fenêtres étroites de la salle poussiéreuse. Le pédagogue obèse et pontifiant arpentait le plancher, rongeant son frein tel un matou qui s'apprête à bondir sur un souriceau. Comme le craignait le jeune Anglais, les premiers mots qui tombèrent de sa bouche furent :

« Monsieur Cantwell, levez-vous. »

Il sentit sa gorge se serrer et s'exécuta.

« Dites-moi quels sont les trois actes qui permettent la rémission de nos péchés ? »

Soulagement : il connaissait la réponse.

« La confession, l'absolution du prêtre et la satisfaction, maître.

– Et comment parvient-on à la satisfaction ?

– En se livrant à de bonnes œuvres, maître, comme en visitant les reliques, en faisant des pèlerinages, en disant son rosaire et en achetant des indulgences.

– Expliquez le sens de *per modum suffragii.* »

Edgar écarquilla les yeux. Il n'en avait pas la moindre idée. De plus, il était inutile d'essayer de deviner : cela n'eût fait qu'empirer la situation.

« Je l'ignore, maître. »

L'énorme éducateur le fit avancer et s'agenouiller. Le garçon vint vers lui comme s'il allait à la potence. Il adopta la position requise devant le prêtre, qui le frappa quatre fois sur le dos, de toutes ses forces.

« À présent, relevez-vous et restez auprès de moi, monsieur, car je subodore que cette verge n'a point fini de s'abattre sur votre échine. Qui parmi vous connaît la réponse ? »

Au premier rang, un jeune homme pâle se leva. Jehan Cauvin était grand et maigre. À dix-huit ans, il avait les joues creuses, le nez aquilin, et un maigre début de barbe. Originaire de Noyon, c'était l'élève le plus brillant de Montaigu. Son esprit hors pair dépassait de très loin celui de ses maîtres. Afin de le préparer à des études universitaires et à la prêtrise, son père l'avait envoyé au collège de la Marche dès l'âge de quatorze ans. Comme il excellait en grammaire, astronomie, logique, rhétorique, mathématiques, il avait été transféré au collège de Montaigu pour sa préparation religieuse. Edgar n'avait jusqu'ici guère eu affaire à lui. Le jeune homme semblait aussi froid et impérieux que ses maîtres.

Bédier hocha la tête.

« Très bien, Cauvin.

– Je vous saurais gré, maître, de m'appeler dorénavant Calvinus, car j'ai décidé de latiniser mon nom », fit-il d'un air supérieur.

L'éducateur leva les yeux au ciel.

« Dans ce cas, je vous écoute, monsieur Calvinus.

– Il s'agit là d'un acte d'intercession, maître. Puisque l'Église n'a pas autorité sur les âmes des morts qui sont au purgatoire, on nous enseigne que l'on peut leur gagner le salut par un acte d'intercession, les indulgences. »

Bédier s'interrogea sur la formule utilisée par le jeune homme, « on nous enseigne » n'ayant pas tout à fait le même sens que « je crois », ni qu'une franche affirmation. Mais comme il interrogeait en priorité le jeune Anglais, il ne s'attarda pas là-dessus. Il pria Jehan de se rasseoir.

« Dites-moi, Cantwell, que nous explique le pape Léon X dans *Exsurge Domine* au sujet des âmes du purgatoire ? »

Edgar n'en avait aucun souvenir. Il avait lu la bulle en somnolant, et ne pouvait guère faire mieux que se préparer à recevoir de nouveaux coups.

« Je ne le sais point, maître. »

Cette fois, Bédier lui ordonna de se dévêtir. Il le roua de coups, sur le cou et les joues, jusqu'au sang.

« Mais que vous ont-ils donc appris à Oxford ? Les Anglais ne craignent-ils donc point le Seigneur ? Au lieu de dîner, vous lirez et apprendrez *Exsurge Domine*. Qui peut répondre à sa place ? »

Jehan se leva de nouveau pour répondre. Recroquevillé de peur sur le sol, Edgar goûtait le sang qui coulait de sa joue vers ses lèvres.

« Le pape Léon X a écrit que les âmes du purgatoire ne sont point certaines d'être sauvées. Il prétend également que rien dans les Saintes Écritures ne prouve qu'elles ne puissent bénéficier des indulgences. »

Il y avait dans le ton du jeune homme une note de scepticisme qui mit mal à l'aise le prêtre.

« Et n'est-ce point là ce que vous pensez vous-même, Cauvin – je veux dire Calvinus ? »

Levant le menton, il répondit d'un air de défi :

« Je crois que le pape est le seul qui s'entende à accorder la rémission aux âmes du purgatoire parce qu'on a intercédé en leur faveur. Car je pense en vérité, comme beaucoup d'autres, qu'aucune autorité ne peut se réclamer de Dieu si elle prêche que, pour quitter le purgatoire, les âmes doivent attendre que l'argent des indulgences retentisse au fond des coffres de l'Église.

– Venez ici ! s'écria Bédier. Je ne tolérerai point d'hérésie luthérienne dans ma classe !

– Auriez-vous l'intention de me battre ? » l'interpella Jehan d'un air provocateur.

Aucun élève ne se rappelait l'avoir jamais vu recevoir une correction, aussi s'échangeaient-ils des regards excités.

« Oui, monsieur !

– Dans ce cas, je vous faciliterai la tâche. » Il s'avança tout en retirant sa cape, sa chemise, puis vint s'agenouiller près d'Edgar. « Quand vous voudrez, maître Bédier. »

Au moment où la baguette s'abattait sur les côtes de son camarade, Edgar le vit qui le regardait : il aurait juré qu'il lui avait lancé un clin d'œil.

Martin Luther n'était jamais venu à Paris, néanmoins, son influence s'y faisait sentir comme partout ailleurs sur le continent. Le moine de Wittenberg avait fait une entrée fracassante sur la scène religieuse en ce jour de 1517 où il avait placardé sur la porte de la cathédrale de Wittenberg ses *Quatre-vingt-quinze thèses*. Il y dénonçait l'état corrompu de la papauté et l'abus de pouvoir que constituaient les indulgences.

En cette ère moderne de l'imprimerie, les certificats d'indulgences étaient devenus en effet une entreprise lucrative pour l'Église. Des marchands d'indulgences débarquaient dans une ville, installaient leur atelier dans l'église locale, faisant cesser le service régulier de la messe. Ils produisaient des certificats à la chaîne, laissant des espaces blancs pour y inscrire les noms des fidèles, la date, le prix, et tous les bons chrétiens se sentaient obligés, pour le salut de leur âme, ou celle de leurs amis et parents défunts, d'acheter cette assurance sur la vie dans l'autre monde qui permettait de hâter le passage au purgatoire et de gagner au plus vite le paradis. Luther jugeait cette pratique vile et empreinte d'erreurs théologiques. Il s'inquiétait pour le sort de ceux qui croyaient que le salut pouvait s'acheter. À Wittenberg, les prêtres avaient un odieux dicton, qui lui donnait la nausée : « Dès que sou sonne au fond du coffre, s'envole une âme du purgatoire. »

Après tout, proclamait Luther, saint Paul avait écrit dans l'Épître aux Romains que c'était le Tout-Puissant qui nous sauverait : « Car en lui la justice de Dieu se révèle de la foi à la foi, comme il est écrit : *le juste vivra de la foi.* » Bien sûr, poursuivait-il, les hommes n'avaient que faire du pape, des prêtres ni des ors et autres luxueuses parures de l'Église pour accéder au salut. Tout ce dont ils avaient besoin, c'était de s'adresser directement au Créateur.

Les thèses de Luther avaient très vite été traduites du latin en allemand, et diffusées dans un vaste rayon. Beaucoup de pieux croyants s'élevaient déjà contre la décadence de l'Église et les abus de la papauté. C'était comme si, soudain, on avait jeté une allumette enflammée dans le foin du mécontentement. L'incendie s'étendait désormais à toute l'Europe, se propageant jusqu'au cœur de bastions conservateurs comme le collège de Montaigu, où pénétrait la fumée de la Réforme. De brillants esprits tels que Jehan commençaient à en ressentir la chaleur.

Dans sa chambre, à la lumière d'une petite chandelle, Edgar faisait tout son possible pour mémoriser la bulle du pape Léon X. Tenant le texte d'une main, il frottait sa joue tuméfiée de l'autre. Il avait froid, il avait faim, il était triste et épuisé. Si la souffrance conduisait au salut, alors il était certain d'être sauvé. C'était la seule pensée positive dont il fût capable. Un coup frappé à la porte le fit sursauter.

Il ouvrit, découvrant le visage impassible de Jehan.

« Bonsoir, Edgar. Je songeais à m'enquérir de vous. »

Surpris, le jeune homme se mit à bafouiller, et pria son camarade d'entrer. Il lui offrit une chaise.

« Je vous remercie de votre visite.

– Je passais dans le couloir.

– Sans doute, mais je ne m'y attendais point. C'est la première fois.

– Nous avons aujourd'hui davantage en commun qu'hier, répondit Jehan en souriant. Nous avons tous deux subi les foudres de Bédier.

– Hélas, déclara l'autre d'un air sombre, votre châtiment réprimandait votre subtilité, et moi, ma stupidité.

– Vous êtes victime de la langue. Si je devais m'exprimer en anglais, je serais moins brillant.

– Je vous remercie de votre sollicitude.

– Eh bien, conclut Jehan en se levant, le vieux Tempête va bientôt venir vérifier si tout le monde respecte le couvre-feu. Nous ferions mieux d'aller nous mettre au lit. Tenez. »

Il tendit à son camarade un morceau de pain dissimulé dans un mouchoir. Edgar sentit ses yeux s'embuer, et il remercia Jehan avec chaleur.

« Je vous en prie, restez encore un peu. J'aimerais vous demander une faveur. »

Le jeune homme se rassit et croisa les mains sur ses genoux en signe de patience et de bienveillance, laissant l'Anglais dévorer son quignon.

« J'éprouve de grandes difficultés, savez-vous, car je ne suis point un homme d'esprit. Les exigences des maîtres sont trop élevées pour moi, et je redoute chaque nouveau jour qui commence. Pourtant, je ne puis m'en aller, car mon père me traiterait de manière pire encore.

– J'en suis navré, Edgar. Le Seigneur vous met à l'épreuve. Que puis-je pour vous ?

– Aidez-moi à travailler. Soyez mon tuteur.

– Hélas, je ne le puis.

– Mais pourquoi ?

– Je n'en ai point le temps. Les heures sont trop courtes, car je suis déterminé à lire tout ce que je peux au sujet des grands problèmes de notre temps.

– La Réforme, grommela Edgar.

– Nous avons la chance de vivre une époque déterminante.

– Ma famille est riche, je trouverai le moyen de vous payer !

– L'argent ne me soucie point. Je n'ai soif que de savoir. À présent, je dois vous laisser.

– Non ! » s'écria Edgar avec une véhémence qui le surprit lui-même.

Il devait persuader Jehan de l'aider : il était prêt à tout. Son esprit bouillonnait, à la recherche d'une solution. Or il en avait peut-être trouvé une. Certes, il violerait en cela un serment qu'il s'était fait à lui-même, mais avait-il le choix ? Il dit à voix basse :

« Si vous acceptez de m'aider, je vous montrerai quelque chose qui sans aucun doute vous fascinera et stimulera grandement votre esprit.

– Vous éveillez ma curiosité, Edgar, fit-il en relevant les sourcils. Quel est donc cet objet que vous possédez ?

– Un livre. C'est un livre.

– De quel genre d'ouvrage s'agit-il ? »

Il avait franchi le Rubicon. Il s'agenouilla, ouvrit sa malle et en retira le gros manuscrit de son père.

« Le voici.

– Puis-je le voir ? »

Edgar posa le volume sur son bureau et Jehan se mit à le feuilleter, avec un intérêt croissant au fur et à mesure des pages.

« Il s'agit de l'année 1527, pourtant, la plupart des dates portent sur le futur, dans les mois à venir. Comment cela peut-il être ?

– Je me suis posé la même question bien des fois depuis que je sais lire. Cet ouvrage est dans ma famille depuis des générations, transmis de père en fils. Ce qui était l'avenir est devenu le présent. »

Jehan tomba soudain sur des feuilles volantes, rangées entre deux pages.

« Qu'est-ce que cela ? Une lettre ?

– Je ne l'ai point encore lue. Je l'ai prise dans les affaires de mon père en quittant l'Angleterre, le mois dernier. Depuis longtemps, je sais que là réside la clé du mystère, et j'espérais avoir la possibilité d'en prendre connaissance une fois à Paris, mais je n'ai eu ni le temps ni la force de le faire. Qui plus est, c'est écrit en latin, ce qui ne m'aide guère.

– Votre père sait-il que vous les avez emportés ? demanda son camarade d'un air réprobateur.

– Je ne suis point un voleur ! J'ai seulement emprunté ces documents, et je compte les rendre à mon retour. Il ne s'agit que d'une faute mineure. »

Jehan s'était déjà plongé dans l'épître de l'abbé Félix, lisant le latin comme s'il s'agissait de sa langue maternelle. Il dévora la première page et passa à la suivante sans broncher. Edgar n'osait le déranger, étudiant son visage pour y lire ses réactions, et résistant à l'envie de lui demander : « Que dit-il ? »

Mais son camarade tournait les pages sans rien manifester, et le jeune Anglais avait le sentiment d'être face à un homme sage, beaucoup plus âgé, et non à un camarade de collège. Il lut ainsi sans discontinuer pendant un quart d'heure, et quand il eut tourné la dernière page, apparut une feuille portant une simple date : 9 février 2027.

« C'est incroyable, commenta-t-il.

– Dites-moi tout, je vous en prie.

– N'auriez-vous vraiment point lu cette lettre ?

– Non. Je vous en conjure, dites-moi ce qui y est écrit.

– Je crains, Edgar, qu'il ne s'agisse là du délire d'un fou, ou d'un fantasme diabolique. Votre trésor mérite d'être jeté au feu.

– Vous vous trompez, mon ami, j'en suis certain. Mon père m'a assuré que ce livre était une authentique prophétie.

– Laissez-moi vous conter les inepties narrées par cet abbé Félix, ensuite vous jugerez par vous-même. Je serai bref, car si Tempête nous prend sur le fait, si tard dans la soirée, alors nous aurons, je le crains, une bonne idée de ce qu'est l'enfer. »

LE LENDEMAIN MATIN, Edgar avait moins froid et l'existence lui paraissait moins misérable que d'habitude. Il bondit de son lit, réchauffé par l'esprit de camaraderie et par une excitation nouvelle. Jehan était certes demeuré sceptique et moqueur, mais Edgar croyait en tout point à ce qui était écrit dans la lettre de l'abbé Félix.

Enfin, il comprenait l'ampleur du secret de la famille Cantwell et la valeur de cet étrange ouvrage. Toutefois, et c'était peut-être encore plus important pour lui, pauvre garçon apeuré, isolé dans une grande ville étrangère, il avait à présent un ami. Jehan était gentil, attentif, et surtout ne manifestait aucun dédain à son encontre. Edgar en avait plus qu'assez qu'on lui jetât à la face cet incessant mépris, tel du fumier. Ainsi avait-il été traité par son père, son frère, ses enseignants. Ce jeune Français, en revanche, le considérait avec dignité, d'égal à égal.

Avant qu'il ne se retirât pour la nuit, Edgar avait supplié Jehan de rester ouvert à la possibilité que l'épître fût un authentique témoignage, et non les élucubrations d'un moine insane. Pour tenter de le convaincre, il lui soumit un plan auquel il réfléchissait depuis un certain temps. À son grand soulagement, son nouvel ami l'écouta sans en rejeter aussitôt l'idée.

À l'office, ce matin-là, Edgar lança un regard à Jehan, qui lui fit le plaisir de lui renvoyer un clin d'œil. Durant toute la matinée, les deux garçons échangèrent de furtifs coups d'œil à la prière, puis en classe et au déjeuner, jusqu'au moment de la récréation, en début d'après midi, où ils purent enfin s'entretenir en privé.

La neige tourbillonnait dans l'air, et la bise balayait la cour du collège.

« Vous devriez prendre votre cape, fit Jehan. Mais hâtez-vous. »

Ils ne disposaient que de deux heures pour mener à bien leur aventure, et n'auraient point le loisir de recommencer avant plusieurs jours. Bien que le jeune Français fût studieux et fort sérieux, Edgar sentait que la perspective d'une escapade ne lui déplaisait pas, même si c'était folie à ses yeux. Les deux camarades franchirent donc les portes du collège et traversèrent la rue des Sept-Voies, encombrée et glissante, évitant les chevaux, charrettes et excréments d'animaux. Ils avançaient vite, avec détermination, espérant de ce fait être moins visibles aux yeux des tire-laine et autres coupe-jarrets qui peuplaient le quartier.

Ils traversèrent un dédale de ruelles peuplées de charrons, de forgerons et de changeurs de monnaie. Les oreilles pleines du fracas des sabots des chevaux et des coups sur les enclumes, ils se hâtaient vers la rue de Hautefeuille, en remontant vers la Seine. Cette voie, plus modeste que la grand-rue Saint-Jacques, était néanmoins une artère importante où l'on pouvait admirer quelques beaux édifices. Au numéro 5, s'élevait l'hôtel des abbés de Fécamp, que l'on était en train de remettre au goût du jour dans le nouveau style Renaissance, avec entre autres une jolie tourelle en cul-de-lampe. La façade était ornée de fleurs de lis, des armes du royaume de France, et de la salamandre, blason de François Ier. Au numéro 9, un hôtel à trois tourelles appartenant à la famille de Miraultmont jouxtait une maison, dépendance du collège de Laon. Enfin, ils arrivèrent au numéro 21, maison à deux étages ornée d'une tourelle, voisine d'un ancien cimetière juif.

Dans le prolongement de la rue, on distinguait les tours de Notre-Dame, dominant Paris, et dont la flèche semblait avoir crevé les cieux épais qui déversaient leurs doux flocons cristallins. Edgar l'avait visitée dès le premier jour, émerveillé que l'homme pût construire aussi splendide édifice. Sa situation géographique, ainsi posée sur cette petite île, au milieu du fleuve, ajoutait à sa magnificence. Il s'était juré d'y retourner aussi souvent que possible.

Le numéro 21 était une demeure relativement modeste comparée à ses voisines.

« M. Naudin a dit que son appartement était situé au second étage. »

Ils grimpèrent les escaliers étroits et frappèrent à une porte de couleur verte. Comme personne ne répondait, ils frappèrent à nouveau, de plus en plus fort.

« Bonjour, cria Jehan, madame Naudin, êtes-vous là ? »

À l'étage du dessous, ils entendirent des pas, et une femme âgée apparut dans l'escalier, les toisant d'un air sévère.

« Pourquoi faites-vous donc tant de bruit ? Mme Naudin n'est point là.

– Auriez-vous l'obligeance de me dire où nous pourrions la trouver ? fit poliment Jehan. Nous sommes du collège. M. Naudin nous a dit que nous pouvions lui rendre visite cet après-midi.

– Elle a été mandée.

– Savez-vous où ?

– Pas loin. Au 8, rue du Cimetière-Saint-André. Voilà ce qu'elle a dit. »

Les deux garçons se regardèrent, puis ils détalèrent. Il leur fallait moins de cinq minutes pour se rendre rue du Cimetière-Saint-André, mais ils devaient se hâter.

M. Naudin était le concierge du collège de la Marche. C'était un homme rude à la barbe touffue, qui détestait la plupart des élèves, à l'exception notable de Jehan Cauvin. Au cours des années où il y avait étudié, le garçon était le seul à avoir manifesté du respect envers le gardien, lui disant toujours « s'il vous plaît », « merci », et lui donnant parfois même une pièce ou deux au moment des étrennes. Il savait d'après leurs conversations que l'épouse de Naudin avait une profession qui jusque-là ne l'avait point intéressé : elle était sage-femme.

La rue du Cimetière-Saint-André devait son nom au cimetière de la paroisse Saint-André-des-Arts, dont les exhalaisons difficilement respirables arrachaient des plaintes continuelles aux riverains. On y trouvait également le collège de Boissy, fondé par Jean le Bon en 1358. Le numéro 8 accueillait une échoppe de tisserand, vendant couvertures et vêtements. À l'extérieur, un groupe de femmes discutait de tout et de rien. Jehan s'approcha, s'inclina et demanda si Mme Naudin se trouvait là. Elles l'informèrent qu'elle était au dernier étage, pour assister la femme du tisserand, Mme du Bois, dans les douleurs de l'enfantement. Nul ne les empêcha de gravir les escaliers jusqu'à l'appartement de Lorette du Bois, mais lorsqu'ils arrivèrent à la porte, une femme les intercepta :

« Les hommes ne sont point admis dans la chambre de l'accouchée. Qui êtes-vous, d'ailleurs ?

– Nous voudrions voir la sage-femme.

– Elle est occupée, mon garçon, répondit l'autre en riant. Tu peux aller l'attendre à la taverne avec les autres hommes. »

Elle ouvrit la porte de l'appartement et entra. Mais Jehan inséra le pied pour l'empêcher de se refermer. Par l'entrebâillement, ils découvraient la pièce, occupée par les parentes de la jeune mère. Par chance, ils apercevaient le lit, et le dos courbé de la sage-femme aux hanches épaisses. La chose semblait avoir atteint le moment crucial, et un duo véritable se jouait entre les gémissements de Lorette du Bois et les encouragements en contrepoint de Mme Naudin.

« Allez, respirez. Poussez. Poussez, poussez ! Respirez, s'il vous plaît, madame. Si vous ne respirez point, votre enfant ne respirera pas non plus ! »

« Avez-vous jamais assisté à une naissance ? demanda Jehan à voix basse à son camarade.

– Non. Mais il semble s'agir d'une affaire bruyante. Combien de temps cela prend-il ?

– Je l'ignore, toutefois je sais que cela peut durer des heures ! »

La chance était de leur côté car, à l'instant même, le cri grêle du bébé les fit sursauter. La sage-femme, satisfaite, se mit à lui chanter une berceuse, noyée par les vagissements du nouveau-né. Edgar et Jehan apercevaient par bribes ce que faisait Mme Naudin : elle noua le cordon ombilical, puis elle le coupa. Ensuite, elle lava l'enfant, le frotta avec du sel, puis appliqua du miel sur ses gencives afin de stimuler son appétit. Enfin, elle l'emmaillota dans des langes, serrant si fort que quand elle eut fini et le remit à sa mère, on eût dit une petite momie. Ayant achevé sa besogne, elle ramassa les pièces sur la table, s'essuya les mains sur son tablier ensanglanté, et quitta les lieux en trombe en grommelant qu'elle devait aller préparer le dîner de son mari. Elle faillit bousculer les deux jeunes gens qui l'attendaient derrière la porte, et s'exclama d'une voix rauque :

« Mais que diable faites-vous ici ?

– Madame, je connais votre époux. Je m'appelle Jehan Cauvin.

– Ah, l'étudiant. Il m'a parlé de vous. Vous êtes un de ceux qui sont gentils ! Et que faites-vous ici, Jehan ?

– Ce bébé, a-t-il déjà un nom ? »

Elle lui faisait face, bien plantée sur ses deux jambes, les mains sur les hanches.

« Pour sûr. Mais qu'est-ce que cela peut vous faire ?

– Je vous en prie, madame, dites-moi son nom.

– Eh bien, il va s'appeler Fremin du Bois. À présent, je dois m'en aller, j'ai une poule à plumer et à cuire pour le repas de mon mari. »

Les deux garçons se hâtèrent de rentrer au collège pour ne point manquer le début de la leçon suivante. À présent, la neige tombait dru, et leurs semelles de cuir lisse dérapaient sur la boue gelée recouverte de flocons immaculés.

« J'espère que nous aurons le temps d'aller vérifier ces dires dans le livre, souffla Edgar. Je ne pourrai souffrir d'attendre jusqu'au soir. »

Jehan éclata de rire.

« Si vous croyez, mon pauvre ami, que le nom de Fremin du Bois est inscrit dans votre précieux manuscrit, vous devez sans doute aussi croire que la neige a goût de tarte aux myrtilles ! Eh bien, goûtez-moi ça ! »

Là-dessus, le jeune Français se baissa pour ramasser un paquet poudreux qu'il jeta sur son camarade. Aussitôt, celui-ci l'imita, et ils se lancèrent dans une bataille échevelée, tels deux enfants insouciants.

Arrivés rue des Maturins, leur humeur folâtre retomba car ils rencontrèrent un cortège funèbre, sombre tache dans le tumulte blanc. La procession était en train de se réunir devant la porte d'une maison tendue de serge noire. Le cercueil était posé sur un brancard, que portaient des hommes en deuil, tous vêtus de noir. Ouvraient la marche deux prêtres de l'église Saint-Julien-le-Pauvre, l'une des plus vieilles paroisses de Paris. La veuve, soutenue par ses fils, se lamentait à voix haute de la perte de son époux et, à en juger par le nombre et l'allure des gens rassemblés, les garçons supposèrent qu'il s'agissait d'un homme riche. À l'autre bout, les pauvres, une chandelle à la main, se rangeaient peu à peu, suivant les funérailles dans l'espoir d'être payés d'une pièce en retour. Edgar et Jehan ralentirent le pas par respect envers le mort mais, soudain, le jeune Anglais s'arrêta pour s'adresser à un homme.

« Qui est le défunt ? »

Il émanait de son interlocuteur une odeur qui devait être pire encore que celle du cadavre.

« Messire Jacques Vizet, mon bon seigneur. Un homme très pieux, un armateur.

– À quand remonte son trépas ?

– Il a passé dans la nuit. »

Le mendiant avait grande envie de changer de sujet. « Monseigneur voudra-t-il aider un pauvre homme ? »

Son sourire édenté et intéressé dégoûtait le garçon. Malgré tout, il sortit sa bourse et donna au misérable sa plus petite pièce.

« Que faites-vous ? l'interrogea Jehan.

– J'engrange un nom pour mon précieux livre, répondit Edgar avec gaieté. Allez, hâtons-nous ! »

Lorsqu'ils arrivèrent, haletants, leurs camarades entraient en classe pour le cours d'étude liturgique. Le principal Tempête en personne arpentait la cour, vêtu de sa longue cape brune, plongeant sa canne dans la neige comme s'il voulait empaler la terre. Des volutes de fumée blanche indiquaient qu'il se murmurait quelque chose à lui-même. Il leva les yeux et découvrit les deux jeunes gens.

« Cantwell ! Cauvin ! Approchez ! »

Les deux garçons se regardèrent, et obéirent à l'injonction du tyran barbu. Jehan songea que ce n'était peut-être point là le moment d'informer le prêtre du fait qu'il avait décidé de latiniser son nom.

« Où étiez-vous ?

– Nous sommes allés faire un tour, principal, répondit Jehan.

– Je le vois bien !

– Cela n'est-il point autorisé ? poursuivit-il d'un air innocent.

– Je vous ai demandé où vous étiez !

– Nous sommes allés à la cathédrale Notre-Dame, fit soudain Edgar.

– Vraiment ? Et pourquoi donc ?

– Pour prier, principal.

– Est-ce là la vérité ? »

Jehan acquiesça, prêt à mentir pour son nouvel ami.

« N'est-ce pas mieux, principal, d'exercer son âme plutôt que son misérable corps ? La cathédrale est un endroit merveilleux pour prier le Seigneur, et cet intermède nous a fort ragaillardis. »

Tempête tapota sa canne, frustré de ne pouvoir la transformer en bâton pour châtier ces petits sacripants. Il grommela dans sa barbe quelques paroles incompréhensibles, puis s'éloigna.

Voilà tout l'effort dont Edgar fut capable pour se soustraire aux coups ce jour-là. Il avait l'esprit ailleurs. Il mourait d'envie d'aller consulter le manuscrit afin de savoir enfin si la neige avait vraiment goût de tarte aux myrtilles.

Dans la soirée, les flocons cessèrent de tomber. Quand les élèves sortirent de la chapelle pour regagner leurs chambres, le clair de lune versait une étrange lueur sur la cour enneigée, constellée de diamants. Edgar regarda derrière lui et vit que Jehan le suivait. Pour un sceptique, il semblait particulièrement curieux.

Le jeune Anglais entra dans sa chambre, son camarade sur les talons. Il alluma les chandelles et se pencha sur son coffre pour en retirer le livre.

« Trouvez-nous la date du 21 février, lui intima l'autre.

– Vous me semblez bien ardent, Jehan. Je pensais que vous ne croyiez point à mon livre ?

– J'ai hâte d'en dénoncer les tromperies afin de pouvoir retourner à mes études sans en être distrait.

– Eh bien, nous allons voir », ricana Edgar.

Il s'assit sur son lit et orienta les pages vers la lumière. Il les tourna d'un geste rapide, jusqu'à ce qu'il aboutisse au 21 février. Il posa un doigt sur la première entrée, et descendit jusqu'à celles du 22 février.

« Juste ciel, murmura-t-il, il y a là moult noms pour un seul jour.

– Soyez méthodique, mon ami. Commencez par le premier et allez jusqu'au dernier. Autrement, vous perdrez votre temps. »

Au bout d'un moment, Edgar avait les yeux rouges et secs, et la fatigue du jour se faisait de plus en plus sentir.

« J'ai parcouru la moitié des dates, mais je crains de manquer quelque chose désormais. Pourriez-vous prendre la suite, Jehan ? »

Les deux garçons changèrent de place et le Français se mit à descendre avec lenteur le long de la colonne, égrenant nom après nom. Il tourna la page, puis une autre, la prunelle rapide, les noms se dessinant en silence sur ses lèvres, certains étant difficiles, voire impossibles à déchiffrer en raison de la multiplicité des langues et des écritures.

Soudain, son index se figea.

« Oh mon Dieu !

– Qu'y a-t-il ?

– Mes yeux le voient, mais je ne puis le croire ! Regardez, Edgar ! Le 21 février 1527, Fremin du Bois, *natus* !

– Je vous l'avais dit ! Je vous l'avais dit ! À présent, me croyez-vous, mon cher ami ? »

Un peu plus bas, Edgar découvrit cette autre entrée : 21 février 1527, Jacques Vizet, *mors*.

Il tapota ce nom du doigt et supplia Jehan de regarder à son tour. Mais l'autre était comme paralysé : un spasme lui tordait le diaphragme, remontant dans sa poitrine, sa gorge, sa bouche. Il se mit à sangloter. Edgar s'en alarma, jusqu'à ce qu'il comprît que son ami versait des larmes de joie.

« Edgar, s'exclama-t-il, c'est le plus beau jour de ma vie ! En cet instant, j'ai la certitude absolue que Dieu a tout prévu ! Ni les prières ni les pieuses actions ne pourront rien changer à Sa sainte volonté. Tout est écrit. Tout est prédéterminé. Nous sommes réellement entre Ses mains, Edgar ! Venez, agenouillez-vous auprès de moi et prions Sa gloire toute-puissante ! »

Les deux garçons se mirent à genoux l'un auprès de l'autre et longtemps ils prièrent, jusqu'à ce qu'Edgar glissât de manière imperceptible contre son lit et se mît à ronfler. Alors, Jehan l'aida gentiment à s'allonger et étendit sur lui sa couverture. Enfin, avec le plus grand respect, il rangea le manuscrit dans la malle, souffla les chandelles et sans bruit quitta la chambre.

ISABELLE PASSA UNE BONNE HEURE à traduire la lettre en anglais. L'écriture de Calvin ressemblait à des pattes de mouche, et le français du XVIe siècle aux tournures anciennes et à l'orthographe inhabituelle mettait à l'épreuve tous ses talents de linguiste. À un moment, elle fit une pause et demanda à Will s'il ne désirait pas boire un petit quelque chose. La tentation était grande, pourtant il refusa avec fermeté. Peut-être tiendrait-il, peut-être pas. En tout cas, il était résolu à lutter.

Pour oublier le whisky, il décida d'envoyer un SMS à Spence. Le vieil homme devait devenir fou à force de s'interroger sur les progrès de ses recherches. Mais ça ne ressemblait pas à Will d'envoyer des rapports intermédiaires, étape par étape : ce n'était pas son genre. Pendant toutes ses années au FBI, il avait fait tourner en bourrique ses supérieurs en gardant pour lui ses informations, ne les dévoilant que s'il avait besoin d'un mandat du procureur, ou encore lorsque tout était fini, l'enquête résolue. *Emballez, c'est pesé.*

Ses pouces semblaient ridicules tant ils paraissaient gros à côté des touches de son téléphone portable. Rédiger des SMS, ce n'était pas son truc : il lui fallut un temps infini pour écrire ce simple message : « Progrès en cours. 2 indices trouvés, reste 2 à chercher. Savons bcp + de choses. Dites à Kenyon que Jean Calvin y est mêlé ! Espère rentrer dans 2 jours. Piper. »

Il appuya sur « envoyer » et sourit. Soudain, il eut comme une révélation. Toutes ces recherches à travers le manoir, la stimulation intellectuelle causée par cette chasse aux indices : il s'amusait ! Peut-être faudrait-il qu'il revoie sa définition de la retraite, après tout !

Un quart d'heure plus tard, le message était retransmis depuis le centre des opérations de la Zone 51 au BlackBerry de Frazier. Son jet Lear se posait sur la piste d'atterrissage de Groom Lake. Il était attendu pour le débriefing du matin par le commandant de la base et le secrétaire Lester, par visioconférence. Au moins, il avait quelque chose à leur donner en pâture. Il relut le message et le transmit à DeCorso en se demandant : « C'est qui, ce foutu Jean Calvin ? » Il envoya un courriel à un de ses analystes en lui demandant de passer en revue tous les Jean Calvin de la base de données. L'employé eut le bon sens de lui renvoyer sans commentaire un lien le menant sur la page de Wikipedia consacrée à Calvin. Frazier la parcourut avant d'entrer dans la salle de conférence de l'aile Truman, profondément enterrée au niveau de la crypte. « Nom de Dieu, se dit-il, qu'est-ce qu'un théologien du XVIe siècle vient faire dans cette histoire ? À quoi on joue, bordel ? »

Isabelle posa son stylo et annonça qu'elle en avait terminé.

« Pour commencer, quelques notions d'histoire. Calvin est né en 1509, dans une petite ville française du nom de Noyon. Vers 1520 et quelques, on l'envoya à Paris faire ses études. Il alla dans plusieurs collèges qui dépendaient de l'université de Paris. D'abord, le collège de la Marche, pour les apprentissages généraux, puis au collège de Montaigu, pour la théologie. Vous êtes sûr que vous ne voulez rien boire ?

– J'y réfléchis, mais pour l'instant, non », répondit Will en fronçant les sourcils.

Elle se versa un verre de gin.

« En 1528, il partit pour l'université d'Orléans, étudier le droit. C'était une décision de son père : déjà, à l'époque, le droit rapportait plus que la religion ! Il est un élément capital à ne pas oublier : jusque-là, il était catholique, très strict, très doctrinaire. Or, c'est à peu près à cette date-là qu'il subit sa grande conversion. Bien sûr, c'est Martin Luther qui initia la Réforme, mais Calvin lui emboîta le pas sans hésiter en rejetant le catholicisme pour devenir protestant. En bref, il jeta les bases d'une nouvelle foi très radicale. Jusqu'à ce jour, personne ne savait ce qui avait causé en lui ce brusque changement.

– Que voulez-vous dire ?

– Écoutez plutôt. »

Elle prit son bloc pour lui faire la lecture :

Mon cher Edgar,

J'ai du mal à croire que deux années se soient écoulées depuis mon départ de Montaigu pour Orléans afin d'y étudier le droit canon. Nos discussions et votre amitié me manquent sincèrement. Je gage, mon ami, que votre séjour à Paris n'est plus désormais ponctué par les coups de canne de Bédier. Je sais combien vous vous languissez de votre cher Cantwell Hall, et j'espère que vous y retournerez avant que la peste ne s'abatte à nouveau sur le collège. J'ai appris qu'elle avait emporté Tempête, que son âme repose en paix.

Vous savez, mon cher Edgar, que Dieu m'a arraché à d'obscures et basses origines pour me faire l'honneur insigne de devenir son héraut, le serviteur des Évangiles. Dès ma plus tendre enfance, mon père me promit à une carrière ecclésiastique. Cependant, lorsqu'il comprit que le droit s'avérait en tout point plus lucratif, cette perspective le fit changer d'avis. Voilà pourquoi je fus arraché à mes études philosophiques au profit du droit. J'ai fait mon possible pour apprendre, mais Dieu m'a enfin dévoilé la voie qu'Il a tracée pour moi. Vous savez fort bien de quoi je parle, puisque vous étiez présent au moment de ma véritable conversion – bien qu'il m'eût fallu une longue réflexion pour décider que c'était là ma voie.

Votre miraculeux livre des âmes, précieux joyau venu de l'île de Wight, m'a démontré que le Seigneur contrôlait notre destinée. Nous en eûmes la preuve en cette splendide journée hivernale, à Paris, où nous découvrîmes que l'ouvrage prédisait bien une précieuse naissance et un triste trépas.

Lors, nous apprîmes que le Tout-Puissant seul décidait du moment de notre venue puis de notre départ de ce monde, ainsi que, en toute logique, de tout ce qui en découlait durant notre vie terrestre. Ainsi devons-nous rendre à Dieu à la fois la prescience et la prédestination. En attribuant au Seigneur la prescience, nous voulons dire que toute chose a toujours été et sera toujours présente à Lui ; qu'à Sa connaissance, il n'est ni passé ni futur, mais que toute chose est présente, au point que ce n'est pas seulement l'idée des choses qui est présente à Lui, mais qu'Il les voit et les envisage dans Sa perception immédiate.

Cette prescience divine s'étend à toute la création et à toutes les créatures. Il s'ensuit que le Seigneur seul choisit qui sera sauvé et mené à Lui, non d'après le mérite, la foi, ou des indulgences corrompues, mais d'après Sa seule miséricorde. Les superstitions de la papauté ne comptent point. L'avidité, la vanité des formes dégénérées du christianisme ne comptent point. Tout ce qui importe, c'est le don de la vraie sainteté que je reçus ce jour-là, et qui enflamma mon âme du désir d'avancer vers une doctrine plus pure, fondée sur la puissance absolue et la gloire du Très-Haut. Vous êtes l'homme qui me permit d'accéder à cette recherche sainte et singulière de tout ce qui est pur et sacré et, pour cette raison, je demeurerai toujours votre fidèle ami et serviteur, Ioannis Calvinus

Orléans, 1530

Isabelle posa son bloc-notes et lâcha :

« Ouah !

– C'est une grosse affaire ?

– Oh oui, monsieur Piper, c'est une grosse affaire !

– Combien ça vaut, cette fois ?

– Ne soyez pas aussi intéressé ! Ce document est de la plus haute importance pour les historiens comme les théologiens.

C'est là la clé d'un des piliers de la révolution protestante. Rendez-vous compte : la doctrine de Calvin concernant la prédestination était basée sur notre livre ! Vous pouvez imaginer ça ?

– Ça va vous rapporter quelques millions ! Avant qu'on ait fini, vous aurez les moyens d'agrandir le manoir !

– Oh, je vous remercie bien ! La plomberie, l'électricité et un nouveau toit suffiront. Bon, vous prendrez bien un verre à présent ?

– Il reste du scotch ? »

Après le dîner, Will continua de boire, à un rythme assez soutenu pour sentir son cerveau vibrer avec harmonie. L'idée de « deux trouvés, deux à chercher » faisait son chemin à travers son esprit. Encore deux indices, et il pourrait rentrer chez lui. Ce vieux manoir isolé rempli de courants d'air, cette fille magnifique, le whisky à gogo, tout cela réveillait ses mauvais penchants, sapait ses bonnes résolutions. Ce n'est pas ma faute, songea-t-il, engourdi, pas ma faute.

Will et Isabelle étaient assis près du feu dans la grande salle d'apparat. Il se força à lui demander :

« Bon, ben on n'a plus qu'à s'attaquer aux prophètes, qu'est-ce que vous en pensez ?

– Vous avez encore assez d'énergie pour réfléchir à l'énigme suivante ? Moi, je suis trop fatiguée. »

Elle parlait déjà au ralenti. Elle s'approcha, posa la main sur son genou. Ils allaient droit vers une répétition de la veille.

« Nommez-moi des prophètes. »

Elle fit la grimace.

« Oh, zut. Isaïe, Ézéchiel, Mahomet. Que sais-je !

– Un rapport avec Cantwell Hall ?

– Aucun qui me vienne à l'esprit, mais, Will, je suis moulue. Si nous remettions tout ça à demain matin, quand nous serons frais et dispos ?

– Il faut que je rentre bientôt.

– On s'y mettra de bonne heure, je vous le promets. »

Il ne lui proposa pas de venir dans sa chambre – il avait assez de force pour refuser ça.

Au lieu de cela, une fois chez lui, il s'installa dans un fauteuil et rédigea avec peine un texto destiné à Nancy : « Indice 2 derrière carreau faïence avec moulin. Nouvelle révélation. Mystère s'épaissit. Allons vers 3. Tu connais des prophètes ? Tu me manques. »

Vingt minutes plus tard, sombrant dans le sommeil, il n'eut pas la force d'empêcher Isabelle de se glisser auprès de lui.

« Écoute, je suis désolé… Ma femme. »

Elle gémit et lui demanda, telle une enfant :

« Je peux rester dormir là ?

– OK. D'accord pour tout essayer, mais juste une fois. »

Elle s'endormit lovée contre lui et, quand vint l'aube, elle n'avait pas bougé d'un pouce.

Ce jour nouveau s'annonçait très agréable et fort doux. Après le petit déjeuner, Will et Isabelle décidèrent de profiter de cette belle matinée pour aller faire un tour afin de dresser un plan d'action.

Au moment où Will remontait chercher son pull, Nancy l'appela sur son portable.

« Eh ! Tu es déjà debout ?

– Je n'arrivais pas à dormir. J'ai relu ton poème.

– C'est bien ! Comment ça se fait ?

– Tu as sollicité mon aide, rappelle-toi ! Je suis pressée que tu rentres, voilà pourquoi je suis motivée. Le deuxième indice est-il important ?

– Oui, sur le plan historique. J'ai une foule de choses à te raconter. Sinon, on cherche un prophète maintenant. D'après toi, à quoi notre ami William faisait-il référence ? Toi qui es une fan ?

– Eh bien, j'y ai pensé, en effet. Shakespeare connaissait tous les prophètes bibliques : Élie, Ézéchiel, Isaïe, Jérémie, et bien sûr Mahomet.

– Elle les a déjà mentionnés.

– Qui ça ?

– Isabelle, fit-il d'un ton penaud, la petite-fille de lord Cantwell.

– Will... releva-t-elle d'une voix dure.

– C'est juste une étudiante, répondit-il aussitôt. Mais à son avis, aucun de ces noms-là n'a de lien avec le manoir.

– Et Nostradamus ?

– Elle n'en a pas parlé.

– Je ne pense pas que Shakespeare s'y réfère dans aucune de ses pièces, mais à son époque Nostradamus était célèbre à travers toute l'Europe. Ses prophéties se vendaient comme des petits pains. J'y ai jeté un coup d'œil aussi.

– Ça vaut le coup d'y réfléchir. À quoi il ressemblait, ce Nostradamus ?

– Un barbu avec une robe.

– Y en a déjà un paquet, par ici », fit Will en soupirant.

Derrière la maison, le jardin était à l'abandon, envahi d'herbes folles montées en graines. Autrefois, c'était un parc magnifique, parfaitement entretenu, qui s'étendait sur deux hectares et offrait un superbe panorama de bois et de champs séparés par des haies. À son apogée, lord Cantwell employait un jardinier à temps plein, un assistant, et il ne rechignait pas à mettre lui-même la main à la pâte de temps à autre. Dans toute la propriété, ce sont les jardins qui avaient le plus souffert des restrictions budgétaires et de la perte de vigueur du propriétaire. Un gars du coin venait de temps en temps faucher et arracher les mauvaises herbes, mais les massifs élaborés et les plates-bandes impeccables s'étaient transformés en jachères.

Près de la maison se trouvait l'ancien potager désormais à l'abandon. Au-delà, deux généreux massifs triangulaires, de part et d'autre d'une allée centrale de gravier, menaient à un verger. Bordés de buissons au feuillage persistant, ils étaient plantés, aux beaux jours, de graminées ornementales et de vivaces aux thèmes changeants. À présent, ils ressemblaient davantage à une jungle tristement inextricable. Après le verger, s'étendait un vaste pré luxuriant constellé de fleurs sauvages, où Isabelle aimait folâtrer lorsqu'elle était enfant, surtout l'été, quand les marguerites envahissaient la campagne.

« Il m'aime un peu, beaucoup, passionnément, à la folie, pas du tout ! » s'exclama-t-elle soudain.

Will la regarda sans comprendre.

L'herbe était humide, et bientôt leurs chaussures furent trempées. Ils avançaient en se frayant un chemin à l'orée du bois en direction de la chapelle dont la flèche resplendissait dans le soleil.

La jeune femme était habituée à cette bizarrerie architecturale, mais Will fut aussi surpris que la veille. Plus il s'approchait, plus l'édifice lui paraissait incongru.

« Ce truc, c'est une blague ! » s'exclama-t-il.

La minuscule église en effet ressemblait trait pour trait à la cathédrale Notre-Dame de Paris, avec sa façade gothique, ses arcs-boutants, ses deux tours impérieuses aux ouvertures à arcades, ses nefs et son transept, dont la croisée était surmontée d'une flèche très travaillée. Ils en avaient devant les yeux une version miniature, comme un jouet pour enfant. L'originale pouvait accueillir six mille fidèles ; la réplique de Cantwell Hall, une vingtaine au plus. La flèche parisienne s'élevait à quatre-vingt-seize mètres de haut, celle de la chapelle culminait à douze.

« Je ne suis guère douée en mathématiques, mais il s'agit d'une fraction précise de la taille de l'originale. Apparemment, Edgar Cantwell était obsédé par Notre-Dame.

– Edgar Cantwell, le même à qui Calvin a écrit ?

– Tout à fait. Après ses études à Paris, il est revenu en Angleterre et, un peu plus tard, il a édifié cette chapelle à la mémoire de son père. C'est un monument unique. Parfois, des touristes viennent même par ici, mais nous n'en parlons nulle part. C'est le résultat du bouche à oreille. »

D'une main Will protégeait ses yeux du soleil.

« C'est bien une cloche dans la tour la plus proche ?

– Je peux la faire sonner pour vous, si vous voulez. C'est une réplique miniature en bronze de celle que fait retentir Quasimodo dans *Notre-Dame de Paris.*

– Vous êtes plus jolie que lui.

– Flatteur ! »

Ils traversaient maintenant le pré. Isabelle s'apprêtait à dire quelque chose quand elle s'aperçut que Will s'était arrêté, les yeux fixés sur le beffroi.

« Qu'y a-t-il ?

– Notre-Dame. Notre-Dame, répéta-t-il en élevant la voix. Ça ressemble quand même pas mal à Nostradamus. Vous croyez que...

– Nostradamus ! s'écria-t-elle. Mais oui ! C'est notre prophète ! *Le troisième s'élève au-dessus d'un prophète* ! Son nom véritable était Michel de Nostredame ! Will, vous êtes un génie !

– Non, murmura-t-il, je suis seulement son mari. »

Elle l'attrapa par la main et le tira vers la chapelle.

« On peut monter là-haut ?

– Bien sûr ! J'ai souvent traîné dans cette tour quand j'étais petite ! »

Au milieu de la façade se trouvait une lourde porte. Isabelle l'ouvrit en y donnant un bon coup d'épaule, et le bois gonflé céda en grinçant sur les dalles de pierre. Elle s'y engouffra et montra à Will une toute petite porte dans un angle, comme dans *Alice au pays des merveilles.*

« C'est par là ! »

Elle s'y glissa presque aussi facilement que quand elle était enfant. Will eut plus de difficulté. Ses larges épaules avaient du mal à passer, et il dut retirer sa veste pour éviter de la déchirer. Il la suivit par un escalier si étroit qu'il ressemblait davantage à une échelle. Mieux valait ne pas être claustrophobe. Enfin, ils atteignirent l'étage de la cloche, sorte d'échafaudage de bois entourant le bronze battu par le temps et les éléments.

« Vous avez peur des chauves-souris ? » lui demanda-t-elle, un peu tard.

Au-dessus de leurs têtes était suspendue une colonie de chauves-souris au ventre blanc. Quelques unes s'envolèrent par les arches, fusant comme des folles, en un vol saccadé, autour de la tour.

« Disons que je ne les aime pas beaucoup.

– Moi, oui ! Ce sont d'adorables petites créatures ! »

Dans le beffroi, Will ne pouvait se redresser sans se cogner la tête. De là, on avait une vue magnifique sur les champs labourés, jusqu'au clocher de l'église du village. Mais il ne prêtait guère attention au paysage. Il était à la recherche d'une cachette. Or, il n'y avait là que le bois et la pierre de la construction, rien d'autre.

Il appuya sur les blocs à sa portée, mais aucun ne bougea. À quatre pattes, Isabelle inspectait déjà les planches recouvertes de fientes. Soudain, elle s'arrêta et se mit à racler le sol du talon de sa botte avec fureur, soulevant une poussière d'excréments.

« Will, je crois qu'il y a quelque chose de gravé sur cette planche ! Regardez ! »

Il s'accroupit : il semblait bien qu'elle ait raison. Il sortit son portefeuille, en retira sa carte de crédit et l'utilisa pour gratter le bois. Clair comme le jour, apparut un signe, une sorte de fleur à cinq pétales d'environ deux centimètres et demi de diamètre, gravée dans le bois.

« Mais c'est une rose Tudor ! Je ne peux pas croire que je ne l'aie jamais remarquée.

– C'est leur faute à elles ! » s'exclama-t-il avec un geste en direction du plafond.

Il appuya très fort sur la planche, qui ne bougea pas.

« Qu'en dites-vous ?

– Je vais chercher la boîte à outils. »

En un éclair elle était redescendue, le laissant seul en compagnie de quelques centaines de chauves-souris. Il jeta un coup d'œil prudent à ces créatures suspendues comme des décorations de Noël, et pria pour que personne ne vienne actionner la cloche de bronze.

Dès qu'elle revint, il sortit de la boîte un long tournevis fin qu'il enfonça entre les deux planches. Il répéta la manœuvre d'un bout à l'autre de la rainure, regardant chaque fois au-dessus de lui pour s'assurer qu'il ne perturbait pas les bestioles endormies.

Quand la séparation fut assez marquée, il passa la lame tout au long, puis l'utilisa comme levier pour soulever la latte. Dès qu'il put, il glissa un second tournevis plus épais dans l'ouverture dégagée et poussa avec force. La planche gémit et vint d'un coup.

Dessous, apparaissait un espace d'une trentaine de centimètres de profondeur. Il détestait l'idée d'avoir à plonger la main dans un trou noir, surtout avec cette horde de chauves-souris suspendues au-dessus de lui. Il fit la grimace, et se força à fouiller.

Tout de suite, ses doigts rencontrèrent un objet froid et lisse. Il le ramena à la lumière : une vieille bouteille.

Le flacon était épais, vert foncé, avec un fond plat et un faux col. C'était du verre soufflé, en forme d'oignon, au goulot scellé à la cire. Il le brandit dans le soleil, mais ne vit rien car la matière était trop opaque. Il l'agita : de l'intérieur émanait un léger bruit.

« Je crois qu'il y a quelque chose.

– Allez-y ! » le pressa-t-elle.

Il s'assit, coinça la bouteille entre ses pieds et se mit à retirer la cire de la pointe du tournevis, jusqu'à ce qu'il distingue un bouchon. N'ayant pas de tire-bouchon, il changea d'outil pour l'enfoncer. Ensuite, il retourna le flacon et le secoua avec vigueur.

Un rouleau de deux feuilles de parchemin en tomba, frais et souple.

« Et voilà, ça recommence, fit-il en secouant la tête. À vous de jouer. »

Elle déroula les pages en tremblant et les parcourut des yeux. L'une était manuscrite, l'autre imprimée.

« Il s'agit à nouveau d'une lettre à Edgar Cantwell, murmura-t-elle. Et de la première page d'un ouvrage très célèbre.

– Ah ? Lequel ?

– *Prophéties* de Nostradamus ! »

1532
Paris

ALORS QU'IL PRENAIT son dîner à la pension de Mme Flamand, Edgar Cantwell soudain se trouva mal. Depuis un jour ou deux, déjà, il ressentait une douleur à l'aine, mais cela ne l'avait guère inquiété. Peut-être s'était-il froissé un muscle. Il dégustait une côtelette accompagnée de poireaux quand il fut pris de frissons, comme si une rafale d'insectes s'était abattue sur lui. Son camarade, Richard Dudley, un autre étudiant anglais, le voyant grimacer, s'enquit de son état.

« Un froid soudain, rien de plus », répondit Edgar en quittant malgré tout la table.

À peine était-il entré au salon qu'il fut pris d'un violent haut-le-cœur, et vomit tout son repas sur le tapis de son hôtesse.

Un peu plus tard dans la soirée, le docteur lui rendit visite dans sa chambre, au dernier étage. Blême, en sueur, le jeune homme était au plus mal et son pouls battait trop vite. La douleur à l'aine devenait insupportable et s'était propagée aux aisselles. Les nausées n'avaient point cessé, et de fortes quintes de toux harassaient son corps.

Le médecin souleva le drap et palpa de ses doigts décharnés l'entrejambe de son patient où il découvrit des ganglions aussi gros que des œufs. Lorsqu'il appuya dessus, Edgar hurla de douleur.

Le docteur n'avait nul besoin d'en voir davantage.

Dans le salon, Dudley le prit par le bras et, inquiet, l'interrogea :

« De quelle affection souffre donc mon camarade ?

– Vous devez quitter ces lieux dès à présent, aboya le médecin, les yeux empreints de terreur. Vous devez tous fuir cette demeure.

– Fuir cette demeure ? Vous n'y songez point ! s'exclama la logeuse.

– Madame, il s'agit de la peste. »

Il restait à Edgar encore quelques mois avant d'achever ses études et de retourner pour de bon en Angleterre. Le jeune garçon solitaire et apeuré était devenu un homme plein d'assurance qui compensait son minois de fouine par un port noble et altier. Il avait survécu au collège de Montaigu, aussi pouvait-il désormais tout affronter. Trois ans plus tôt, il avait été transféré au collège de la Sorbonne, où il s'était couvert de lauriers. Ses examens de fin d'études approchaient et, si tout se passait comme prévu, il rentrerait à Cantwell Hall muni d'un prestigieux baccalauréat en droit canon. Son père serait fier de lui, et sa vie se poursuivrait sous les meilleurs auspices.

Hélas, à présent, il était seul, et allait sans doute rendre l'âme dans la chambre fétide de cette petite pension, dans cette damnée ville frappée par la pire des épidémies. Trop faible pour s'arracher à ses draps souillés, il avait à peine la force d'avaler quelques gorgées du thé amer que le médecin avait laissé à son chevet lors de sa dernière visite. Au désespoir, grelottant de fièvre, il était la proie de visions : un énorme sanglier, dont la hure prenait soudain le faciès ricanant du brutal Bédier, bâton en main ; un cortège funèbre d'hommes en noir ; son précieux livre, s'ouvrant soudain sur une page où apparaissait le nom d'Edgar Cantwell, suivi de la mention *mors* ; enfin le visage allongé d'un jeune homme aux cheveux roux, à la longue barbe de feu et aux joues cramoisies, si proche, si vrai.

« M'entendez-vous, monsieur Cantwell ? »

Il distinguait cette voix, et s'aperçut que les lèvres remuaient.

« Serrez ma main si vous parvenez à me comprendre. »

Il sentit une paume ferme se glisser sous ses doigts et la serra de toutes ses forces.

« Très bien. »

Edgar s'abîma dans la contemplation des doux yeux vert-de-gris de cet homme.

« J'ai rencontré votre médecin en la demeure d'un autre patient. Il m'a parlé d'un étudiant anglais. Or je goûte fort la compagnie des Anglais, et j'aime les étudiants, car j'en étais encore un moi-même il y a peu. Toutes ces années de travail, quelle pitié de les voir réduites à néant à cause de la peste, ne pensez-vous point ? J'ai ouï dire également que monsieur votre père est baron. »

L'homme s'éloigna pour aller ouvrir la fenêtre, tout en murmurant quelque chose au sujet des vapeurs vénéneuses. Il portait la robe rouge des docteurs en médecine mais, aux yeux d'Edgar, c'était un ange vermeil, s'agitant à travers la pièce, lui redonnant espoir.

« Votre médecin est vieux et superstitieux, il n'est point fait pour soigner les pestiférés. J'ai pris sur moi de le renvoyer et je me chargerai dorénavant de vos soins, avec votre autorisation. Si vous survivez, monsieur, vous aurez à cœur, j'en suis sûr, de me payer. Dans le cas contraire, hélas, mes services auprès de votre personne me seront crédités dans l'au-delà. À présent, mettons-nous au travail. Cette chambre est une bauge, il faut changer cela ! »

Edgar sombrait par instants dans l'inconscience. Son ange vermeil s'avérait bavard et, à chaque fois qu'il retrouvait ses esprits, il entendait sa voix qui déversait un flot de paroles et d'explications.

La seule manière de vaincre la peste, d'après lui, consistait à nettoyer toute la saleté et les humeurs du corps, sans oublier d'administrer le bon remède. Quand l'épidémie sévit, disait-il, il faut balayer les rues pour n'y point laisser de cadavres, puis il convient de laver la chaussée à grandes eaux, d'enterrer profondément les corps dans la chaux, de brûler tous les déchets, nettoyer les maisons des victimes au vinaigre et au vin bouilli, bien laver les draps. Quant aux soignants, ils doivent porter des gants et des masques de cuir. Lui n'avait point à craindre pour sa personne, car il avait déjà contracté le mal à Toulouse, dans une forme plus douce, aussi était-il désormais protégé.

Cependant, insistait-il, rien n'était plus important que les médicaments qu'il donnait à Edgar. Lavé et séché, celui-ci sentit qu'on insérait dans sa bouche de petits losanges au goût agréable, suivis de quelques gorgées de vin dilué. Il entendit enfin l'homme lui dire qu'il reviendrait plus tard avec de la soupe et du pain. Le malade réussit alors à articuler :

« Quel est votre nom ?

– Je m'appelle Michel de Nostredame, médecin et apothicaire, pour vous servir, monsieur. »

FIDÈLE À SA PROMESSE, le docteur revint un peu plus tard au chevet d'Edgar, ce dont il lui sut gré. Il avala de nouveaux losanges et de petits morceaux de pain trempés dans du potage de légumes. Il avait beau être toujours terrassé par la fièvre, la douleur et de terribles quintes de toux, la simple vue de son ange vermeil l'apaisait, l'arrachait au désespoir. Cette fois, il ne vomit point ce qu'il avait ingéré. Avant longtemps, ses paupières lui parurent lourdes et il sombra dans un sommeil sans rêves.

À son réveil, il faisait nuit et sa chambre était plongée dans les ténèbres, à l'exception d'une chandelle qui brûlait sur la table. Michel de Nostredame était toujours là, assis sur une chaise, tête baissée, l'œil vitreux. Sur la table était posé un bol de cuivre rempli d'eau à ras bord. C'est cet objet qui absorbait toute l'attention de l'apothicaire. De temps à autre, il agitait le liquide au moyen d'une baguette de bois. La flamme jouait sur la surface, qui réverbérait une lueur jaune sur le visage sombre de l'homme. Une sorte de murmure rauque émanait de sa gorge, telle une psalmodie. Il était tout entier absorbé par son activité, ne soupçonnant point qu'on l'observait. Edgar eut envie de l'interroger sur ce qu'il faisait, mais il n'en eut point la force et s'abîma de nouveau dans le sommeil.

Au matin, la lumière s'engouffrait par la fenêtre ouverte, et une douce brise venait rafraîchir son front brûlant. À son chevet, il trouva une assiette de morue salée soigneusement coupée en morceaux, un quignon de pain et une timbale de bière légère. Il eut juste la force d'avaler quelques bouchées, puis se saisit du pot de chambre. Il écouta, guettant les bruits dans la maison, mais n'entendit goutte. Il trouva la force d'appeler, mais ne reçut point de réponse.

Il demeura ainsi étendu, espérant un bruit de pas dans les marches. La matinée n'était point achevée lorsqu'enfin il entendit craquer les escaliers pour son plus grand bonheur.

L'ange vermeil était de retour, avec d'autres losanges et des gousses d'ail. Il semblait satisfait des progrès de son patient et déclara avec gaieté qu'il était de fort bon augure qu'il n'eût point expiré dans la nuit. Il jeta un rapide coup d'œil aux œufs de poule qui lui gonflaient les aisselles et l'aine, rassurant un Edgar terrorisé qui le suppliait de ne point appuyer sur ces bubons enflammés qui lui faisaient souffrir le martyre. Il comprit très vite que l'homme de science ne comptait guère s'attarder car il n'avait point ôté sa cape et s'acquittait prestement de ses tâches.

« Je vous en prie, docteur, ne partez point si tôt, fit Edgar d'une voix faible.

– J'ai d'autres patients à voir, monsieur.

– Je vous en prie, juste un peu de compagnie. »

Le médecin s'assit et croisa les mains sur les genoux.

« Ai-je rêvé ?

– Quand ?

– Cette nuit où je vous ai vu contempler un bol d'eau.

– Peut-être. Ce n'est point à moi de vous le dire.

– Avez-vous usé de sorcellerie pour me guérir ?

– Non point ! fit-il en éclatant de rire. Je n'ai recours qu'à la science. Deux choses sont essentielles : la propreté et mes losanges. Aimeriez-vous savoir ce qu'ils contiennent ? »

Edgar acquiesça.

« J'en ai moi-même conçu la formule, que je peaufine depuis la fin de mon doctorat à Montpellier. Je cueille trois cents roses à l'aube, que je réduis en poudre. Je les mêle ensuite à de la sciure de cyprès, puis à une poudre très particulière d'iris de Florence, à laquelle j'adjoins des clous de girofle et de la poudre de rhizome de schénante. Je vous confie lesdites choses sachant que votre esprit sera trop troublé pour s'en souvenir, car en vérité la recette en est secrète. Je compte bien sur mes losanges pour devenir riche et célèbre !

– Vous êtes un ambitieux, fit Edgar en esquissant pour la première fois un léger sourire.

– Il est vrai, et cela depuis toujours. Mon grand-père paternel, Guy Gassonet, était lui-même un ambitieux, et en cela il m'a beaucoup influencé.

– Vous avez dit Gassonet ? fit Edgar en essayant de se relever.

– En effet.

– Ce n'est guère commun.

– C'est juste. Il était juif, et changea de nom en changeant de religion. Mais rallongez-vous, ne faites point tant d'efforts !

– Continuez.

– Toutefois il ne s'était point converti par calcul, mais par conviction réelle. Lorsque sa femme refusa de l'imiter, il fit annuler son mariage et épousa ensuite Blanche de Sainte-Marie, ma grand-mère. Mon autre grand-père, Jean de Saint-Rémy, était quant à lui médecin, il m'a beaucoup enseigné également. Le latin, l'hébreu, les mathématiques, les sciences célestes.

– Êtes-vous également astrologue ?

– Je le suis en effet. Je possède encore l'astrolabe de mon aïeul. Les étoiles ont une influence sur toute chose terrestre, y compris le diagnostic des affections du corps. Donnez-moi votre date de naissance et je vous en dirai plus ce soir.

– Une chose m'intéresse : vos étoiles peuvent-elles vous communiquer la date de mon trépas ? »

De Nostredame considéra son patient d'un air sceptique.

« C'est une bien curieuse question, mais non, monsieur, elles ne le peuvent. À présent, je vais vous administrer trois losanges, ensuite vous dormirez. Je repasserai tantôt. Il est une femme au plus mal qui m'attend rue des Cordeliers. Elle m'a dit ce matin que si je ne me hâtais point de la visiter de nouveau, il lui faudrait coudre son propre linceul. »

Durant les deux jours qui suivirent, le médecin continua de rendre visite à son patient et de lui administrer ses remèdes. Edgar était très désireux de s'entretenir avec lui et d'une voix faible le pressait de s'attarder, mais l'autre protestait, expliquant qu'il avait beaucoup d'autres malades à soigner dans le quartier. Un soir, alors qu'il arrivait avec ses petits losanges et un pot de soupe, de Nostredame trouva le jeune homme en proie à la plus grande détresse.

« Quelle est donc la source de vos tourments, monsieur ?

– Regardez ! » s'écria l'Anglais en désignant son entrejambe.

Le médecin souleva les draps. Les ganglions de l'aine s'étaient ouverts et un pus épais et sanglant s'en écoulait.

« C'est parfait ! s'exclama le docteur. Les bubons ont percé. Vous êtes sauvé ! Si vous demeurez propre, je vous garantis que votre guérison sera complète. Voilà le signe que j'attendais. »

Il sortit un couteau de sa besace et tailla dans une belle chemise de lin d'Edgar des bandelettes avec lesquelles il nettoya puis pansa les abcès suppurants. Ensuite il donna au jeune homme une soupe et s'assit sur une chaise, fatigué.

« Je vous l'avoue, je suis fort las. »

Le soleil couchant baignait la chambre d'une lumière mordorée, qui donnait l'air d'un saint au médecin barbu à la robe écarlate.

« Pour moi, docteur, vous êtes un ange. Vous m'avez arraché aux griffes de la mort.

– J'en suis fort aise, monsieur. Si tout se passe comme prévu, vous aurez recouvré la santé dans quinze jours.

– Il me faut trouver le moyen de vous payer, à présent.

– Ce serait en effet fort appréciable, fit de Nostredame en souriant.

– J'ai peu d'argent par-devers moi, monsieur, pour lors j'écrirai à mon père afin de lui apprendre ce que vous fîtes, et le prier de m'envoyer une bourse.

– Je vous en remercie. »

Edgar se mordit la lèvre. Il avait répété cet instant depuis plusieurs jours.

« Peut-être, docteur, puis-je vous offrir un autre présent, en attendant.

– Vraiment ? fit le médecin, surpris.

– Voyez ma malle. Dedans, vous trouverez un livre, et à l'intérieur de ce livre, des feuilles que je vous invite à lire. Je suis convaincu que vous les jugerez d'un grand intérêt.

– Un livre, dites-vous ? »

De Nostredame ouvrit le lourd coffre et, sous les habits d'Edgar, découvrit un gros ouvrage. Il l'extirpa de là et revint s'asseoir sur la chaise. Il nota la date de 1527 sur la tranche, et ouvrit le volume au hasard.

« Ceci est tout à fait curieux. Pouvez-vous m'instruire sur ce manuscrit ? »

Le jeune homme lui narra toute l'histoire, le long parcours du livre au sein de la famille Cantwell, sa fascination, très tôt, pour l'ouvrage, son « rapt », ainsi que celui de l'épître de l'abbé Félix lorsqu'il avait quitté Cantwell Hall, enfin la démonstration faite en compagnie d'un camarade d'études que le livre était bien une prophétie annonçant le destin des hommes. Ensuite, il pria son interlocuteur de lire lui-même la lettre.

Il observa le jeune médecin, qui tirait sur sa barbe tout en lisant page après page, tandis que s'éteignaient les derniers feux du couchant. Il vit ses lèvres se mettre à trembler, ses yeux s'emplir de larmes, puis il l'entendit murmurer : « Gassonet ». Edgar savait qu'il lisait ce passage :

Mais je ne puis oublier cette exception lorsque, jeune moine, j'assistai à la naissance non d'un garçonnet mais d'une fillette. J'avais déjà ouï parler de ce genre d'événement par le passé, mais n'en avais jamais été témoin. J'observai cette petite fille rousse aux yeux verts, muette, qui contrairement à ses frères ne développa jamais le don d'écriture. À l'âge de douze ans, elle fut renvoyée et donnée à un marchand de grain juif du nom de Gassonet, qui l'emmena loin de l'isle pour en faire Dieu sait quoi.

Son regard embrassait la chevelure rousse et les yeux verts de l'homme. Edgar ne savait point lire dans les âmes, cependant, il savait quelles pensées traversaient son esprit en cet instant.

Quand il eut achevé sa lecture, de Nostredame remit le parchemin à l'intérieur du livre et le posa sur la table. Puis il se rassit avec lourdeur, et se mit à verser des larmes silencieuses.

« Vous m'avez fait là un présent bien plus précieux que l'argent, monsieur, vous m'avez donné ma raison d'être.

– Vous possédez quelque pouvoir, n'est-ce pas ?

– Je vois en effet certaines choses, répondit l'autre en tremblant.

– Ce bol, ce n'était point un songe. »

Le médecin reprit alors sa besace et en sortit un vieux récipient de cuivre.

« Mon grand-père possédait le don de voyance. Et son grand-père avant lui, dit-on. Il utilisait cet objet pour déchiffrer l'avenir, et il m'enseigna à faire de même. Mes pouvoirs, monsieur, sont à la fois puissants et faibles. En certaines circonstances, j'accède à des fragments de vision, des choses sombres et terribles, mais je n'ai point le don de voir l'avenir avec la clarté qu'évoque cet abbé Félix. Je ne puis prédire quand naîtra un enfant, ni quand mourra un homme.

– Vous êtes un Gassonet, le sang des scribes de l'île de Wight coule en vos veines.

– Je le crois, en effet.

– Dites-moi ce que me réserve l'avenir, je vous en conjure.

– Maintenant ?

– Oui, maintenant ! Grâce à votre science et vos mains expertes, j'ai échappé à la peste. À présent, je veux savoir quel destin m'attend. »

Michel de Nostredame acquiesça. Il tira le rideau pour faire le noir complet, puis remplit d'eau le bol de cuivre et s'assit devant. Il alluma une chandelle et remonta sur sa tête son capuchon, jusqu'à dissimuler son visage. Puis il se courba au-dessus du bol et se mit à remuer la baguette de bois à la surface. Au bout de quelques minutes, Edgar l'entendit émettre le même son guttural qu'en cette nuit de fièvre où il l'avait surpris en pleine transe. Le grondement se faisait de plus en plus fort, urgent. Il ne voyait point ses yeux, mais il imaginait ses prunelles dilatées, ses paupières battant follement. Au-dessus du bol, la tige s'agitait de plus en plus vite. Son espèce de psalmodie était désormais un grognement, de plus en plus fort. Edgar s'inquiéta de le voir ainsi pantelant, et il regretta de l'avoir obligé à se plier à cette terrible épreuve. L'instant d'après, tout était terminé.

La pièce redevint silencieuse.

Le médecin enleva son capuchon et considéra son patient avec effroi.

« Edgar Cantwell, fit-il lentement, vous allez devenir un homme important, riche, et cela se produira plus tôt que vous le croyez. Votre père, hélas, va connaître une fin affreuse et terrible, dont votre frère sera l'instrument. Voilà ce que j'ai vu.

– Quand ? Quand cela doit-il advenir ?

– Je l'ignore. Là se trouve la limite de mes pouvoirs.

– Eh bien, je vous remercie.

– Non, c'est moi qui vous sais gré, monsieur. Vous m'avez enseigné d'où je venais, aussi, dorénavant, ne combattrai-je plus mes visions comme si elles étaient démoniaques mais, au contraire, je m'en servirai pour le bien de l'homme. Je sais désormais quel est mon destin. »

Peu à peu, Edgar retrouva ses forces, tandis que l'épidémie de peste cessait de faire rage dans le quartier des étudiants. Il passa ses examens avec succès et la Sorbonne lui accorda son baccalauréat en droit. La veille de son départ pour l'Angleterre, il passa la matinée à Notre-Dame, admirant pour la dernière fois sa grandeur, sa majesté. Quand Edgar s'en revint à la pension, son ami Dudley l'invita à aller trinquer une dernière fois à la taverne, mais du courrier attendait le jeune homme, glissé sous la porte de sa chambre par sa logeuse.

Il s'assit sur son lit, brisa le sceau et lut avec horreur :

Mon très cher fils,

Une mère ne devrait jamais avoir à écrire pareille lettre. Je dois hélas vous informer du décès de votre père et de votre frère. Les circonstances tragiques de leur disparition me plongent dans l'affliction la plus profonde, aussi dois-je vous prier de revenir toutes affaires cessantes vous occuper du domaine en tant que nouveau baron de Wroxall. Votre père et William se querellaient. S'ensuivit une violente altercation, au cours de laquelle votre père chut dans la cheminée de la grande salle, se brûlant grièvement l'épaule. La plaie ne voulut point guérir et lui causa une forte fièvre qui finit par l'emporter. William, terrassé par le chagrin et la culpabilité, préféra se donner la mort à son tour. Je me trouve accablée par le deuil et vous conjure de revenir en hâte auprès de votre pauvre mère.

Elizabeth

Vingt-trois ans plus tard, en 1555.

Le vieux médecin pourfendeur de la peste écrivait une lettre dans son grenier. Il était plus de minuit et le calme régnait dans les rues de Salon-de-Craux. C'était le moment de la journée où, sa femme et ses six enfants endormis, il pouvait travailler en toute quiétude aussi longtemps qu'il le voulait, ou du moins jusqu'à ce que le sommeil l'obligeât à s'allonger sur sa couche.

Depuis quelques années, il avait travesti son nom en Nostradamus pour lui donner plus de poids. Car en effet, il se devait d'être à la hauteur de sa réputation. Ses *Almanachs* se vendaient bien à travers la France et les pays voisins, aussi sa fortune grossissait-elle. Il n'exploitait plus ses talents d'apothicaire ni de médecin pour pouvoir tout entier se consacrer aux activités plus profitables de clairvoyant et d'astrologue.

Lors, il tenait entre ses mains un exemplaire de son nouveau livre qui, espérait-il, lui apporterait davantage de notoriété, d'honneurs et de richesse. Imprimé à Lyon, l'ouvrage devait bientôt être mis en vente. Il prit un des exemplaires que l'éditeur lui avait fait parvenir et découpa, au moyen d'un couteau très effilé, la page de titre : *Prophéties* de M. Michel Nostradamus.

Il plongea sa plume dans l'encrier et commença ainsi :

Mon cher Edgar,

M. Fénelon, l'ambassadeur de France en Angleterre, m'a informé de votre bonne santé. Il m'a dit vous avoir rencontré au palais de Whitehall, et m'a appris que vous aviez une bonne épouse, deux filles, et que vous prospériez. J'ai consulté mon bol de cuivre, et je puis vous révéler que vous serez sans doute bientôt père de garçons.

Je m'en réjouis pour vous, car vous demeurez mon cousin d'Angleterre, et je vous tiens en haute estime dans mon cœur. Comme vous ne l'ignorez point, votre manuscrit et votre lettre eurent de profondes conséquences sur ma vie personnelle et professionnelle. Connaître mes origines me donna confiance et me permit d'accepter mes visions pour ce qu'elles étaient : de véritables prophéties s'avérant fort utiles pour le reste de l'humanité. Ainsi mis-je mes dons au service des princes, que j'éduquai et prévins de certaines infortunes, mais annonçai aussi au peuple ce qui l'attendait.

Mon propre destin connut des revers terribles avant de retrouver le bonheur. Ma première épouse et mes deux enfants périrent de la peste sans que je pusse les sauver malgré tout mon art. Je me remariai et, aujourd'hui, je suis père de trois fils et de trois filles qui font ma joie. Je m'apprête à publier le premier tome de mes Prophéties, *vaste entreprise en laquelle je révèle peu à peu au monde mes prédictions pour les siècles à venir sous la forme de cent quatrains à l'usage de ceux qui les liront. Je joins à cette missive la page de titre de ce livre pour vous divertir, et je suis sûr que vous en acquerrez un exemplaire lorsqu'il sera en vente à Londres.*

J'ai toujours conservé le secret au sujet de votre famille, ainsi que vous m'en priâtes, de même que vous le fîtes au sujet de mes origines. Vous êtes le seul à ne point ignorer que je suis un Gassonet. Vous êtes le seul à connaître l'étrange sang qui coule en mes veines depuis l'île de Wight.

Michel Nostradamus, 1555

1581
Wroxall

EDGAR CANTWELL ÉTAIT désormais un vieil homme. À l'âge de soixante-douze ans, tout en lui désormais était gris, ses cheveux, sa barbe et même sa peau fripée. Il était perclus de douleurs, depuis cet abcès qui lui tenaillait la mâchoire, jusqu'à son pied, torturé par la goutte, et son humeur s'en ressentait. Ses plus grands plaisirs, désormais, consistaient à dormir et à boire du vin, aussi y consacrait-il le plus clair de son temps.

Ses filles, Grace et Bess, se montraient fort aimables avec lui, et ses gendres faisaient des compagnons acceptables. Son plus jeune fils, Richard, était un garçon studieux, déjà érudit en latin et en grec à l'âge de treize ans. Hélas, il ne pouvait contempler sa belle tête blonde sans songer aussitôt à sa mère, morte des fièvres puerpérales lorsqu'il avait deux jours.

C'était John, son fils aîné, source d'irritation constante, qui lui causait le plus de tourment. À dix-neuf ans, le jeune homme n'était qu'un vaurien, ivrogne et vantard, qui semblait n'éprouver que mépris envers tout ce que son père tenait pour sacré.

En cela, Edgar Cantwell semblait avoir oublié qu'à son époque il s'était lui aussi montré rebelle et licencieux. À cette différence qu'il avait toujours obéi à son père, et n'avait point protesté lorsque ce dernier l'avait exilé à Paris, dans ce bagne qu'était le collège de Montaigu.

John, en revanche, ne montrait point ce respect filial. C'était un garçon de son temps, cédant aux pièges de la société élisabéthaine moderne, avec ses jeunes gens élégants, sa musique frivole et ses troupes de comédiens, n'ayant cure de Dieu ni de religion. Aux yeux d'Edgar, son fils montrait plus de déférence envers une cruche de vin ou la croupe d'une fille que pour les désirs de son propre père. Richard eût-il été l'aîné, lord Cantwell ne se fût point inquiété pour l'héritage familial.

Sa succession lui paraissait d'autant plus digne d'être bien servie qu'il avait toute sa vie œuvré avec assiduité pour la couronne, pour son pays et pour sa famille. Aussi rechignait-il à transmettre ce pouvoir chèrement conquis à un faquin d'ivrogne. Pris dans le tourbillon des responsabilités de la baronnie après la mort inattendue de son père, Edgar s'était lancé dans une carrière d'homme public et avait appris à naviguer dans les eaux troubles de la politique.

Au retour du jeune baron Cantwell en Angleterre en 1532, à l'insu de ce dernier comme d'une grande partie du peuple anglais, le roi Henri avait déjà épousé en secret Anne Boleyn, et, cherchant à faire annuler son mariage avec Catherine, s'était lancé dans un conflit de haute lutte avec Rome. Les années suivantes avaient été extrêmement chargées pour Edgar, qui avait dû apprendre à diriger son domaine, et entreprendre la construction de sa chapelle privée, la cathédrale Notre-Dame de Paris en miniature, édifiée en hommage à son père. Il avait dans le même temps essayé de trouver une épouse digne de lui et de prendre la place qui lui convenait au sein du Conseil des Marches étant donné ses compétences juridiques.

Les liens qui unissaient Rome à l'Angleterre furent rompus petit à petit par une succession de manœuvres politiques. L'affaire culmina en 1534, quand le parlement vota l'Acte de suprématie : ceux qui refusaient de reconnaître le roi Henri comme chef unique et suprême de l'Église d'Angleterre se rendaient coupables de haute trahison.

Le baron Cantwell prêta serment en hâte, car il savait que se propageait à la cour la rumeur qu'il élevait un temple papiste sur ses terres de Wroxall. C'était un bon catholique, bien sûr, mais les années passées à Paris, son amitié avec Jean Calvin et sa certitude secrète de la prédestination le rendaient suffisamment « protestant » pour savoir qu'il ne condamnait point son âme à la damnation en adoptant le parti du roi.

Henri VIII fit pression sur Thomas Cromwell, qui à son tour pesa sur le parlement, et en fin de compte les relations entre Rome et Londres furent rompues en 1536. L'Acte contre l'autorité du pape paracheva la rupture. L'Angleterre était désormais un pays réformé.

Edgar épousa Katherine Peake, femme sans grâce issue d'une bonne famille, qui hélas ! trépassa en accouchant d'un enfant mort-né, laissant le baron veuf et sans descendance. Il se jeta à corps perdu dans le travail et gravit peu à peu les échelons de la magistrature. Sa fortune suivit celle de l'ascension puis de la chute de la troisième épouse d'Henri VIII, Jeanne Seymour, dont la famille était liée aux Cantwell. Quand le fils de Jeanne, Édouard, fut à son tour couronné roi d'Angleterre en 1547, et que son frère devint lord protecteur, Edgar eut l'honneur d'obtenir un siège à la Chambre des lords et au Conseil privé.

La réforme selon Édouard fut plus dure que celle de son père, et tous les vestiges du catholicisme romain furent mis à bas. Le démantèlement des églises catholiques fut exécuté dans une orgie de vitraux brisés, de statues décapitées, d'habits sacerdotaux brûlés. Le clergé fut délivré de ses vœux de célibat, les processions furent interdites, les reliques et les rameaux bannis, quant aux autels de pierre, ils furent remplacés par des tables de bois. Depuis sa lointaine Genève, Calvin, l'ami d'Edgar, exerçait une forte influence sur les îles britanniques. La minuscule chapelle de Cantwell Hall survécut au tumulte car elle se trouvait sur des terres privées, et le baron était un noble puissant et discret.

Le vent tourna lorsque Marie Tudor succéda à son frère. Pendant les cinq années de son règne, elle tenta de restaurer la foi catholique : à présent, c'était au tour des protestants d'être brûlés sur les bûchers. Edgar redécouvrit aussitôt ses racines papistes, tandis qu'il épousait sa seconde femme, Juliana, issue d'une famille de Stratford-upon-Avon demeurée catholique dans la clandestinité. De quinze ans plus jeune, Juliana lui donna tout de suite deux filles, qui vinrent au monde catholiques.

Puis le pendule repartit dans l'autre sens. Après la mort de Marie Tudor, en 1558, sa sœur Élisabeth devint reine d'Angleterre, et remit le protestantisme à l'honneur. Edgar suivit le mouvement, faisant la sourde oreille aux demandes de son épouse qui continua d'entendre la messe en secret dans sa chapelle et fit l'éducation de ses filles en se fondant sur la sainte Bible latine. Bien qu'il fût désormais d'un âge avancé, il eut un fils, que Juliana baptisa John lors d'une cérémonie catholique clandestine. Cinq ans plus tard, naquit Richard, dont la naissance entraîna la disparition dramatique de sa mère.

À présent d'un âge vénérable, Edgar Cantwell payait le prix d'une longue vie de tourments et d'exercices de survie tant religieuse que politique. Prisonnier de ses infirmités, il ne quittait plus guère le manoir. Il ne s'était point rendu à la cour depuis deux ans et, déplorait-il, la reine avait dû oublier jusqu'à son existence. Toutefois, son obsession quotidienne était son bon à rien de fils aîné.

Il faisait chaud en cette belle journée d'été, pourtant Edgar ne cessait de se plaindre du froid. Il demeurait assis dans sa chambre près d'un bon feu, enveloppé d'un châle, les jambes enroulées dans une couverture. Il ne faisait montre d'aucun appétit et ses selles étaient constamment liquides, ce qu'il attribuait aux remèdes que ce maudit apothicaire de campagne lui prescrivait pour soigner sa goutte. Si le vieux Nostradamus avait été encore de ce monde, il l'eût mandé auprès de lui afin qu'il le délivrât de ses tourments.

Depuis sa fenêtre, il entendit un éclat de rire mâle résonner dans le jardin. Sa mâchoire se serra brusquement de colère, et une douleur insensée fusa à travers son crâne, le faisant presque choir de son fauteuil. Il avala en hâte le vin qui restait dans sa bouteille, maculant de rouge son menton. Mieux valait s'engourdir l'esprit plutôt qu'avoir à endurer cette torture physique et mentale. Il regretta de ne point posséder le manuscrit de l'île de Wight qui lui eût appris quand cesseraient ses souffrances. Dehors, son fils gloussa de nouveau, jacassant comme une fille.

Légèrement enivré, John profitait de cette belle journée d'été. L'herbe était épaisse, d'un beau vert vif, et le soleil versait son or brûlant sur les fleurs du jardin qui irradiaient de mille couleurs. Il s'amusait au tir à l'arc, visant des cibles dessinées sur des bottes de foin, trop loin pour ses flèches apathiques. À chaque fois qu'il ratait son coup, son ami partait d'un rire convulsif qui le faisait s'écrouler dans l'herbe.

« Incapable toi-même, Will, s'écria John. Tu ne saurais faire mieux ! »

Malgré sa jeunesse, John Cantwell possédait le corps bien bâti d'un manant – il avait davantage l'allure d'un buveur et d'un festoyeur que d'un aristocrate ou d'un lettré. Comme beaucoup de jeunes gens de l'époque, il se rasait, ce qui choquait fort son père. La barbe seyait mieux au menton Cantwell, or le garçon n'était point beau. Le nez crochu des Cantwell n'était guère mis en valeur par ses yeux larmoyants, ses joues rebondies et son éternel rictus. Au cours des deux années lamentables qu'il avait passées à Oxford, avant d'en être exclu pour avoir fomenté une émeute, sa brutalité faisait de lui la terreur des dames qui peuplaient le bordel local.

Son camarade paraissait beaucoup plus civilisé. À dix-sept ans, il était fin, musclé, et son visage, orné d'un début de moustache et de bouc, respirait l'intelligence. Ses longs cheveux noirs lui tombaient dans le cou, contrastant fort avec sa peau d'albâtre. Il avait d'espiègles yeux bleus et un sourire enjôleur qui semblait ne jamais disparaître. Son élocution était claire et précise, et il dégageait un charisme auquel nul ne pouvait se soustraire.

Il connaissait John Cantwell depuis l'enfance car tous deux avaient fréquenté l'école royale de Stratford. Bien que Will fût un élève brillant, son père était marchand, aussi n'avait-il point les moyens de l'envoyer à l'université. Quand John avait été renvoyé d'Oxford, à son retour à Cantwell Hall, il avait retrouvé son ancien camarade et, très vite, ils étaient redevenus amis, se divertissant de leurs excentricités mutuelles.

Will prit une gorgée de bière dans l'outre, et arracha l'arc des mains de son compagnon aviné.

« En vérité, monsieur, je puis faire mieux. »

Il saisit une flèche, visa et tira. L'engin fusa, vif et droit, et se planta au centre de la cible.

« Allez au diable, monsieur Shakespeare », grogna John.

Son camarade lui adressa un large sourire, puis abandonna l'arc au profit de l'outre.

« Rentrons, fit John. Il fait trop chaud pour se distraire ainsi. Allons plutôt dans la bibliothèque, ton lieu de prédilection ! »

Dans la bibliothèque de Cantwell Hall, Will était tel un enfant se trouvant seul dans une salle remplie de friandises. Il alla droit à l'un de ses livres préférés, les *Vies parallèles* de Plutarque, s'en empara, puis alla s'asseoir sur un fauteuil près de la fenêtre.

« Vous devriez me laisser l'emporter chez moi, John. J'en ferai meilleur usage que vous. »

Le maître des lieux appela un domestique pour qu'il leur apportât de la bière, ensuite il s'écroula à son tour dans un fauteuil et répliqua :

« Tu devrais le voler. Cache-le sous ta chemise. Peu me chaut !

– Cela n'agréerait guère à votre père.

– Il ne s'en apercevrait point. Il ne lit plus. D'ailleurs, il ne fait plus rien. Lorsqu'il vient en ces lieux, c'est uniquement pour serrer sur son cœur "Le Livre", et le caresser comme un vieux chien. »

Il avait prononcé « Le Livre » avec une feinte révérence, tout en désignant avec mépris un ouvrage mis en valeur plus que les autres sur la première étagère, dont la tranche portait la date de 1527.

« Ah, fit Will en riant, le livre magique de Cantwell Hall ! »

Puis affectant une voix d'enfant : « Oh, dites-moi, monseigneur, quand sonnera donc pour moi l'heure fatale ?

– Aujourd'hui même si tu ne te tais point, mon garçon !

– Et qui sera l'instrument du destin, ô mon maître ?

– Tu l'as devant les yeux, coquin ! s'écria John en renversant de la bière.

– Vous ? ricana Will. Et quelles légions fantastiques vous assisteront-elles dans cette sombre tâche ? »

L'heure de la bagarre avait sonné : les deux jeunes gens se levèrent, face à face, en riant de plaisir. Will chargea son ami qui pour se défendre empoigna le premier volume qui se présentait à lui et lui en assena un bon coup sur le crâne.

« Aïe ! » s'écria l'autre en s'arrêtant pour se frotter la tête.

Il se baissa ensuite pour ramasser le livre dont certaines pages avaient été arrachées par la violence du coup.

« Par tous les dieux de l'Olympe ! La tragédie s'abat sur cette bibliothèque ! fit-il d'un ton mélodramatique. Vous avez déchiré les pages d'une tragédie grecque, déclenchant la colère de Sophocle ! »

Soudain, depuis la porte, s'éleva une voix qui les fit sursauter :

« Vous avez gâté un des livres de père ! »

Le jeune Richard se tenait dans l'embrasure, les mains sur les hanches, telle une fille outragée. Il tremblait de colère. Nul membre de la famille n'était plus sensible aux sentiments de son père, et il prenait personnellement ombrage du comportement de son frère.

« Hors d'ici, garnement ! s'exclama John.

– Non, je ne m'en irai point. Vous devez avouer à père votre méfait.

– Va-t'en, misérable ver de terre, ou j'aurai autre chose à confesser !

– Je ne m'en irai point ! s'entêta-t-il.

– Alors, c'est moi qui te mettrai dehors, maraud ! »

John bondit vers la porte de la bibliothèque. Le garçon fit volte-face et s'enfuit, mais pas assez vite cependant. Son frère le rattrapa au milieu de la grande salle d'apparat, au moment où il s'apprêtait à plonger sous la table de banquet.

L'aîné mit le plus jeune à terre, et le chevaucha, les genoux posés contre ses épaules, afin de le réduire à l'impuissance. Il ne pouvait plus guère que cracher, ce dont il ne se priva point, décuplant l'ire de John qui se mit à lui bourrer le crâne de coups de poing, lui déchirant le cuir chevelu de sa chevalière. Un flot de sang jaillit, mettant fin à cette lutte injuste. Dans une bordée d'injures, l'aîné relâcha le cadet, tout en l'accusant d'avoir causé l'incident par sa propre insolence.

Quelques minutes plus tard, il était revenu dans la bibliothèque, où il buvait, maussade, en compagnie de Will, plongé dans un ouvrage. Soudain, apparut Edgar Cantwell, se traînant avec difficulté sur son pied douloureux, une lourde cape jetée sur les épaules. Son visage était terrifiant, mêlant la rage et le dégoût, et ses remontrances rauques et râpeuses glacèrent le sang de son fils.

« Vous avez blessé mon garçon !

– Il s'est blessé tout seul, répondit John avec une mimique d'ivrogne. Shakespeare peut en témoigner.

– Je n'ai rien vu, monseigneur, le contredit Will, qui essayait de se soustraire au regard du terrible vieillard.

– Eh bien, messieurs, en tout cas, moi je constate que vous n'êtes qu'un ramassis de sots ivres, de bons à rien qui ne savent qu'écouter leurs penchants oisifs et libertins pour le péché. Vous, Shakespeare, êtes à la charge de votre père, en revanche, ce dépravé est la croix que je dois porter !

– Il va se marier, père, coupa John avec impudence. Bientôt, il sera à la charge d'Ann Hathaway !

– L'hymen et la procréation sont des aspirations plus nobles qu'aucune des vôtres ! L'ivresse et la fornication sont les seuls buts de votre existence pervertie !

– Au moins, père, avons-nous quelque chose en commun ! reprit-il en ricanant. Voulez-vous un peu de vin ? »

Dès lors la fureur du vieillard ne connut plus de borne.

« Je suis non seulement votre père, mais je suis aussi homme de loi ! Pauvre fou que vous êtes ! Et l'un des meilleurs d'Angleterre ! Il y a des précédents en matière d'ultimogéniture, et je possède encore assez d'influence à la cour d'assises pour vous faire déclarer invalide afin d'élever votre frère cadet au rang d'héritier ! Poursuivez cette conduite prodigue sans réformer votre caractère, et nous verrons bien ce qui adviendra ! »

Tremblant de colère, Edgar se retira, laissant les deux jeunes gens médusés. Enfin, John rompit le silence et avec une gaieté forcée lança :

« Et si j'envoyais un domestique nous chercher une bouteille d'hydromel au cellier ? »

Il était tard, et toute la maisonnée s'était retirée. Les deux compères n'avaient point quitté la bibliothèque où ils avaient continué de boire, puis s'étaient assoupis, avant de s'éveiller, leur vin cuvé, pour s'enivrer de plus belle. Comme ils dormaient à l'heure du repas, une servante leur avait laissé un plateau chargé de victuailles.

Les effets de l'alcool mêlés aux événements de l'après-midi avaient laissé John de méchante humeur. Tandis que son ami passait d'un livre à l'autre, il broyait du noir dans son coin.

Soudain, dans la lumière des bougies, John formula la question qu'il ruminait depuis plusieurs heures.

« Pourquoi devrais-je aspirer à autre chose qu'à jouir du vin et des femmes ? Pourquoi irais-je me tuer à la tâche en me consacrant aux livres, et à l'étude, et au travail ? Tout ici m'appartient. Bientôt je serai baron, et je disposerai d'assez de terres et d'argent.

– Sauf si votre père change l'ordre de la succession. Croyez-vous que votre petit frère brutalisé vous octroierait une bourse et un pichet garnis ?

– Ce sont des paroles, rien de plus.

– Je n'en suis point si sûr.

– Ah, jeune William, soupira John, tu n'as point à porter le fardeau de la noblesse sur tes frêles épaules.

– En effet, quel fardeau !

– Je n'ai point le désir de m'amender car j'ai toujours su qu'un jour mon heure viendrait. En revanche, je reconnais que, en ta qualité de manant, tu as dû quant à toi te fixer des objectifs élevés.

– Ils ne sont point si élevés.

– Vraiment ? rit John. Ne désires-tu point devenir un grand acteur ? Écrire des pièces de théâtre ? Avoir tout Londres à tes pieds ? »

Will répondit par un geste de comédie.

« Tout cela n'est rien. »

John déboucha une nouvelle bouteille d'hydromel.

« Tu sais, j'entretiens une aspiration dont je ne me suis jamais ouvert à quiconque, et qui me confère certains avantages sur mon crapaud de frère.

– En dehors de votre stature ?

– En effet. Le livre. Je connais le secret du livre ! ricana Cantwell. Il l'ignore, et ce pour encore bien des années.

– Mais même moi, je le sais !

– Uniquement parce que tu es mon ami et que tu as prêté serment.

– Ah oui, le serment, repartit Will d'un ton las.

– Ne prends point les choses à la légère.

– Fort bien. L'affaire est grave, par saint George. »

John prit le manuscrit de l'île de Wight et vint s'asseoir près de son camarade. Il continua à voix basse, d'un ton de conspirateur :

« Je sais que ta foi n'est point aussi profonde que la mienne, pourtant je vais te confier mon idée. »

Will redressa la tête, soudain intéressé.

« Tu as lu l'épître. Tu connais l'histoire narrée par ce vieux moine, Félix. Peut-être la bibliothèque ne fut-elle point détruite, en réalité. Peut-être existe-t-elle même toujours ! Et si je la retrouvais et m'emparais des livres ? Quel souci aurais-je ensuite de Wroxall ? Si je possédais les clés de l'avenir, je deviendrais aussi riche que le plus grand seigneur d'Angleterre, plus célèbre encore que l'ami de mon père, le vieux Nostradamus qui, nous le savons, ne possédait qu'un fragment de pouvoir.»

Will l'observait qui s'enflammait, fasciné par ses yeux fous.

« Que songez-vous donc à entreprendre ? Vous rendrez-vous là-bas ?

– Oui ! Viens avec moi.

– Vous perdez l'esprit. Je dois me marier, non point partir à l'aventure. Bientôt, j'irai à Londres, sans aucun doute, mais voilà tout. De plus, la lettre de l'abbé me paraît fort douteuse. L'histoire est bonne, j'en conviens, mais ces moines roux aux yeux verts... c'est un conte sans réalité.

– Dans ce cas, j'irai seul. Je crois à l'authenticité de ce livre de toute mon âme ! fit John avec véhémence.

– Je vous souhaite bon vent.

– Écoute, Will, car je n'en ai point terminé. Je refuse que mon frère apprenne le secret du manuscrit. Je veux dérober les papiers, tous. Sans les lettres de Félix, Calvin et Nostradamus, le livre ne vaut plus rien. Même si par la suite mon père révélait à Richard le secret, il n'aurait plus la moindre preuve permettant de le corroborer.

– Et que feriez-vous de ces documents ?

– Je ne les détruirai point, je les dissimulerai quelque part, dans un trou, derrière un mur, peu importe, la maison est vaste.»

Les yeux de Will se mirent à briller, et il se redressa.

« Pourquoi ne point en faire un jeu ?

– Quel genre de jeu ?

– Une chasse au trésor, pardi ! Cachons vos précieuses lettres, mais laissons des indices ! Je rédigerai une énigme en forme de poème, que nous dissimulerons à son tour ! »

John se mit à rire à gorge déployée, puis il remplit leurs verres d'hydromel.

« Je peux toujours compter sur ton génie pour me divertir, Shakespeare ! Attelons-nous donc à la tâche ! »

Ils partirent explorer le manoir, pouffant comme des enfants, à la recherche des meilleures cachettes, étouffant leurs rires pour ne point tirer du lit les domestiques. Lorsqu'ils tinrent les premières bribes de leur plan, Will demanda à son complice des feuilles de parchemin et une plume.

John savait où son père rangeait ses précieuses lettres : elles se trouvaient dans un coffret de bois, derrière d'autres livres, sur l'étagère la plus haute. Il grimpa à l'échelle de la bibliothèque pour aller quérir son trophée et, en redescendant, entreprit de relire l'épître de l'abbé Félix tandis que Will œuvrait, assis à la table. Il trempait sa plume dans l'encrier, écrivait un vers ou deux, puis s'arrêtait un instant pour réfléchir à la formule suivante en chatouillant sa joue de l'autre extrémité, en quête d'inspiration.

Quand il eut fini, il agita la page au-dessus de sa tête pour faire sécher l'encre puis la présenta à John.

« Je suis fort satisfait de cet exercice, et vous devez l'être vous aussi. J'ai choisi la forme du sonnet, ce qui ajoute à la subtilité de l'entreprise. »

John se mit à lire, se tortillant de plaisir sur sa chaise.

« *Quand elle, ô là,* quelle ingéniosité !

– Je vous en remercie, fit Will avec fierté. J'ai pris la liberté de signer, bien que je doute que ma vanité soit jamais démasquée ! »

John se tapa sur les cuisses.

« Les énigmes sont complexes, mais point insolubles. Le ton est enjoué, sans être frivole. L'ensemble sert fort bien notre but. En vérité, je suis des plus satisfait ! À présent, allons enterrer notre trésor tels deux fieffés pirates naufragés sur une île ! »

Ils revinrent dans la grande salle d'apparat et allumèrent d'autres chandelles pour se faciliter la tâche. Le premier indice fut inséré dans l'un des grands chandeliers qui éclairaient la table de banquet. John en avait démonté un pour s'assurer qu'on y pût glisser quelques feuilles de parchemin roulées. Will avait suggéré qu'on divisât l'épître de l'abbé Félix en deux parties, constituant un premier et un dernier indice, la fin du texte contenant la révélation le plus importante. John fit donc pénétrer son rouleau, puis il remboîta le chandelier, cognant la base au sol, sur le tapis, pour être certain qu'il tînt bon.

Le deuxième indice, la lettre de Calvin, nécessita davantage d'efforts. John alla quérir dans la grange un maillet, un ciseau, une vrille et de quoi confectionner du mortier. Une heure plus tard, ruisselant de sueur, ils avaient réussi à arracher l'un des carreaux de faïence de la cheminée et à creuser un trou profond derrière. Ils y insérèrent la lettre roulée, puis un bouchon pour la protéger, avant de remettre en place le carreau. Pour se reposer après tant d'efforts, ils allèrent se sustenter aux cuisines, où ils firent la razzia sur le garde-manger, y prélevant du pain et du mouton froid, ainsi qu'une bonne bouteille de vin en forme d'oignon, d'un vert foncé opaque.

Le mitan de la nuit était bien passé, mais l'ouvrage n'était point achevé. La lettre de Nostradamus et la page de titre de ses *Prophéties* devaient trouver leur place dans le beffroi de la chapelle. Tant qu'ils ne faisaient point sonner la cloche par maladresse d'ivrogne, ils ne risquaient guère d'être découverts, si loin du manoir. La tâche leur prit plus de temps que prévu car la planche résistait à leurs efforts. Quand enfin ils parvinrent à l'arracher, ils surent faire bon usage de leur bouteille, qui devint le réceptacle préservant l'indice suivant. La planche fut remise en place, et Will alla jusqu'à y graver une petite rose de la pointe de sa dague.

Ils craignaient que l'aube ne vînt avant qu'ils eussent réussi à cacher le dernier indice. Aussi procédèrent-ils en hâte, se livrant à une besogne que, sans l'aide du vin, ils n'eussent point eu le courage d'accomplir.

Ils retournèrent au manoir, sentant la sueur et crottés comme des pourceaux, se retirant dans la bibliothèque à l'instant où l'aurore aux doigts de rose écartait les premiers pans de la nuit.

John accueillit avec joie l'idée formée par Will pour dissimuler son poème, applaudissant devant sa perfection. Le jeune homme découpa un morceau de parchemin et en fit un pseudo-feuillet de garde. Enfin, épuisés, ils retournèrent aux cuisines, soulagés que les domestiques ne fussent point encore levés. Très versé dans les livres, Will savait préparer de la pâte de reliure à partir de farine de blé mouillée, et, quelque temps plus tard, ils disposaient de la colle blanche nécessaire pour sceller le poème à l'intérieur de la couverture du manuscrit de l'île de Wight.

Quand ils en eurent fini, ils remirent en place le lourd ouvrage. La bibliothèque sortait des ténèbres à mesure que le soleil montait à l'horizon, et le manoir commençait à vibrer de son activité quotidienne. Ils s'avachirent sur des sièges en proie au plus ardent fou rire. Quand leur hilarité cessa, ils se redressèrent, le cœur encore battant, prêts à sombrer dans les bras de Morphée.

« Tous ces efforts, je le crains, auront été vains. Car tantôt vous irez défaire ce bel ouvrage afin de vous approprier les lettres.

– Tu as sans doute raison, fit John avec un sourire las. Toutefois, l'exercice fut fort divertissant.

– Un jour, j'écrirai une pièce sur ce thème », ajouta Will en fermant ses yeux rougis. Son camarade ronflait déjà. « Je l'intitulerai : *Beaucoup de bruit pour rien.* »

L'AUTOMNE ÉTAIT ARRIVÉ quand John Cantwell se lança enfin dans la quête à laquelle il s'était voué depuis la nuit où il l'avait dévoilée à son ami dans les vapeurs de l'alcool. Lors il était bien au chaud et au sec dans la bibliothèque paternelle. À présent, il traversait le détroit de Solent, frissonnant, trempé par les paquets de mer.

Une forte brise soufflait depuis la terre, et il fallut sortir quelques shillings supplémentaires pour persuader le capitaine du petit bateau qui effectuait de coutume la traversée de se lancer ce jour-là. John n'avait point le pied marin, aussi passa-t-il tout le voyage penché sur le plat-bord. Arrivé à Cowes Harbour, il alla droit vers la taverne la plus miteuse, où il s'offrit à boire, puis il discuta avec les hommes les plus âgés pour déterminer qui étaient les larrons les plus endurcis de l'île.

Il ne prit point la peine de chercher un gîte pour la nuit, car il comptait travailler tandis que les bonnes gens dormiraient. Durant la soirée, il engloutit des pintes et des pintes de blonde, et une grosse assiettée de mauvais ragoût. Ayant ainsi repris des forces, il attendit au clair de lune le retour de ses hommes, partis chercher des cordes, des pioches et des bêches. À minuit, John Cantwell et les trois compères qui l'assistaient quittèrent la taverne une lanterne à la main, empruntant un chemin à travers les bois.

Jamais ils n'étaient à plus de quelques centaines de mètres de la mer. Le ressac rythmait leur marche et, au-dessus d'eux, s'époumonaient les goélands. Peu à peu la brise fraîche et salée du Solent dégrisa John et lui éclaircit l'esprit. La nuit était froide ; il remonta sa cape bordée de fourrure par-dessus son pourpoint noir à col haut et enfonça sa casquette sur ses oreilles. Il suivait les hommes de l'île sans prêter attention à leur conversation, absorbé dans ses propres pensées, rêvant de richesse et de pouvoir.

Au départ, les vieux de la taverne s'étaient montrés taciturnes, soupçonneux, jusqu'à ce que la bière et les shillings leur déliassent la langue. L'abbaye n'était plus qu'une ruine, lui apprirent-ils, grâce aux sbires de Thomas Cromwell qui avaient pris soin de la détruire sous le règne du roi Henri VIII. Comme presque tous les sanctuaires catholiques d'Angleterre, elle avait été mise à sac, pillée, et les gens du village avaient été autorisés à en prélever les pierres pour construire d'autres édifices. La confrérie des moines s'était largement dispersée. Toutefois, demeuraient une poignée d'irréductibles, qui traînaient encore dans les parages, refusant catégoriquement d'abandonner l'ancienne terre sacrée.

Les vieillards en revanche n'avaient point entendu parler de bibliothèque, et la question de ce riche noble venu de ses terres lointaines les avait fait rire. Toutefois, en insistant un peu, un pêcheur aux traits burinés s'était souvenu qu'enfant, alors qu'il passait dans les parages de l'abbaye avec son grand-père, il avait joué dans un creux herbu, sorte de dépression carrée. Son aïeul lui avait aussitôt intimé l'ordre de revenir auprès de lui et lui avait flanqué des coups de canne tout en lui interdisant de s'approcher de cet endroit qui, d'après la légende, était hanté par les fantômes de moines encapuchonnés et vêtus de longues robes noires.

Cette histoire fit tout de suite dresser l'oreille à John, qui décida de commencer là ses recherches. Ainsi donc, se dirigeaient-ils vers ces lieux dans le clair de lune, quand soudain les ruines de la cathédrale apparurent. Même dans cet état désolé, l'édifice demeurait impressionnant. En approchant, John constata que la flèche avait disparu et que les murs étaient à moitié écroulés. Les fenêtres qui subsistaient n'avaient plus de vitraux et partout croissaient graminées et mauvaises herbes. D'autres bâtiments émergeaient des ténèbres, certains démolis, d'autres intacts. Parmi une rangée de constructions en pierre, des volutes de fumée s'échappaient d'une cheminée. Ils firent un large détour et prirent la direction d'un pré distant, plus proche du rivage.

Les hommes savaient où se trouvait la dépression carrée et se mirent à grommeler en approchant. Ils ignoraient jusqu'alors la malédiction qui frappait l'endroit, et les paroles du vieux pêcheur résonnèrent soudain à leurs oreilles comme un funeste présage, les rendant nerveux.

John prit l'une des torches et inspecta les lieux. Dans les ténèbres, il était difficile de discerner des limites. Les herbes hautes descendaient vers une sorte de cuvette profonde d'environ deux pieds. Aucun autre élément ne se distinguait, rien de précis n'invitait à choisir de commencer à tel ou tel endroit. Le jeune aristocrate haussa les épaules et, au hasard, décida de creuser là où il se trouvait. Il fit signe aux hommes de se mettre à l'ouvrage.

Dans un premier temps, les villageois hésitèrent, mais John leur offrit une compensation supplémentaire. Ils se lancèrent dans leur besogne à vive allure, arrachant peu à peu les mottes de ce sol riche et meuble. Deux d'entre eux avaient été fossoyeurs, et ils étaient capables de remuer des quantités de terre colossales. Au bout d'une heure, ils avaient excavé un trou conséquent ; une heure encore et c'était devenu une véritable fosse. John arpentait le bord, en sautant au fond de temps à autre pour examiner de plus près à la lumière d'une torche le sol brun, humide, qui dégageait une bonne odeur de terre fertile. Soudain, apparurent des morceaux de bois calciné et une couche de cendre.

Son cœur se mit à battre plus vite.

« Il y a eu un incendie, ici ! » s'exclama-t-il.

Ses compagnons n'y prêtèrent guère attention. L'un d'eux lui demanda jusqu'à quelle profondeur il voulait que l'on creusât. Il leur répondit simplement de se taire et de poursuivre leur tâche.

Par-dessus le criaillement des mouettes, John entendit soudain un coup résonner. Une bêche avait heurté une pierre.

Il bondit dans la fosse et se mit à gratter le sol du bout de sa botte, mettant au jour une dalle. Il empoigna alors l'instrument et l'enfonça un pas plus loin. Là encore résonna la pierre. Il recommença l'opération ailleurs : toujours la pierre.

« Dégagez-moi bien le fond de ce trou », fit-il l'œil brillant.

Bientôt, une surface plate apparut, composée de dalles ordonnées avec soin et depuis longtemps enterrées. Il leur commanda ensuite de prendre leur pioche pour voir ce qu'il y avait sous les pierres. Nerveux, les hommes débattirent quelques instants de ce qu'il convenait de faire, mais ils s'exécutèrent et, une demi-heure plus tard, trois grosses dalles avaient été retirées. John se mit à quatre pattes pour les examiner de près. Il s'aperçut qu'elles reposaient sur de grosses poutres. Sans hésiter, il plongea la main dans l'espace laissé par les pierres, enfonçant tout le bras sans rien rencontrer. Prenant une poignée de terre, il la lança dans le trou béant. Il fallut une bonne seconde avant qu'il entendît un bruit de chute, en contrebas, sur une surface dure.

« Il y a une chambre là-dessous ! Il faut descendre ! »

Les villageois reculèrent à l'autre bout de la fosse. Ils se rassemblèrent, discutèrent entre eux à voix basse, puis déclarèrent d'une seule voix qu'ils refusaient de poursuivre car ils avaient trop peur.

John les supplia, leur proposa davantage d'argent, enfin, de rage, les menaça, sans le moindre effet. En retour, ils l'injurièrent et sortirent du trou. Il ne réussit qu'à leur acheter leur corde et une torche. L'instant d'après, il était seul dans la nuit noire.

Son excitation était telle que la peur n'avait guère de prise sur lui. Il attacha solidement la corde à l'une des poutres, puis la laissa se dérouler dans l'antre ténébreux. Il entendit l'autre extrémité retomber sur le sol. Ensuite, il y jeta la torche.

Elle resta enflammée, et il découvrit une zone dallée ainsi qu'une sorte de mur irrégulier. Il prit une profonde inspiration, banda ses forces, passa les jambes dans le trou, saisit la corde et l'entoura de ses pieds afin de se laisser descendre doucement.

Dans la salle, l'air était rance et figé. Il progressait avec lenteur, inquiet de l'obscurité, se concentrant sur la lueur rassurante de la torche. Il avait franchi presque sept mètres, il ne lui en restait plus que trois. Il regarda alors en bas mais la fumée qui montait lui piqua les yeux.

« Ah ! »

Son cri retentit dans sa tête tandis qu'il perdait l'équilibre et chutait lourdement sur un amoncellement de squelettes humains. Ses pieds atterrirent sur un fagot de tibias, se dérobant sous lui, ce qui lui évita de se rompre le cou. Sa hanche droite heurta un crâne qui s'écrasa sous son poids.

Il gisait à présent sur le sol de la chambre souterraine, nez à nez avec des orbites vides, haletant de peur, de douleur.

« Que Dieu me garde ! »

Il tourna la tête, affolé, et découvrit par terre tout autour de lui des os jaunis, mais aussi empilés sur des étagères le long du mur. Il se trouvait dans des catacombes, il n'y avait pas le moindre doute. Une seconde vague de panique le saisit lorsqu'il réalisa que s'il était grièvement blessé, il ne pourrait point remonter à la surface. Ainsi demeurerait-il là pour l'éternité, squelette parmi les squelettes.

Il s'assit et avisa ses membres. Ses bras et ses jambes se mouvaient sans difficulté. En revanche, il éprouvait une violente douleur à la hanche droite. Le seul moyen de savoir si la blessure était grave consistait à se remettre debout pour s'assurer que sa jambe le portait encore. Aussi se mit-il d'abord à genoux, puis peu à peu se redressa, pesant progressivement sur sa jambe droite. Dieu merci, sa hanche tint bon, et il soupira en constatant qu'elle était meurtrie, sans être brisée. Il fit un pas en avant et ferma les yeux en entendant les os craquer sous son pied. Il parvint à aller, en boitant, jusqu'à la torche, qu'il ramassa.

John traversa la salle avec peine, essayant de ne point écraser d'ossements, s'habituant peu à peu à la présence étouffante de la mort. Il y avait là des centaines de corps, peut-être des milliers, certains n'étaient plus que squelettes nus, d'autres s'étaient desséchés, momifiés, et gardaient encore des vestiges de cheveux roux et des lambeaux d'étoffe brune. Il tentait de se concentrer sur son objectif. La bibliothèque de Félix existait-elle encore ? Il ignorait s'il s'enfonçait plus avant dans les catacombes, ou s'il allait dans une direction plus favorable à ses desseins, mais, dans la lueur de la torche, il avançait d'un pas lent et décidé.

Apparut soudain une arche et, malgré la douleur, il pressa le pas, comme s'il fuyait les cadavres. Tout à coup, il se trouva en effet dans un environnement très différent.

Il se tenait à présent dans une pièce immense, dont il distinguait mal les limites. À un mètre de lui, il avisa le coin d'une table de bois. Il s'approcha et constata qu'elle était fort longue et flanquée d'un banc sur le côté. Il la suivit, touchant sa surface lisse. Quelques objets étaient posés dessus, et il en prit un pour l'examiner. Un encrier de terre cuite ! Il tendit le bras en hauteur pour éclairer plus loin et découvrit d'autres tables et d'autres bancs.

C'est alors qu'il remarqua les traces sur le sol dallé. Brun rouille. Du sang. Des flots de sang avaient inondé cette salle.

C'était donc vrai ! songea-t-il avec un frisson d'exaltation. L'épître de l'abbé Félix disait la vérité et, plus important encore, le scriptorium existait toujours ! Par conséquent, la bibliothèque avait certainement survécu elle aussi !

Il suivit pas à pas la file des tables, touchant chacune d'elles au passage. Il y en avait quinze. En arrivant à la dernière, il se sentit un instant déçu de ne voir qu'un mur. Puis il s'approcha, et distingua une porte de bois munie de lourds gonds de métal. Il poussa dessus de toutes ses forces et brandit sa torche à l'intérieur. Il tomba aussitôt à genoux et se mit à pleurer de joie.

La bibliothèque ! Elle existait bel et bien. Elle n'avait point été détruite par l'incendie !

À sa gauche s'élevaient d'immenses étagères de bois, garnies d'énormes volumes reliés de cuir. À sa droite, un meuble identique et, au centre, une mince allée, laissant juste la place à un homme de passer.

Il se redressa et, médusé, pénétra en boitant dans la salle. De part et d'autre s'alignaient des rangées et des rangées de volumes qui se prolongeaient dans les ténèbres sans fin.

Il s'arrêta pour consulter un des manuscrits. Il était en tout point identique à celui de Cantwell Hall, à cette différence qu'il portait la date de 1043. Il le remit à sa place et reprit sa progression. Jusqu'où cette salle continuait-elle ?

Il poursuivit sa lente progression pendant ce qui lui parut être une éternité. En dehors des grandes abbayes et des palais de Londres, il n'avait jamais vu pareille structure. Enfin, il atteignit un autre mur. Au milieu s'ouvrait une arche, qu'il franchit. À ce moment, il crut entendre un léger froissement.

Y aurait-il des rats ? s'interrogea-t-il.

Il se trouvait dans une seconde salle, apparemment identique à la première. D'immenses bibliothèques bordaient l'allée, plongeant dans les ténèbres. Il regarda la tranche du livre le plus proche. 1457. Son esprit bouillonnait. À présent qu'il avait découvert son trésor, comment allait-il faire pour le rapporter ? Il devait mettre la main sur les manuscrits de 1581 et suivants. Là commençait le profit. Il lui faudrait réfléchir à la manière d'exhumer les livres de cet endroit. Il ne s'attendait guère à pareil succès et n'y était point préparé. Toutefois, il avait confiance en son intelligence et il était certain de réussir à mettre au point un plan dès que son cœur cesserait ainsi de cogner à tout rompre, l'empêchant de penser.

À chaque nouvelle bibliothèque, il s'arrêtait pour vérifier la date. Quand il découvrit l'année 1573 gravée sur une tranche en lettres d'or, il tourna dans la contre-allée.

1575, 1577, 1580, et enfin 1581. Le présent ! Il y avait environ une douzaine de livres portant le même numéro. Il resta planté devant, comme un animal traqué.

Sous ses yeux s'étalait le pouvoir ultime en ce monde, celui de voir l'avenir. Nul autre sur terre que John Cantwell ne pouvait dire qui allait naître et qui allait mourir. Sa poitrine se gonfla d'orgueil. Son père s'était bel et bien trompé : il était devenu quelqu'un. D'un geste lent et solennel, il tendit la main vers l'un des volumes.

Il ne vit jamais le coup venir. Ne ressentit aucune douleur. Ne sentit d'ailleurs plus jamais rien.

Le caillou lui défonça le crâne et la matière grise aussitôt se répandit dans un flot de sang. Il s'écroula sur place, comme une poupée de chiffon.

Frère Michael héla son compagnon, à quelques pas derrière lui, dans le noir.

« Tout est fini. Il est mort.

– Que Dieu nous pardonne », répondit frère Emmanuel, surplombant le cadavre.

Il se baissa pour ramasser ce qui subsistait de la torche avant qu'elle ne mît le feu aux manuscrits des étagères les plus basses. Tous deux s'agenouillèrent et se mirent à prier.

Les jeunes moines avaient aperçu l'équipée lorsqu'elle était passée près de leurs bâtiments. Ils l'avaient suivie dans la nuit, observant les hommes tandis qu'ils se mettaient à creuser. Quand les villageois s'étaient enfuis, ils étaient demeurés là, épiant le gentleman. Lorsque John Cantwell descendit dans les entrailles des catacombes, le long de sa corde, ils se signèrent et lui emboîtèrent le pas, se glissant comme des serpents après lui.

Frère Michael était courroucé par cette intrusion et il enrageait d'avoir eu à ôter la vie d'une créature du Seigneur.

« Mais quel est donc cet endroit ? » fit-il avec sécheresse.

Son compagnon, un peu plus âgé, était un homme moins physique, plus cérébral.

« C'est sans doute une ancienne bibliothèque sacrée, créée par les frères qui dorment en paix dans l'ossuaire par où nous sommes entrés. Elle fut scellée pour des raisons précises. Lesquelles, je ne puis le dire. Tout cela ne nous concerne point. Et moins encore ce vil intrus, assurément. Prendre une vie est un grand péché, mais dans Sa miséricorde, le Tout-Puissant nous pardonnera.

– À présent, quittons ces lieux. Je propose que nous remettions les dalles en place, puis la terre, et que nous ne disions mot de tout cela à quiconque. Garderas-tu le secret toi aussi, mon frère ?

– Oui, au nom de notre Seigneur Jésus-Christ. »

Ainsi laissèrent-ils le corps de John Cantwell, gisant là où il s'était écroulé, et rebroussèrent chemin jusqu'à la corde grâce à sa torche. Le cadavre entama ainsi un lent processus de dessiccation ; pas un humain ne poserait à nouveau les yeux sur lui pendant les trois cent soixante-six prochaines années.

Un mois passa, puis un deuxième, un troisième. Tous les matins, Edgar Cantwell demandait si quelqu'un avait des nouvelles de son fils John.

L'automne céda la place à l'hiver, l'hiver au printemps, et peu à peu le vieil homme en vint à accepter que son fils aîné avait bel et bien disparu. Nul ne connaissait sa destination lorsqu'il avait quitté en secret Cantwell Hall, aussi nul ne savait ce qui avait pu advenir de lui.

Un jour, Edgar alla prier dans sa chapelle pour que Dieu le guidât. De plus en plus fragile et confus, il crut entendre la voix du Seigneur lui conseiller de révéler à son plus jeune fils, Richard, le secret du manuscrit de l'île de Wight. En sortant de la chapelle, il demanda à ses domestiques de l'emmener dans la bibliothèque. Ils l'installèrent sur une chaise, et il leur ordonna ensuite de grimper à l'échelle pour aller quérir un coffret de bois dissimulé derrière la dernière étagère.

Son valet s'exécuta, déplaça plusieurs livres avec l'aide des autres domestiques, puis annonça qu'il avait trouvé la précieuse boîte. Il la descendit à son maître et la déposa sur ses genoux.

Le vieillard n'avait point tenu entre ses mains le coffret depuis bien longtemps. Il était heureux de pouvoir passer un moment en compagnie de ces papiers, vieux amis d'autrefois qui lui évoquaient tant de moments de sa jeunesse : l'épître de l'abbé Félix, qui exaltait tant son imagination jadis ; la page énigmatique contenant une date, très loin dans le futur ; la lettre de Calvin, plus chère à son cœur que toutes les autres, car elle lui rappelait un ami ; enfin celle de Nostradamus, souvenir de cet homme qui l'avait arraché à une mort certaine.

Il souleva le couvercle d'un geste lent et recueilli.

Le coffret était vide.

Edgar resta bouche bée. Il s'apprêtait à ordonner à son valet de remonter sur l'échelle, quand il sentit une explosion dans sa poitrine, et une douleur fulgurante.

Il était presque mort quand son corps frêle tomba de la chaise. Ses domestiques ne purent rien faire d'autre que d'appeler ses enfants en hâte auprès de lui. Son fils Richard fut le premier sur les lieux, à jamais dans l'ignorance du secret de l'abbaye de l'île de Wight qui venait de disparaître avec son père.

WILL ET ISABELLE ÉTAIENT RESTÉS dans la bibliothèque, la lettre de Nostradamus posée devant eux, sur la table. L'énormité de leurs découvertes des deux derniers jours les laissait sans voix. Chacune d'elles semblait plus capitale encore que la précédente. Ils avaient le sentiment d'être dans l'œil du cyclone : tout autour d'eux paraissait parfaitement paisible, routinier, toutefois ils savaient que tout près de là faisait rage une tempête d'une violence épouvantable.

« Notre livre a exercé une profonde influence sur de grands hommes, murmura la jeune femme. Quand tout cela sera terminé, je me précipiterai pour acheter les quatrains de Nostradamus, et je les lirai d'un œil neuf, avec le plus grand sérieux.

– Et si c'était votre manuscrit qui avait fait la grandeur de Calvin et de Nostradamus ? avança Will en sirotant son café. Sans lui, ils ne seraient peut-être pas sortis du lot.

– Et s'il était aussi la source de notre grandeur à nous ?

– Et voilà, ça recommence ! s'exclama-t-il en riant. Je sais que ça devient de plus en plus dur pour vous d'envisager de garder tout ça secret, mais je préfère que vous meniez une longue vie anonyme, plutôt qu'une courte existence célèbre.

– Nous devons maintenant trouver le dernier indice, dit-elle pour couper court. Mais je ne vois pas comment il pourrait dépasser les trois premiers. Quand j'y pense, vous vous rendez compte de l'importance de nos découvertes ! »

Will eut soudain envie d'appeler Nancy pour la remercier de sa contribution. À cette heure là, elle était au travail.

« Ça concerne un fils qui fut un trouble-fête.

– Je ne sais pas par où commencer », répliqua-t-elle en fronçant les sourcils.

Soudain, elle entendit que son grand-père l'appelait depuis la grande salle d'apparat. « Grand-père, nous sommes dans la bibliothèque ! » lui hurla-t-elle.

Lord Cantwell apparut, un journal sous le bras.

« J'ignorais où vous étiez passés ce matin. Bonjour, monsieur Piper. Toujours là, à ce que je vois ?

– Oui, monsieur. J'espère pouvoir repartir demain.

– Ma petite-fille se serait-elle mal occupée de vous ?

– Bien au contraire, elle est formidable. Mais il faut que je rentre à la maison.

– Grand-père, interrompit-elle, y a-t-il eu selon vous dans la famille des gens dont la conduite n'aurait pas été irréprochable ?

– À part moi, tu veux dire ?

– Oui, hormis vous, répondit-elle d'un ton enjoué.

– Eh bien, mon arrière-grand-père a perdu une bonne partie de la fortune familiale en spéculant avec un armateur. Si se faire plumer entre dans la catégorie des mauvaises conduites, alors, tu peux l'y inclure.

– Non, je pensais à quelque chose de plus ancien. Compte-t-on des gens peu fréquentables. Disons, au XVIe siècle ?

– Comme je l'ai déjà dit, le vieil Edgar Cantwell fait office de brebis galeuse. Il a retourné sa veste je ne sais combien de fois, oscillant entre la foi catholique et le protestantisme au gré des souverains en place. La méthode était assez opportuniste, si je puis en juger. Néanmoins, il n'a pas fini ses jours dans la Tour de Londres, et il a gardé sa tête sur ses deux épaules.

– N'y a-t-il rien de pire que cela ?

– Eh bien... »

En voyant son expression Isabelle pensa qu'ils touchaient au but.

« Je vous écoute.

– Il y a bien aussi le frère d'Edgar Cantwell, William. Nous avons un petit portrait de lui, enfant, accroché quelque part. En quinze cent quelque chose, il a tué son père, Thomas Cantwell, de manière accidentelle. Il y a un grand tableau du baron à cheval, sur le mur sud de la grande salle d'apparat.

– Oui, je vois lequel c'est, fit-elle de plus en plus intriguée. Qu'est-il arrivé ensuite à William ? »

Lord Cantwell fit semblant de se trancher la gorge.

« Je pense qu'il a mis fin à ses jours. Toutefois, je ne sais pas quelle est la part de vérité dans toute cette histoire.

– Quand était-ce ? En quelle année ?

– Dieu seul le sait ! Le plus simple serait d'aller vérifier sur sa pierre tombale. »

Will et Isabelle se regardèrent et bondirent en même temps.

« Vous croyez qu'il est enterré dans le cimetière familial ?

– Je ne le crois pas. Je le sais.

– Vous disposez d'un lieu de sépulture privé sur vos terres ? demanda Will d'une voix si forte que le vieillard sursauta.

– Suivez-moi ! » s'écria la jeune femme en se précipitant dehors.

Le vieux baron secoua la tête, s'assit sur l'une des chaises demeurées vides et entreprit de lire son journal.

Le cimetière privé des Cantwell se trouvait dans une clairière, à l'extrémité de la propriété. L'endroit ne recevait guère de visites, car voir la tombe de son épouse, jouxtant le lopin réservé pour lui, était trop éprouvant pour le vieux baron. Isabelle y venait de temps à autre, en général par une belle matinée d'été où la gaieté naturelle compensait la sombre gravité des lieux. Il y avait plusieurs semaines que personne ne s'était soucié de l'entretien, et l'herbe était haute. Les graminées montées en graine commençaient à sécher, ployant paresseusement contre les pierres tombales.

Il y avait là environ quatre-vingts sépultures. C'était petit pour un cimetière de village, mais assez vaste pour une seule famille. Les Cantwell n'étaient pas tous enterrés là, bien sûr.

Au fil des siècles, beaucoup étaient tombés au champ d'honneur, en Angleterre ou en terre étrangère. En arrivant dans la clairière, Isabelle expliqua à Will combien il avait été difficile pour son grand-père d'obtenir l'autorisation d'inhumer là sa femme.

« Les règles d'hygiène ! fit-elle d'un ton sec. Et les traditions, alors !

– L'idée d'un cimetière familial me plaît, fit doucement Will.

– J'ai choisi ma parcelle. Là-bas, sous ce vieux pommier magnifique.

– C'est un bel endroit. Mais ne soyez pas trop pressée.

– Je n'y peux rien, de toute façon, n'est-ce pas ? Nous sommes tous prédestinés, rappelez-vous. Très bien, voyons où se trouve notre pécheur. »

La pierre tombale de William Cantwell était l'une des plus petites du cimetière, disparaissant presque sous la végétation, aussi n'est-ce qu'au terme d'une recherche méthodique à travers les inscriptions des pierres tombales qu'ils découvrirent la sépulture, à peu près au centre. Seuls son nom et la date de 1532 y étaient gravés.

« *L'ultime est près d'un fils qui fut un trouble-fête,* récita Will. J'imagine qu'il va nous falloir creuser. »

Isabelle alla chercher deux pelles dans la remise du jardin. Ils avaient beau être isolés, ils se mirent au travail avec une certaine culpabilité, regardant tout autour d'eux comme s'ils commettaient un forfait.

« Je n'ai encore jamais déterré un mort ! dit-elle en riant jaune.

– Moi, oui. »

C'était des années plus tôt, dans l'Indiana, mais il n'allait pas se lancer dans cette histoire, d'ailleurs elle ne lui posa aucune question.

« Je me demande à quelle profondeur on inhumait les gens, autrefois. »

C'était Will qui faisait le plus gros du travail, et il transpirait. Il y avait deux autres tombes toutes proches, aussi n'avaient-ils pas assez de place pour travailler côte à côte.

Il retira sa veste, son pull, et se mit à creuser avec ardeur, accumulant sur la sépulture voisine un tas de terre riche, d'un brun sombre. Au bout d'une heure, ils commencèrent à se décourager et à se demander si tout bien réfléchi William était vraiment enterré là. Will sortit du trou et s'assit dans l'herbe. Le soleil de cet après-midi d'automne ne dissipait pas la fraîcheur de l'air. Au-dessus de leurs têtes, le pommier d'Isabelle murmurait ses secrets frémissants.

C'était le tour de la jeune femme, aussi sauta-t-elle au fond de la fosse, telle une petite fille se jetant dans une piscine. Ses deux pieds touchèrent le fond en même temps. Il y eut un curieux écho. Isabelle et Will se regardèrent en s'interrogeant :

« C'est quoi, ce bruit ? »

Elle se mit aussitôt à quatre pattes et, empoignant la pelle par le bout, entreprit de gratter le fond, atteignant bientôt une surface métallique rugueuse.

« Mon Dieu, Will, je crois bien que je l'ai trouvé ! » s'écria-t-elle.

Elle creusa autour de l'objet, et dégagea un rectangle d'environ vingt-cinq centimètres sur quarante-cinq. Sous les yeux de son compagnon, elle enfonça la pelle latéralement et poussa pour dégager l'objet.

C'était une boîte en cuivre très abîmée. Dessous, apparut le bois pourrissant et verdâtre d'un cercueil. Elle tendit la boîte à Will.

Le métal avait souffert et semblait recouvert d'une épaisse patine vert-noir. C'était manifestement une belle boîte ouvragée, aux petits pieds ronds. Les bords du couvercle avaient été scellés par un matériau rouge durci. Will y enfonça l'ongle de son pouce et réussit à en arracher quelques copeaux.

« On dirait de la cire. Pour cacheter les lettres, ou bien faire des bougies. Ils voulaient que la boîte soit étanche.

– J'espère que ça a marché ! » fit-elle pleine d'espoir, à présent à ses côtés.

Ils eurent la délicatesse de remettre la terre en place avant de s'occuper du coffret, faisant néanmoins aussi vite que possible.

Dès qu'ils eurent terminé, ils coururent aux cuisines, où Isabelle s'arma d'un robuste couteau à huîtres. Elle ôta petit à petit toute la cire, puis, comme un enfant le jour de Noël, fit sauter d'un coup le couvercle.

Il y avait là trois feuilles de parchemin, tachées de vert-de-gris, mais encore sèches et lisibles. Elle sut tout de suite de quoi il s'agissait.

« Will ! murmura-t-elle. C'est la suite de l'épître de l'abbé Félix ! »

Assis à la table de la cuisine, Will voyait le regard d'Isabelle bondir d'un mot à l'autre. Il l'exhorta à lui traduire le texte à la volée, aussi commença-t-elle, très lentement :

En ce neuvième jour de janvier de l'an de grâce 1297, advint la fin de la bibliothèque et de l'Ordre des Noms. Les scribes, dont le nombre dépassait grandement la centaine, se conduisaient désormais de bien étrange manière, ne manifestant plus leur diligence coutumière. On eût dit qu'un voile mortuaire s'étendait sur eux. Il émanait d'eux une lassitude ineffable puisqu'ils ne pouvaient parler ni s'exprimer en aucune manière. La veille de ce jour funeste se produisit un événement qui augurait de la suite. L'un des scribes viola de manière insensée les lois des hommes et du Seigneur en prenant sa propre vie au moyen de sa plume, qu'il enfonça dans son œil, jusqu'à la cervelle.

Enfin, le Dernier Jour, je fus mandé à la bibliothèque, où je découvris un spectacle dont le souvenir, jusqu'à ce jour, me glace le sang. Chacun des scribes, je désigne en cela tous les garçons et les hommes aux yeux verts, se perça un œil de sa plume, causant ainsi sa propre mort. Sur son pupitre, chacun d'eux avait laissé une page ultime, dont beaucoup étaient maculées de sang. Or sur chaque page étaient écrits les mêmes mots : « 9 février 2027. Finis Dierum ». *Leur labeur était achevé. Ils n'avaient plus nul nom à écrire. Ils avaient atteint la fin des temps.*

Le grand Baldwin, dans sa suprême sagesse, décida que la bibliothèque serait rasée, car l'homme n'était point prêt pour la révélation qu'elle recelait. Je m'occupai de faire placer les corps des scribes défunts dans leurs cryptes, et fus le dernier homme dont les pas résonnèrent à travers l'immensité infinie des rayonnages emplis des manuscrits sacrés. Voici à présent, Seigneur, mon ultime confession. De ma propre main, j'enflammai des bottes de foin placées autour de l'entrée de la bibliothèque, au moyen des pages Finis Dierum, *que je brûlai jusqu'à la dernière. Toutefois, je désobéis : je ne jetai point, comme l'avait ordonné Baldwin, une torche enflammée dans les entrailles de la bibliothèque. Je ne pouvais souffrir d'être l'instrument terrestre de la destruction de cette œuvre sainte. Je croyais alors avec ferveur, et je le crois encore ce jour, que cette décision était entre les seules mains de notre Dieu Tout-Puissant. En vérité, j'ignore toujours si les parties souterraines furent détruites par la conflagration. Le sol se consuma longtemps. Mon âme, elle aussi, s'est longtemps consumée, et quand mes pas me portent vers ces terres brûlées, je ne sais si je foule de la cendre ou des pages.*

Je dois encore confesser, ô Seigneur, que, saisi par une folie blasphématoire, je pris au hasard un des livres de la bibliothèque avant qu'elle ne fût fermée et incendiée. Jusqu'à ce jour, j'ignore toujours pourquoi. Ô mon Dieu, je Vous demande pardon pour mes péchés. Il s'agit du livre qui se trouve à présent sous mes yeux. Ce livre et cette épître sont le témoignage et la preuve de ce qui arriva. Si Vous voulez, ô Seigneur, que je détruise ce livre et cette épître, je m'exécuterai avec diligence. Si Vous souhaitez que je les préserve, je m'en acquitterai. Je Vous implore, ô mon Dieu, de m'envoyer un signe, pour que Votre volonté soit faite. Je serai Votre humble et obéissant serviteur, jusqu'à mon dernier souffle.

Félix

La dernière feuille de parchemin jaunie portait une écriture différente, comme un griffonnage hâtif. Il n'y avait que deux lignes :

9 février 2027
Finis Dierum

Isabelle se mit à pleurer, doucement d'abord, puis, allant *crescendo*, ses sanglots se transformèrent en spasmes, et son visage ruisselant s'empourpra. Will la contemplait avec tristesse, mais il songeait à son fils. Phillip aurait dix-sept ans en 2027, il serait à la fleur de l'âge, encore plein de promesses. Il était lui aussi au bord des larmes, mais il se redressa et posa la main sur l'épaule de la jeune femme.

« On ne sait pas si c'est vrai, déclara-t-il.

– Et si c'était le cas ?

– Eh bien, il va falloir attendre, et on verra bien. »

Elle se leva à son tour, l'invitant à la prendre dans ses bras. Ils s'étreignirent un long moment, jusqu'à ce qu'il lui dise tout simplement, sans tergiverser, qu'il était temps pour lui de rentrer.

« Déjà ?

– Si je retourne à Londres ce soir, j'aurai un vol demain matin.

– Je vous en prie, restez encore cette nuit.

– Il faut que je retourne chez moi. Ma famille me manque. »

Elle renifla et acquiesça.

« Mais je reviendrai, promit-il. Quand Spence en aura fini avec ces lettres, je suis certain qu'il les rendra à la famille Cantwell. Elles sont à vous. Peut-être qu'un jour vous pourrez les utiliser pour écrire le plus grand livre de l'histoire.

– Par opposition à la pauvre thèse que je m'apprête à pondre ? »

Elle le regarda droit dans les yeux. « Vous allez nous laisser le poème ?

– Nous avons conclu un marché. Vous pourrez faire réparer votre toit.

– Jamais je n'oublierai ces derniers jours, Will.

– Moi non plus.

– Votre femme a beaucoup de chance.

– J'en ai encore plus qu'elle », déclara-t-il en baissant la tête, l'air coupable.

Elle appela un taxi, tandis qu'il montait ranger ses affaires. Quand il eut fini il envoya deux SMS.

À Spence : « Mission accomplie. 4 trouvés. Les rapporte demain. Préparez-vous à une sacrée surprise. »

À Nancy : « Tu es incroyable : tu avais trouvé le prophète ! Hallucinant. Je rentre demain. Tu me manques XXL. Ne partirai plus. »

Cette nuit-là, Cantwell Hall s'enfonça de nouveau dans son silence séculaire. Il n'y restait plus que deux résidents, un vieil homme assoupi, et sa petite-fille, qui tournait et se retournait dans son lit. Avant de se coucher, elle avait fait halte dans la chambre de Will. Son odeur imprégnait encore les draps. Elle la respira, puis se remit à pleurer, jusqu'à ce qu'elle s'entende dire : « Allez, ne sois pas stupide ! » Elle obéit à sa propre injonction, sécha ses pleurs, et éteignit la lumière.

Dehors, dans les buissons, DeCorso guettait. La chambre d'amis se retrouva plongée dans le noir, puis celle d'Isabelle s'illumina. Il jeta un coup d'œil à son cadran luminescent. Il s'accroupit et écrivit à Frazier un courriel sur son BlackBerry crypté, ses gros pouces écrasant les petites touches phosphorescentes.

« Fini à Wroxall. Ai reçu coordonnées de l'hôtel et du vol de Piper par le Centre. Il a utilisé sa carte bancaire ! Ne sait toujours pas qu'on le suit. Pense l'intercepter avant Heathrow. Attends vos instructions pour les Cantwell. »

Frazier lut le message et d'un geste las se mit à se masser les tempes. C'était l'après-midi dans le désert mais, sous terre, l'heure était un concept abstrait. Il avait passé quarante-huit heures d'affilée à son bureau, et n'avait aucune intention de jouer les prolongations. L'opération semblait toucher à sa fin, mais il y avait encore des décisions à prendre, et son chef lui avait bien fait comprendre que, étant donné les choix possibles, c'était à lui et à lui seul de décider.

« Tout ça, c'est votre boulot, pas le mien ! » avait lâché Lester, au téléphone.

Frazier avait eu envie de lui répondre : « Comme ça, vous avez les mains propres, et vous dormez sur vos deux oreilles ! »

La décision la plus facile à prendre concernait Piper.

DeCorso l'arrêterait à son hôtel, à Heathrow, le neutraliserait d'une manière quelconque et reprendrait tous les documents trouvés à Cantwell Hall. Une cellule d'extraction de la CIA viendrait ensuite les chercher pour les emmener à la base américaine RAF Mildenhall, où le secrétaire Lester avait mis un avion de la marine en attente. Piper était ADH, aussi n'y avait-il aucune chance que DeCorso puisse le descendre. Ainsi soit-il, songea Frazier. Du moment qu'on met la main sur tous les documents qui pourraient compromettre la sécurité de la Zone 51 !

Ensuite, ils coffreraient Spence et toute sa bande, et iraient remettre le volume manquant à sa place dans la bibliothèque. Il y aurait sûrement une espèce de cérémonie sur place, mais ça, c'était le genre d'ineptie dont se chargeait l'amiral commandant la base.

La décision concernant Cantwell Hall était plus épineuse. En fin de compte, Frazier suivit la ligne de conduite qu'il appliquait souvent dans ce genre de situations. Il laissa la bibliothèque décider à sa place. Il chercha les DDD pertinentes dans le cas présent, et hocha la tête. Son esprit retourna aux détails du plan. Il savait que DeCorso s'en acquitterait fort bien. Son seul souci concernait les Britanniques. Depuis l'affaire Cottle, le MI6 ressemblait à un nid de frelons furieux, et la dernière chose à faire était d'aller s'agiter sous leur nez. Il devait prévenir DeCorso de se montrer encore plus prudent que d'habitude. Toutefois, si l'on faisait le rapport entre le risque encouru et le bénéfice potentiel, il n'y avait pas à hésiter. En effet, quel intérêt de neutraliser Piper si la fille et le grand-père allaient tout déballer de leur côté ?

Il renvoya un courriel à DeCorso avec ses ordres et une litanie de conseils.

C'était sans doute la dernière mission de son agent, songea Frazier, sans le moindre sentimentalisme.

Quand Isabelle éteignit sa lampe de chevet, DeCorso continua de l'observer un moment pour s'assurer qu'elle ne se relevait pas. Il patienta une bonne demi-heure pour être certain de pouvoir mener à bien sa mission en toute tranquillité. Il avait préparé son cocktail préféré dans ce genre de cas : pas cher, facile à trouver, avec un parfait équilibre entre la rapidité d'action et la densité de couverture. Kérosène, diluant pour peinture et recharge pour réchaud à gaz. Il amena deux bidons de presque vingt litres jusqu'au manoir, et entreprit de répandre le mélange tout autour. La vieille structure médiévale s'enflammerait très vite, mais il ne fallait pas laisser d'espace vierge. Il voulait les encercler par le feu.

Il fit le tour par-derrière, puis, en revenant à son point de départ, il s'aperçut qu'il lui restait encore un demi-bidon. Grâce à une ventouse et une pointe de diamant, il découpa un panneau de verre dans le salon français, juste sous la chambre d'Isabelle. Il y versa le reste de son mélange. Enfin, avec l'insouciance d'un ouvrier qui termine sa journée de travail, il enflamma une allumette qu'il jeta négligemment par la fenêtre.

Isabelle rêvait.

Elle était couchée au pied de la tombe de William Cantwell. Elle sentait sur elle le poids de Will, qui lui faisait l'amour, et le cercueil de bois grinçait sous leur poids. Elle était étonnée, et même très embarrassée du plaisir incongru qu'elle prenait dans cet environnement morbide. Tout à coup, elle regarda le ciel par-dessus l'épaule de son amant. Le couchant se drapait d'orange et son pommier bruissait sous la brise. Le doux murmure des belles branches vertes la tranquillisait, et elle se sentait parfaitement heureuse.

Tandis qu'elle succombait aux émanations des fumées, le rez-de-chaussée se transformait en véritable enfer. Les fins lambris, les tapis et tapisseries, les pièces remplies de meubles anciens, tout n'était plus que cendre et brasier. Dans la grande salle d'apparat, les portraits d'Edgar Cantwell, de ses ancêtres et de ses descendants se boursouflaient, pétillaient, avant de se décrocher, un par un, des murs brûlants.

Le vieux lord était déjà mort, asphyxié, quand les flammes atteignirent sa chambre. Elles commencèrent par lécher les murs, se répandirent sur les meubles, la table de chevet, puis elles s'emparèrent de la dernière chose qu'il avait lue avant de s'endormir.

Le poème de Shakespeare se recroquevilla en une boule jaune, brûlante, puis il disparut en fumée.

DECORSO SE GARA SUR LE PARKING Hertz d'Heathrow aux abords du périphérique nord. Il était 3 heures, il était fatigué et ne songeait plus qu'à regagner l'hôtel Marriott de l'aéroport pour se débarrasser des dernières exhalaisons de produits chimiques et prendre quelques heures de repos avant son rendez-vous avec Piper. Comme on était au beau milieu de la nuit, il n'y avait plus de personnel, aussi emporta-t-il son bagage avec lui jusque dans le hall de l'hôtel. À l'accueil, un jeune sikh en polo et turban s'ennuyait ferme. D'un geste machinal, il tapa le nom du client et se mit à rédiger sa fiche.

Soudain, son attitude changea, et il se mit à observer son écran avec attention.

« Un problème ? demanda DeCorso.

– Il arrête pas de boguer. Faut que j'aille vérifier le serveur. J'en ai pour une minute. »

Il sortit par une porte derrière lui. DeCorso fit pivoter le terminal pour y jeter un coup d'œil, mais l'écran était noir. Il oscillait d'un pied sur l'autre, agacé, épuisé, tout en pianotant sur le comptoir.

D'un point de vue professionnel, la rapidité d'intervention de la police l'impressionna. Soudain, la lumière des gyrophares bleus envahit le hall de l'hôtel, et il se retrouva cerné de flics. Il savait que le planton de base, en Angleterre, n'était pas armé, mais les types en face de lui avaient des fusils d'assaut.

Sûrement l'unité antiterroriste de l'aéroport. C'était du sérieux. Aussi, quand ils lui hurlèrent de se mettre à terre, il n'hésita pas un instant – ce qui ne l'empêcha pas de jurer à haute voix.

Lorsqu'il eut les mains et les pieds entravés, il regarda l'officier le plus gradé droit dans les yeux. C'était un lieutenant des forces spéciales qui avait l'air aussi satisfait qu'un chat ayant attrapé un canari.

« Qu'est-ce qui se passe ? fit DeCorso.

– Vous êtes-vous déjà rendu à Wroxall, dans le Warwickshire, monsieur ?

– Jamais entendu parler.

– C'est étrange, car la gendarmerie locale a reçu une déposition de la part d'un habitant qui a remarqué la présence d'un véhicule suspect sur un chemin de campagne. Il s'agit de votre véhicule, monsieur.

– Je peux pas vous aider.

– Le numéro de la plaque de votre Ford Mondeo correspond. Il s'est produit un grave incendie il y a quelques heures, dans une maison de Wroxall. Nous attendions que vous vous montriez. N'est-ce pas une odeur de kérosène que je détecte sur vous, monsieur ? fit le policier en plissant le nez.

– Je n'ai qu'une seule chose à vous dire, ricana alors DeCorso.

– Je vous écoute, monsieur.

– Je revendique l'immunité diplomatique. »

Will se réveilla tôt à l'hôtel Marriott, ignorant tout de l'incendie et de ses conséquences. Libre comme l'air, il monta dans la navette qui l'emmena au terminal 5, puis prit place à bord du vol de 9 heures de la British Airways à destination de l'aéroport JFK. Il se cala dans son fauteuil de première classe et ronfla durant presque tout le trajet.

Il atterrit à New York et franchit la douane avant midi, heure locale. Il traversa le hall d'accueil, sortit son portable, puis se ravisa. Sauter dans un taxi pour faire la surprise à Nancy, c'était là son idée.

Il était bientôt midi dans le Nevada et, à la Zone 51, Frazier commençait à céder à la panique. Ils avaient suivi les actualités anglaises, confirmant que la première partie de la mission de DeCorso s'était bien déroulée. Cantwell Hall, vieux manoir du pays de Shakespeare, avait été détruit lors d'un terrible incendie criminel. Mais où diable était passé DeCorso ? Ce n'était pas son genre de rester muet en pareille circonstance. Ils avaient beau essayer de le joindre par téléphone, par courriel, il avait disparu des écrans radars.

Le téléphone de Frazier s'alluma et il décrocha en espérant qu'il s'agissait de lui. Hélas, il entendit la voix familière d'une attachée au secrétaire à la Marine, lui demandant d'attendre car Lester souhaitait lui parler. De frustration, Frazier tapa du poing sur son bureau. Ce n'était vraiment pas le moment de le déranger pour faire le point.

« Frazier ! hurla Lester. C'est quoi, ce bordel ! »

L'autre resta pétrifié. Était-ce donc ainsi qu'on entamait une conversation ?

« Pardon ?

– Je viens d'avoir un coup de fil du département des Affaires étrangères qui a reçu un appel de l'ambassade américaine à Londres. Un de vos hommes a été arrêté et il invoque l'immunité diplomatique ! »

Will sortit de l'aéroport sous un ciel gris et bruineux. Il s'apprêtait à héler un taxi quand il entendit résonner derrière lui un grand coup de klaxon et vit le camping-car de Spence foncer vers lui. Indigné, il fronça les sourcils. Il les aurait contactés au plus vite, mais d'abord il voulait faire définitivement la paix avec sa femme et embrasser le visage rond de son petit garçon Au lieu de cela, la portière s'ouvrit et il se retrouva face à la figure replète et barbue de Spence. Fait étonnant, ce dernier ne semblait guère réjoui de le voir. Il lui fit signe de monter à bord.

Planté derrière lui, Kenyon déclara :

« Nous n'avons pas cessé de faire des tours et des tours. Dieu merci, vous êtes là, et Dieu merci nous vous avons trouvé. »

Will s'assit tandis que Spence appuyait sur l'accélérateur.

« Pourquoi ne m'avez-vous pas appelé ?

– On n'a pas osé. »

Spence se montrait ombrageux. « Ils ont brûlé le manoir. Les télés anglaises ne parlent que de ça. »

Will se sentit vaciller, comme s'il perdait l'équilibre. Il eut soudain la nausée, comme s'il allait vomir.

« La jeune fille ? Son grand-père ?

– Will, je suis désolé pour tout ça, répondit Kenyon. Nous n'avons pas beaucoup de temps. »

Ses yeux se remplirent de larmes et il se mit à trembler.

« Amenez-moi dans le centre, au bureau du FBI. Il faut que j'aille chercher ma femme.

– Dites-nous ce que vous avez trouvé, insista Spence.

– Vous conduisez, et je vous raconte. Après ça, c'est terminé. Pour de bon. »

Frazier courait dans les couloirs de l'aile Truman, deux de ses hommes sur les talons. Ils prirent l'ascenseur pour remonter à la surface et sautèrent dans un véhicule qui les attendait pour les amener jusqu'à l'avion. Un jet Lear avait été affrété pour eux, et Frazier ordonna le décollage immédiat. Les pilotes lui demandèrent sa destination :

« New York, gronda-t-il. Peu importe combien de temps vous mettez d'habitude : je veux que vous battiez vos records. »

Will leur résuma tous les événements des trois derniers jours façon débriefing militaire. L'émerveillement de la découverte, l'exaltation de la chasse au trésor, l'excitation de la révélation, tout cela avait été emporté par cette nouvelle dévastatrice. Avait-il causé leur mort en fourrant son nez dans leurs affaires ? L'idée lui traversa l'esprit. Oui, et non, conclut-il avec amertume, oui, et non. Un connard de moine extralucide aux cheveux roux avait noté leurs noms sur une feuille de parchemin mille ans plus tôt : *mors*. Hier, c'était leur jour. Il n'y avait rien à ajouter. Nul n'aurait pu changer leur destin.

C'est à vous rendre dingue, songea-t-il.

En tout cas, ça devrait.

Quand il eut terminé son rapport laconique, il remit à Kenyon les originaux des lettres de Félix, de Calvin, de Nostradamus et les traductions écrites avec soin de la main d'Isabelle. Dans l'avion, il avait séparé l'épître de l'abbé en deux parties, comme il les avait trouvées au départ, pour restituer l'intensité du moment. À présent, c'était le cadet de ses soucis.

Will ferma les yeux, laissant Kenyon lire à haute voix les traductions à Spence qui tenait le volant, la mâchoire serrée, sa large poitrine se soulevant en cadence, dans le sifflement de sa boîte à oxygène.

Kenyon se livrait à un commentaire permanent, ponctué d'exclamations. C'était un homme tout en mesure, mais les lettres de Cantwell Hall étaient si stupéfiantes qu'il était littéralement tétanisé.

L'épître de l'abbé Félix en particulier les hissa à des sommets d'excitation. D'un seul coup, des années de spéculation quant à l'origine de la bibliothèque furent balayées par ce récit presque contemporain. Kenyon s'écria :

« Tu vois bien, gros bêta, j'avais raison ! Directement de Dieu à la main d'un scribe. C'est la preuve absolue. Enfin, l'être humain a trouvé la réponse à cette question éternelle. »

Spence secoua la tête.

« Quelle preuve ? Pourquoi ce serait Dieu ? Pourquoi pas un être surnaturel ou mystique, avec toute cette histoire du septième fils ? Ou encore des extraterrestres ? Pourquoi faut-il toujours qu'on en revienne à Dieu ?

– Oh, Henry, je t'en prie ! C'est aussi évident que le nez au milieu de ta figure ! »

Soudain Kenyon réalisa que l'épître n'était pas terminée. « Où est la fin ? Il reste quelque chose ?

– Ouais, fit Will en relevant la tête. Continuez. »

Kenyon entama ensuite la lettre de Calvin et la lut d'une traite. Plus il avançait, plus il rayonnait.

« Peut-être que toi, tu n'es pas convaincu, Henry, mais le plus grand théologien de son époque, lui, l'était !

– Et que voulais-tu donc qu'il pense d'autre ? Il a intégré ce nouvel élément dans le contexte intellectuel qui lui était familier ! Il n'y a rien de surprenant à ça.

– Tu es impossible !

– Et toi, tu es monolithique.

– Néanmoins, il y a une chose sur laquelle nous sommes d'accord : on sait désormais d'où venait la certitude de Calvin au sujet de la prédestination.

– Ça, je te le concède. »

Kenyon en profita pour enfoncer le clou :

« Et si je décide de croire avec une conviction absolue, comme Calvin, que Dieu sait tout ce qui va arriver car c'est lui qui l'a décidé et qu'ensuite il l'applique, ça aussi tu dois le concéder !

– Tu peux bien croire ce que tu veux. »

Les deux vieux amis se renvoyaient argument sur argument, sans chercher à faire participer Will à la conversation. Ils voyaient bien qu'il préférait rester en dehors de tout cela.

La lettre de Nostradamus fit glousser Spence.

« J'ai toujours pensé que c'était un vrai charlatan !

– Tu n'avais qu'à moitié raison ! s'exclama Kenyon. Apparemment, les femmes ne pouvaient pas transmettre les pleins pouvoirs. Il a eu la portion congrue. Voilà pourquoi son œuvre est si nébuleuse. »

La circulation était dense sur la Franklin Delano Roosevelt Drive, mais le véhicule approchait de la sortie vers Manhattan sud.

« Très bien, Alf. Passons au quatrième indice. C'est le plat de résistance, je crois, Will ?

– Ouais, fit-il avec lassitude, c'est ça, le bon gros steak bien juteux. »

Kenyon tourna les dernières pages du dossier. Il lut la traduction d'Isabelle et la conclusion de l'épître de l'abbé Félix d'un ton monocorde, et quand il eut fini, nul ne dit mot. Il s'était remis à pleuvoir, et les essuie-glaces battaient le rythme tel un lent métronome.

Enfin, Kenyon murmura :

« *Finis Dierum.*

– Voilà ce que j'ai toujours redouté, déclara Spence. Le scénario catastrophe. Et merde.

– Nous ne sommes sûrs de rien, bredouilla Kenyon.

– On sait bien que je vais mourir dans quatre jours !

– Oui, mon ami, nous le savons. Mais c'est tout à fait différent. Peut-être y a-t-il une autre explication pour ce suicide collectif. Peut-être qu'ils étaient détraqués, qu'ils avaient perdu l'esprit ? Une maladie mentale. Un virus. Qui sait ?

– Ou bien ont-ils mis en plein dans le mille. Admets au moins que c'est possible !

– Bien sûr que c'est possible. Tu es content ?

– Tu exauces le vœu d'un mourant en étant d'accord avec moi. Continue encore comme ça pendant quelques jours, tu veux bien ? »

Will les interrompit en indiquant à Spence la direction à prendre :

« Tournez ici. »

Il ne supportait plus ces deux vieux croûtons, il ne voulait plus entendre parler de la bibliothèque ni de rien qui s'y rapportait. Il avait eu tort de se laisser entraîner dans cette foutue aventure. À présent, il ne voulait plus les voir, pour tout oublier. 2027, c'était demain. Maintenant, il voulait retrouver sa femme et son fils. Il voulait profiter d'aujourd'hui.

Il guida Spence jusqu'aux bureaux du FBI, sur Liberty Plaza. Là, il attendit qu'il lui débloque la porte.

« C'est là que nos chemins se séparent, les gars. Désolé pour cette date qui arrive bientôt. Que puis-je vous dire ? Vous me laissez quand même l'engin ?

– Vous recevrez les clés et les papiers à votre nom. On vous dira où aller le récupérer.

– Merci. »

La portière demeurait bloquée.

Spence poussa un profond soupir.

« Il faut que vous me donniez accès à la base de données ! Je veux savoir pour ma famille ! Je ne veux pas mourir en ignorant s'ils iront jusqu'en 2027.

– Hors de question ! explosa Will. Je ne ferai plus rien pour vous ! Vous m'avez mis en danger, moi et ma famille. Maintenant, je suis dans la merde jusqu'au cou, et j'ai pas la moindre idée de comment je vais me débrouiller pour nous en sortir ! Vos gardiens ne sont rien d'autre qu'une bande d'assassins avec un laissez-passer pour ne pas aller moisir en prison ! »

Spence tenta de lui saisir le bras, mais Will s'écarta.

« Ouvrez cette portière. »

Le gros homme se tourna vers son ami, l'air désespéré.

« N'y a-t-il rien d'autre que nous puissions faire pour que vous changiez d'avis, Will ? fit Kenyon.

– Absolument rien. »

Malgré sa déception, il lui tendit un sac en plastique rempli de téléphones à carte prépayée.

« Prenez toujours ceci et réfléchissez. Appelez-nous si vous revenez sur votre décision. »

Il détacha un portable de sa ceinture et l'agita devant Will. « Nos numéros sont enregistrés et il y a un grand nombre de minutes de communication. Nous allons retourner à Las Vegas par avion. Le camping-car restera sur place. Ce sera plus facile. »

Will jeta un coup d'œil à l'intérieur du sac : une demi-douzaine de téléphones AT & T s'y trouvaient en effet. Il avait compris. Les gardiens mettaient sur écoute toutes les lignes identifiables. Les portables à carte anonymes étaient le seul système de communication qu'on ne pouvait pirater. La vue de ces engins et de ce qu'ils impliquaient lui donna la nausée. Pourtant, il prit le sac et sortit.

Dehors, il ne se retourna pas. Ne leur fit même pas signe.

À l'accueil, l'un des types de la sécurité le reconnut.

« Eh, regardez donc qui voilà ! Comment ça va, mon vieux ? Ça se passe bien, la retraite ?

– La vie continue. Y a moyen que je monte faire une visite surprise à ma femme ?

– Désolé. Vous connaissez les consignes. Il faut signer, et on vous escorte.

– Je comprends. Pouvez-vous lui dire que je suis là ? »

Nancy sortit de l'ascenseur en courant et se jeta à son cou. Quand Will se redressa, les pieds de la jeune femme décollèrent du sol. Le hall était plein de monde, mais ils s'en moquaient.

« Tu m'as manqué, dit-elle.

– À moi aussi. Excuse-moi.

– Ne t'excuse pas. Tu es de retour à la maison. C'est fini. »

Il la lâcha. En avisant son visage sombre, elle comprit qu'il s'était passé quelque chose de grave.

« Je suis vraiment navré de te dire ça, Nancy, mais non, ce n'est pas fini. »

DECORSO ATTENDAIT SUR LE BANC inconfortable d'une cellule au sous-sol du commissariat de police de l'aéroport d'Heathrow. On lui avait retiré sa ceinture, ses lacets, sa montre et ses papiers. S'il éprouvait quelque stress, cela ne se voyait pas. Il avait davantage l'air d'un passager contrarié que d'un homme suspecté de meurtre.

Quand il vit entrer les trois policiers qui venaient le chercher, il s'imagina qu'ils allaient le ramener au terminal où ils se débarrasseraient de lui en le mettant dans un avion. Au lieu de cela, ils l'escortèrent quelques mètres plus loin, dans une salle d'interrogatoire nue, mal éclairée.

Deux hommes d'une cinquantaine d'années, vêtus de costumes sombres, s'assirent en face de lui et lui annoncèrent que leur conversation ne serait pas enregistrée.

« Vous allez me dire qui vous êtes ? » demanda DeCorso.

Le type d'en face regarda par-dessus ses lunettes :

« Vous n'êtes pas en mesure de poser des questions.

– On a dû oublier de vous prévenir, les mecs : j'ai invoqué l'immunité diplomatique. »

L'autre ricana.

« On n'en a rien à foutre de ta pseudo-immunité. Officiellement, tu n'existes pas. Et nous non plus.

– Si je n'existe pas, pourquoi est-ce que vous vous intéressez à moi ?

– Vos copains ont descendu un de nos agents à New York, dit l'inspecteur à lunettes. Vous êtes au courant ?

– Mes copains ?

– Voilà ce qu'on va faire, reprit l'autre. On va vous dire ce que nous savons, pour que tout soit bien clair. Vous êtes de Groom Lake. Votre chef s'appelle Malcolm Frazier. Il est venu jouer sur nos plates-bandes, il n'y a pas longtemps, pour essayer d'acheter un vieux livre très intéressant. Il s'est fait battre par un autre acheteur qui téléphonait depuis New York. Notre homme a apporté le livre et, avant qu'il ait eu le temps de faire son rapport, il a disparu. Et puis c'est vous qui débarquez ce matin, puant le kérosène à plein nez après votre barbecue de la veille sur les terres de l'ancien propriétaire du livre. »

DeCorso demeurait aussi impassible qu'un joueur de poker.

Le second homme reprit là où le premier s'était arrêté.

« Voilà le topo. Toi, tu n'es qu'un goujon. Rien de plus. Tu le sais bien, et nous aussi. Mais si tu n'acceptes pas de coopérer, on va te transformer en grosse baleine aux yeux de ton gouvernement. On veut des informations. On veut savoir quel est le potentiel exact de la Zone 51. On veut savoir pourquoi vous tenez tant à récupérer ce manuscrit. On veut savoir ce qui se cache derrière l'opération de Caracas. Que va-t-il se passer ? En gros, on veut ouvrir une fenêtre sur ton monde. »

DeCorso ne réagit pas. Tout ce qu'ils réussirent à tirer de lui fut :

« Je ne vois absolument pas de quoi vous parlez. »

L'homme à lunettes les retira pour les nettoyer.

« Nous allons faire sauter votre immunité diplomatique. Puis nous organiserons des fuites pour révéler votre implication dans l'incendie, ce qui créera un gros embarras auprès de votre gouvernement et nuira beaucoup à votre carrière, je le crains. D'un autre côté, si vous changez de camp pour travailler avec nous, vous serez un homme riche, pourvu d'un confortable compte en Suisse. Monsieur DeCorso, nous sommes prêts à vous acheter. »

Le prisonnier secoua la tête, incrédule, et sortit de son mutisme pour déclarer :

« Vous voulez que je bosse pour le MI6 ? » Il étouffa un rire. « Je vais vous le répéter une fois de plus : je demande l'immunité diplomatique. »

Il y eut un petit bruit métallique et la porte s'ouvrit. Un officier entra et déclara à l'homme à lunettes :

« Désolé de vous interrompre, chef, mais il y a là des messieurs qui souhaitent vous voir.

– Dites-leur d'attendre.

– Il s'agit du ministre des Affaires étrangères et de l'ambassadeur des États-Unis.

– Vous voulez dire de leurs représentants ?

– Non. Ils sont là en personne. »

DeCorso se leva, passa les mains derrière la tête et sourit.

« Je peux récupérer mes lacets ? »

À l'arrière d'un taxi, Will et Nancy filaient sur Henry Hudson Parkway en direction de White Plains. Nancy serrait Phillip contre elle sans dire un mot. Il voyait bien qu'elle n'avait pas encore digéré tous les détails de ce qu'il lui avait raconté après le départ de la nounou.

Il lui avait présenté les faits bruts, dépouillés de tout romanesque : à Cantwell Hall, il avait trouvé les indices expliquant l'origine de la bibliothèque. Des moines savants. Calvin. Nostradamus. Shakespeare. Hélas, les gardiens avaient eu vent de leurs recherches. Ils avaient incendié le manoir et tué les Cantwell. Il craignait qu'ils ne s'en prennent ensuite à eux. Ils devaient quitter New York sur-le-champ. Il ne dit rien de la révélation finale, *Finis Dierum* : ce n'était pas le moment. Il ne lui raconta pas non plus qu'il était un salopard de menteur infidèle : jamais il n'y aurait de bon moment pour cela.

La première réaction de Nancy fut la colère. Comment avait-il pu faire courir de tels risques à son fils ? Si elle avait pressenti les choses, comment avait-il pu être aussi aveugle ? Qu'allaient-ils faire à présent ? Prendre la fuite ? Disparaître ?

Se cacher dans le camping-car de luxe qu'il avait gagné ? Les gardiens étaient sans pitié. Ils étaient tous les trois ADH, et après ? Ça ne signifiait pas qu'ils s'en tireraient sans une égratignure !

Will avait encaissé les coups sans broncher. Elle avait raison : il avait abouti aux mêmes conclusions.

En hâte, ils avaient rempli quelques sacs de voyage, rassemblé les jouets préférés de Phillip, leurs armes de service et quelques boîtes de cartouches.

Avant de partir, Nancy fit le tour de l'appartement pour s'assurer que le gaz était fermé, jeter une bouteille de lait entamée, et veiller à d'autres menus détails. En revenant dans le salon, elle trouva Will sur le canapé, qui faisait sauter Phillip sur ses genoux, tout entier absorbé par les éclats de rire du bébé. Son humeur changea. Ses traits s'adoucirent.

« Ça va ? » lui dit-elle avec tendresse.

Il leva les yeux. Elle lui souriait.

« Ça va.

– Nous formons une famille, reprit-elle. Nous devons nous battre pour préserver tout ça. »

Le long trajet en taxi leur laissa le temps d'étudier la situation sous plusieurs angles et de former un début de plan. Ils passeraient la nuit chez les parents de Nancy. Ils leur diraient que leur appartement avait subi une désinsectisation, ou une connerie du même genre. Will appellerait son vieux camarade de chambrée, l'avocat Jim Zeckendorf, pour lui demander de leur prêter sa maison du New Hampshire pendant quelques jours. Voilà où ils en étaient. Peut-être la brise fraîche du lac leur donnerait-elle de l'inspiration pour la suite.

Mary et Joseph Lipinski se montrèrent tout heureux de recevoir leur petit-fils à l'improviste, mais s'inquiétèrent pour Nancy et Will. La jeune femme alla aider sa mère à préparer une tarte, tandis que son mari restait dans le salon à broyer du noir en attendant que son nouveau téléphone daigne sonner. Joseph était à l'étage avec Phillip, où il écoutait la radio en lisant le journal.

Enfin, Zeckendorf le rappela.

« Salut, mon vieux, je n'avais pas reconnu ton numéro, fit-il avec son enthousiasme habituel.

– J'ai changé de téléphone. »

Zeckendorf était le plus vieil ami de Will. Ils s'étaient connus en première année à Harvard, car ils partageaient le même dortoir, avec entre autres Mark Shackleton. Ce dernier n'inspirait à Will que du mépris et de la pitié. Il lui avait gâché la vie en l'entraînant dans l'affaire Apocalypse, le liant à jamais à la bibliothèque.

Zeckendorf était tout à fait différent. Cet homme était un véritable prince, et Will le considérait un peu comme son ange gardien. En tant qu'avocat, il avait en effet toujours veillé sur lui. Chaque fois que Will avait contracté un prêt, rencontré un problème de travail, divorcé ou comme plus récemment établi un accord de préretraite avec le FBI, Zeck s'était toujours rendu disponible sans jamais lui demander quoi que ce soit en retour. En tant que parrain de Phillip, il avait tout de suite ouvert un compte pour son filleul. Il avait toujours éprouvé le plus profond respect pour la carrière de Will, et tirait une véritable fierté de pouvoir ainsi l'aider.

Depuis quelque temps, il était aussi devenu sa bouée de sauvetage. Quand Will avait échappé aux gardiens de la Zone 51 avec la base de données de Shackleton, Zeckendorf avait reçu une lettre écrite en hâte, accompagnée d'une seconde enveloppe à ouvrir au cas où son ami viendrait à disparaître. C'était sa police d'assurance.

Will avait dit aux gardiens qu'il avait informé une ou plusieurs personnes de l'emplacement de la clé USB où il avait stocké la base de données. Ils n'avaient pas d'autre choix que de le croire. Ainsi, les coups de téléphone mensuels de Will à Zeckendorf étaient-ils devenus pour eux un agréable moyen de rester en contact.

« Ça me fait toujours plaisir de discuter avec toi, mais, tu ne m'as pas déjà appelé il y a quelques jours ?

– Y a du nouveau.

– Vraiment ? Que se passe-t-il ? Tu as une voix bizarre. »

Will n'avait jamais raconté à son ami ce qui s'était vraiment passé. Tous deux préféraient que les choses en restent là. L'avocat avait deviné certains éléments. Il savait que la lettre cachetée avait un rapport avec l'affaire Apocalypse et ce qui était arrivé à Mark Shackleton. Il savait aussi que cela avait joué dans la retraite anticipée de son ami. Il comprenait qu'un danger planait au-dessus de lui, et que cette lettre en quelque sorte le protégeait.

Zeckendorf avait toujours apporté à Will les conseils parfaits d'un excellent avocat ainsi que la fantaisie d'un ex-camarade de chambrée. En cet instant, Will imaginait l'inquiétude qui se peignait sur son visage lisse. Il le voyait tirer sur ses cheveux frisés, geste qui indiquait chez lui l'anxiété.

« J'ai fait une connerie.

– Tu disais qu'il y avait du nouveau ?

– Tu sais, mon contrat de confidentialité avec le gouvernement.

– Ouais ?

– Disons que je l'ai un peu écorné. »

Zeck l'arrêta aussitôt, passant immédiatement en mode professionnel.

« N'en dis pas plus. Il faut qu'on se voie pour en discuter.

– Je me demandais si on pourrait passer quelques jours chez toi, dans le New Hampshire, si vous n'êtes pas dans les parages, bien sûr ?

– Sans problème. Will, tu es sûr que tu n'es pas sur écoute ?

– Oui, j'appelle sur un portable à carte. J'en ai un pour toi aussi, je te l'enverrai. »

L'avocat entendait la tension dans la voix de son ami.

« Très bien. Prends bien soin de Nancy et de mon filleul !

– Promis. »

Will et Nancy avaient débarqué sans prévenir à White Plains. Aussi les Lipinski insistèrent-ils pour aller dîner dehors plutôt que de se contenter des restes de la veille. La tarte aux pommes de Mary refroidirait sur la fenêtre, attendant leur retour. Dans sa chambre, Nancy se maquillait devant le miroir de sa coiffeuse de petite fille. Elle observait Will, assis sur le lit, nouant ses lacets, l'air fatigué, misérable.

« Ça va ?

– Je me sens comme le dernier des cons.

– Je vois ça. C'était des gens bien ?

– Les Cantwell ? Ouais. Le vieux était un sacré gaillard : un lord anglais tout droit sorti d'un film.

– Et sa petite-fille ?

– Une belle nana. Intelligente, répondit-il, bouleversé. Elle avait tout ce qu'on peut souhaiter dans l'existence, mais le sort en a décidé autrement. »

Will se demanda s'il n'avait pas vendu la mèche, mais si le doute effleura Nancy, elle n'en laissa rien paraître.

« Est-ce que Jim t'a rappelé ?

– Ouais. Il veut bien qu'on aille à Alton. Ils ne nous trouveront pas, là-bas. J'ai un portable prépayé pour tes parents, pour que vous puissiez rester en contact.

– Au moins, ils sont contents. Ils ont Phillip pour la soirée. »

Frazier détestait dépendre de qui que ce soit. Devoir appeler Lester ainsi toutes les deux heures lui donnait l'impression d'être un sous-fifre, mais si jamais il omettait de le faire, les assistants de Lester, eux, ne l'oublieraient pas. Après le fiasco de DeCorso, il était cuit. La merde remontait toujours vers le haut.

Lester décrocha. Il devait être à une réception, on entendait le brouhaha des conversations derrière lui, et des verres qui s'entrechoquaient.

« Une minute, laissez-moi trouver un endroit plus calme. »

Frazier était seul dans la voiture. Il avait envoyé ses hommes faire un tour dans la nuit fraîche pour être tranquille. Ils attendaient à l'extérieur, maussades, deux d'entre eux en profitant pour fumer une cigarette.

« Voilà, c'est mieux. Où en êtes-vous ?

– C'est fait. Nous attendons.

– Quelles sont les chances de réussite ?

– Élevées.

– Frazier, vous n'avez pas le droit à l'échec, cette fois. Vous n'imaginez pas à quel point l'arrestation de votre homme nous a mis dans l'embarras. L'affaire est remontée jusqu'au sommet. J'ai entendu le président se faire incendier au téléphone par le Premier ministre britannique. Il lui a dit et répété à quel point une pareille rupture de confiance entre des alliés aussi proches était dommageable, etc. Ensuite, les Britanniques ont menacé de nous retirer leur soutien naval lors de l'opération Main Tendue, ce qui, je n'ai pas besoin de vous le dire, fout tout en l'air pour moi sur différents niveaux. Vous n'avez pas idée de la logistique déployée dans ce projet. C'est presque comparable à l'invasion de l'Irak. Nous devons être opérationnels dès que s'achèveront les événements de Caracas. Avec ou sans les Anglais.

– Oui, monsieur, je comprends.

– Je me le demande ! Enfin bref, vous allez être récompensé : afin de préserver notre alliance, le président a accepté de lever le voile pour la première fois. Il a autorisé les Britanniques à venir faire un tour à la Zone 51. Ils envoient une équipe de leurs services spéciaux dès la semaine prochaine. C'est vous qui gérerez leur visite. Vous devrez être irréprochable ! Frazier, je vous jure que si l'opération actuelle tourne mal, c'est en tant que larbin que vous recevrez les Anglais ! »

En allant au restaurant, ils s'arrêtèrent dans un bureau de poste qui ouvrait tard pour que Will envoie à Zeckendorf un téléphone prépayé. Au retour du restaurant, Phillip dormait tranquillement dans son siège bébé. Will fit remarquer que le temps s'était rafraîchi. Une pluie froide tombait à présent, mêlée de neige fondue. Joseph, d'habitude très économe, déclara :

« Puisque le petit est là, je vais mettre un peu de chauffage. »

Toute la famille prit ses quartiers de nuit. Dans la cave, la vieille chaudière se mit à ronronner comme un vieux chat bienveillant. Ils couchèrent Phillip dans son berceau, et Nancy se retira elle aussi avec un magazine. Les Lipinski souhaitèrent le bonsoir et allèrent regarder leur série télévisée au lit. Will demeura seul au salon, à broyer du noir. Il avait beau être épuisé, il se sentait trop nerveux pour dormir.

Soudain, il eut envie de boire. Une envie irrépressible. Mais il ne voulait pas d'une simple bouteille de vin comme en ouvraient ses beaux-parents dans les grandes occasions. Il lui fallait un bon verre de scotch. Il fouilla dans la maison, songeant qu'on avait pu offrir aux Lipinski une bouteille. Comme il était bredouille, il prit les clés de la voiture de Joseph, et fila en douce : destination, le premier bar venu.

Il se rendit sur Mamaroneck Avenue, l'artère commerciale principale de White Plains, et se gara tout près de Main Street. C'était une nuit sombre, humide, triste, et il n'y avait pas âme qui vive dehors. Un peu plus loin, il avisa le seul endroit encore ouvert, le tout nouvel hôtel Ritz Carlton. Il redressa son col pour se protéger de la pluie, et fonça vers ce havre accueillant.

Le bar se situait tout en haut, au quarante-deuxième étage. Will s'installa et contempla la vue qui s'offrait à lui. Il aurait pu se croire dans un vaisseau spatial. Au sud, Manhattan était tel un doigt piqueté de lumières flottant dans les ténèbres. Les lieux n'étaient guère animés. Il commanda un Johnny Walker en se promettant de ne pas faire d'excès.

Une heure et trois verres plus tard, il n'était pas encore ivre, mais plus vraiment à jeun. Il avait conscience qu'un groupe de trois femmes entre quarante et cinquante ans le fixait des yeux, et que la serveuse se montrait très empressée. Ça lui arrivait tout le temps. En général, il profitait de l'occasion. Ce soir-là, il n'était pas d'humeur.

Vu sous un certain angle, il avait été désespérément naïf de croire qu'il pouvait passer un accord secret avec le gouvernement, puis continuer son chemin comme si de rien n'était. Le simple fait de connaître le secret de la bibliothèque l'en rendait à jamais esclave. Il avait voulu ignorer tout cela, vivre sa vie sans songer aux implications de la prédestination et, en effet, il y était parvenu pendant un moment. Jusqu'au jour où Spence et Kenyon étaient entrés dans sa vie à bord de leur camping-car de luxe.

À présent, il était dans la merde jusqu'au cou. Il était tétanisé à l'idée qu'Isabelle et son grand-père *devaient* mourir parce qu'il *devait* aller les voir. Et pour ça, il *fallait* que Spence le persuade de se rendre en Angleterre. Que Will prenne sa retraite à cause de l'affaire Apocalypse. Que Shackleton pirate la base de données afin de perpétrer ses crimes. Qu'il soit son camarade de chambrée à l'université. Que Will soit assez intelligent et athlétique pour entrer à Harvard. Que son alcoolique de père soit assez en forme pour le concevoir la nuit où c'était arrivé. Et ainsi de suite, à l'infini.

C'en était assez pour vous rendre dingue. Ou tout au moins pour vous donner envie de boire.

Il paya ses trois verres et s'en alla. Soudain, il se sentit pris du désir de rentrer à la maison, de se mettre au lit sans faire attention, pour réveiller Nancy, puis de la prendre dans ses bras et de lui redire combien il était désolé, et à quel point il l'aimait. Ensuite, peut-être feraient-ils l'amour, pour se réconcilier pour de bon. Il revint en courant à la voiture et, dix minutes plus tard, il se faufilait sans bruit dans la maison chaude et accueillante des Lipinski.

Il s'assit sur le bord du lit pour se déshabiller. La pluie tambourinait sur le toit. Phillip dormait tranquillement dans son berceau. Il se glissa sous les draps et posa la main sur la cuisse de Nancy. Sa peau était douce et chaude. La tête lui tournait. Il aurait dû la laisser dormir, mais il avait envie d'elle.

« Nancy ? » murmura-t-il.

Elle ne bougea pas.

« Chérie ? »

Il la secoua un peu, mais elle resta inerte. Un peu plus fort. Puis avec brusquerie. Rien !

Inquiet, il alluma la lampe. Elle était allongée sur le côté et, malgré la lumière en pleine figure, ne se réveillait pas. Il la fit rouler sur le dos. Elle respirait. Ses joues étaient rouges. Pivoine.

C'est alors qu'il s'aperçut que son propre cerveau fonctionnait au ralenti. Mais ce n'était pas l'alcool, il était mou, comme si son système nerveux était engourdi. De toutes ses forces, il s'exclama : « Putain, du monoxyde ! » en s'extirpant du lit pour aller ouvrir la fenêtre en grand.

Il se jeta sur le berceau de Phillip, qu'il saisit dans ses bras. Il était immobile, ses petits membres se balançant mollement, la peau rubiconde.

« Joseph ! Mary ! »

Will hurla leurs noms en descendant quatre à quatre l'escalier. Dans le hall, il s'empara d'un téléphone, puis ouvrit la porte et déposa son fils sur le rude paillasson. Il tomba à genoux, se mit à lui faire du bouche-à-bouche, composant le numéro des urgences entre deux souffles.

Enfin, il prit une dernière décision. Laissant là le bébé, il courut à l'intérieur chercher Nancy, criant son nom de toute la force de ses poumons, comme s'il essayait de réveiller les morts.

WILL ENTENDIT SON NOM. La voix semblait lointaine. Ou bien était-elle proche, comme un murmure. Elle le tirait d'un mauvais sommeil léger pour le ramener à la réalité : une chambre d'hôpital inondée de lumière.

À cet instant, il ne savait plus s'il était patient ou visiteur, dans le lit ou à côté du lit, si quelqu'un lui tenait la main, ou si c'est lui qui l'avait prise dans la sienne...

Il cligna des yeux, et tout lui revint.

Il tenait la main de Nancy, qui le regardait droit dans ses yeux injectés de sang, serrant mollement ses doigts épais.

« Will ?

– Ouais. »

Il avait envie de pleurer. Il vit la confusion qui se peignait sur le visage de sa femme. La machine qui bipait à côté d'elle n'avait à ses yeux aucun sens.

« Tu es à l'hôpital. Tu vas bien.

– Que s'est-il passé ? dit-elle d'une voix éraillée car on l'avait longuement intubée.

– Intoxication au monoxyde de carbone. »

Elle fut gagnée par la panique.

« Où est Phillip ? »

Il lui serra très fort la main.

« Il va bien. Il est vite sorti du coma. C'est un vrai petit guerrier. Il est dans le service de pédiatrie. Je n'ai pas arrêté de faire des allers-retours.

– Où sont mes parents ? »

Cette fois, il lui broya les doigts.

« Mon amour, je suis désolé. Ils ne se sont pas réveillés. »

Le chef de la police et celui des pompiers en personne harcelèrent Will de questions toute la journée durant, le coinçant dans les couloirs de l'hôpital, le sortant de la chambre de Nancy, le débusquant à la cafétéria. Un tuyau de la chaudière avait été débranché, empêchant l'évacuation du monoxyde de carbone qui peu à peu s'était répandu dans la maison. Le système de sécurité avait été lui aussi neutralisé. Les Lipinski ne disposaient pas hélas de détecteur de CO_2. C'était un sabotage délibéré, et Will comprit tout de suite d'après les questions qu'il faisait office de suspect numéro un, jusqu'à ce que la police découvre un verrou brisé, ce qui le ramena tout de suite au rang de victime.

Le fait qu'il était un ancien membre du FBI et Nancy une agente spéciale en activité ne leur avait pas échappé et, vers le milieu de l'après-midi, les membres du bureau de Manhattan évincèrent à peu près tous les flics locaux pour prendre l'enquête en main. Les anciens collègues de Will tournaient autour de lui avec prudence, attendant le moment propice pour le mettre sur le gril.

Ils ne cessaient de le suivre dès qu'il faisait la navette entre la chambre de Nancy et celle de Phillip. Il ne fut guère surpris d'entendre les talons hauts de Sue Sanchez résonner dans le couloir. Après tout, c'était la supérieure de Nancy. En revanche, il éprouva un sentiment de répulsion en voyant apparaître John Mueller.

Les relations entre Will et Sanchez avaient toujours été tendues, pleines de méfiance et d'animosité. Quelques années plus tôt, il était son supérieur. Il l'admettait lui-même, cependant, il faisait un piètre chef. Sue avait toujours pensé qu'elle serait meilleure que lui. Elle eut la chance de le prouver lorsqu'il fut déclassé pour avoir eu des « relations inappropriées » avec une assistante d'un autre service.

Le vendredi, Sanchez était sous ses ordres, le lundi, c'était l'inverse. Cette hiérarchie soudain sens dessus dessous était un vrai cauchemar. Will réagit en se montrant bête, passif et agressif envers sa supérieure. S'il n'avait pas eu besoin de s'accrocher pendant encore quelques années à ce boulot pour obtenir une confortable retraite, il lui aurait botté le cul avec plaisir.

Sanchez était déjà sa chef lors de l'affaire Apocalypse, et c'est elle qui avait dû lui retirer l'enquête quand il s'était approché de trop près de Shackleton. Les autorités supérieures l'avaient manipulée, et elle leur gardait une rancune tenace de ne jamais lui avoir révélé pour quel motif l'affaire Apocalypse avait été enterrée alors qu'elle n'était pas résolue, ni pourquoi Will avait pu partir à la retraite si vite et dans d'aussi bonnes conditions.

Si les relations avec Sanchez étaient tendues, c'était bien pire encore avec John Mueller. C'était un monsieur-je-sais-tout qui se croyait parfait en tout point, suivait le règlement à la lettre, et se préoccupait davantage du mode d'action que du résultat. Tout ce qu'il cherchait, c'était à gravir les échelons pour obtenir un poste dans un bureau, car travailler sur le terrain ne lui convenait guère. Il détestait l'attitude cavalière et l'insubordination de Will, ses transgressions morales, son goût pour la boisson et les femmes. Il fut horrifié de découvrir que Nancy Lipinski, une jeune recrue ayant tout le potentiel pour devenir un clone de Mueller, avait été attirée du côté des ténèbres par Piper, allant jusqu'à épouser ce voyou !

Aux yeux de Will, Mueller représentait tout ce qu'il y avait de mauvais au FBI. Will travaillait pour mettre les méchants sous les verrous, Mueller, pour faire avancer sa carrière. C'était un animal politique ; Will n'avait pas le temps de jouer à ces petits jeux-là.

À l'origine, c'était Mueller qui avait pris en main l'affaire Apocalypse et, sans un regrettable problème de santé, jamais elle n'aurait échu à Will qui n'aurait jamais travaillé avec Nancy Lipinski. Et il ne serait pas sorti avec elle. L'affaire Apocalypse aurait été résolue. Toute une chaîne d'événements aurait été évitée si seulement Mueller ne s'était pas retrouvé un beau jour avec un petit caillot dans le cerveau.

Ce dernier avait très bien récupéré et, à présent, il était devenu l'un des chouchous de Sue Sanchez. Quand cette dernière apprit que la famille de Nancy avait été la cible d'une tentative d'assassinat, elle ordonna sur-le-champ à Mueller de la conduire à White Plains.

Dans un salon de visite privé, Sanchez demanda à Will comment il allait et lui présenta ses condoléances. Mueller laissa passer ce bref instant de sympathie, puis il lui sauta dessus :

« Le rapport de police dit que vous vous êtes absenté pendant une heure et demie.

– Vous avez très bien lu le rapport, John.

– Pour aller picoler dans un bar.

– D'après mon expérience, un bar est un bon endroit quand on cherche quelque chose à boire.

– Il n'y avait donc rien à la maison ?

– Mon beau-père était un type bien, mais il ne buvait quasiment pas. J'avais envie d'un scotch.

– Et puis c'était le moment idéal pour sortir respirer ailleurs, non ? »

Will bondit et saisit Mueller par le col de sa veste, le poussant contre le mur. Il fut tenté un instant de lui mettre son poing dans la figure, mais le petit homme se mit à agiter les bras et Sanchez leur hurla de cesser immédiatement.

Will le lâcha et fit un pas en arrière, la poitrine soulevée de colère, les pupilles rétrécies. Mueller lissa sa veste et lui lança en douce un petit sourire qui semblait signifier que tout n'était pas encore réglé entre eux.

« Will, selon vous, que s'est-il passé hier soir ? demanda Sanchez d'un ton neutre.

– Quelqu'un s'est introduit dans la maison pendant que nous étions sortis dîner. Ils ont trafiqué la chaudière. Si je ne m'étais pas absenté, il y aurait en plus trois personnes dans le coma.

– Dans le coma ? releva Mueller. Pourquoi pas mortes ? »

Will n'y prêta pas attention.

« Selon vous, qui était visé ? Vous ? Nancy ? Ses parents ?

– Ses parents sont des victimes collatérales.

– Très bien, reprit-elle avec patience. Alors c'était vous ou Nancy ?

– Moi.

– Qui est derrière tout cela ? Pour quel motif ? »

S'adressant à Sanchez seule, il répondit :

« Vous n'allez pas aimer ça, Sue, mais c'est un prolongement de l'affaire Apocalypse. »

Elle fronça les sourcils.

« Comment ça ?

– L'affaire n'a jamais été close.

– Êtes-vous en train de me dire que c'est le tueur qui reprend du service ?

– Ce n'est pas ça. Je dis juste que l'affaire n'a jamais été close.

– Que des conneries ! lâcha Mueller. Sur quoi vous basez-vous ?

– Sue, vous vous rappelez comme tout ça s'est fini en queue de poisson ? Vous savez qu'on m'a gentiment mis sur la touche. Que j'ai pris ma retraite anticipée. Que vous étiez censée ne poser aucune question. N'est-ce pas ?

– En effet, acquiesça-t-elle.

– Toute cette affaire se passe tellement au-dessus de vous dans la hiérarchie que c'est à vous donner le vertige. Les informations dont j'ai eu connaissance sont couvertes par un accord de confidentialité fédéral que seul le président pourrait rompre. Laissez-moi seulement vous dire que, dehors, il y a des types qui attendent de moi certaines choses, et qui sont prêts à tuer pour les obtenir. Vous avez les mains liées. Vous ne pouvez rien faire pour m'aider.

– Mais Will, nous appartenons au FBI !

– Ceux qui sont après moi sont du même côté de la barrière que le FBI. Voilà tout ce que je peux ajouter.

– C'est l'histoire la plus fantaisiste que j'ai entendue depuis bien longtemps, ricana Mueller. Vous êtes en train de nous dire qu'on ne peut pas enquêter sur votre affaire à cause d'une histoire top secrète en haut lieu ! C'est tout ce que vous avez inventé pour vous couvrir ?

– Je m'en vais voir mon fils. Faites ce que vous voulez. Bonne chance. »

Aux soins intensifs, les infirmières laissèrent Will seul avec Phillip. La respiration artificielle avait été débranchée, et le bébé retrouvait ses couleurs normales. Il dormait, sa petite main serrée sur un morceau de rêve.

Will était sous pression. Il se forçait à se concentrer. Pas le temps d'être fatigué. Pas de place pour le chagrin. Quant à la peur, elle n'avait pas la moindre prise sur lui. Il concentrait toute son énergie sur la seule émotion qui pouvait vraiment l'aider : la colère.

Il avait compris que Malcolm Frazier et ses sbires rôdaient dans les parages, sûrement tout près de là. Les gardiens avaient un atout, ils avaient accès aux dates de décès de tous ceux qu'ils voulaient, mais cela ne leur donnait pas pour autant la science infuse de ce qui arriverait. Ils savaient qu'ils parviendraient à tuer ses beaux-parents. Ils espéraient les plonger lui et sa famille dans un coma irréversible. Mais ils avaient échoué. À présent, c'est lui qui avait la main. Il n'avait pas besoin de la police, ni du FBI. Il n'avait qu'à rassembler ses forces. À sa ceinture, il sentait son Glock, dont le canon lui labourait la cuisse. Il détourna sa douleur contre une image mentale de Frazier.

Je vais t'avoir, mon pote. J'arrive.

À l'aéroport Kennedy, DeCorso monta à l'arrière de la voiture de Frazier. Tous deux se taisaient. Le menton agressivement pointé vers l'avant de son chef était assez éloquent : il n'était pas content. Son portable était en surchauffe à force de servir.

La demande d'immunité diplomatique avait eu des répercussions dévastatrices sur les relations transatlantiques. Les Affaires étrangères n'avaient pas la moindre idée de qui était DeCorso, ni pourquoi le département de la Défense insistait tant pour qu'il soit rapatrié. Les grosses légumes du MI6 avaient essayé d'obtenir des informations sur lui auprès de leurs homologues de la CIA. Les équipes se renvoyaient la balle, grimpant chaque fois d'un échelon, jusqu'à ce que le secrétaire d'État soit obligé d'intervenir en personne auprès de son collègue anglais.

DeCorso avait obtenu son passe-droit. Au terme d'une longue hésitation, le gouvernement britannique accepta de le libérer et le remit à un membre de l'ambassade américaine. Il fut sur-le-champ transféré à l'aéroport de Stanstede, et embarqué dans un Gulfstream V du secrétaire à la Marine américain. L'enquête sur l'incendie criminel de Wroxall était close.

Enfin, DeCorso craqua et présenta des excuses à son chef.

« Comment tu t'es fait prendre ?

– Quelqu'un a appelé les flics en donnant ma plaque d'immatriculation.

– Il fallait la retirer.

– Vous avez ma démission, chef.

– Dans mon équipe, personne ne démissionne. Quand j'aurai décidé de te virer, je te le ferai savoir.

– Vous avez eu Piper ?

– On a essayé, la nuit dernière. Monoxyde de carbone, chez les Lipinski. On a trafiqué la chaudière pendant qu'ils étaient au restau.

– La date de leur décès, c'était hier, c'est ça ?

– Ouais. On en a tiré les conclusions qui s'imposaient. Malheureusement, Piper s'est absenté, et quand il est revenu, il a donné l'alarme. Sa femme et son fils sont en train de récupérer, à l'hôpital. On n'a pas eu la moindre chance de mettre la main sur les documents qu'il a rapportés d'Angleterre. Peut-être même qu'il a eu le temps de les transmettre à Spence.

– Où est-il, Spence ?

– Aucune idée. Sans doute en train de rallier Vegas. On est à sa recherche.

– Putain, soupira DeCorso.

– Tu l'as dit.

– Et quels sont nos plans, maintenant, chef ?

– Piper est à l'hôpital de White Plains. L'endroit grouille d'agents du FBI. On le tient à l'œil et on le cueillera à la sortie.

– Vous êtes sûr que vous ne voulez pas que je débarrasse le plancher ? »

Frazier détenait une information qu'ignorait son subordonné. DeCorso serait mort dans deux jours. Ça n'avait aucun sens de se farcir une montagne de papiers pour le virer.

« Ce n'est pas nécessaire. »

DeCorso le remercia et ne dit plus un mot jusqu'à White Plains.

En fin d'après-midi, Nancy s'éveilla de nouveau. Elle n'était plus en réanimation, mais seule, dans une chambre. Will n'était pas là, et la panique s'empara d'elle. Elle appela une infirmière qui lui dit qu'il devait sans doute se trouver auprès de leur fils. Quelques minutes plus tard, il était de retour.

Nancy tamponnait ses yeux avec un mouchoir en papier.

« Où sont-ils ? Mes parents ?

– Chez Ballard-Durand. »

Elle acquiesça. Le funérarium qu'ils avaient choisi. Joseph était un homme prévoyant.

« Ça doit se passer demain, si tu t'en sens capable. Sinon, on peut repousser d'une journée.

– Non, ça ira. J'ai besoin d'une robe. »

Jamais il ne l'avait vue aussi triste. Ces grands yeux ovales, pleins de larmes.

« Laura s'en est occupée. Elle a fait quelques courses avec Greg.

– Comment va Phillip ?

– Il n'est plus aux soins intensifs. Il va bien. Il dévore comme un ogre.

– Quand pourrai-je le voir ?

– Ce soir, j'en suis sûr. »

Sa question suivante le surprit :

« Et toi, comment tu vas ? »

Comment pouvait-elle encore se soucier de lui ?

« J'essaie de tenir, dit-il sombrement.

– J'ai réfléchi, à propos de toi et moi. »

Il s'y attendait. Il cessa de respirer. Elle voulait qu'il sorte de sa vie. D'ailleurs il n'aurait jamais dû y entrer. Phillip et elle seraient beaucoup mieux sans lui. Il était allé picoler dans un bar pendant qu'on tentait d'assassiner sa famille. Il l'avait déjà trompée une fois. Comment savoir si cela ne se reproduirait pas ?

« Mon père et ma mère s'aimaient. » Elle étouffa un sanglot. Son menton tremblait. « Ils sont allés se coucher comme ils le faisaient chaque soir depuis quarante-trois ans. Ils sont morts en paix, dans leur lit. Ils ne sont jamais devenus vieux et faibles. Ils n'ont jamais été malades. Leur heure était arrivée. J'espère que les choses se passeront ainsi quand mon temps sera venu. Je veux m'endormir un soir, dans tes bras, et ne jamais me réveiller. »

Il se pencha sur le lit et la serra si fort qu'il faillit l'étouffer. Puis il desserra son étreinte et déposa sur son front un baiser de gratitude.

« Il nous reste une tâche à accomplir, Will.

– Je sais.

– On va les avoir, ces salopards. Je veux les mettre à genoux. »

Will ne pouvait pas téléphoner dans le couloir sans être dérangé par les infirmières, aussi descendit-il dans le hall de l'hôpital. Le répertoire de son portable n'avait qu'un numéro en mémoire. Il le composa.

La voix essoufflée de Spence répondit :

« Allô ?

– C'est Will Piper.

– Je suis content de vous entendre. Comment ça va, Will ?

– Les gardiens ont essayé de nous intoxiquer au gaz la nuit dernière. Ils ont eu les parents de ma femme. »

Il y eut un moment de silence.

« Je suis profondément navré. Comment vous en êtes-vous sorti ?

– Moi, ça va. Ma femme et mon fils ont été plus atteints, mais ça ira.

– Je suis heureux de l'entendre. Est-ce que je peux faire quelque chose pour vous ?

– C'est possible. Par ailleurs, j'ai pris une décision. Je vais vous donner accès à la base de données. »

Cette nuit-là, Will dormit dans un fauteuil, dans la chambre de son fils. Toutes les dispositions avaient été prises pour le lendemain, et il n'avait plus rien à faire qu'à se reposer. Même le passage des infirmières de nuit, toutes les deux heures pour voir si tout allait bien, ne l'empêcha pas de dormir.

Quand vint le matin, il fut réveillé par les petits bruits de son fils, qui jouait tranquillement avec ses animaux en peluche dans son berceau. Il tenta de fixer ce moment en lui, d'en tirer la force suffisante pour affronter la journée à venir.

Il se raidit en entendant soudain le pas d'une infirmière qui arrivait. Mais c'étaient Laura et Greg. Ils étaient venus de Washington et avaient pris en main toute la logistique. Les Lipinski connaissaient beaucoup de monde et leur service funèbre promettait d'attirer des foules. La rumeur s'était répandue que leur décès était dû à une fuite de la chaudière, aussi les médias s'intéressaient-ils également à l'affaire et tout un contingent de journalistes avait débarqué de New York. Il y avait eu une masse de détails à régler entre le prêtre, le funérarium et le cimetière. Laura était ralentie par sa grossesse, aussi Greg s'était-il lui-même promu porte-parole officiel de la famille, ce dont Will lui était très reconnaissant.

« Tu as réussi à dormir ? demanda Laura.

– Un peu. Regardez comme il va bien ! »

Greg se pencha sur le berceau de Phillip comme s'il était le père.

« Salut, mec », fit-il au bébé.

Will se leva, vint près de son gendre et posa la main sur son épaule : c'était la première fois qu'il lui témoignait ce genre d'affection.

« Tu nous as beaucoup aidés, Greg, merci.

– C'est normal, répondit le jeune homme un peu embarrassé.

– Je te revaudrai ça », conclut Will.

Will endossa tout de suite le rôle de chef de la sécurité et, pendant le petit déjeuner, dans la cafétéria, il planifia toute la cérémonie avec une grande minutie. Ils devaient rester très visibles, entourés par une foule protectrice. Frazier pourrait les observer autant qu'il le voudrait, mais il lui serait impossible de les enlever en douce. Les détails étaient capitaux. Tout devait se dérouler à la perfection, sans quoi ils risquaient de disparaître à jamais dans un trou noir.

Quand il arriva dans la chambre de Nancy, elle avait déjà revêtu sa nouvelle robe noire et terminait de se préparer dans la salle de bains. Elle semblait déterminée à finir de se maquiller sans verser une larme. Un vieil ami de Will du FBI était passé prendre chez lui un costume sombre. Ils n'avaient pas été aussi élégants depuis leur mariage. Will posa la main au creux du dos de sa femme.

« Tu es très bien, lui dit-elle.

– Toi aussi.

– Will, je ne sais pas si j'y arriverai, fit-elle d'une voix tremblante.

– Je ne te quitterai pas un instant. »

Une limousine envoyée par le funérarium vint les chercher. En raison du protocole de l'hôpital, Nancy dut sortir en fauteuil roulant. Serrant Phillip tout contre elle, elle grimpa dans la Cadillac. Will surveillait la route, tel un agent de la sécurité veillant sur un témoin sensible. Une petite escouade de membres du FBI de New York était déployée autour du véhicule comme s'ils protégeaient un chef d'État.

Quand la voiture démarra, Frazier posa ses jumelles en grommelant que Piper était dans un véritable cocon. Ils suivirent le cortège de loin et bientôt se garèrent le long de Maple Avenue, d'où ils avaient une vue parfaite sur les colonnes blanches de l'entrée du funérarium.

Les Lipinski étaient des gens simples, sans prétention, et leurs amis avaient fait le nécessaire pour que le service leur ressemble. Après un éloge touchant de la part du prêtre de Notre-Dame-du-Mont-Calvaire, un flot ininterrompu de collègues, de partenaires de bridge, de paroissiens, de voisins, et même le maire, défilèrent, contant tour à tour des anecdotes amusantes et touchantes sur ces deux êtres aimants, attentifs, dont l'existence avait trouvé une fin si brutale. Au premier rang, Nancy ne cessait de pleurer. Quand Phillip s'agitait trop, Laura l'emmenait se promener dans l'allée et le hall, jusqu'à ce qu'il se calme. Tendu, sur le qui-vive, Will ne cessait de tordre le cou pour regarder partout à la fois, scrutant la foule. Il doutait que les gardiens tentent de s'infiltrer à l'intérieur, mais mieux valait rester prudent.

Le cimetière du Mont-Calvaire se situait au nord de White Plains, à quelques kilomètres de la maison des Lipinski, au voisinage du campus de Westchester Community College. Joseph aimait cet endroit paisible aussi, toujours méthodique et prévoyant, il avait acquis une parcelle trente ans plus tôt. Elle l'attendait à présent, la terre brune fraîchement retournée pour creuser deux tombes, côte à côte. C'était un beau matin d'automne, frais et sec, illuminé d'un soleil pâle, et les feuilles mortes craquaient sous les pas des paroissiens qui foulaient les pelouses.

Frazier les observait toujours à la jumelle depuis une allée de service, à moins de cinq cents mètres de là. Il avait son plan, lui aussi. Ils suivraient le cortège jusqu'à la demeure des Lipinski. Ils savaient que la veillée devait y avoir lieu car les agents du centre des opérations, à Groom Lake, avaient piraté le service informatique du funérarium afin de connaître l'itinéraire suivi par les Lipinski et la limousine. Ils attendraient le soir, quand Will, Nancy et leur bébé se retrouveraient seuls. Alors, ils entreraient et emmèneraient Piper, en usant ou pas de la force, selon la situation. Puis ils ratisseraient la maison pour dénicher tous les objets qu'il avait pu rapporter de Cantwell Hall. Lorsqu'ils auraient Will sous bonne garde, à quarante mille pieds d'altitude, ils demanderaient les instructions à suivre au Pentagone. Frazier et ses hommes étaient d'accord que frapper deux fois de suite au même endroit constituait un véritable effet de surprise.

Pendant que le prêtre célébrait l'office devant la dernière demeure des Lipinski, Frazier et ses hommes engloutissaient quelques sandwiches. Quand Nancy jeta une poignée de terre sur les cercueils, les gardiens avalaient des boissons énergétiques.

À la fin de la cérémonie, Frazier avait toujours les yeux vissés à ses jumelles. Dans le tumulte des endeuillés qui se pressaient autour de Will et Nancy, le chef des gardiens les perdit de vue pendant quelques minutes, noyés dans une mer de manteaux noirs et bleu marine. Son attention se tourna alors vers la limousine, garée tout près de là. Bientôt, il vit un homme et une femme en noir, tenant un bébé dans les bras, monter dans le véhicule. Il fit signe à son chauffeur de démarrer.

Le cortège funèbre revint lentement jusqu'à la maison des Lipinski pour la veillée. Anthony Road était une petite impasse bordée de grands arbres. Il était impossible à Frazier de s'y arrêter sans être aussitôt repéré. Aussi poussa-t-il jusqu'à North Street, une grande artère commerçante, où il attendit avec patience la fin de l'après-midi et le départ des visiteurs.

Le corbillard du funérarium Ballard-Durand s'arrêta devant le petit aéroport privé de Westchester County. Le chauffeur vêtu de noir en sortit, jeta un regard circonspect autour de lui, puis il ouvrit la porte côté passager.

« La voie est libre. »

Will descendit le premier, puis il aida Nancy et Phillip, et les fit entrer rapidement à l'intérieur du bâtiment. Il ressortit, prit leurs bagages, et glissa un billet au chauffeur.

« Vous n'êtes jamais venu ici, compris ? »

L'homme souleva sa casquette en guise d'acquiescement, et repartit.

Dans le terminal, Will repéra aussitôt un type de taille moyenne, bien bâti, cheveux gris ras, en jean et blouson d'aviateur en cuir. L'homme en question décroisa les bras et plongea la main dans sa poche. Will l'observa avec prudence, et le vit en sortir une carte de visite. Puis l'autre s'avança en la lui présentant.

DANE P. BENTLEY, CLUB 2027

« Vous devez être Will. Et vous, c'est Nancy. Et ce petit gars, comment il s'appelle ?

– Il s'appelle Phillip.

– Je vous présente mes condoléances. »

La jeune femme aima tout de suite cet homme au visage avenant piqué de poils gris.

« J'ai fait le plein, ajouta Dane, on est parés pour le décollage. »

Frazier attendit tout l'après-midi, jusqu'à ce que le flot des visiteurs se tarisse, que les allées et venues dans Anthony Road cessent. En fin d'après-midi, il vit Laura Piper et son mari s'en aller dans un taxi. Au crépuscule, ils allèrent reconnaître les lieux. Le seul véhicule qui restait dans l'impasse des Lipinski était celui de Joseph. Dans la maison, la lumière était allumée au rez-de-chaussée comme au premier étage. Il décida de leur octroyer une heure de plus, craignant une dernière visite intempestive.

À l'heure dite, Frazier et ses hommes se glissèrent dans l'allée, où ils se divisèrent en deux équipes de deux. Il envoya

DeCorso par-derrière et passa par le patio. Il avait retiré la sécurité de son arme et, avec le silencieux, elle apparaissait longue et menaçante. Ça faisait du bien d'être à nouveau sur le terrain. Il était prêt à se battre, désireux, même. Il savourait déjà le plaisir qu'il aurait à assommer ce salopard de Piper d'un coup de crosse sur la tempe.

En revanche, il ne s'attendait pas à trouver la demeure vide, une poupée de la taille de Phillip abandonnée sur le canapé du salon, là où Laura Piper l'avait laissée. Il poussa un juron retentissant.

DANE BENTLEY PILOTAIT un Beechcraft Baron 58 âgé de vingt ans, bimoteur sport dont la vitesse de pointe atteignait trois cent soixante-dix kilomètres heure, avec une autonomie de presque deux mille quatre cents kilomètres. Il n'existait quasiment pas d'aéroport aux États-Unis où il ne se soit posé, et il n'aimait rien de plus qu'avoir une bonne raison d'entreprendre un long voyage.

Quand son vieil ami Henry Spence l'avait appelé au nom du Club 2027, en lui disant qu'il paierait la facture de kérosène, Dane avait sauté derrière le volant de sa Mustang 1965 et filé vers le hangar du Beverly Muni Airport, sur la côte accidentée du Massachusetts. En cours de route, il avait laissé un message à sa compagne pour l'informer qu'il s'absentait quelques jours, puis un second à la femme nettement moins âgée qu'il voyait en cachette. Dane était très en forme malgré ses soixante ans.

À l'horizon, à une quinzaine de milles marins au nord, le soleil déclinant se reflétait sur le long et fin lac Winnipesaukee, profonde étendue d'eau constellée de plus de deux cents îles couvertes de pins. Dane se retint de jouer les guides. Derrière lui, ses trois passagers dormaient à poings fermés, face à face sur les sièges en cuir rouge. À la place, il se mit à bavarder avec les contrôleurs de la tour de Laconia Airport. Quelques minutes plus tard, à l'approche de la piste d'atterrissage, il descendit vers les eaux miroitantes.

Jim Zeckendorf avait fait mettre une de ses voitures à la disposition de Will à l'aéroport. Les clés l'attendaient au bureau général des aviateurs. Il fit donc grimper sa petite famille dans le monospace et partit en direction de la maison, laissant Dane faire le point sur la météo, remplir un plan de vol et faire une petite sieste dans le salon réservé aux pilotes.

En prenant la route 11, il y avait seize kilomètres jusqu'à Alton Bay, un des villages situés sur les rives du lac. Will s'y était déjà rendu quelques années plus tôt pour passer un week-end à pêcher et à boire. Il se souvenait qu'il était alors accompagné, mais impossible de se souvenir par qui. À l'époque, les femmes défilaient à toute vitesse dans sa vie. Tout ce dont il était sûr, c'est que Zeckendorf, dont l'épouse était absente, s'intéressait beaucoup plus à sa copine que lui.

La maison correspondait en tout point à l'idée qu'on se faisait de la résidence secondaire d'un prospère avocat de Boston. Il s'agissait d'un luxueux chalet de plus de cinq cent cinquante mètres carrés, perché sur une crête rocheuse, au-dessus des eaux agitées d'Alton Bay. Nancy était trop lasse et trop triste pour apprécier la spacieuse salle voûtée de style rustique, qui s'ouvrait sur une vaste cuisine aux plans de travail en granit. En temps normal, elle aurait papillonné de pièce en pièce, telle une abeille qui a trouvé un champ de trèfle. Ce jour-là, hélas, elle était aveugle devant ce lieu magnifique.

Le crépuscule enflammait le ciel. Devant les baies vitrées, face au lac, des rangées de pins et de bouleaux oscillaient sous la brise, et les eaux ardoise imitaient la mer, frappant en cadence les brise-lames. Nancy alla droit à la chambre principale pour changer Phillip et retirer sa robe noire.

Will fit le tour de la maison en coup de vent. La femme de Zeck avait fait un saut de Boston pour remplir le réfrigérateur et les placards de provisions, de nourriture pour bébé et de paquets de couches. Il y avait partout des serviettes propres et les thermostats étaient fixés à la bonne température. Il découvrit même dans une chambre un lit-parapluie tout neuf et, dans la cuisine, une chaise haute dont le prix n'avait pas encore été retiré. Les Zeckendorf étaient incroyables.

Il déballa l'arme de service de Nancy, vérifia la sécurité et la posa bien en évidence sur la table de chevet, à côté d'un portable prépayé.

Phillip était à présent bien propre, talqué, et sa mère avait enfilé un jean confortable et un sweat-shirt. Will prit son fils dans ses bras et observa le paysage tandis que Nancy préparait le dîner dans la cuisine. Ils discutèrent de choses et d'autres, comme s'il ne s'était rien passé ces deux derniers jours. Ça faisait du bien d'oublier le drame qu'ils venaient de vivre. Quand le repas de Phillip fut prêt, son père le déposa, tout frétillant, dans la chaise haute.

Puis il serra longtemps sa femme dans ses bras, ne relâchant son étreinte que pour essuyer les larmes qui coulaient sur son visage empourpré.

« Je t'appellerai à chaque étape.

– T'as intérêt. On est coéquipiers, tu te rappelles ?

– Bien sûr. Comme au bon vieux temps : on est tous les deux sur l'affaire.

– On a un bon plan. Ça devrait marcher, dit-elle avec fermeté.

– Et toi, ça va aller ?

– Oui. Non. »

Soudain, elle s'effondra. « J'ai peur.

– Ils ne te trouveront pas, ici.

– Non, ce n'est pas pour moi, c'est pour toi.

– T'inquiète pas, je sais me débrouiller. »

Elle l'étreignit.

« *Tu savais*. Tu as décroché depuis un moment. »

Il haussa les épaules.

« C'est l'expérience contre la jeunesse. À toi de choisir. »

Elle l'embrassa sur la bouche puis le repoussa doucement.

« C'est toi que je choisis. »

Dane décolla dans la semi-obscurité. Au-dessus du lac, il exécuta un élégant virage sur l'aile, et prit vers l'ouest. Quand la direction fut assurée et que l'avion eut atteint sa vitesse de croisière, à dix-huit mille pieds d'altitude, il se tourna vers Will, engoncé dans le fauteuil de copilote, et entama la discussion. Il y avait des heures qu'il se taisait, et cela commençait à lui peser. En effet, il n'y avait pas plus bavard et sociable que Dane Bentley, or il détenait un public captif pour les dix-huit heures à venir.

La première étape les mena à Cleveland, à un peu plus de mille kilomètres. Lorsqu'ils atterrirent, au bout de quatre heures et demie, pour refaire le plein, se dégourdir les jambes, manger un morceau et aller aux toilettes, Will en savait déjà long sur son compagnon.

Dès le lycée, Dane avait décidé de s'enrôler dans la marine. Ce n'était guère étonnant, car il était né au bord de la mer, à Gloucester, dans le Massachusetts, dans une famille d'armateurs de bateaux de pêche, et son père et son grand-père avaient eux-mêmes été dans la Navy. Contrairement à ses camarades de classe, il ne redoutait pas d'être appelé au Vietnam, car, pressé d'en découdre, il était engagé volontaire, attendant avec impatience d'être envoyé dans le golfe du Tonkin pour jouer avec la grosse artillerie.

Lors de sa deuxième mission au Vietnam, il se porta volontaire pour entrer dans les services de renseignements de la marine et suivit un entraînement dans le domaine des transmissions et des opérations secrètes. Cette fois-là et la suivante, il passa son temps à monter et descendre le Mékong, suivant des équipes dans des Swift Boats pour localiser les positions des Vietcongs. À la fin de la guerre, on le convainquit de rester en lui octroyant un poste confortable de maître au Bureau des renseignements de la marine, dans le Maryland, au centre des opérations maritimes.

Il était bel homme, coureur de jupons, aussi la vie au sein de cette communauté militaire de banlieue constituée de familles ne lui convenait-elle guère. Il hésitait à suivre une formation pour monter en grade, ou bien s'en retourner vers l'entreprise familiale. Il ignorait que le centre des opérations maritimes constituait le terrain de chasse principal des recruteurs de la Zone 51. La moitié des gardiens de Groom Lake étaient passés à un moment donné de leur carrière par le Maryland.

Comme toutes les personnes arrivées à la Zone 51, Dane avait été séduit par le mystère qui enveloppait cette base navale ultrasecrète, située en plein désert du Nevada. Après avoir obtenu l'ultime accord de sécurité et enfin découvert le but véritable de sa mission, il songea que c'était là le truc le plus génial dont il avait jamais entendu parler. Toutefois, c'était avant tout un soldat, peu habitué à se poser des questions. Et il était impensable qu'il puisse méditer sur son sort ou sur les énigmes de l'univers. De bons revenus et la vie palpitante de Las Vegas suffisaient à le convaincre qu'il avait fait le bon choix.

Will fut abasourdi de découvrir que celui qui l'aidait à berner les gardiens en avait été un lui-même. Soudain, il fut sur ses gardes, mais cela ne résista pas à un examen approfondi du bonhomme : il n'avait rien à craindre de Dane. Et puis que pouvait-il faire de toute façon ? Sauter sans parachute ?

Par ailleurs, Dane lui permettait de mieux cerner le profil des gardiens. En effet, au cours de ses trente ans de carrière, il avait occupé à peu près tous les postes possibles, depuis la surveillance des détecteurs de métaux lors de la fouille quotidienne, jusqu'aux opérations sur le terrain quand il fallait s'occuper d'employés soupçonnés d'avoir obtenu des DDD pour leurs parents ou leurs amis, compromettant ainsi la sécurité de la Zone 51. Les gardiens formaient une classe à part, représentant l'ordre. On les encourageait à se montrer fermés et dénués d'humour, tels des matons face à des prisonniers.

Seulement Dane était trop sociable pour pouvoir se comporter ainsi et, dans son bilan annuel, on lui recommandait toujours de montrer davantage d'agressivité, et de ne pas fraterniser avec les autres employés. La rencontre avec Henry Spence s'était produite tout à fait par hasard, un samedi, à une station-service. Ils étaient allés boire un coup ensemble au Sands Casino.

Dane savait tout sur Spence. Les gardiens avaient appris que c'était une vraie pointure, ex-membre de la CIA avec un cerveau de la taille d'une pastèque. En apparence, tout opposait les deux hommes, c'était la matière grise contre le muscle. Pourtant, les opposés parfois s'attirent. Spence était un ancien de Princeton, membre du Country Club, dont l'épouse était issue d'une grande famille. Dane, lui, était un amateur de bière du Massachusetts, qui aimait sortir avec des danseuses et se saouler la gueule. Mais tous deux avaient une passion commune : l'aviation. Spence possédait un superbe petit Cessna, tandis que Dane louait à l'heure de vieux zincs pourris. Lorsqu'une véritable amitié se fut tissée entre eux, Spence autorisa Dane à utiliser son appareil autant qu'il le souhaitait. Le gardien lui vouait de ce fait une éternelle gratitude.

Dane expliqua à Will qu'il avait pris sa retraite un an plus tôt, en atteignant l'âge limite de soixante ans. Il conservait son logement à Vegas pour y passer l'hiver, et résidait l'été dans le bungalow dont il avait hérité dans le Massachusetts, au bord de la mer. Il avait même réussi à s'acheter un Beechcraft à un prix intéressant. Au bout d'un an, tout marchait comme prévu, et il était heureux. Spence n'avait pas attendu bien longtemps pour lui faire l'insigne honneur d'être le premier gardien à devenir membre du Club 2027 – à la grande consternation des autres membres. Au loin, Will aperçut les premières lumières de Cleveland, voisines d'une zone d'un noir d'encre : le lac Érié.

« Tu dois connaître Malcolm Frazier ?

– Bien sûr ! C'était mon chef ! À la seconde où il a mis le pied dans l'ascenseur, le premier jour, tout le monde a su que son but, c'était de devenir le patron. Un vrai fils de pute. Il aurait vendu sa propre mère. On avait tous peur de lui. Nous, on faisait notre boulot, et lui, il nous surveillait. Il a balancé des gars pour avoir piqué une agrafeuse. Il aurait fait n'importe quoi pour un peu d'avancement. En réalité, il a bâti toute sa carrière sur un coup. Un analyste qui bossait au bureau américain a réussi à passer dans la clandestinité des notes contenant des DDD dans une minuscule poche en plastique planquée entre sa joue et sa gencive. On ne sait pas trop ce qu'il avait l'intention d'en faire, mais il s'agissait d'habitants de Las Vegas dont la fin était proche. Un jour, le type s'est saoulé, et il a tout déballé à un de ses collègues du labo. C'est comme ça qu'on a découvert le pot aux roses ! Frazier l'a fait éliminer par un sniper à mille mètres de distance, pendant que ce pauvre con s'achetait à bouffer chez Burger King. C'était le Mark Shackleton de l'époque.

– Que sais-tu sur Shackleton ?

– À peu près tout.

– Et sur moi ?

– À peu près tout. Par contre, j'ignore tes dernières aventures. Tu vas me raconter tout ça après notre prochaine escale. J'ai le feu vert de Spence ! »

Will passa un bref coup de fil à Nancy depuis la salle d'attente de l'aéroport. D'un côté comme de l'autre, les choses suivaient leur cours. Phillip dormait. Il lui dit d'aller se reposer. Il n'y avait rien à ajouter.

Quand ils furent prêts à repartir, Dane passa l'appareil en revue, une tasse de café noir dans une main, une torche dans l'autre. Au moment de décoller, il s'écria avec joie :

« Prochaine étape, Omaha ! »

Will avait sommeil.

Dane, lui, avait envie de bavarder.

À UN PEU PLUS de cent cinquante kilomètres au sud, à une altitude deux fois plus élevée et une vitesse trois fois supérieure, le jet Lear de Malcolm Frazier s'apprêtait à les doubler, filant droit vers la même destination.

Le chef des gardiens avait le sentiment d'être un punching-ball. La réaction de Lester en apprenant que Piper avait une fois de plus réussi à leur filer entre les doigts était digne d'une éruption du Vésuve. Frazier lui avait aussitôt présenté sa démission et, pendant quelques heures, il avait bien cru que son supérieur l'accepterait – à moins qu'il ne le vire comme un malpropre.

Et puis Lester avait changé son fusil d'épaule. Il avait étudié le calendrier : il restait trois semaines avant les événements de Caracas. S'il remplaçait le chef des gardiens trois semaines avant l'opération Main Tendue, cela reviendrait à sonner l'alarme au sein de la petite communauté des services secrets internationaux. Dans la seconde qui suivrait, les doutes sur d'éventuels problèmes de sécurité à la Zone 51 se métamorphoseraient en certitudes. Il lui faudrait alors informer le secrétaire à la Défense, qui le traînerait sans aucun doute jusque dans le bureau ovale par la peau des fesses afin qu'il en réfère lui-même au président.

Ils ignoraient tout encore de ce que Piper avait découvert en Angleterre ; ils ignoraient ce que Spence comptait faire du manuscrit de 1527 ; enfin, ils ignoraient même si quelqu'un avait l'intention de nuire à la base de Groom Lake. À moyen terme, il faudrait remplacer Frazier. Mais pour l'instant, mieux valait le laisser en poste. Lester serra les dents et décida donc de le garder.

Frazier s'était déjà habitué à l'idée d'être démis de ses fonctions, aussi, quand son supérieur l'appela pour lui dire qu'il restait, il passa par toute une série de sentiments contradictoires. Dans une certaine mesure, il aurait été soulagé de laisser derrière lui cet inextricable nœud gordien, d'abandonner son BlackBerry sur son bureau, et de prendre une dernière fois l'ascenseur pour s'en aller dans le désert. Bonne chance et bon débarras ! Toutefois, à un autre niveau plus viscéral, il ne supportait pas de partir ainsi, la queue entre les jambes. Terminer sa carrière, viré à cause de Will Piper ? Ce n'était même pas envisageable !

Ce salopard donnait toujours l'impression d'avoir une longueur d'avance sur eux, et cela minait Frazier. Bien sûr, ce type-là n'était pas une cible lambda : c'était un agent du FBI accompli. Mais tout de même ! Il était seul, disposait de ressources limitées, et il affrontait l'équipe de Frazier ! D'après les DDD qu'il détenait dans sa poche, le chef des gardiens savait que tout serait bientôt terminé. Restait à voir comment.

Lester lui avait offert une dernière chance de se racheter. Quand une mission partait en vrille, Frazier pouvait compter sur un allié sûr pour l'aider à redresser la barre : son cerveau. Il était devenu chef de la sécurité parce qu'il savait aussi bien agir que réfléchir. La plupart des gardiens étaient d'anciens as de la police militaire qui suivaient avec docilité des plans dictés par leur hiérarchie. Lui était d'une autre trempe. D'après ses propres estimations, il aurait même pu devenir analyste, comme Kenyon ou Spence, s'il avait été capable de rester toute la journée vissé à son bureau à gérer la paperasse.

Aussi s'était-il engagé à réussir cette mission, s'appuyant sur quelques idées nouvelles. Mû par un pressentiment, il ordonna à ses hommes au centre des opérations de la Zone 51 de mettre sur écoute toutes les lignes des membres répertoriés du Club 2027 et tous les retraités de Groom Lake qui avaient un jour approché Henry Spence. Il devinait que ce dernier et Piper communiquaient avec des portables à carte, mais peut-être ainsi parviendrait-il à obtenir malgré tout quelques informations.

Étant donné le volume des enregistrements à étudier, lorsque tout le matériau audio eut été débroussaillé, une bonne partie de la journée s'était déjà écoulée. Quand Frazier reçut enfin des résultats, il tournait lamentablement en rond à White Plains en se demandant quoi faire. Le document qu'il reçut portait la mention « ultra prioritaire » et il l'écouta aussitôt sur son BlackBerry :

« Dane, c'est Henry Spence, tu as une minute ?

– Pour toi, j'en ai toujours deux. Je n'ai pas reconnu ton numéro. Comment ça va ?

– Je tiens le coup ! Pendant encore quelques jours, au moins. Je t'appelle d'un téléphone à carte. Je pense que ça devrait aller, mais je resterai évasif.

– Compris.

– Tu te rappelles l'affaire Shackleton ?

– Bien sûr.

– Will Piper m'a rendu un service dans le cadre du Club 2027. Il est allé en Angleterre à notre demande. Et il a trouvé.

– Trouvé quoi ?

– Toutes les réponses aux questions que nous nous posons.

– Raconte !

– C'est lui qui te racontera. Je veux que tu fasses le plein de ton Beechcraft – c'est moi qui paye – et que tu l'emmènes quelque part. Frazier et son équipe lui collent au train.

– Tu veux que je l'emmène où ?

– Sois au terminal général de Westchester County Airport demain à 14 heures. Il te fournira tous les détails. N'oublie pas ta brosse à dents. Alors, tu marches ?

– Tu rigoles ? »

Frazier avait trouvé une nouvelle cible sur laquelle déverser sa rage accumulée : Dane Bentley. Un ancien gardien ! Un des siens ! La trahison ultime ! Il avait toujours éprouvé des sentiments ambivalents envers lui. Il était certes difficile de résister au charme du très sympathique Dane, mais Frazier s'était toujours méfié des relations qu'il entretenait avec les autres, ces employés qu'il devait justement surveiller. Jamais il ne l'avait surpris en train de transgresser les règles, pourtant, par précaution, il avait toujours maintenu Bentley en dehors de son cercle rapproché.

Il alla sur-le-champ chercher la DDD de son nouvel adversaire, mais il fut déçu du résultat. Via la base de données de la Federal Aviation Administration, le centre des opérations de la Zone 51 eut tôt fait d'obtenir le numéro d'immatriculation de l'avion de Bentley et, très vite, ils mirent la main sur son plan de vol : de White Plains à Laconia dans le New Hampshire, puis Cleveland dans l'Ohio, Omaha dans le Nebraska, Grand Junction dans le Colorado, et enfin l'aéroport Bob Hope à Burbank, en Californie. Ils avaient aussi le numéro de Spence, à présent, ce qui pouvait s'avérer très utile.

« Los Angeles, grommela Frazier en découvrant l'information. Il revient sur la scène du crime.

– Il retourne chercher la clé USB, c'est ça ? » fit DeCorso.

Frazier acquiesça.

« On met le cap sur LA. Exécution immédiate. »

Will était stupéfait de voir Dane montrer une telle énergie à cette heure avancée de la nuit. Les conditions de vol étaient parfaites, sans la moindre alerte météo, aussi, le pilote pouvait-il consacrer une grande partie de son attention aux dernières aventures de son passager.

Will lui narra donc toute l'histoire en détail, malgré sa fatigue extrême. Dane avait beau manquer de culture, il était tout excité à l'idée du lien avec Shakespeare et trouva fascinante l'implication de Nostradamus. En revanche, il ignorait tout de Jean Calvin, mais il n'en éprouva aucun complexe. Il écouta, médusé, l'histoire des moines scribes et de leur suicide en masse. Toutefois, la révélation du *Finis Dierum* ne lui fit guère d'effet.

« Je ne pense pas que le monde finira comme ça. Je sais bien que Spence y croit dur comme fer, mais moi, de toute façon, je ne serai plus là pour voir tout ça. »

Will lui lança un regard interrogateur.

« Ouais, j'ai pas été très réglo. J'ai réussi à avoir ma DDD avant de partir à la retraite. J'en ai pour jusqu'à 2025, je passerai l'arme à gauche à l'âge pas si avancé de 74 ans. D'ici là, j'ai pas de temps à perdre. Toi, tu es ADH, c'est ça ?

– Y a-t-il quelque chose que tu ignores à mon sujet ?

– Oh, tu sais, le Club 2027, c'est un ramassis de vieux croûtons qui n'ont rien à faire d'autre que de rabâcher les mêmes histoires ! Ton affaire Apocalypse, ça leur a donné des tonnes de grain à moudre ! »

Il fut un instant distrait par un message radio. « Je suis désolé pour cette jeune femme et son grand-père. Vous aviez l'air proches. »

À la manière dont il prononça ces mots, Will sentit tout de suite qu'il avait deviné quelque chose. Après tout, Dane et lui étaient sur la même longueur d'ondes au sujet des femmes.

« Ah bon ? C'est si évident que ça ?

– Eh oui, mon vieux.

– Ce n'est pas le truc dont je sois le plus fier.

– Et après, un homme doit faire ce qu'il a à faire. C'est ma devise. »

Il confirma son altitude à un contrôleur aérien, puis reprit. « En tout cas, je voulais te remercier.

– De quoi ?

– D'aider Henry. Tu sais qu'il n'en a plus que pour deux jours ? Grâce à toi, il passe ses dernières heures à se battre, plutôt que de rester là à flipper, planté devant son horloge. En ce qui me concerne, j'aimerais finir noyé entre les bras d'une sirène. »

Will lui tapota l'épaule. C'était un type bien.

« Je comprends. »

Il réfléchit à ses paroles, tandis qu'ils continuaient à filer au-dessus de la prairie dans l'obscurité. Non, son choix à lui serait différent. Il préférerait partir au côté de Nancy.

Dane n'appréciait décidément pas le silence, aussi reprit-il très vite :

« Je m'en vais te révéler une information top secrète, ça te dit ?

– Oui, mais pourquoi ?

– Parce que ça me brûle la langue. Et puis parce que je crois deviner pourquoi ils font autant d'efforts pour t'avoir. Tu m'as confié une foule d'informations, ce soir, alors à mon tour de t'affranchir. De toute façon, on est déjà dans la merde jusqu'au cou, alors un peu plus ou un peu moins...

– Je t'écoute.

– Il va se passer un truc dans à peu près trois semaines. Ce sera à Caracas, au Venezuela. C'est du lourd. Y a longtemps qu'on en parle mais, depuis deux ans, la CIA met au point un plan d'action pour tirer les marrons du feu. Quand j'ai quitté Groom Lake, ils avaient obtenu toutes les autorisations.

– Que va-t-il se passer ?

– La mère de tous les tremblements de terre de l'Amérique latine. Épicentre, Caracas. Plus de trois cent mille morts en une journée, comme à Haïti en janvier 2010, mais en pire. Enfin, c'est ce que prédisent les crânes d'œuf de Groom Lake. Aucun autre type de catastrophe ne rentre dans les cases, apparemment. »

Will hocha la tête.

« Ça fait beaucoup de victimes.

– Inutile de préciser les deux raisons pour lesquelles l'Oncle Sam s'intéresse tant au Venezuela : l'or noir et les rouges. On va se servir du désastre pour faire d'une pierre deux coups.

– Tu veux dire qu'ils vont organiser un putsch ?

– À peu près. D'après ce que j'ai compris, ça devrait se passer sous couvert d'une mission humanitaire. Il y aura des tas de tentes, de lits de camp, de vivres et de médicaments prêts à débarquer à la minute où la poussière sera retombée. Ça devrait être le chaos total. Leur gouvernement sera complètement dépassé. Le président va survivre, mais une bonne partie de son entourage va y passer. On aura dans les coulisses toute l'opposition, prête à reprendre les rênes du pouvoir. Les Colombiens et les Guyanais entreront alors en scène en s'emparant des régions frontalières qu'ils convoitent. Les Américains, les Britanniques et les Français se tiendront prêts à envoyer des troupes pour le maintien de la paix. Le grand méchant va être mis hors d'état de nuire. Les nôtres feront en sorte que les compagnies pétrolières américaines et européennes puissent se servir. Voilà le plan. Enfin, disons ce que j'en ai compris avec mes modestes moyens. »

Les moteurs du Beechcraft couvrirent le long sifflement de Will. Tout prenait sens. Leur intérêt démesuré pour le manuscrit manquant. La décision d'éliminer froidement les Cantwell et ses beaux-parents. Leur détermination à se débarrasser de lui. Frazier et ses maîtres mettaient le paquet pour couvrir une mégaopération militaire top secrète, le renversement d'un régime ennemi dans un pays riche en pétrole, fondée sur des données tirées de la bibliothèque. Will était désormais sûr d'une chose : le poids du gouvernement tout entier était suspendu au-dessus de sa tête, telle une épée de Damoclès.

Dane amorça la descente vers les plaines du Nebraska. Soudain, son passager se sentit tout petit. Le bimoteur n'était qu'un point minuscule dans l'infini de la nuit, et lui-même n'était qu'un homme, menant seul une bataille titanesque contre une gigantesque machine de guerre.

ILS PARVINRENT EN CALIFORNIE le lendemain midi. Dans l'air pollué, le soleil était d'un jaune sale. Will avait dormi durant toute la dernière partie du voyage, ne s'éveillant que pour contempler les étendues urbanisées sans limites de Los Angeles, comme un rêve à travers les nuées évanescentes.

« On est arrivés, fit Dane en voyant Will remuer.

– Je me demande comment tu as fait pour rester éveillé.

– J'ai mis le pilote automatique ! Mais non, je blague. En fait, j'ai bavardé avec toutes les voix féminines que la radio captait. Je suis un camionneur volant ! »

Sur le tarmac du petit aéroport, en attendant Dane qui garait son appareil, Will s'étira à la manière d'un iguane ensommeillé. La température dépassait les vingt degrés et une bonne petite brise soufflait sur sa peau, tel un baume tiède. Il prit des nouvelles de Nancy. Elle était toujours terrassée par le chagrin, mais n'avait rien de spécial à lui signaler. En début de matinée, elle avait sorti Phillip sur le ponton, s'était assise sur une grosse pierre, et l'avait bercé pour l'endormir, au rythme des vaguelettes.

Le plan était simple. Dane devait louer une voiture – si Will utilisait sa carte bancaire, il serait tout de suite repéré. Ensuite, il irait faire ce qu'il avait à faire, tandis que le pilote se reposerait dans un motel tout proche en l'attendant. Un peu plus tard, ils se retrouveraient à l'aéroport et feraient un saut à Las Vegas pour voir Spence et Kenyon. Voilà ce qui était prévu.

Will fit au revoir à Dane puis quitta le parking de l'agence de location pour prendre la direction du centre de Los Angeles, vers le sud. Direction Pershing Square.

Jumelles en main, Frazier ne le quittait pas des yeux. Il ne voulait rien laisser au hasard. Il avait fait venir de Groom Lake trois équipes de trois hommes. La première, dirigée par DeCorso, suivait la voiture de Will, couverte par la deuxième, dont faisait partie Frazier. La troisième, enfin, menée par un dénommé Sullivan, filait Dane Bentley.

Frazier lui donna ses ordres dès que son véhicule se mit en mouvement :

« Sulli, tu lâches pas le pilote et tu me racontes tout ce qu'il fait. En temps utile, fous-lui un bon coup dans les couilles de ma part. »

En ces heures creuses de milieu de journée, la circulation était assez fluide et, au bout d'une demi-heure, Will se garait en face de la bibliothèque centrale de style Art déco. En bon New-Yorkais, il traversa la 5e Rue en dehors des clous.

Son dernier séjour ici remontait à quinze mois, mais rien ne semblait avoir changé. Il se souvint du goût de la peur qui ne le quittait pas ce jour-là. Il avait vécu trente secondes d'enfer lors d'une fusillade à bout portant au Beverly Hills Hotel : il en avait réchappé par miracle. Derrière lui, il laissait quatre gardiens baignant dans leur sang sur les luxueux tapis pastel du bungalow, tandis que la cervelle de Shackleton s'écoulait lentement par un trou de la taille d'un bouchon.

La première fois où il était entré dans la bibliothèque centrale de Los Angeles, il avait à la main une clé USB sur laquelle il avait copié la base de données piratée par Shackleton : toutes les DDN et les DDD des Américains, jusqu'à l'horizon 2027 C'était son assurance-vie, sa bouée de sauvetage, et il lui fallait la dissimuler quelque part. Quelle meilleure cachette qu'une bibliothèque ?

Il grimpa les marches quatre à quatre et poussa les lourdes portes d'entrée, ignorant que deux jeunes gardiens le suivaient pas à pas. Frazier avait condamné DeCorso à l'opprobre en l'obligeant à rester en arrière, à la place du chauffeur. Il préférait que des hommes plus jeunes s'occupent de la filature. De plus, il savait que l'heure avait sonné pour son collaborateur. Toutefois, il en ignorait les circonstances et le moment exact. Mais il ne voulait pas qu'il lui claque entre les doigts, fichant toute l'opération en l'air.

Will passa en hâte devant le bureau d'accueil, les ascenseurs, puis il emprunta l'escalier qui descendait jusqu'au troisième sous-sol. Dans la lumière blafarde des néons, il s'engouffra dans une allée, se dirigeant vers une étagère bien précise, au centre de la salle. Les gardiens conservaient leurs distances, pour ne pas se faire repérer. Arrivés à l'étage, ils se séparèrent pour zigzaguer entre les rangées de livres, sans jamais perdre Will de vue. Par chance pour eux, une bonne douzaine de lecteurs étaient dispersés entre les différentes allées, aussi leur était-il plus facile de passer inaperçus.

Enfin, Will aboutit là où il voulait. Il se souvenait parfaitement des lieux. Pourtant, il eut une surprise. La dernière fois, l'ensemble des étagères était occupé par une foule de gros volumes vieillots et jaunis : la collection complète des archives légales du comté de Los Angeles, sur sept décennies. Il avait justement choisi ces livres parce qu'ils paraissaient n'intéresser personne et semblaient condamnés à traîner là encore longtemps.

Le recueil de 1947, celui qui abritait la clé USB, avait disparu.

D'ailleurs aucun autre livre n'était plus là !

Il se mit aussitôt à regarder sur les étagères alentour, cherchant en vain. Il jura tout bas. Puis il commença à arpenter les allées voisines, de plus en plus inquiet.

Dans un angle, se trouvait un bureau d'information muni d'un téléphone. Will décrocha et attendit qu'un assistant lui réponde.

« Bonjour, je suis au troisième sous-sol, je cherche les archives légales du comté de Los Angeles. Elles étaient ici, auparavant. »

Dans l'allée précédente, l'un des gardiens l'écoutait. Une minute plus tard, il l'entendit reprendre :

« Vous plaisantez ? Non, je ne peux pas attendre six semaines ! Pouvez-vous me donner l'adresse pour que j'aille les voir directement ? S'il vous plaît, je ne comprends pas en quoi ça peut être gênant ? Merci. C'est très sympa de votre part. »

Il raccrocha, secoua la tête de lassitude et remonta quatre à quatre les escaliers.

Frazier, dans son casque, reçut l'information :

« Il cherchait un exemplaire des archives légales du comté de Los Angeles. Apparemment, elles ne sont plus là. On lui a donné une adresse. Il va sans doute s'y rendre maintenant. »

Will retourna en hâte à sa voiture et déplia le plan de la ville que lui avait remis l'agence de location. East Olympic Boulevard n'était qu'à cinq kilomètres : il fut soulagé de constater qu'il n'aurait pas à couvrir une grande distance. Il sortit du parking et prit la 5e Rue en direction d'Alameda. Dix minutes plus tard il franchit les berges bétonnées de la rivière de Los Angeles pour déboucher dans un quartier industriel glauque, constitué d'entrepôts. Flanqués de leurs sbires, Frazier et DeCorso le suivaient à une distance respectable.

Will arriva devant Olympic Industrial Center et se gara sur le parking réservé aux visiteurs. Il avait un mauvais pressentiment. C'était vraiment un sale coup que son livre se retrouve dans un lot qui devait être numérisé dans le cadre d'un programme conjoint de la bibliothèque municipale de Los Angeles et d'un moteur de recherche Internet. À présent, il devait surmonter cette absurde difficulté.

Quand Will entra dans l'un des entrepôts, Frazier fut pris de panique. Il avait besoin de tout contrôler, or il se retrouvait soudain privé d'image et de son. Un peu plus loin, il avisa un camion d'UPS, la compagnie de livraison de colis. Son esprit était en ébullition. Il donna moins d'une minute aux gardiens qui l'accompagnaient pour pénétrer dans l'entrepôt. Les trois jeunes recrues sortirent précipitamment de leur voiture.

Le hall d'entrée de l'entrepôt était un endroit déprimant. Une réceptionniste à l'air revêche téléphonait, assise derrière un comptoir. Au mur, des plaques célébraient la réussite de l'entreprise. Will attendit avec patience qu'elle en ait terminé avec son correspondant. Dès qu'elle se tourna vers lui, il se lança dans une explication fleurie sur ce qui l'amenait là, et pourquoi il avait besoin d'avoir accès à l'un des livres à numériser. Elle le regardait de son air bovin, et il se demanda même si elle comprenait l'anglais, jusqu'à ce qu'elle lui réponde :

« Vous êtes ici dans un établissement où on numérise des livres. Pas dans une bibliothèque. »

Il recommença, en essayant de lui faire du charme. Comme son prénom était inscrit sur un badge, il en fit un usage immodéré, Karen par-ci, Karen par-là, essayant de créer un peu de complicité. Hélas, la fille semblait totalement hermétique à son discours.

Un livreur de chez UPS entra, vêtu d'une chemise et d'un bermuda bruns, très étriqués. Will vit tout de suite que le type faisait de la musculation mais, au bout de quelques secondes, il détourna les yeux. Le jeune homme attendait derrière lui, à une distance respectueuse. Dans le camion UPS, le vrai propriétaire de l'uniforme gisait parmi ses colis, inconscient.

À présent, Will suppliait.

« Écoutez, je suis venu exprès de New York à cause de ce livre. Je sais bien que ça n'est pas votre job de laisser les gens les consulter, mais je vous en prie, ça m'aiderait vraiment ! »

Elle le toisa, glaciale.

Il sortit son portefeuille de sa poche.

« Je tiens à vous remercier d'avance.

– Monsieur, je vous le répète, vous n'êtes pas dans une bibliothèque. Vous comprenez ? »

Elle se tourna vers le livreur d'UPS. « Bonjour, je peux vous aider ?

– Ouais, j'ai un paquet pour le 2555 East Olympic. C'est ici ?

– Non, ici, c'est le 2559. Le 2555, c'est là-bas », fit-elle en lui indiquant une direction.

Un employé entra, fit un signe à la réceptionniste, puis appliqua sur une borne noire incrustée dans le mur une carte magnétique qu'il portait à la ceinture. La porte s'ouvrit. Tandis que le livreur d'UPS repartait en s'attardant, Will repéra sur le comptoir le même genre de cartes magnétiques posées à côté du clavier de la réceptionniste, portant l'étiquette : VISITEUR AUTORISÉ. Karen lui jeta un regard exaspéré qui signifiait : « Vous n'êtes pas encore parti, vous ? »

« Je voudrais parler à votre responsable », lâcha-t-il.

La douceur n'avait pas marché, alors il allait employer la force. « Je ne partirai pas avant de lui avoir parlé. C'est bien compris, Karen ? »

Cette fois, il fit sonner son nom telle une menace.

Elle s'exécuta, nerveuse, appelant un dénommé Marvin à l'accueil. Will attendait, les bras croisés, si serrés qu'il avait l'impression d'avoir revêtu une camisole de force.

À l'arrière du camion UPS, le gardien changea de vêtements, vérifia que sa victime respirait toujours, puis il fit son rapport à son chef.

Karen fut soulagée quand le directeur de l'établissement apparut, comme si ce petit homme à lunettes pouvait la protéger du costaud menaçant qui s'impatientait devant son comptoir. Elle se leva pour aller lui murmurer quelques mots à l'oreille. Pendant ce temps, ni vu ni connu, Will s'empara d'un passe de sécurité, le dissimulant dans sa main.

Marvin l'écouta donc répéter sa supplique, mais il resta inflexible. L'endroit n'était pas ouvert au public. Il n'existait aucune procédure permettant d'accéder à sa demande. Ils n'étaient pas autorisés à chercher un livre en particulier. D'ailleurs, ajouta-t-il, sarcastique, ne serait-il pas plus commode de trouver un autre exemplaire des archives de l'année 1947 dans une autre bibliothèque ? Après tout, ils ne disposaient pas de la seule version existante !

Will était à court d'argument. Au ton de l'autre, il comprit que s'il ne partait pas, il appellerait la police. Alors, il battit en retraite, tout en glissant dans sa poche le passe de sécurité. À l'extérieur, il avisa une borne magnétique noire. Il reviendrait.

Dans ses jumelles, Frazier le vit retourner à son véhicule, bredouille. Will démarra. Ils le suivirent en se demandant où il pourrait bien se rendre à présent.

Ce n'était pas prévu, mais Will avait désormais quelques heures à tuer. Soudain, une idée lui vint. Une tâche à accomplir et la boucle serait bouclée. À un feu, il jeta un coup d'œil au plan de la ville. Il lui faudrait peut-être une heure pour se rendre sur place mais, de toute façon, il ne pouvait revenir à l'entrepôt avant la fin d'après-midi – en priant pour qu'ils ne fassent pas les trois huit et qu'il n'y ait pas de service de sécurité ! Il voulait laisser Dane se reposer, cependant, à un moment donné, il faudrait bien qu'il le contacte pour l'informer de son retard.

Will prit l'autoroute 710, Frazier sur les talons. Le trafic était assez lent. Il en profita pour appeler Nancy et lui faire part de sa frustration face à ce revers inattendu. Elle lui parut moins abattue, plus forte, et c'est elle cette fois qui lui redonna de l'énergie.

Quand Frazier songea que l'autoroute 710 s'appelait aussi Long Beach Freeway, il comprit où se rendait Will.

« Je n'y crois pas, annonça-t-il à ses hommes. Il va à Long Beach. Eh, les mecs, vous savez qui est-ce qu'il y a, là-bas ? »

Spécialisé dans les maladies chroniques, l'hôpital de Long Beach avait vainement tenté de rendre son entrée plus accueillante en y disposant quelques pots de fleurs colorés. Pour le reste, le long et bas complexe de brique blanche paraissait bien ce qu'il était : un dépotoir de masse pour les cas désespérés. Les patients qui y entraient n'en ressortaient plus.

Même à l'accueil flottait une odeur de maladie et d'antiseptique. Shackleton, apprit Will, était dans l'aile est. Il franchit de longs couloirs mornes malgré leur peinture vert vif, croisa des visiteurs, du personnel, chacun se déplaçant avec lenteur, car ici il n'y avait plus besoin de se presser. Nul ne semblait heureux d'être là. Le Pacifique était à moins d'un kilomètre, frais et vivant, mais c'était comme une autre planète.

Dehors, Frazier attendait, essayant d'imaginer quelle serait la prochaine étape de Will. Fallait-il envoyer ses hommes, au risque de se faire repérer ? À quoi jouait donc Piper ? Était-il possible qu'il ait besoin de Shackleton pour récupérer la base de données ? Ça n'avait aucun sens. Il savait d'après l'entretien qu'il avait eu avec Will juste après la fusillade du Beverly Hills Hotel qu'il avait acheté une clé USB et l'avait ensuite cachée quelque part dans Los Angeles. Désormais, il savait que Piper l'avait dissimulée dans un livre de la bibliothèque centrale. Shackleton ne faisait pas partie du plan.

« C'est une simple visite pour tuer le temps, dit-il à ses hommes. J'en suis certain. Nous n'avons plus qu'à attendre. »

Il prit contact avec Sullivan pour savoir où en était son équipe avec le pilote. Dane, apprit-il, leur avait donné du fil à retordre, au motel, mais ils avaient réussi à lui faire une injection et l'avaient enlevé dans un chariot à linge. Il était maintenant à bord d'un jet Lear, filant en direction de son ancien lieu de travail, où il allait être interrogé et détenu jusqu'à ce qu'ils sachent quoi faire de lui. Frazier se détendit et envoya un de ses hommes chercher du café.

Le bureau de l'infirmière était vide. Les doigts de Will pianotèrent sur la table, attendant que quelqu'un arrive. Une jeune femme replète, engoncée dans un uniforme empesé, sortit enfin de la salle du personnel. Un grumeau rouge lui collait à la commissure des lèvres.

« Bonjour, je suis venu voir Mark Shackleton. »

Elle parut surprise, et Will comprit qu'il ne devait guère recevoir de visites.

« Vous êtes de la famille ?

– Non. Je suis un vieil ami.

– Les visites sont autorisées seulement pour les membres de la famille.

– Je viens de New York : j'ai fait un long voyage.

– C'est la règle, monsieur. »

Il soupira. Décidément, c'était sa journée.

« Pourrais-je parler à votre supérieur, s'il vous plaît ? »

Une Noire plus âgée arriva. Visiblement, c'était une coriace, une femme à qui on ne la faisait pas, et qui devait avoir le règlement tatoué sur le bras. Elle commença par expliquer à Will quelle était la politique de l'hôpital en matière de visites, quand soudain, elle s'arrêta, et le regarda de plus près.

« Vous êtes le type de la photo.

– Ah ?

– Sa seule photo. C'est rare qu'il ait des visites, vous savez. De temps en temps, quelqu'un du gouvernement avec une autorisation spéciale, et qui reste à peine une minute. Vous dites que vous êtes de ses amis ?

– Oui.

– Suivez-moi. Je vais faire une exception. »

Will eut un choc en trouvant Shackleton désormais si frêle et inconsistant. Il n'avait jamais été gros, mais une année dans le coma, sous alimentation artificielle, en avait fait un squelette vivant, au teint cireux et aux os saillants. Will aurait pu le soulever aussi facilement que son fils.

À cette heure, il était étendu sur le côté : on le faisait pivoter de manière régulière pour éviter les escarres. Il avait les yeux ouverts, mais comme voilés, et sa bouche demeurait béante, laissant voir ses dents brunes. Une casquette crasseuse des Lakers était vissée sur son crâne chauve, cachant les cicatrices de sa terrible blessure. Le drap qui le couvrait laissait voir sa poitrine et ses bras, si décharnés qu'on aurait cru un déporté rescapé des camps. Ses doigts étaient recroquevillés comme des griffes, et son thorax se soulevait en cadence avec soudaineté, comme si chaque souffle était le dernier. Il était relié à une poche en plastique par un tube : un liquide blanc le nourrissait. Un autre tube repartait un peu plus bas : le cathéter qui drainait son urine.

Sur sa table de chevet, une photo encadrée : les quatre camarades de chambrée réunis pour le vingt-cinquième anniversaire de la remise de leurs diplômes à Harvard. Jim Zeckendorf et Alex Dinnerstein souriant largement, encadrant tous deux Shackleton, sourire forcé, coiffé de son éternelle casquette des Lakers, et Will, une tête de plus que les autres, photogénique, l'air parfaitement à l'aise.

« Quand ils sont allés chez lui, expliqua l'infirmière, c'est la seule photo qu'ils ont trouvée, alors ils la lui ont rapportée. C'est gentil, vous ne trouvez pas ? Qui sont les autres ?

– Nous étions camarades de chambrée à l'université.

– On sent qu'il était intelligent, même s'il ne parle pas.

– Est-ce qu'il y a des chances pour qu'il se réveille un jour ?

– Mon Dieu, non ! Aucune amélioration possible. Il y a de la lumière à l'intérieur, mais la maison est vide. »

Elle laissa Will à son chevet. Il attrapa une chaise et s'assit à trente centimètres des barreaux du lit, regardant Shackleton dans les yeux. Il aurait voulu le haïr. Ce petit homme triste l'avait pris au piège, comme un lapin dans un collet, puis il l'avait entraîné à sa suite dans son monde de fous. Il lui avait fait ingurgiter de force tout ce qu'il savait sur la bibliothèque, puis il l'avait renvoyé mener son existence sur une orbite inconnue. Peut-être tout cela était-il écrit, prédestiné, mais ce pauvre raté avait comploté sciemment pour foutre sa vie en l'air. Et il avait réussi de manière spectaculaire.

Toutefois, Will ne parvenait pas à haïr cette créature à moitié morte, qui haletait, tel un poisson hors de l'eau, et dont le visage ressemblait à celui du *Cri* de Munch. Il n'éprouvait qu'une vague tristesse devant cette vie gâchée.

Il ne prit pas la peine de lui parler, comme le font certains visiteurs naïfs. Il resta simplement assis là, méditant sur son sort, sur les choix qu'il avait faits, les chemins qu'il avait empruntes, ceux qu'il n'avait pas suivis. Ainsi donc, chaque fois qu'il prenait une décision engageant la vie d'autrui, se contentait-il de suivre une direction prédéterminée par une main invisible ? Était-il ou pas responsable de ses actions ? Réfléchir à ses actes avait-il un sens ? Ce qui devait arriver se produisait toujours, c'était inéluctable, non ? Alors, en fin de compte, peut-être qu'il ne retournerait pas à l'entrepôt pour passer la nuit à s'efforcer de retrouver sa clé USB. Peut-être retirerait-il sa chemise pour aller s'étendre sur la plage, sur le sable à contempler les étoiles. Peut-être était-ce ça, l'étape suivante, sur le grand échiquier.

Mais le cerveau de Will n'était pas fait pour s'abîmer dans la contemplation philosophique. C'était un homme d'action qui suivait son instinct. Quand il avait faim, il se nourrissait. Quand il avait envie de faire l'amour, il cherchait une partenaire. Quand une relation ou un boulot le rendait malheureux, il le quittait. Quand il avait une mission à accomplir, il la menait à bien. Et s'il y avait un tueur à arrêter, il le traquait, jusqu'au bout.

À présent, il était à nouveau marié. Et père. Il avait une femme formidable, un fils plein de promesses. C'étaient eux, sa boussole. Nancy et Phillip guidaient ses choix, déterminaient chacune de ses décisions. Et s'il y avait d'autres facteurs en jeu, eh bien tant pis. Il n'allait pas se prendre la tête avec ça. La prochaine étape consistait à récupérer la clé USB. Ensuite, il la mettrait à Frazier, bien profond.

Soudain, il se sentit mieux : le bon vieux Will était de retour, égal à lui-même.

Et 2027 ?

Fin du monde ou pas, il y avait encore de la marge. Il avait devant lui dix-sept ans pour rattraper cinq décennies d'égoïsme. Le temps nécessaire pour se racheter.

Finalement, ce n'était pas une mauvaise affaire.

« Merci, pauvre con », dit-il à Shackleton.

EN RETOURNANT À L'ENTREPÔT, Will en profita pour passer quelques coups de fil. Le premier le rassura, les deux suivants semèrent le doute en lui.

Nancy n'était plus seule. Laura et son mari l'avaient rejointe pour lui tenir compagnie en attendant le retour de son époux. Elle semblait heureuse de cette distraction, et Will distingua des bruits de cuisine en fond.

En revanche, les deux appels suivants l'inquiétèrent. Dane ne répondait pas sur son portable. Il téléphona ensuite au motel mais, dans la chambre du pilote, nul ne décrocha. À l'accueil, on lui confirma qu'il était pourtant là. Will eut beau se dire qu'il avait le sommeil lourd, cette explication ne le convainquait qu'à demi.

À la Zone 51, le téléphone de Dane enregistra la communication de Will. Les techniciens repérèrent tout de suite d'où elle provenait : juste au nord de Long Beach, filant plein nord. Ils appelèrent Frazier pour l'en informer.

L'autre grommela de vagues remerciements. Il était satisfait d'avoir le numéro de Piper, mais pensait ne plus en avoir besoin, dorénavant. Il voyait le véhicule de sa cible devant lui et, si tout allait bien, il mettrait bientôt la main sur lui et la clé USB. Ensuite, il fondrait sur Henry Spence et s'emparerait des documents rapportés d'Angleterre.

Il avait hâte de ne plus avoir Lester sur le dos. Il mourait d'envie de l'appeler pour lui dire que sa mission était accomplie, que la menace était levée, leurs adversaires neutralisés. Il voulait enfin entendre ce bureaucrate le féliciter, pour changer. Ensuite, il prendrait quelques jours de vacances, peut-être vernirait-il le plancher de sa terrasse, ou s'adonnerait-il à quelque autre agréable tâche du quotidien. Huit jours avant les événements de Caracas, la base serait en alerte, et ils n'auraient plus le droit d'en sortir avant la fin de la mission.

Il était encore tôt, aussi Will s'arrêta-t-il pour manger un morceau à quelques kilomètres de l'entrepôt. Il essaya sans succès de rappeler Dane depuis le parking du restaurant chinois, mais cette fois il lui laissa un message :

« C'est Will. Il est 17 h 30. J'ai déjà essayé de t'appeler. Rappelle-moi dès que tu auras mon message. »

Une heure plus tard, il était toujours là, gavé de porc moo shu et imbibé de thé vert. Le restaurant affichait un bar bien garni, mais Will était resté d'une parfaite sobriété.

Avant de partir, il ouvrit le biscuit qui contenait son horoscope :

« Il est bon de se préparer à l'imprévu. »

Merci du conseil, songea-t-il.

En arrivant au parking de l'entrepôt, Will retint son souffle. Vide. Par chance, il n'y avait pas de service de nuit. Le soleil était couché depuis une demi-heure, et la lumière déclinait vite à présent. Il aurait préféré qu'il fasse nuit noire. Il fit deux fois le tour du bâtiment en voiture pour s'assurer qu'il n'y avait personne, puis se gara sur le côté et se dirigea vers la porte. Il appliqua le passe de sécurité sur la borne noire : la petite lumière rouge vira au vert et la porte s'ouvrit.

Il se préparait à affronter un garde, mais le hall d'entrée et le bureau d'accueil, éclairés par une vague lampe de service, étaient déserts. Il appliqua le passe magnétique contre une seconde borne et il entra pour de bon dans l'entrepôt.

L'obscurité n'était pas totale. Quelques tubes néons demeuraient allumés au plafond ici et là, versant un halo lumineux sur la vaste surface.

La première chose qui attira son attention, ce furent les robots. Il y en avait en effet toute une rangée, alignés devant lui, tels des téléviseurs géants dépourvus d'écran. Il s'agissait en fait de cadres allongés, comportant au centre un support de bois en V, destiné à soutenir un livre maintenu par des élastiques.

Il examina le plus proche : à l'intérieur, un bras articulé demeurait figé en pleine action, tournant une page au moyen d'une fine pince. Le lecteur optique s'apprêtait à scanner le texte dès que le courant serait rétabli et la feuille remise à plat.

Derrière les robots s'étendait une espèce de bibliothèque, version industrielle, peuplée de rangées d'étagères noires, assez basses pour qu'une personne puisse sans difficulté atteindre les ouvrages les plus hauts. Le long des murs se succédaient les bureaux des employés, envahis d'ombre.

Will soupira en mesurant la tâche qui l'attendait. Plusieurs milliers de volumes sans doute. Il devait bien y avoir quelque part un système de catalogue permettant de localiser les ouvrages, mais il songea qu'il perdrait autant de temps à parcourir les différents bureaux et leur système de classement que s'il allait directement aux livres. Aussi choisit-il une rangée, à l'entrée de l'entrepôt, et se mit-il à la suivre.

Au bout d'une demi-heure, il se sentit noyé par le nombre de tranches, chacune marquée du code-barres attribué par l'entreprise de numérisation. Il devait se montrer méthodique. Il n'était pas certain que tous les exemplaires des archives légales du comté de Los Angeles se suivent. À sa grande déception, il s'était en effet aperçu que certaines collections étaient dispersées, comme dans une salle de classe mal ordonnée. En arrivant au bout d'une rangée, à l'arrière du bâtiment, il s'arrêta pour rappeler Dane. Une fois encore, il tomba sur la messagerie. Il y avait bel et bien un problème.

Ses yeux furent attirés par un écran lumineux. Dans un bureau tout proche, un moniteur en noir et blanc diffusait les images prises par la caméra de surveillance du hall d'accueil. Sur la porte était inscrit : MARVIN HEMPEL, DIRECTEUR GÉNÉRAL. Il imagina le patron gringalet assis à son bureau, avalant sa soupe en lorgnant sa réceptionniste pendant sa pause déjeuner. Il secoua la tête et passa à la rangée suivante.

Il essaya d'accélérer le rythme, se forçant à se concentrer. S'il n'était pas assez attentif, il y passerait des heures, finirait les mains vides, et n'aurait plus qu'à tout recommencer. Il se mit à toucher chaque tranche du doigt pour être certain de bien l'avoir enregistrée. Hélas, il ne pouvait empêcher des pensées parasites de lui traverser l'esprit.

Où était Dane ?

Comment allait Nancy ?

Comment tout cela allait-il finir ?

Frazier avait fait encercler l'entrepôt, mais il s'inquiétait de ne pas avoir assez d'hommes pour surveiller la totalité du bâtiment. Ils n'étaient en effet que huit pour couvrir l'avant, l'arrière par où s'effectuaient les livraisons, et les sorties de secours latérales. Il avait mis DeCorso et deux autres gardiens devant. Piper était entré par là, il ressortirait sûrement par le même chemin. Il envoya deux équipes de deux surveiller les sorties de secours latérales, se réservant l'arrière. Il se plaisait à imaginer Piper, entrouvrant lentement la porte, la surprise se peignant sur son visage, tandis que Frazier ouvrait le feu sur lui. Il n'en mourrait pas mais, avec un peu de chance, il serait bien amoché.

DeCorso, quant à lui, vivait ses dernières minutes. Son supérieur lui fit des adieux silencieux. La prochaine fois qu'il le verrait, ce serait sans doute à l'état de cadavre. Il allait bientôt être tué. Serait-ce Piper ? Une balle perdue ? Une crise cardiaque ? La nuit s'annonçait chaude.

Une heure passa, et Will marqua l'endroit où il s'arrêtait en tirant à moitié un livre hors de sa rangée. Il se rendit aux toilettes pour éliminer le thé vert, et s'aspergea le visage d'eau froide.

Pendant ce temps, Frazier et DeCorso débattaient par radio de ce qui pouvait bien le retenir. Pourquoi donc s'attardait-il ainsi ? Y avait-il une autre sortie qu'ils avaient ratée ? Existait-il un tunnel reliant entre eux différents entrepôts ?

Frazier opta pour une demi-mesure en envoyant DeCorso et son équipe dans le hall d'accueil. Tenir l'endroit serait une bonne idée si Piper sortait par là, et le chemin serait déjà en partie effectué si jamais ils décidaient d'aller le débusquer à l'intérieur. L'un des hommes de DeCorso avait sur lui un outil électronique qui leur permit d'entrer sans encombre. Là, ils prirent place en position défensive.

Will atteignait le fond du bâtiment quand, en se penchant sur la dernière rangée, il eut un choc, comme s'il avait touché un câble électrique dénudé. Les voilà ! Une série de volumes des archives du comté de Los Angeles des années 1980 ! Ça vient, se dit-il, j'y suis presque.

Il fit un virage à cent quatre-vingts degrés pour inspecter le début de la rangée suivante et son cœur se mit à battre la chamade. Il se retrouva face à un pan entier de gros livres vieillots et jaunis. Ils n'étaient pas classés dans l'ordre, et son œil identifia tout de suite des ouvrages issus d'un peu toutes les décennies.

1947 devait bien se trouver quelque part.

Il entreprit de toucher chaque couverture en prononçant l'année affichée à voix haute. Il arriva en bas. Là, à genoux, il l'aperçut enfin et le retira de la rangée.

1947.

Il s'assit confortablement sur le sol de l'entrepôt, le gros livre ouvert sur les genoux, pour créer un tunnel sous la tranche. Puis il tapa l'ouvrage par terre. Le canon de son arme, à sa ceinture, s'enfonçait douloureusement dans sa cuisse, mais il n'y prêtait aucune attention. Il entendit alors un cliquetis : la clé USB venait d'atterrir sur le ciment. Il ferma les yeux et remercia en silence la providence.

Quand il se releva, il s'aperçut qu'il était revenu en face du bureau du directeur et jeta un coup d'œil machinal au moniteur.

La surprise le cloua sur place.

Quelque chose avait bougé sur l'écran.

Il s'approcha. Deux hommes. Non, trois. Armés.

Des gardiens.

Il rangea la clé dans sa poche, sortit son Glock et retira la sécurité. Il disposait en tout et pour tout de dix-huit coups. Pas un de plus. Il ne tiendrait pas si le combat s'éternisait. Il fallait mettre au point une stratégie.

Ils devaient surveiller toutes les issues. Toutefois, il avait un avantage : lui, il les voyait. Pouvait-on accéder au toit ? L'entrepôt devait être de plain-pied, mais mieux valait vérifier s'il y avait un sous-sol.

À toute vitesse, il parcourut les lieux, à la recherche d'une issue imprévue, évaluant les angles, retournant régulièrement vers le moniteur pour voir où en étaient ses adversaires.

Aucune possibilité intéressante n'émergeait. Il réfléchit à toute vitesse, en se préparant à une effusion de sang. Bien sûr, il était ADH, mais rien n'empêchait qu'il se retrouve dans le même état que Shackleton. Il songea à Nancy. La peur avait un goût de fer.

Dans son oreillette DeCorso entendit Frazier lui demander de faire son rapport. Il répondit en murmurant : « Tout est calme, aucun signe de... » quand soudain tout explosa autour de lui. Les lumières de l'accueil s'allumèrent d'un coup, et une sirène à vous déchirer les tympans se mit à hurler, obligeant les hommes à se boucher les oreilles.

« L'alarme incendie ! s'écria DeCorso, assez fort pour que Frazier puisse l'entendre malgré le fracas assourdissant.

– L'entrepôt doit être relié à une centrale ! hurla son chef à son tour. Les pompiers seront là dans quelques minutes ! Allez le cueillir, donnez l'assaut ! Les autres, conservez vos positions, couvrez les sorties.

– Compris ! En avant, les mecs ! »

DeCorso demanda à son équipier d'ouvrir la seconde porte et tous trois s'engouffrèrent dans l'entrepôt, en se dispersant aussitôt.

Ils s'arrêtèrent net : devant eux, toute une rangée de robots dansaient en ligne. Des bras articulés tournaient des pages.

D'aveuglants flashes lumineux éclairaient les livres. Des images de texte digitalisé apparaissaient sur des écrans d'ordinateur.

DeCorso avisa quelque chose. Au-dessus d'un scanner, à travers, au milieu de la rangée de robots, il crut voir une arme. « Tireur ! » hurla-t-il par-dessus le hurlement des sirènes tout en pointant son revolver dans la même direction.

Will était en position d'attaque derrière un robot. Il fit feu à deux reprises et atteignit chaque fois DeCorso en pleine poitrine. L'homme cligna des yeux une dernière fois avant de tomber à genoux et de s'affaisser. Les deux autres étaient très bien entraînés, sûrement des anciens des forces spéciales. Ils gardaient la tête froide sous la mitraille, et la disparition de leur chef ne parut guère les affecter. L'homme sur la gauche de Will bondit derrière un chariot métallique et fit feu à son tour. Il ignorait où se trouvait précisément son adversaire. Les balles déchirèrent des feuilles, brisèrent des pans de verre, mais les bras articulés continuèrent de tourner les pages.

Will se concentrait à présent sur le gardien à sa droite, accroupi très bas à la recherche d'une cible et plus exposé. Il visa de manière grossière et tira trois fois. L'homme cria et s'écroula, une mare de sang se formant sous son blouson.

Hélas, les étincelles produites par les tirs étaient comme un phare pour l'autre gardien, qui fit feu aussitôt. Will se baissa derrière le robot, mais il sentit une douleur fulgurante lui déchirer l'intérieur de la cuisse, comme si quelqu'un appliquait une barre rougie sur sa chair. Son pantalon fut bientôt trempé de sang. Il ne pouvait rien faire pour le moment. Si l'artère fémorale était touchée, c'en était fini. Il le saurait très vite : sa vision se brouillerait, puis ce serait le *black-out*.

Les robots étaient si proches les uns des autres qu'ils formaient presque un mur. Will se traîna sur la gauche, jusqu'à ce qu'il arrive au bout de la rangée. Il ignorait maintenant où était le troisième gardien. Sa jambe saignait beaucoup, mais tous ses sens étaient en éveil. Si c'était l'artère fémorale, il le saurait à présent.

Enfin, le dernier assaillant eut le tort d'obéir à un ordre.

Dans son oreillette, il entendit Frazier hurler comme un dément.

« Vous en êtes où ? Donnez-moi votre putain de position ! Exécution !

– Deux hommes à terre ! Tir nourri ! Avant du bâtiment ! » hurla l'autre.

Pesant de tout son poids sur sa bonne jambe, Will se releva d'un bond, comme un diable sortant de sa boîte. Il tira dans la direction de la voix et six balles transpercèrent le chariot métallique. Le troisième gardien essaya de se redresser, mais il s'effondra, blessé à l'abdomen.

Sans attendre, Will retira sa ceinture et se fit un garrot à la cuisse, aussi serré qu'il pouvait le supporter. Sa jambe le portait à peine. Il se rua au milieu de ses adversaires, baignant dans leur sang, traversa le hall d'accueil en boitant, et sortit dans le calme de la nuit sans lune.

Au loin, on entendait des sirènes qui se rapprochaient. Les pompiers arrivaient.

Il ignorait combien d'autres gardiens se trouvaient dans les parages, mais il savait qu'ils resteraient encore un moment devant les autres issues.

Sa voiture était à quelques mètres de là.

Il allait s'en sortir.

LE SANG MACULAIT le siège de Will. Des vertiges l'assaillaient par vagues successives. Puis il éprouva une violente nausée, qui l'obligea à s'arrêter pour vomir sur le bas-côté.

Il lui fallait s'occuper très vite de sa blessure. Il devait à tout prix garder l'esprit clair. Sans quoi, il était perdu.

Frazier se pencha sur DeCorso, cherchant une carotide qui, il le devinait, ne battait plus. Piper 2, DeCorso 0, songea-t-il. Blessé deux fois par le même homme, mortellement la seconde. Devinez lequel était le meilleur ?

Il devrait s'occuper de ce salopard lui-même.

Les deux autres étaient encore en vie, mais dans un état critique. Il fit appeler une ambulance. Il n'y avait rien d'autre à faire. Il savait qu'un des deux allait mourir. Il connaissait les DDD de tous ses hommes, ce qui pour lui constituait un impératif professionnel.

En revanche, il ignorait la sienne.

Il aurait pu malgré tout chercher, mais il respectait la règle à la lettre. De plus, tout au fond de lui, il était certain d'être ADH.

Les sirènes des pompiers étaient désormais tout près. En quittant le bâtiment, il remarqua une traînée rouge à travers le hall d'accueil. Parfait, songea-t-il. J'espère qu'il déguste.

Lui et ses hommes avaient quitté les lieux avant l'arrivée des pompiers. Piper pouvait être n'importe où à présent.

À un feu rouge, Will rajusta son garrot. Il roulait dans Vernon Avenue, à la recherche de boutiques encore ouvertes. Il avait besoin de se rendre dans une pharmacie. D'acheter un nouveau pantalon. Un ordinateur. Il lui fallait retrouver Dane. Se débarrasser de cette voiture. Parler à Nancy. Et puis les balles : il n'en avait plus que sept. Il avait plusieurs urgences à traiter en très peu de temps.

Il rappela de nouveau le portable de Dane et retomba sur la messagerie. Il se rendit alors au motel et alla se renseigner à la réception : un employé frappa à la porte de la chambre et, comme personne n'ouvrait, revint avec une clé. La pièce était vide. Enfin, Will appela l'aéroport, et on lui apprit que l'avion de Dane n'avait pas bougé depuis son arrivée. Personne n'avait revu le pilote.

C'est bon, songea Will. Les gardiens l'ont eu. Il était seul à présent. Il regarda son téléphone avec dégoût, et jura.

S'ils avaient Dane, ils avaient son portable, et ils pouvaient localiser le sien. Il était cuit. Il ouvrit sa vitre et laissa choir le téléphone sur la chaussée, disant au revoir à son dernier lien avec les autres.

Frazier était en contact permanent avec le centre des opérations de la Zone 51. Il suivait Vernon Avenue, guidé par le satellite qui avait localisé le téléphone de Piper. Soudain, le technicien lui cria :

« Le signal a disparu !

– Comment ça, disparu ?

– Y a plus rien sur les écrans. Il a dû éteindre son portable ou retirer la batterie. »

Frazier se défoula sur le tableau de bord.

« On était à moins de deux kilomètres derrière lui !

– Qu'est-ce que je fais ? lui demanda le conducteur.

– Continue d'avancer. Je réfléchis. »

Will était à présent sur Crenshaw Boulevard, avançant droit devant lui dans le dédale urbain nocturne. La douleur était inouïe et ses vertiges, de plus en plus préoccupants. À l'horizon, une enseigne indiquait le Baldwin Hills Crenshaw Plaza, le plus vieux centre commercial des États-Unis. Il décida de s'y arrêter et, quand il découvrit qu'il y avait là un hypermarché Wal-Mart, il alla se garer dans le parking couvert, le plus près possible de l'entrée.

Il eut du mal à s'extraire du véhicule, et s'empara du premier caddie qu'il trouva en guise de déambulateur, mais aussi pour dissimuler un peu l'énorme tache rouge sur son pantalon. En grimaçant de douleur, il entra, passant sous les yeux du vieil employé, à la porte, qui repéra aussitôt son pantalon et ses empreintes sanglantes, mais ne dit rien, comme c'était l'usage dans le quartier.

Will se rendit directement au secteur pharmacie et fit le plein de compresses de gaze stérile, de bandes, pince à épiler et antiseptique, sans oublier des comprimés de paracétamol, comme si cela pouvait soulager une telle douleur. Il avait besoin d'anesthésiant, mais il était impossible de s'en procurer.

Il se dirigea ensuite vers la section des vêtements pour hommes, prit un pantalon noir taille 44, un paquet de caleçons et des chaussettes. Dans le salon d'essayage, il se rendit à la cabine du fond et retira son pantalon couvert de sang. Tremblant, devant le miroir, il inspecta sa blessure. Un trou violacé de presque un centimètre de diamètre lui perforait la paroi interne de la cuisse droite, à douze ou treize centimètres de son entrejambe. Du sang continuait de s'en écouler, rouge sombre. Will avait assisté à suffisamment d'autopsies pour savoir qu'il avait eu de la chance. Le muscle adducteur était à une bonne distance de l'artère fémorale. Hélas, la balle n'était pas ressortie. La présence des robots avait dû freiner le projectile. Dans un peu plus de vingt-quatre heures, sans chirurgie ni antibiotiques, sa jambe commencerait à s'infecter.

Il déballa les trois caleçons, en roula un, et mordit dedans pour se soulager. Il baigna ensuite la plaie de Bétadine, puis passa aux choses sérieuses. Avec la pince à épiler, il fit pénétrer une compresse roulée dans le trou. Il mordit très fort dans le tissu, tandis que ses yeux s'emplissaient de larmes sous la douleur fulgurante. Il n'avait pas le choix. Il fallait arrêter l'hémorragie, et pour ça, il était nécessaire qu'un caillot se forme. Il se força à enfoncer la gaze toujours plus profond entre les tissus sous-cutanés puis musculaires, à coups répétés de pince à épiler.

Enfin il s'arrêta, incapable de continuer, imbiba la compresse de Bétadine et enroula une bande bien serrée autour de la plaie. Puis il recracha le tissu du caleçon, et s'écroula sur le sol, haletant. Une minute plus tard, il était prêt à enfiler un pantalon propre. En sortant du salon d'essayage, il jeta ses vêtements souillés.

La douleur était insoutenable, pourtant il dut la surmonter pour demander des renseignements à un vendeur au rayon informatique.

« Bonjour, je cherche un ordinateur portable avec un port USB et une connexion sans fil. Quel est le moins cher ?

– Ils ont tous plusieurs ports USB et une connexion sans fil.

– Très bien. Dites-moi lequel est le moins cher.

– On a un Acer à 498 dollars.

– Je le prends. Et donnez-moi un sac pour le ranger. La batterie est chargée ?

– Normalement oui. Pourquoi ?

– Parce que j'en ai besoin tout de suite. »

Il y avait une borne de taxis près de l'entrée de l'hypermarché. Ses achats bien rangés dans son nouveau sac, avec l'ordinateur, Will s'installa avec peine sur la banquette arrière. Il posa la main sur sa cuisse et fut rassuré de constater que le sang n'avait pas encore transpercé le pansement.

« Vous allez où ? demanda le chauffeur.

– À la gare routière. Mais arrêtez-vous d'abord devant une épicerie. »

Frazier devenait fou à force de tourner en rond : cela revenait à chercher une aiguille dans une meule de foin. Il demanda au conducteur de s'arrêter devant un snack-bar. Ils transmirent à la police de Los Angeles toutes les données qu'ils avaient sur Piper, dont son numéro de plaque d'immatriculation. Il était soupçonné d'avoir tiré sur des agents fédéraux. Il était armé et dangereux, peut-être blessé. La police devait prendre cette affaire très au sérieux. Les hôpitaux seraient aussi mis en alerte. À présent, Frazier devait se montrer plus malin que Piper. Qu'allait-il faire de sa clé USB, en admettant qu'il l'ait retrouvée ? Il lui était impossible de retourner à New York sans se faire prendre. Soudain, il eut une illumination.

Spence. Sa DDD tombait le lendemain.

Il habitait Las Vegas. Bien sûr : Piper allait se rendre là-bas pour la lui remettre. C'était certainement l'étape suivante de Dane Bentley.

Plus besoin de traquer Piper : tout ce qu'il avait à faire, maintenant, c'était retourner à Las Vegas et l'attendre.

Il était toujours en liaison avec le centre des opérations de la Zone 51 :

« Piper vient d'utiliser sa carte Visa il y a vingt minutes au Wal-Mart de Crenshaw.

– Qu'est-ce qu'il a acheté ? demanda Frazier.

– Un ordinateur, un sac, des vêtements et tout un tas de compresses et de bandes.

– Très bien. On retourne dans le Nevada. Je connais sa destination. »

À la gare routière, Will paya son billet pour Las Vegas en liquide. Il lui restait quelques heures avant le départ, mais il ne voulait pas attendre sur place. Il avisa un snack qui vendait des beignets de l'autre côté de la rue. Il s'installa dans un recoin avec une grande tasse de café et un verre d'eau. L'eau vidée, sous la table il se versa une bonne rasade de Johnnie Walker, mit six comprimés de paracétamol dans sa bouche et, en quelques gorgées, avala le tout.

L'alcool atténua un peu la douleur ou, du moins, le plongea dans une légère torpeur qui lui permit de se concentrer sur son nouveau portable. Il ne détectait aucun réseau.

« Vous avez le WiFi ? » dit-il, interpellant la Mexicaine renfrognée derrière son comptoir.

Il aurait aussi bien pu lui demander de lui expliquer la mécanique quantique. Elle le toisa d'un regard bovin et haussa les épaules.

Il inséra la clé USB et téléchargea la base de données de Shackleton. Une minute plus tard, apparut une fenêtre qui lui demandait le mot de passe. Il se le rappela aussitôt : Pythagore. Cela devait signifier quelque chose pour Shackleton, mais quoi ? Il ne le saurait jamais.

La base de données était prête à répondre à toutes ses questions. Il y avait un sentiment de toute-puissance à pouvoir taper un nom et une information pour apprendre dans l'instant suivant la date à laquelle devait mourir cette personne. Il commença par Joe et Mary Lipinski, pour leur rendre hommage. 26 octobre, c'était bien cela.

Puis il fit une petite vérification : Henry Spence. 30 octobre. Le lendemain. C'était confirmé.

Il entra quelques noms supplémentaires et observa son écran.

Il avait désormais une petite idée de ce qui arriverait le lendemain.

Il était plus de minuit dans le New Hampshire, mais il lui fallait parler à Nancy, même si pour cela il devait la réveiller et lui causer de l'inquiétude. Il n'avait pas le choix. D'après ce qu'il savait, ce serait leur dernier coup de fil avant la fin.

Il y avait un téléphone à pièces près des toilettes. Il fit de la monnaie auprès de la Mexicaine et composa le numéro de la maison de Zeckendorf à Alton. Les gardiens devaient disposer de tous les numéros de portables à carte qu'il avait appelés. Nul doute qu'ils étaient sur écoute. Celui-là, en revanche, ils ne l'avaient pas. Du moins, pas encore. En écoutant la sonnerie, il s'aperçut que le sang commençait à perler sur son nouveau pantalon.

Nancy répondit, l'air tout à fait réveillée.

« C'est moi.

– Will ! Comment vas-tu ? Où es-tu ?

– À Los Angeles.

– Alors ? s'enquit-elle d'un ton soucieux.

– J'ai récupéré la clé, mais ça n'a pas été sans mal.

– Que s'est-il passé ?

– Ils ont eu Dane. Et il y a eu du grabuge.

– Will, tu es blessé ?

– J'ai reçu une balle. À la cuisse droite Mais les bijoux de famılle sont intacts.

– Mon Dieu, Will ! Il faut que tu ailles à l'hôpital !

– Impossible. Je vais prendre le car. Je vais rejoindre Spence. »

Il sentait qu'elle réfléchissait. Derrière, il entendit Phillip.

« Je vais appeler notre bureau à LA. Le FBI te protégera.

– Surtout pas ! Frazier le saurait tout de suite. Il doit avoir des antennes dans toutes les administrations fédérales ! Non, je peux m'en sortir seul.

– Tu n'as pas l'air très vaillant.

– Eh bien, j'ai une chose à t'avouer.

– Quoi ?

– J'ai acheté du scotch. Nancy ?

– Oui.

– Tu es en colère contre moi ?

– Tu trouves toujours le moyen de me mettre en colère !

– Non, je veux dire, tu m'en veux ?

– Will, je t'aime.

– Je ne fais que t'entraîner dans des situations inextricables.

– Ne dis pas ça.

– Je veux être là en 2027, pour veiller sur toi et sur Phillip.

– Mais oui, mon chéri, tu seras là. Je le sais. »

SI L'ALTERNATEUR DU CAR qui s'apprêtait à rallier Las Vegas au départ de Los Angeles n'était pas tombé en panne, l'issue du lendemain aurait pu être différente. Telle est la nature du destin. De la fatalité. Une variable en influence une autre, qui déteint sur une troisième, et ainsi de suite, selon une chaîne infinie et complexe, rappelant le principe des dominos. Au lieu de partir de LA à 22 h 30, le car demeura quatre heures de plus à la gare routière.

Will passa les six heures de voyage à travers les ténèbres du désert à biberonner sa bouteille, sombrant dans le sommeil quand l'alcool le ravissait enfin à la douleur. Il avait presque tout l'arrière du bus pour lui seul. La plupart des autres passagers avaient en effet préféré différer leur départ. Seuls quelques voyageurs très déterminés étaient restés, attendant que la réparation soit effectuée, or les gens qui se rendaient à Vegas en pleine nuit étaient du genre à s'occuper de leurs affaires.

De temps à autre, Will se rendait aux toilettes pour rajouter une compresse dans la plaie et l'imbiber de désinfectant. Hélas, il saignait toujours et se sentait plus faible d'heure en heure.

Il s'éveilla dans l'éclat feutré du matin, perclus de douleurs, la bouche sèche, les tempes battantes. Il frissonnait. Il remonta le col de sa veste et se recroquevilla sur lui-même. À l'extérieur, défilaient des étendues plates de terre sèche agrémentée de maigres buissons. Il espéra que l'air conditionné tombe en panne afin que la chaleur du désert envahisse le car. Les prémices de l'infection.

La dernière heure fut un véritable supplice, ponctué de nausées, de spasmes, et baigné dans une douleur permanente. Il grelottait, et la colère le raidissait. Finir cette mission serait un véritable bras de fer. S'il se laissait sombrer dans la souffrance, alors Frazier l'emporterait. Il ne pouvait le permettre. Il se concentra sur l'image de Nancy et de son fils. Phillip, en train de téter, tandis que sa mère, rêveuse, regardait au-dehors, par la fenêtre de leur appartement. Voilà l'image qui se grava dans son esprit. Puis une autre image lui succéda, qui le fit éclater de rire : l'énorme camping-car de Spence.

« Je veux cet engin ! » s'écria-t-il.

À travers les vitres teintées de vert, Las Vegas apparut à l'horizon, se dressant au milieu de la plaine infinie, cristalline, telle une cité d'émeraude. Il alla refaire une dernière fois son pansement. L'équipe de nettoyage qui vidait la poubelle des toilettes allait sans doute s'interroger sur ce qui avait bien pu se passer à bord du car cette nuit-là.

Enfin, ils arrivèrent au terminal des Greyhound, près du Golden Nugget Casino, sur le côté du Strip, l'artère principale de Vegas. Will était le dernier. Sous l'œil soupçonneux du conducteur, il fit de son mieux pour descendre sans trop tituber.

« Ça va, mon vieux ?

– Ça va bien, bredouilla Will. Je suis en veine. »

La chaleur du soleil le ragaillardit tout de suite. Il alla droit à un taxi et s'écroula sur la banquette arrière :

« Emmenez-moi à Henderson. Saint Croix Street.

– Joli quartier, répondit le chauffeur en le dévisageant.

– J'en suis sûr. Dépêchez-vous, et vous serez récompensé.

– Vous êtes certain que vous ne voulez pas plutôt que je vous emmène à l'hôpital ?

– Non, je vais mieux que j'en ai l'air. Vous pouvez couper la clim ? »

La dernière fois qu'il était venu à Las Vegas, il s'était promis de ne plus jamais y remettre les pieds. Cela remontait à un peu plus d'une année en arrière : il était venu exprès pour interroger le patron d'une compagnie d'assurances-vie, Desert Life, dans le cadre de l'affaire Apocalypse. Il avait la bonne recette, les bons ingrédients, mais il les avait mis dans le mauvais ordre. Nelson Elder, le P-DG, était bien mêlé à l'affaire, mais pas de la manière dont le pensait Will. Ensuite, il avait rendu une visite amicale à son vieux camarade de chambrée, Mark Shackleton, et là aussi l'expérience s'était révélée trompeuse. Ce voyage à Las Vegas plein de faux-semblants lui avait donc laissé une drôle d'impression, mais de toute façon, pour être honnête, il n'avait jamais beaucoup aimé cette ville. Cette fois, c'est sûr, ce serait la dernière.

À cette heure, tout le monde se pressait vers le centre, au nord. Will allait au sud, et la circulation était fluide, aussi arriva-t-il vite à Henderson. Les montagnes couleur chocolat de la chaîne McCullough s'élevaient devant eux tandis qu'ils s'approchaient des MacDonald Highlands, le quartier très chic où vivait Spence. Will faisait tout son possible pour rester conscient ; dans le rétroviseur, le chauffeur ne le perdait pas des yeux.

Ils passèrent les portes de la verdoyante résidence du Dragon Ridge Country Club, enclave de demeures luxueuses, nichée dans les collines, surplombant les *fairways* du golf. Arrivé devant la grille, Will baissa la vitre et se présenta au gardien en demandant à voir Henry Spence. Dans le téléphone de l'homme, il entendit résonner la voix de Spence.

Le taxi arriva devant la maison. C'était la plus vaste demeure que Will ait jamais vue, énorme complexe de style méditerranéen, couleur sable. Il aperçut Spence à la porte, assis sur son scooter électrique. Kenyon se précipita à sa rencontre en l'appelant et lui faisant de grands signes. Il s'arrêta net quand il le vit sortir en chancelant du véhicule, puis il se précipita pour le soutenir et lui montrer le chemin

« Dieu du ciel ! Que vous est-il arrivé ?

– Les gardiens, répondit Will en grinçant des dents. Je crois qu'ils ont eu Dane.

– Nous étions morts d'inquiétude. Plus aucune nouvelle. Allez, venez à l'intérieur. »

Spence recula pour les laisser passer.

« Alf, installe-le sur le divan, dans le bureau ! Mon Dieu, mais il saigne ! Will, vous n'avez pas été suivi ?

– Je pense pas », articula-t-il.

La maison couvrait plus de huit cents mètres carrés, sorte d'opulent Taj Mahal façon Vegas, construit pour l'épouse mondaine de Spence. Kenyon traîna Will dans l'espace en forme de fer à cheval, jusqu'à une pièce dotée d'une cheminée, d'un ordinateur et d'un large canapé brun faisant face à la piscine construite derrière la demeure. Will se laissa tomber sur le sofa et Kenyon lui remonta avec soin la jambe pour le mettre en position allongée. Il était blanc comme un linge, en sueur, et sa respiration s'était accélérée. Son pantalon gluant de sang dégageait une odeur douce et fétide.

« Il vous faut un docteur, dit Kenyon avec calme.

– Plus tard.

– Henry, tu as des ciseaux sous la main ? »

Spence arriva sur son engin, dans le sifflement de sa boîte à oxygène.

« Dans le bureau. »

Kenyon découpa un grand carré dans le vêtement de Will, exposant l'énorme pansement rouge sombre. Il tailla dedans, retira la gaze et jeta un coup d'œil à la blessure. Au cours de son séjour dans la jungle du Nicaragua, il avait appris les gestes rudimentaires des premiers secours.

« Vous vous êtes soigné vous-même ? »

Will acquiesça.

« Sans anesthésie ?

– Hélas. »

Sa cuisse était à présent violette et gonflée. Les compresses dégageaient un arôme douceâtre, écœurant.

« C'est infecté.

– J'ai toute une pharmacie dans mon armoire. De quoi as-tu besoin ?

– Trouve-moi des analgésiques, de la codéine, de la vicodine, ce que tu as, et puis un antibiotique, n'importe lequel. Tu as une trousse d'urgence quelque part ?

– Dans le coffre de la Mercedes. Les Allemands pensent à tout. »

Will se releva sur ses coudes.

« La base... elle est dans mon sac.

– Dieu merci, fit Spence en fermant les yeux.

– On va d'abord s'occuper de votre jambe », insista Kenyon.

Il commença par abreuver Will d'analgésiques et de Ciflox, puis lui demanda pardon avant de retirer les vieilles compresses pour en mettre de nouvelles. Will serra les dents, gémit. Quand tout fut fini, il réclama un verre de scotch.

Cette requête n'enthousiasmait guère Kenyon, mais Will réussit malgré tout à le persuader d'accéder à sa demande. Après avoir avalé un grand verre, il le rassura :

« J'arrête dès demain. »

Kenyon s'assit auprès de lui et Spence s'approcha. C'est alors que Will s'aperçut que son hôte était sur son trente et un. Ses cheveux et sa barbe étaient peignés avec soin. Il avait revêtu une belle chemise et une cravate.

« Vous vous êtes fait beau, en quel honneur ?

– Eh bien, fit-il en souriant, je n'ai plus d'anniversaire à fêter. On célèbre le jour de ma mort. Alf a été adorable. Il m'a préparé des pancakes. Il a fait des projets pour toute la journée, même si je ne suis pas sûr de pouvoir participer à tout. Pizza et bière à midi. Cet après-midi, on va regarder *Citizen Kane* dans la médiathèque. Ce soir, steaks au barbecue. Ensuite, je débrancherai mon oxygène pour fumer un cigare sur le patio.

– C'est sûrement ça qui va le tuer, commenta Kenyon avec tristesse.

– Désolé d'interrompre vos projets, coupa Will. Passez-moi mon sac. »

Il sortit son ordinateur portable et, pendant que l'engin démarrait, leur raconta comment il avait retrouvé la clé USB, puis l'embuscade tendue par les gardiens à l'entrepôt. Il n'avait pas vu Frazier, mais il avait senti sa présence.

« Finissons-en avec tout ça avant d'aller regarder notre film, vous voulez bien ? les pressa-t-il.

– Je suis on ne peut plus d'accord. D'ailleurs, je sais déjà tout sur Rosebud. »

Will ouvrit la base de données de Shackleton et entra le mot de passe. Spence reprit sa respiration, humecta ses lèvres sèches. Il voulait savoir, mais le processus promettait d'être une vraie torture. Il prononça le premier nom :

« William Avery Spence. Baltimore, dans le Maryland. Mon fils aîné. »

Will tapa les renseignements.

« Il est ADH. »

Spence souffla, puis il fut pris d'une quinte de toux.

« Thomas Douglas Spence, New York. »

ADH.

« Susan Spence Pearson, à Wilmington dans le Delaware, ma fille. »

ADH.

« Très bien, fit-il avec calme. Passons aux petits-enfants. J'en ai beaucoup. »

Tous étaient ADH.

Il y avait ensuite la liste des conjoints des enfants, puis son jeune frère, et quelques cousins et cousines proches.

L'un d'entre eux avait une DDD proche. Il lui restait sept ans à vivre. Spence hocha la tête.

Il avait presque terminé. Il se sentait détendu, satisfait, et son anxiété diminuait. Enfin, il dit :

« Alf, je veux savoir aussi pour toi.

– Mais pas moi ! protesta l'autre.

– Alors laisse-nous une minute. Tu n'as certes pas envie d'entendre, mais tu dois exaucer le vœu d'un mourant.

– Par tous les saints, Henry, c'est ce que je fais depuis deux semaines !

– Alors la corvée est bientôt terminée. Allez, dehors. »

Les deux hommes échangèrent un sourire complice.

Quelques minutes plus tard, Kenyon revint avec le café. Il regarda Will et Spence puis déclara :

« Je ne vous demande rien et vous ne me dites rien. Je ne veux pas que vous fichiez en l'air la belle relation bien ordonnée que j'entretiens avec Dieu. Je veux que le Seigneur me surprenne. De manière naturelle.

– À ta guise, Alf. Je boirais bien une tasse de café. J'en ai fini, à présent. Will m'a fait là un cadeau inestimable. Je peux mourir en paix. »

Les médicaments commençaient à faire effet et Will se sentait de plus en plus engourdi.

« J'ai besoin de me connecter, dit-il.

– Vous pouvez utiliser mon réseau WiFi, répondit Spence. Ça s'appelle HenryNet. »

Will cliqua dessus.

« Il me demande le mot de passe.

– Essayez de deviner, fit l'autre avec une étincelle dans l'œil.

– C'est pas le moment. »

Il n'avait aucune envie de jouer à ce petit jeu en cet instant.

« Moi, je parie que vous allez trouver ! »

Il y eut un bruit de verre brisé.

Une vague d'air chaud descendant des collines s'engouffra dans la pièce à travers les baies en morceaux.

Il y avait à présent deux hommes de plus dans la salle.

Puis, entrant par le couloir, un troisième.

Will vit deux fusils Heckler and Koch entre les mains de deux hommes jeunes, pleins de vigueur. Frazier avait une arme plus légère, un Glock, comme lui.

Will n'eut pas le temps de sortir le sien – d'ailleurs, il n'en avait plus la force. L'un des gardiens le lui prit, et le jeta dans la piscine par la fenêtre.

« Prenez l'ordinateur », ordonna Frazier à ses hommes.

Will n'opposa aucune résistance.

« Où est la clé USB ? »

Will plongea la main dans la poche de son pantalon et jeta la clé par terre. Pas la peine de faire le malin : il avait perdu.

« Vous auriez pu frapper, Frazier ! s'exclama Spence.

– Ouais, j'y penserai la prochaine fois. Vous n'avez pas l'air en forme, Henry.

– Je souffre d'emphysème.

– Cela ne me surprend pas. Vous avez toujours été un gros fumeur. Je me souviens que vous violiez les règles en fumant en cachette au labo, vous vous rappelez ?

– Tout à fait.

– Et vous ne respectez toujours pas les règles.

– Oh, je ne suis qu'un retraité qui anime un petit club d'amis. Peut-être aurez-vous envie de vous joindre à nous, un jour. Il n'y a pas de cotisation à payer. »

Fatigué, Frazier s'assit sur une chaise face à eux.

« Donnez-moi le manuscrit de 1527 et les documents rapportés de Cantwell Hall. Je veux absolument tout.

– Mais pourquoi ne nous fichez-vous pas la paix ? protesta Kenyon. Nous ne sommes que deux vieux messieurs. Quant à lui – il désigna Piper – il est blessé. Il a besoin d'être soigné.

– Je ne suis pas surpris de vous voir là, Kenyon. Toujours à traîner dans le sillage d'Henry. »

De la pointe de son arme, il désigna Will. « Il a tué deux de mes hommes, reprit-il d'un ton neutre. Alors vous croyez vraiment que je vais l'emmener voir un médecin ? Vous me prenez pour qui ? Vous imaginez peut-être que je vais tendre l'autre joue ?

– De grands hommes l'ont fait. »

Frazier éclata de rire.

« Épargnez-moi vos beaux discours, Alf. Vous avez toujours fait partie des faibles. Au moins, Henry avait des couilles. »

Il revint à Will et Spence. « Donnez-moi le livre et dites-moi ce que vous avez découvert en Angleterre. De toute façon, je finirai bien par mettre la main dessus.

– Ne lui donne rien, Henry », lança Kenyon d'un ton indigné.

Les sourcils de Frazier se relevèrent, et l'un de ses hommes gifla Kenyon si fort qu'il tomba à genoux.

« Laissez-le ! s'écria Will.

– Et qu'est-ce que tu comptes faire, sinon ? M'asperger de sang ?

– Va te faire foutre. »

Frazier ne lui prêta pas attention et s'adressa de nouveau à Spence.

« Vous savez le prix à payer pour que les activités de la bibliothèque restent secrètes, Henry. Ignorez-vous vraiment que nous sommes prêts à tout pour lever le secret au sujet de ce manuscrit manquant ? C'est un enjeu qui nous dépasse tous. Nous ne sommes rien face aux événements. Des pions. Vous n'avez pas encore compris ?

– Je ne vous dirai rien ! » lâcha Spence d'un air de défi.

Frazier secoua la tête et tourna son arme vers Kenyon, toujours à terre, encore sous le choc – ou peut-être en prière. Il lui tira froidement dans le genou.

Le sang gicla en l'air et l'homme poussa un hurlement de bête. Will tenta de se redresser, mais un des gardiens le repoussa. Il se mit à se débattre, mais l'autre lui infligea un violent coup de poing juste au-dessus de sa blessure. À son tour il poussa un cri de douleur.

« Alf ! glapit Spence.

– Mettez-lui un garrot pour qu'il ne se vide pas trop vite », ordonna Frazier.

Le plus jeune des gardiens regarda autour de lui et alla vers Spence pour lui retirer sa cravate. Puis il revint à Kenyon et noua le tissu autour de sa cuisse, juste au-dessus du genou

« Maintenant, écoutez-moi, Henry. Si vous ne me donnez pas ce que je demande, je lui enlève son garrot, et dans quelques minutes, il est mort. À vous de jouer. »

Spence manquait d'air, il haletait de rage.

« Espèce de salopard ! » hurla-t-il.

Alors, appuyant à fond sur son accélérateur, il fonça sur Frazier. Ce n'était qu'un scooter électrique, un véhicule rouge à trois roues, dont la vitesse de pointe n'excédait pas dix kilomètres à l'heure. Frazier aurait pu faire un pas de côté pour éviter que l'autre le percute, mais il était las et n'avait pas l'habitude de gérer des réactions aussi inoffensives. Alors il tira deux balles dans la tête de Spence. Une dans la bouche, l'autre dans l'œil gauche.

Le scooter poursuivit sa course sur son élan et heurta la jambe du chef des gardiens. Le corps de Spence bascula lourdement sur le tapis. Frazier se releva d'un bond, pestant contre la douleur due au choc, et de colère tira deux autres balles dans le cadavre du vieil homme.

Kenyon se mit à hurler, et Will se mordit la lèvre de rage. Il cherchait des yeux un objet qui pourrait lui servir d'arme. Frazier se tenait à présent juste au-dessus de lui, le revolver pointé sur sa tête.

« Alf, dites-moi où il a caché les documents, sinon je tue aussi Piper.

– Sauf qu'aujourd'hui, c'est pas mon jour, fit sèchement Will.

– Là, je n'ai rien à dire, grommela Frazier. Dans ce cas, tu vas avoir droit à mon deuxième choix, ajouta-t-il en visant désormais l'entrejambe du blessé.

– Ne lui dites rien ! cria-t-il à Kenyon.

Allons, fais pas le con ! »

C'est alors que le regard de Will rencontra ce qu'il désirait Son brusque sourire déconcerta Frazier.

« Je te le répète : moi, je ne mourrai pas aujourd'hui... insista Will.

– Tu l'as déjà dit.

... mais, toi, oui ! »

Un rictus s'esquissait sur les lèvres de Frazier quand sa tête explosa dans un geyser de sang et de cervelle.

Quand son cadavre s'effondra à terre, Nancy avait déjà tiré une seconde fois, manquant de peu le gardien qui se tenait près de Kenyon. Elle faisait feu depuis la baie vitrée en morceaux, flanquée de John Mueller et de Sue Sanchez, et tous trois s'évertuaient à comprendre le chaos qui régnait dans la pièce.

Will se laissa glisser du canapé tout en enroulant les bras autour des jambes du gardien qui se tenait près de lui. Tandis qu'il essayait de se dégager, celui-ci tira une rafale avec son fusil automatique, atteignant Mueller à l'abdomen. Blessé, l'autre recula en titubant, et réussit à riposter par une demi-douzaine de coups avant de tomber dans la piscine. Le gardien s'écroula sur Will, haletant, le poumon transpercé.

Son partenaire se retourna pour l'aider et, le voyant à terre, il dirigea son arme sur Will, prêt à tirer.

Sue et Nancy furent plus promptes.

Le gardien s'écrasa sur la table basse, comme un poids mort.

Nancy bondit auprès de son mari, tandis que sa supérieure sécurisait les lieux, repoussant les armes loin de leurs propriétaires, s'assurant que ces derniers étaient bien hors d'état de nuire.

« Will ! Tu vas bien ?

– Nom de Dieu, Nancy ! Tu es venue ! »

Mais Sanchez avait besoin d'elle pour tirer Mueller hors de la piscine ensanglantée. Les deux femmes firent le plus vite possible, hélas, il était déjà trop tard.

Sue sortit son portable et appela le Samu, hurlant qu'elle était du FBI et qu'elle avait besoin de toutes les ambulances disponibles.

Will se traîna près du casque de Frazier, attiré par un murmure à peine audible. Il écouta : on entendait une voix lointaine, qui s'enquérait de leur position.

« Qui est-ce qui parle ? demanda-t-il.

– Qui est sur cette fréquence ?

– Frazier est mort. Les autres ne sont pas brillants.

– Qui êtes-vous ?

– Alors, il fait beau à la Zone 51 ? »

Silence radio.

« Très bien, à présent, vous allez m'écouter. Ici Will Piper. Dites au secrétaire à la Marine, dites au secrétaire à la Défense, et dites à votre foutu président que tout est fini. Et que ça saute ! »

Il jeta les écouteurs par terre et les écrasa, de rage.

Nancy revint vers lui. Ils s'étreignirent un moment, mais ce n'était ni le lieu ni le moment pour de longues étreintes.

« J'arrive pas à croire que tu sois venue.

– J'ai appelé Sue. Je lui ai raconté que tu avais des ennuis, qu'on ne pouvait faire confiance à personne. »

Sanchez tremblait, subissant le contrecoup de ce qu'elle venait de vivre. Elle essayait d'empêcher Alf Kenyon de sombrer dans le coma.

Will s'agenouilla à côté de lui et lui prit la main.

« Vous ne mourrez pas aujourd'hui, Alf. Et même pas avant un bon moment. »

Celui-ci acquiesça en faisant la grimace.

Will se retourna vers Sue.

« Merci. »

Il n'avait pas besoin d'en dire plus.

La lèvre inférieure de Sanchez tremblait.

« Personne n'a le droit de s'en prendre aux membres de mon équipe. Nous nous protégeons les uns les autres. J'ai sauté dans un jet à Teterboro, puis nous sommes allés chercher Nancy dans le New Hampshire. Nous avons volé toute la nuit. Nous venons juste d'arriver. Mueller est mort.

– Je suis navré », répondit Will. Et il était sincère.

Soudain, une pensée lui traversa l'esprit : si le car n'était pas tombé en panne, il serait arrivé à destination beaucoup plus tôt, trop tôt pour être sauvé. C'était écrit, songea-t-il.

Nancy se tenait à présent au-dessus du cadavre de Frazier.

« C'est lui, l'assassin de mes parents ?

– Oui.

– Très bien.

– Où est Phillip ?

– Je l'ai laissé à Laura et Greg, à la maison du lac. Il faut que je les appelle. »

Avec l'aide de sa femme, Will se réinstalla sur le canapé.

« Une autre équipe de gardiens va bientôt débarquer. Ça va péter à nouveau. Il faut qu'on fasse vite.

– Que puis-je faire ? »

Will se tourna vers Kenyon. « Où Henry a-t-il rangé les papiers des Cantwell ? lui demanda-t-il en lui prenant à nouveau la main.

– Tiroir du bas, là. »

Nancy fonça vers le bureau. Les feuilles de parchemin étaient rangées dans un simple dossier posé par-dessus le manuscrit de 1527. S'y trouvaient aussi l'épître de l'abbé Félix, les lettres de Calvin, Nostradamus et cette page où était griffonnée une date : 9 février 2027. *Finis Dierum.*

« Je pense qu'il y a un scanner sur l'imprimante », s'interrogea Will à voix haute en désignant l'engin, près de l'ordinateur du bureau.

C'était le cas. Un instant plus tard, les pages défilaient à toute vitesse. Will fit ainsi scanner tous les documents par Nancy, puis les enregistra dans la clé USB, récupérée dans la poche de Frazier.

Ensuite, il ouvrit son ordinateur portable, y inséra la clé et cliqua sur le réseau HenryNet. On distinguait dans le lointain le bruit des sirènes.

« Alf, quel est le mot de passe d'Henry ? »

Sanchez le secoua doucement.

« Il s'est évanoui. »

Will se frotta les yeux et réfléchit un moment.

Puis il tapa : 2027.

Bingo !

Tandis que les ambulances se rapprochaient, Will écrivait un bref courriel accompagné de plusieurs pièces jointes.

Greg, mon vieux, ta vie ne sera plus jamais la même, songea-t-il. D'ailleurs, c'est vrai pour nous tous.

Nancy l'aida à se remettre debout et se dressa sur la pointe des pieds pour l'embrasser, seul moyen pour elle d'atteindre sa bouche.

« Tu vas prendre le manuscrit et les papiers, déclara Will. Il faut que j'aille à l'hôpital, et après je veux rentrer à la maison avec toi. Dans cet ordre. »

LA SEULE CHOSE QUI PRENAIT son temps autour de Will, c'était le goutte-à-goutte, qui petit à petit laissait s'écouler les antibiotiques dans ses veines.

Allongé dans son lit à l'hôpital presbytérien de New York en ce lundi soir, il savourait un rare moment de solitude. Dès l'instant où les ambulances et la police étaient arrivées chez Spence, à Henderson, il avait sans cesse été entouré de médecins, d'infirmières, de flics, d'agents du FBI, sans oublier l'équipe veillant au transport des blessés par avion qui lui avait pris la tête pendant tout le voyage de Las Vegas à New York.

Sa chambre avait une vue sublime sur l'East River. S'il s'était agi d'un appartement, il aurait été hors de prix. Malgré tout, pour la première fois, son minuscule deux pièces lui manquait : c'était là que se trouvaient sa femme et son fils.

C'était un moment de calme avant la tempête. Une robuste petite infirmière était venue lui faire sa toilette au gant, façon lavage de voiture. Il avait avalé tout son plateau-repas en regardant le sport à la télé, pour se persuader que tout était redevenu normal. Nancy allait bientôt arriver avec une chemise et un pull en prévision de l'interview diffusée en direct à la télévision.

Un cordon d'agents du FBI protégeait sa porte ainsi que l'accès à son étage. Des employés du département de la Défense et de la CIA faisaient tout leur possible pour essayer d'entrer en contact avec lui, tout comme le procureur général, en guerre contre ses homologues du Pentagone et du département de la Sécurité intérieure. Pour l'instant, le FBI tenait bon.

Le monde ne s'attendait pas à la nouvelle incroyable qui déferla dans les rues, les boîtes aux lettres, sur le pas des portes et sur le Web en ce paresseux dimanche matin, quelques heures avant la nuit d'Halloween.

La une du *Washington Post* assenait une histoire si rocambolesque que les gens pensèrent aussitôt que le vénérable journal était victime d'un canular :

> LE GOUVERNEMENT AMÉRICAIN POSSÈDE UNE IMMENSE COLLECTION DE MANUSCRITS DU MOYEN ÂGE QUI PRÉDIT LES DATES DE NAISSANCE ET DE DÉCÈS JUSQU'EN 2027 ; UNE BASE SECRÈTE A ÉTÉ CONSTRUITE DANS LE NEVADA, À LA ZONE 51, PAR HARRY TRUMAN, POUR ÉTUDIER EN SECRET CES MANUSCRITS ; ORIGINE DES LIVRES : UN MONASTÈRE ANGLAIS ; TOUT EST PARTI DE L'AFFAIRE APOCALYPSE.
>
> par Greg Davis, en exclusivité pour le *Washington Post*

Pourtant ce n'était pas un canular. L'article était très documenté, il citait abondamment Will Piper, un ancien agent spécial du FBI qui avait été chargé de l'enquête dans l'affaire Apocalypse Celui-ci racontait comment un informaticien nommé Mark Shackleton, chercheur à la Zone 51, avait orchestré la vague fictive de crimes qui avait frappé New York l'année précédente, et comment le gouvernement avait depuis une soixantaine d'années mis en place une couverture afin de protéger sa base secrète. Le *Post* avait en sa possession une copie de la base de données concernant la population des États-Unis jusqu'en 2027, et la rédaction avait pu vérifier son exactitude en confrontant des centaines de dates de naissance et de décès annoncées dans la base de données avec les dates réelles.

Ils détenaient aussi un ensemble de lettres écrites entre le XIVe et le XVIe siècle, qui permettaient d'éclairer l'origine des manuscrits et les replaçaient dans le contexte historique.

L'article évoquait un mystérieux ordre de moines savants, installés sur l'île de Wight, et qui seraient les auteurs des manuscrits. Toutefois, il soulignait le manque de preuves matérielles permettant d'étayer ces affirmations. De futurs articles reviendraient sur l'influence de ces livres sur des figures historiques célèbres comme Jean Calvin et Nostradamus.

Enfin, demeurait l'énigme de 2027. Une lettre du XIVe siècle prédisait une fin du monde apocalyptique, mais la seule certitude était que les manuscrits ne contenaient aucune date postérieure au 9 février 2027.

On avait exercé à l'encontre de Piper des représailles telles que ses beaux-parents avaient été tués, et qu'il avait été blessé par des agents du gouvernement travaillant sous couverture. On ignorait où il se trouvait à présent, mais son état était stable.

Dans les heures qui suivirent la publication de cet article, la Maison-Blanche, le Pentagone et le département d'État publièrent des communiqués disant qu'ils n'avaient pas de commentaires à faire ; toutefois, d'autres sources proches du président, comme le vice-président et le chef de cabinet de la Maison-Blanche, sans qu'on leur ait demandé quoi que ce soit, firent savoir au journal qu'elles n'avaient aucune idée de ce dont parlait le *Washington Post* – et, en cela, elles disaient la vérité. Elles n'étaient pas dans le secret de la Zone 51.

Le lundi, le discours de Washington commença à changer, passant du « aucun commentaire » à « dans l'attente d'une annonce de la Maison-Blanche », puis « le président s'adressera à la nation ce soir à 21 heures ».

Le scoop du *Post* s'était répandu à travers le monde comme une traînée de poudre et devenait le centre de toutes les conversations de la planète. Le premier soir, à peu près tous les adultes du globe avaient entendu parler de la bibliothèque et s'étaient fait une opinion. Les gens étaient sur le qui-vive, oscillant entre une irrépressible curiosité et une angoisse paralysante.

À travers tous les États-Unis, les électeurs appelaient leurs représentants au Congrès et au Sénat, qui à leur tour assiégeaient la Maison-Blanche.

De par le monde, les fidèles se précipitaient auprès de leurs prêtres, rabbins, imams et autres religieux qui, malgré leur inquiétude, tentaient de faire coïncider le dogme officiel avec cette nouvelle réalité.

Les chefs d'État et les ambassadeurs de toutes les nations du monde ou presque harcelaient le département d'État de demandes d'informations.

La télévision, la radio et les nouveaux médias ne couvraient plus que cela. Très vite apparut un problème : il n'y avait personne à interviewer. Nul n'avait jamais entendu parler du journaliste du *Washington Post*, Greg Davis, et la rédaction empêchait quiconque de s'en approcher.

Quant à Will Piper, on ignorait où il se trouvait. Les journalistes du *Post* s'en tenaient aux informations publiées dans l'article et ne pouvaient que répéter ce qu'on savait déjà. Pour l'instant, la rédaction refusait de rendre publics les documents cités, renvoyant les questions au bureau de leur conseiller juridique, Skadden Arps, qui publia un communiqué expliquant que les questions de droit de propriété et de respect de la vie privée étaient à l'étude.

Ainsi donc, pour le moment, les ténors des médias ne pouvaient que s'interviewer mutuellement, se renvoyer la balle, s'exciter les uns les autres, tandis que les programmateurs harcelaient soudain les philosophes et les théologiens, personnes qui d'habitude connaissent des dimanches fort calmes.

Enfin, à 18 heures, CBS News sortit un communiqué brûlant : l'émission *60 minutes* allait diffuser une interview spéciale en direct de Will Piper, l'homme à l'origine de toute cette histoire. Le monde n'avait plus que deux heures à attendre.

La Maison-Blanche fut outrée que l'on court-circuite ainsi le président : le chef de cabinet appela le P-DG de CBS News pour l'informer que cette affaire soulevait des enjeux liés à la sécurité nationale, or l'homme qu'ils s'apprêtaient à interviewer n'avait pas encore été auditionné par les autorités compétentes. Il laissa entendre que des charges sérieuses seraient peut-être retenues contre Piper et que rien n'affirmait qu'il soit fiable.

Le chef de la chaîne d'information envoya paître poliment le représentant de la Maison-Blanche en lui disant qu'il était prêt à répondre à une injonction du tribunal fédéral.

À 19 h 45, Will était assis sur son lit d'hôpital, vêtu d'un joli pull bleu, inondé de lumière par les éclairagistes de la télévision. Étant donné les épreuves qu'il venait de traverser, il paraissait détendu et présentait bien. Nancy lui tenait la main tout en lui murmurant des encouragements à l'oreille pour ne pas que les techniciens l'entendent.

Au même étage, un des avocats de la chaîne sortit en trombe de l'ascenseur en brandissant l'injonction promise, reçue par fax. Le P-DG de CB News discutait avec le producteur exécutif de l'émission et Jim Zeckendorf, qui s'était déplacé pour assister Will. Il venait de s'entretenir avec ce dernier et semblait bouleversé.

Il prit l'injonction, la plia et la rangea dans la poche de son manteau.

« Jamais dans toute l'histoire de notre pays on n'a vu une affaire d'État ayant des implications si profondes. Je suis prêt à courir le risque de finir mes jours en prison. Dans quinze minutes, nous sommes à l'antenne. »

La journaliste Cassie Neville, pilier de l'émission d'information *60 minutes*, franchit le couloir, une horde d'assistants sur les talons. Malgré une bonne soixantaine d'années, après une heure passée entre les mains des coiffeuses et des maquilleurs, elle paraissait d'une jeunesse radieuse, qui transparaissait plus encore dans son célèbre regard d'acier et sa moue légendaire. Pourtant, ce jour-là, elle était stressée autant par les délais de préparation de l'émission, quasi inexistants, que par le sujet. Elle s'en ouvrit sans attendre au P-DG :

« Bill, vous croyez vraiment que c'est une bonne idée de faire ça en direct ? J'ai peur que tout ça ne soit qu'une bouffonnerie. Après, nous risquons d'être dans de beaux draps.

– Cassie, je voudrais vous présenter Will Piper. Je viens de m'entretenir un moment avec lui, et je peux vous assurer qu'il est tout sauf un bouffon.

– Je voudrais vous rappeler une chose, intervint Zeckendorf. J'ai bien expliqué à Will qu'il ne devait répondre à aucune question concernant le meurtre des Lipinski et les circonstances dans lesquelles il a été blessé. Il y a une enquête criminelle en cours, et nous ne voulons pas risquer d'en compromettre les résultats. »

Quand Cassie entra, Nancy lui céda sa place. La journaliste alla tout droit au chevet de Will et, en le regardant dans les yeux, déclara :

« Bien, alors comme ça, vous n'êtes pas un bouffon.

– On m'a traité de beaucoup de choses au cours de ma vie, mademoiselle, mais jamais de bouffon, répondit-il avec son bel accent traînant.

– Et moi, on ne m'a pas appelée mademoiselle depuis bien des années ! Seriez-vous du Sud, monsieur Piper ?

– De la péninsule de Floride, la Côte d'Azur des cols bleus.

– Eh bien, je suis heureuse de vous rencontrer en ces circonstances extraordinaires. Nous allons commencer dans dix minutes, alors nous ferions mieux de nous préparer. Je veux que vous vous détendiez, que vous soyez vous-même. On m'a dit que cette interview risquait de faire exploser tous les records d'audience jamais atteints dans l'histoire des médias. Le monde entier veut connaître votre histoire. Vous êtes prêt, monsieur Piper ?

– Pas tant que vous ne m'appellerez pas Will.

– Très bien, Will, allons-y. »

Soudain, le réalisateur amorça le compte à rebours sur ses doigts. Arrivé à un, il fit signe à Cassie, qui leva les yeux vers le téléprompteur et commença à lire.

« Bonsoir à tous et à toutes. Ici Cassie Neville en direct de New York, pour *60 minutes*. Je vous invite ce soir à suivre une interview extraordinaire. Je me trouve actuellement au chevet du lit d'hôpital de l'homme dont tout le monde parle aujourd'hui. En exclusivité, il va nous révéler son point de vue sur ce qui me paraît être l'information la plus importante de tous les temps : la révélation de l'existence d'une mystérieuse bibliothèque qui recèlerait les dates de naissance et de décès de tous les enfants, les femmes et les hommes de la planète. »

Elle ajouta à cet instant un commentaire personnel : « Le simple fait de le dire me donne des frissons. Il semble donc que le gouvernement américain dissimule au monde l'existence de cette bibliothèque depuis 1947, à la base ultra secrète de la Zone 51, dans le Nevada, où des chercheurs en étudient le contenu. Celui qui a révélé au monde l'existence de cette bibliothèque, Will Piper, est un ancien agent du FBI. Il n'est pas ici en mission officielle. En fait, c'est même un fugitif. Il a été poursuivi par le gouvernement qui voulait étouffer l'affaire. Je dis bien "a été", car c'est terminé. Le voici, ce soir, à mes côtés, et il va nous raconter son incroyable aventure. Bonsoir, Will. »

Les craintes de Cassie s'amenuisaient de minute en minute. Son interlocuteur était calme, d'une clarté parfaite, et d'une telle crédibilité que la journaliste comme le public étaient suspendus à ses lèvres. Ses yeux bleus, son visage sculpté charmaient la caméra. Il n'y avait qu'à voir les réactions de Cassie pour comprendre qu'elle était conquise.

Une fois les faits établis, elle voulut savoir quels étaient les sentiments de Will à l'égard de la bibliothèque, comme s'il était un représentant universel de tous les humains.

« Mon frère, John, est brutalement décédé suite à une rupture d'anévrisme l'an dernier, dit-elle une larme dans les yeux. Quelqu'un connaissait-il la date de son décès, ou du moins aurait-il pu la communiquer à l'avance ?

– Eh bien, c'est ce que je crois.

– Cela me met en colère.

– Je comprends.

– Pensez-vous que sa famille aurait dû en être informée ? Que lui-même aurait dû le savoir ?

– Ce n'est pas à moi de le dire. Je ne suis pas une autorité morale, mais il me semble que si le gouvernement détient cette information, il devrait la communiquer aux personnes qui le souhaitent.

– Et si elles ne le souhaitent pas ?

– Eh bien, il ne faut forcer personne.

– Avez-vous cherché pour vous-même ?

– Oui. Je ne mourrai pas avant 2027.

– Et si vous aviez découvert que votre date de décès tombait la semaine prochaine, le mois d'après, ou l'année suivante ?

– Je pense que chacun réagirait selon sa propre personnalité. Moi, j'essaierais de vivre pleinement chaque jour. Qui sait, peut-être que ce serait alors la meilleure période de ma vie ? »

Elle sourit et acquiesça.

« 2027. Vous dites que les dates s'arrêtent en 2027.

– En effet. Le 9 février 2027.

– Pour quelle raison ?

– Personne n'est sûr de rien.

– On a évoqué une catastrophe d'ampleur apocalyptique.

– Il faudrait se pencher sur la question, commenta-t-il d'un ton neutre. Les choses sont assez confuses, aussi je ne crois pas qu'il faille trop s'inquiéter.

– Espérons. Vous dites aussi qu'on sait en somme peu de chose des gens qui ont rédigé ces manuscrits.

– Bien sûr, ils possédaient des pouvoirs extraordinaires. Hormis cela, ce ne sont que des spéculations. Des hommes et des femmes bien plus qualifiés que moi répondront sûrement à cette question. Je ne suis qu'un agent fédéral à la retraite. »

Cassie Neville posa alors l'une des questions dont elle avait le secret :

« Êtes-vous un homme de foi ?

– J'ai été élevé dans une famille baptiste, mais je ne suis guère religieux.

– Puis-je vous demander si vous croyez en Dieu ?

– Certains jours plus que d'autres, j'imagine.

– L'existence de la bibliothèque change-t-elle quelque chose pour vous ?

– Cela m'incite à penser qu'il y a des choses en ce monde que nous ne comprenons pas. Cela n'a rien de surprenant, en fait.

– Quelle a été votre réaction personnelle quand vous avez appris l'existence de la bibliothèque ?

– Comme la plupart des gens, j'ai été bouleversé. Et je ne m'en suis pas encore remis.

– Parlez-moi de Mark Shackleton, cet employé du gouvernement qui a volé la base de données et qui a été grièvement blessé par des agents fédéraux.

– Je le connaissais depuis l'université. J'étais présent quand on lui a tiré dessus. C'était un petit homme triste. Minable même.

– Qu'est-ce qui l'a poussé à monter de toutes pièces l'affaire Apocalypse ?

– La cupidité, je le crains. Il disait qu'il voulait une vie meilleure.

– La cupidité ?

– Oui. C'était un type très intelligent. Il aurait pu réussir.

– Si vous ne l'aviez pas démasqué.

– J'avais de l'aide : ma partenaire, l'agente spéciale Nancy Lipinski. »

Il la chercha du regard parmi les caméras et lui sourit. « Elle est devenue ma femme.

– Elle a beaucoup de chance, fit Neville avec coquetterie. Donc, le gouvernement américain ne souhaite pas que nous ayons connaissance de la bibliothèque.

– C'est assez évident, oui.

– Et des gens au sein du gouvernement étaient prêts à tuer pour protéger ce secret.

– Il y a eu des morts.

– Et vous étiez une des cibles.

– En effet.

– Est-ce pour cette raison que vous avez porté l'affaire sur la place publique ? »

Il se rapprocha d'elle autant qu'il le put.

« Écoutez-moi bien, j'aime mon pays. J'étais agent du FBI. Je crois en l'ordre, en la loi et en notre justice. Le gouvernement ne peut à la fois être juge, jury et exécuteur, même lorsqu'il protège des données classées secret défense. J'ai toutes les raisons de croire qu'ils m'auraient fait taire de manière définitive, ainsi que ma famille et mes amis si je n'avais pas agi comme je l'ai fait. Car ils ont tué des gens en essayant de m'éliminer. Je préfère remettre mon destin entre les mains de mes concitoyens.

– On m'a informée du fait que vous ne parleriez pas de ce qui est arrivé aux Lipinski ni dans quelles circonstances vous avez été blessé. Vous commencez à récupérer, n'est-ce pas ?

– Ouais. J'imagine que tout finira par s'arranger. Et Dieu merci, je vais m'en sortir.

– Lors des conférences de presse que vous avez données à l'époque de l'affaire Apocalypse, pour épeler votre nom la presse écrivait "Piper, comme piper les dés". Vous pensez vraiment que les dés sont pipés ?

– Je déteste les jeux de hasard, et encore plus les dés. Vraiment, je ne sais pas. Est-ce nous qui construisons notre destin, ou bien tout est-il construit d'avance ? Je ne suis ni philosophe ni théologien.

– Dites-moi, pourquoi avoir révélé toute cette incroyable affaire à ce très jeune journaliste du *Washington Post* qui a écrit ce remarquable article paru à la une hier ?

– C'est mon gendre. J'ai pensé que ça pourrait donner un coup de pouce à sa carrière.

– Quelle honnêteté ! s'écria-t-elle en éclatant de rire. Très bien, Will, reprit-elle plus sérieusement, quelques mots pour terminer : que faut-il faire maintenant ? Le public va-t-il avoir accès à la bibliothèque ? D'ailleurs, le devrait-il ?

– Vous feriez mieux de poser les deux premières questions au président, tout à l'heure. Pour ce qui est de rendre tout cela public, je dirais : réunissez quelques personnes sages et intelligentes de par le monde, et laissez-les réfléchir. Ce n'est pas à moi de décider. C'est aux gens. »

Quand les lumières s'éteignirent, qu'on eut retiré son micro à Will, Nancy sortit de l'ombre, l'enlaça et le serra à l'en étouffer.

« On les a eus, ces salopards. Ils ne peuvent plus rien faire contre nous. On s'en est sortis. »

Le président des États-Unis fit un bref discours en insistant sur les thèmes de la sécurité nationale, des dangers que représentaient certaines puissances étrangères pour le pays, et l'importance vitale des services secrets. Il reconnut indirectement l'existence de la Zone 51 au sein de la galaxie des services de renseignement et promit de consulter le Congrès et les chefs d'État du monde dans les jours et les semaines à venir.

Dans son appartement d'Islington, Toby Parfitt lisait *The Guardian* tout en se faisant réchauffer un croissant au four. Un journaliste avait découvert la liste de la vente aux enchères de Pierce & Whyte et, en première page, s'étalait la photo du manuscrit de 1527, suivie du « Pas de commentaire » laconique que Toby lui avait répondu quand celui-ci l'avait appelé la veille pour avoir son opinion.

En fait, il aurait eu beaucoup à dire, mais cela ne concernait pas le public. Il avait tenu le manuscrit entre ses mains ! Il avait bel et bien senti un lien émotionnel se tisser. C'était sans le moindre doute l'un des plus précieux livres du monde. Or, on venait de découvrir que la feuille de garde recelait un sonnet de Shakespeare !

Deux cent mille livres ! Il l'avait laissé partir pour une bouchée de pain !

Quand il porta sa tasse de thé à ses lèvres, sa main tremblait.

Au bout de quelques jours, le *Washington Post* annonça que nul n'aurait accès à leur copie de la base de données tant que n'aurait pas abouti la demande fédérale déposée auprès du tribunal pour la récupérer. Cette demande grimperait sans doute jusqu'au sommet, à la Cour suprême. Pendant ce temps, Greg Davis, la nouvelle star du *Post*, commençait à faire des interviews, et il s'avérait doué.

Le tourbillon médiatique et le tollé public n'en finissaient pas d'enfler, et ne retomberaient pas avant très longtemps. La vie et la mort étaient des sujets d'une actualité brûlante.

À CETTE HEURE, dans Garden Street, au nord d'Harvard Square, l'ensemble du personnel du Centre d'astrophysique Harvard-Smithsonian déjeunait à la cafétéria ou à son bureau.

Neil Gershon, professeur associé d'astrophysique à Harvard et directeur adjoint du centre des planétoïdes, nettoyait un peu de mayonnaise tombée de son sandwich au rosbif sur son clavier d'ordinateur. Un de ses étudiants entra dans son minuscule bureau et le regarda d'un air amusé.

« Je suis ravi de pouvoir vous dérider, Govi. Y a-t-il autre chose que je puisse faire pour vous ? »

Toujours souriant, le jeune chercheur indien rappela à son étourdi de directeur :

« Vous m'avez dit que je pouvais passer vous voir à l'heure du déjeuner, vous vous souvenez ?

– Ah oui. Le 9 février 2027. »

Du jour au lendemain, les astrophysiciens étaient devenus des gens très demandés.

L'article du *Post* et l'interview de Will Piper avaient déclenché des torrents de spéculations provenant aussi bien d'universitaires que d'amateurs sur le fameux cataclysme qui risquait de causer l'extinction du genre humain. Pour calmer l'hystérie collective, le gouvernement s'était adressé aux scientifiques, qui s'étaient tournés vers leurs modèles informatiques. Tandis qu'ils travaillaient ainsi, la presse populaire s'était engouffrée dans la brèche, tête baissée.

Le matin même, *USA Today* publia un sondage : trois mille Américains avaient été interrogés sur l'hypothèse la plus probable au sujet de la célèbre date. On avait avancé de nombreuses théories, allant du plausible au ridicule. Un quart des gens pensaient qu'une invasion extraterrestre façon *La Guerre des mondes* allait sonner le glas de la civilisation terrienne. Le châtiment divin du jugement dernier remportait aussi de nombreux suffrages. Enfin, les astéroïdes franchissaient la barre des 10 % d'opinions.

Un groupe de travail avait aussitôt été mis sur pied au laboratoire Jet Propulsion de la NASA à Pasadena, afin d'explorer de manière exhaustive la possibilité d'un risque extraplanétaire. Le centre des planétoïdes de l'Harvard-Smithsonian avait reçu pour tâche de passer au peigne fin la base de données recensant les corps célestes géocroiseurs, afin d'éliminer toute possibilité de collision.

La tâche fut rondement menée. Sur les 962 APD – astéroïdes potentiellement dangereux – un seul correspondait à l'année 2027 : le 137108 1999 AN_{10}, un astéroïde de type Apollon géocroiseur découvert en 1999 au laboratoire Lincoln du Massachusetts Institute of Technology. C'était un objet de taille importante, atteignant presque trente kilomètres de diamètre, mais dont l'intérêt était faible. Au cours du millénaire à venir, il était censé s'approcher une fois de la Terre, le 7 août 2027, à une distance de trois cent quatre-vingt-dix mille kilomètres. L'échelle de Turin, qui caractérise les risques d'impacts, va jusqu'à dix, dix signifiant une collision entraînant la disparition de la vie sur Terre. Or cet astéroïde ne dépassait pas le score insignifiant de un.

Le méthodique et intraitable professeur Gershon assigna à Govind Naidu, son meilleur étudiant, la tâche d'étudier plus en profondeur cet astéroïde et de mettre à jour ses paramètres orbitaux. La NASA étant prioritaire, Naidu put donc sans attendre avoir accès aux télescopes du site de surveillance de l'espace de Maui et de l'observatoire du mont Palomar, dont la taille atteignait un mètre vingt de diamètre, pour mener son étude sur le 137108. On lui accorda aussi huit heures sur le précieux superordinateur du NERSCC, au laboratoire national Lawrence Berkeley.

« Vous avez les nouvelles données de Palomar et Maui ? demanda Gershon.

– Ouais. Vous voulez venir les voir sur mon poste de travail ?

– Non, montrez-moi ça sur le mien.

– Il y a de la mayonnaise sur votre clavier.

– Et alors ? C'est contraire à votre religion ? »

Gershon se leva, laissant la place au jeune chercheur. « J'ai rendez-vous par téléphone avec le Jet Propulsion Laboratory, cet après-midi, lâcha-t-il, je veux que tout soit bouclé. »

Naidu s'assit et se connecta sur la base de données de l'observatoire.

« Voici l'orbite prévue pour le 137108 d'après la dernière observation en juillet 2008. En ce moment, il vient de passer Jupiter, avec une période orbitale de 1,76 année. Voici la dernière simulation. Laissez-moi avancer jusqu'en août 2027. Vous voyez, là, on arrive à une distance d'environ quatre cent mille kilomètres de la Terre.

– J'ai besoin des dernières observations, Govi.

– J'y viens. »

En quelques clics, il ouvrit des clichés du ciel datant de la nuit précédente. « Les deux télescopes ont pris d'excellentes images. Je vais fusionner les bases de données d'Hawaï et Palomar. Ça prendra une minute. »

Ses doigts pianotaient sur le clavier, tandis qu'il exécutait la manœuvre. Puis il cliqua sur la modélisation orbitale et avança jusqu'à l'année 2027.

« Vous voyez, rien n'a changé. Le point de passage le plus proche de la Terre est toujours situé en août, à une distance de près d'un demi-million de kilomètres. Le 9 février, l'astéroïde n'est même pas proche. »

Gershon semblait satisfait.

« Donc, voilà tout. Nous pouvons retirer le 137108 de la liste des risques potentiels. »

Mais Naidu ne se levait pas. Il ouvrit la base de données du laboratoire de Lawrence Berkeley.

« J'ai pensé que vous auriez d'autres questions, aussi j'ai échafaudé une série de scénarios sur le superordinateur du NERSCC.

– Quel genre de scénario ?

– Une collision entre astéroïdes. »

Le professeur émit un grognement en guise d'acquiescement. Le jeune chercheur avait raison, il lui aurait sûrement posé la question. Il y avait environ cinq mille astéroïdes dans la ceinture principale entre Mars et Jupiter, et il n'était pas rare qu'ils se heurtent de temps à autre, ce qui modifiait alors leur orbite.

« Comment avez-vous conçu votre modélisation ? »

Naidu se rengorgea et décrivit avec fierté le modèle statistique complexe qu'il avait construit, exploitant toute la puissance du superordinateur du NERSCC afin d'examiner des centaines de milliers de collisions interastéroïdes potentielles, susceptibles d'affecter le 137108.

« Il y a beaucoup de variables de second ordre, fit Gershon. La masse, la vitesse, l'angle d'impact, les dynamiques orbitales au moment de la collision.

– Bien sûr. Chaque choc potentiel peut modifier tous les paramètres du 137108. Parfois ce n'est pas grand-chose, mais on peut observer des différences notables de périgée, d'apogée, de période orbitale, de longitude du nœud ascendant, d'inclinaison, etc.

– Très bien. Montrez-moi ça. Qu'avez-vous donc découvert ?

– Eh bien, comme je ne disposais que d'un créneau de huit heures, j'ai limité le modèle à environ cinq cents astéroïdes, ceux dont le taux de probabilité était le plus fort, en me basant sur leurs caractéristiques orbitales par rapport au 137108. Une seule combinaison sur six cent mille donne des résultats intéressants. »

Naidu lança un programme de simulation graphique tout en le commentant.

« Celui-ci part d'une collision entre le 137108 et (4581) Asclépios, un petit astéroïde de la famille des Apollon, qui ne mesure pas plus de trois cents mètres de diamètre. Il est passé à environ sept cent mille kilomètres de la Terre en 1989. Mais même en cas de collision, ça n'aurait pas été une grosse affaire, ricana-t-il, juste l'équivalent d'une bombe d'Hiroshima toutes les secondes pendant cinquante jours ! D'après cette simulation, Asclépios est heurté par un autre corps céleste, ce qui perturbe sa trajectoire, et il entre alors en collision avec le 137108 près de Jupiter en mars 2016. »

Naidu lança la nouvelle simulation. « Voilà ce qui arrive alors... »

Sur l'écran, apparut un point vert, qui représentait le 137108, traversant le système solaire en décrivant une orbite excentrique et elliptique, approchant de la Terre environ tous les deux ans, avant de s'élancer vers Jupiter pour retourner ensuite vers le Soleil.

Quand ils furent à cinq ans de distance de 2027, le jeune chercheur ralentit le processus afin de pouvoir mieux l'observer. Ils s'intéressèrent alors aux deux orbites, celui de la Terre, et celui de l'astéroïde, un point vert et un point rouge croisant à travers le système solaire. Arrivé en janvier 2026, Govi ralentit encore la simulation, pour aller le plus doucement possible.

Gershon se pencha par-dessus l'épaule de son étudiant.

« C'est très difficile, à voir comme ça, de prédire si sa nouvelle orbite va aggraver ou non la situation. »

Naidu ne répondit pas.

Le temps s'écoulait lentement. À mi-2026, l'astéroïde 137108 prit la direction du Soleil. L'orbite de la Terre se positionnait peu à peu de manière à croiser celle de l'astéroïde.

Octobre 2026.

Novembre 2026.

Décembre 2026.

Janvier 2027.

Les points rouge et vert se rapprochaient.

Enfin, février 2027

La simulation s'arrêta au 9 février

Une fenêtre s'ouvrit à l'écran :

*Probabilité d'impact : 100 % **** Score de 10 sur l'échelle de Turin**** Score de 10 sur l'échelle de Turin**** Score de 10 sur l'échelle de Turin*****

Gershon resta bouche bée.

« La taille de l'astéroïde. Ne change-t-elle pas après la collision avec Asclépios ? »

Naidu déroula un menu, double-cliqua sur une barre et lui montra le résultat.

« Il est toujours aussi énorme. Le monstre de l'apocalypse. Le Léviathan. »

Il se déconnecta et se leva. « Tout cela reste une hypothèse, bien sûr, mais j'ai pensé qu'il valait mieux vous informer. Les probabilités d'une telle catastrophe restent faibles malgré tout. »

Gershon regarda par la fenêtre. C'était un jour d'automne venteux, et de brusques bourrasques arrachaient aux branches les dernières feuilles. Soudain, il ressentit le besoin d'aller prendre l'air, de sentir le vent sur son visage, d'écraser les feuilles mortes sur la pelouse.

Il posa une main amicale sur l'épaule du jeune chercheur.

« Je suis certain que vous avez raison, Govi. Maintenant, je vais sortir faire un petit tour. »

Deux semaines plus tard
Caracas, Venezuela

Le tremblement de terre de magnitude 8,8 frappa à 11 h 05. L'épicentre se trouvait à vingt kilomètres à l'est de Caracas, le long de la faille d'El Pilar. Au moment de la première secousse, la journée était belle et venteuse, le ciel d'un bleu laiteux, traversé de petits nuages pressés. Quarante secondes plus tard, le soleil était noyé dans des geysers de poussière de béton jaillissant au-dessus des bâtiments municipaux, des écoles et des immeubles, soudain empilés les uns sur les autres comme des crêpes. Les conduites de gaz détruites alimentèrent aussitôt de furieux incendies, attisés par le vent, qui se propagèrent à travers tout le quartier historique d'Altamira, puis le Parque Central.

Quatre-vingts pour cent des trois cent mille décès eurent lieu dans les premières secondes : des enfants, des femmes, des hommes impitoyablement écrasés sous l'acier, le verre et le béton. Ceux qui étaient prisonniers des éboulis allaient mourir de déshydratation. D'autres seraient fauchés par les terribles répliques qui allaient s'ensuivre, sans oublier les incendies qui feraient rage pendant les soixante-douze heures suivantes.

L'afflux d'informations transforma soudain le Réseau sismographique mondial en arbre de Noël, et le laboratoire américain du Centre sismologique Albuquerque, à Caracas, classa aussitôt le tremblement de terre dans la catégorie des séismes majeurs. Puis, suivant le protocole, il prit contact avec la Sécurité intérieure des États-Unis, le Pentagone, le département d'État et la Maison-Blanche.

Dans l'anneau C du Pentagone, au cœur du bâtiment, le secrétaire à la Marine en fut très vite informé par une vague assistante du secrétaire adjoint à la Défense. Lester l'écouta, grogna en guise d'acquiescement, puis raccrocha. Il avait passé deux ans à préparer les opérations de ce jour fatidique, et maintenant rien ne se déroulait comme prévu.

D'après le plan de mission, il aurait dû, à cet instant, descendre dans un bunker de l'état-major, au sous-sol du Pentagone, pour autoriser le SouthCom, le Commandement sud des forces armées des États-Unis, à donner le signal du début des opérations à la quatrième flotte. Celle-ci devait en effet être positionnée au nord d'Aruba, engagée dans des manœuvres militaires en compagnie de la Royal Navy britannique. L'ordre lui serait donné de foncer vers le Venezuela, première étape de l'opération Main Tendue. Les principaux membres de l'opposition et les dissidents de l'armée vénézuélienne se seraient auparavant retirés à Valencia, pour échapper à la catastrophe. Ils seraient ensuite ramenés en hélicoptère à Caracas, sous la protection d'un corps expéditionnaire américain et, en moins de vingt-quatre heures, un nouveau gouvernement verrait le jour, qui serait favorable à Washington.

Rien de tout cela n'arriva.

À lui tout seul, Will Piper avait dynamité l'opération Main Tendue.

Après la publication de l'article du *Washington Post*, le vice-président avait de toute urgence convoqué un groupe de réflexion et décommandé l'opération : aucun ajustement, aucune modification, une annulation pure et simple. Il n'avait rencontré aucune opposition. Toute personne dotée d'un cerveau aurait fait le lien entre cette opération et la Zone 51 : de manière rétrospective, les événements auraient semblé téléguidés, ne devant rien au hasard.

Une aide humanitaire serait donc sur-le-champ acheminée par avion, et la prompte réaction des États-Unis serait saluée avec joie par le président vénézuélien, encore sous le choc. Il ferait vœu de reconstruire Caracas et continuerait de mener son pays sur la voie du socialisme.

Deux ans pour tout reconstruire.

Lester soupira, regarda son agenda et informa son secrétaire qu'il sortait. Il avait tout son après-midi de libre, aussi décida-t-il de se rendre à son club pour y jouer au squash.

Épilogue

Six mois plus tard
Île de Wight

C'ÉTAIT UN APRÈS-MIDI de printemps pur et frais et, sous le soleil radieux, les pelouses récemment tondues étaient d'un vert émeraude éclatant. Au-delà des prés, les mouettes s'élevaient au-dessus du Solent, s'interpellant les unes les autres de leurs cris stridents.

Dressé dans l'azur, le clocher de brique de l'église abbatiale offrait aux touristes une photo parfaite. L'abbaye de l'île de Wight avait toujours été ouverte au public, mais depuis que le monde avait appris l'existence de son ancienne bibliothèque, l'intérêt des touristes s'était accru de manière considérable, à la grande consternation des moines. Le week-end, des femmes du village de Fishbourne prenaient sous leur coupe des groupes de visiteurs, leur proposant une visite guidée, ce qui représentait une intrusion moindre dans la vie du monastère que lorsque des personnes seules furetaient partout à travers l'église et les terres de l'abbaye.

Un petit garçon dans une poussette se mit à pleurer. Les touristes, surtout des personnes âgées qui n'avaient plus de bambin à charge depuis longtemps, semblaient mécontents, ce qui n'embarrassait pas le moins du monde ses parents.

La mère vérifia la couche du petit.

« Je vais chercher un endroit pour le changer », dit Nancy en se dirigeant vers un salon de thé.

Will acquiesça, tout en continuant à écouter la guide, une femme mûre aux hanches larges qui leur montrait de jeunes pousses, derrière une petite clôture empêchant les lapins d'entrer, pour souligner l'importance du potager dans les ordres monastiques

Il avait attendu ces vacances avec impatience afin de s'arracher au tourbillon qu'il avait lui-même créé. Il y avait encore des interviews à venir, des livres à écrire, et la cohorte de pièges que charrie la célébrité. Les paparazzis campaient toujours dans les environs de la 23e Rue. De plus, il avait de nouvelles obligations : Alf Kenyon, qui avait bien récupéré de son horrible blessure, allait bientôt partir dans une tournée promotionnelle à l'occasion de la sortie de son livre sur Jean Calvin, Nostradamus et les documents de Cantwell Hall. Il avait demandé à Will de participer à certaines manifestations, et celui-ci n'avait pu refuser. Quant à Dane Bentley, il allait enterrer sa vie de garçon pour se marier – mais Will ne savait pas très bien avec laquelle de ses femmes.

En cet instant, Will parvenait enfin à s'extraire de la vie de folie qui était la sienne depuis quelques mois, pour se concentrer sur l'instant présent. Tout sur cette île le fascinait. La fraîcheur, le ferry battu par le vent qui effectuait la traversée du Solent, le déjeuner au pub de Fishbourne où il avait hésité devant le bar avant de se résoudre à commander un Coca, le monastère qui apparaissait soudain au bout du chemin, la vue des moines en robe de bure qui, malgré leur mode de vie et leurs sandales, ressemblaient à des hommes ordinaires. Et puis, enfin, ils étaient entrés dans l'abbatiale, à 14 h 20 précises, pour l'office de none. À l'intérieur de l'église, les frères semblaient devenir autres. Leur concentration dans la prière et les chants, l'intensité de leur foi, la gravité de leur plaisir spirituel les distinguaient des touristes assis au fond de l'église, observateurs curieux, gênés par leur propre voyeurisme.

Maintenant, les moines vaquaient à leurs tâches de l'après-midi. Certains s'occupaient du jardin, d'autres du poulailler, d'autres encore travaillaient aux cuisines, aux ateliers de poterie ou de reliure. Ils n'étaient guère nombreux, moins d'une douzaine, et tous étaient âgés. Rares étaient désormais les jeunes à choisir ce mode de vie. La visite était presque terminée, et Will n'avait pas encore vu ce qui lui tenait à cœur. Il leva la main, comme les autres. Tous voulaient la même chose, et la guide savait très bien à quoi s'attendre.

Elle lui donna la parole parce qu'il se détachait du groupe, plus grand et plus beau que les autres, et que ses yeux irradiaient d'intelligence.

« J'aimerais voir le monastère médiéval. »

Il y eut un murmure : tout le monde attendait cela.

« Tiens, c'est étonnant que vous me demandiez ça ! dit-elle en riant. Je m'apprêtais justement à vous en indiquer la direction. C'est à un peu moins de cinq cents mètres en suivant le sentier. Tout le monde veut s'y rendre, à présent. Pourtant, il n'y a pas grand-chose à voir, juste quelques vieilles pierres et un fossé. Mais, plus sérieusement, mesdames et messieurs, je comprends votre intérêt, et je vous encourage à vous rendre là-bas pour une visite contemplative. L'emplacement exact de la bibliothèque souterraine est indiqué par une plaque. »

La guide termina de répondre aux questions sans quitter Will des yeux et, quand elle eut terminé, elle vint vers lui, scrutant son visage.

« Merci pour la visite, dit-il.

– Je peux vous poser une question à mon tour ? »

Il hocha la tête.

« Est-ce que par hasard vous ne seriez pas Will Piper, l'Américain qui a fait la une à propos de toute cette affaire ?

– Oui, madame, c'est bien moi.

– Je le savais, fit-elle radieuse. Verriez-vous un inconvénient à ce que j'informe l'abbé de votre présence ? Je pense qu'il aimerait vous rencontrer. »

Dom Trevor Hutchins, seigneur évêque de l'abbaye de l'île de Wight, était un homme corpulent, aux cheveux blancs, débordant d'enthousiasme. Il mena Will et Nancy jusqu'aux murs en ruines du monastère médiéval, et demanda s'il pouvait pousser Phillip, pour « faire faire un tour au jeune homme ».

Il insista pour leur raconter à nouveau tout ce qu'ils avaient déjà entendu sur le pillage et la destruction de l'abbaye lors de la Réforme d'Henri VIII en 1536, les murs démantelés pierre par pierre et emmenées par bateau à Cowes et Yarmouth pour y construire châteaux et fortifications. Du grand complexe ne demeuraient que des fantômes, des murs rasés, des fondations.

L'abbaye moderne avait été construite au début du XXe siècle par des moines français, qui avaient utilisé la brique rouge pour ressusciter les traditions séculaires, choisissant de bâtir le nouvel édifice non loin des anciennes terres consacrées. L'abbé lui-même se trouvait là depuis presque vingt-cinq ans. Il était arrivé jeune homme, après avoir fait ses humanités à Cambridge.

Au-delà d'un tournant, les murs en ruines apparurent. Les vestiges étaient disséminés à travers un champ, surplombant le détroit du Solent, laissant voir la côte sud de l'Angleterre, de l'autre côté de l'étroit bras de mer. Les façades de pierre polies par le temps s'étaient transformées en moignons, où apparaissait encore la base des fenêtres et des arches. Des moutons broutaient parmi les vestiges.

« Voici l'ancienne abbaye ! fit l'abbé. Vous vous attendiez à ça, monsieur Piper ?

– C'est très paisible.

– Tout à fait. Nous avons de la paix à revendre, ici ! »

Il leur montra les murs de ce qui avait été la cathédrale, le chapitre, les dortoirs. Un peu plus loin, de place en place, s'élevaient les restes de l'enceinte de l'abbaye.

« Où se trouvait la bibliothèque ?

– Elle n'était pas ici, mais un peu plus loin. Ils semblent l'avoir tenue à l'écart, ce qui n'est guère surprenant. »

Will tenait Nancy par la main quand ils arrivèrent dans un pré verdoyant où apparaissait une vaste dépression, profonde d'environ un mètre. Sur les bords, un bloc de granit recouvert d'une plaque de bronze venait d'être posé. L'inscription était simple et austère :

BIBLIOTHÈQUE DE L'ABBAYE : 782-1297

Debout devant la plaque, l'abbé déclara :

« Voilà le cadeau que vous avez fait au monde, monsieur Piper. J'ai lu tous vos exploits sur le Web. »

Nancy éclata de rire en imaginant les moines surfant sur le Web.

« Mais oui ! Nous avons l'ADSL ! se rengorgea-t-il.

– Tout le monde n'est pas de votre avis, fit Will.

– En tout cas, ce n'est pas une malédiction. La vérité est toujours un bienfait. Je trouve très rassurant tout ce qui concerne la bibliothèque. Je sens la main de Dieu à l'œuvre, qui jamais ne faillit à la tâche. Je suis lié à l'abbé Félix et à tous ses prédécesseurs qui ont protégé et nourri avec zèle cette grande entreprise, comme une orchidée délicate qui périrait si la température était d'un degré plus élevée ou plus basse. J'ai pris l'habitude de venir méditer en ces lieux.

– Est-ce que vous vous inquiétez pour 2027 ? demanda Nancy.

– Ici, nous vivons dans le présent. Notre communauté a pour objectif de travailler à la gloire du Seigneur, de célébrer la messe, et de prier les Évangiles. Par essence, nous nous soucions exclusivement de connaître Jésus-Christ. 2027, les astéroïdes et toutes ces choses ne nous inquiètent donc pas. »

Will lui sourit et expliqua à son tour :

« Si vous voulez le savoir, je pense que tout ce tapage à propos de 2027 est une bonne chose. Le monde tout entier va être complètement absorbé par ces histoires de météores, comme ça, ils penseront à autre chose qu'à se faire la guerre. Pour une fois, nous avons un objectif commun. Qu'on sauve notre peau ou pas, de toute façon, je pense que les années à venir seront la meilleure période de l'histoire du monde. »

Au-dessus de la poussette, l'abbé se tourna vers Nancy.

« En tout cas, voici un beau jeune homme qui a de bons parents. Et un bel avenir. Je vais vous laisser à présent. Restez aussi longtemps que vous le voudrez. »

Dès qu'ils se retrouvèrent seuls, Nancy demanda à Will :

« Tu es content d'être là ? »

Son regard se porta sur la dépression, en contrebas, et il se prit à imaginer les scribes aux yeux verts et aux cheveux roux, qui pendant des siècles avaient œuvré sans dire un mot ; les moines qui avaient préservé leur secret, tel un devoir sacré ; la catastrophe sanglante qui avait mis fin à leur mission. Il imagina la bibliothèque, le vaste ensemble des manuscrits lourds et épais, dans leur crypte caverneuse. Il espérait un jour être invité à la Zone 51, dans le Nevada, afin de voir à quoi ressemblait vraiment la bibliothèque. Mais cela ne l'empêcherait pas de vivre.

« Oui, je suis satisfait. Et je le suis plus encore parce que Phillip et toi, vous êtes avec moi. »

Son regard s'éleva au-dessus du pré, vers la mer. « Mon Dieu, que cet endroit est paisible. »

Ils demeurèrent un moment, jusqu'à ce que le soleil commence à se coucher. Ils avaient un ferry à prendre, puis un long trajet. Dans un cimetière familial du pays de Shakespeare, il était une tombe sous un pommier où Will souhaitait se recueillir avant de rentrer à Miami où Nancy allait prendre son nouveau poste. Et puis elle avait là-bas une maison tout entière à décorer.

Quant aux eaux chatoyantes du golfe du Mexique, elles attendaient Will pour de longues parties de pêche.

Remerciements

J'ÉPROUVE UNE INFINIE GRATITUDE envers Steve Kasdin. Sans son « intervention divine », *Le Livre des morts* et *Le Livre des âmes* ne seraient peut-être pas arrivés à leur terme. Je remercie aussi ma première lectrice, Gunilla Lacoche, pour ses commentaires sagaces, ma formidable éditrice, Lyssa Keusch, ainsi que toute l'équipe des éditions HarperCollins. Enfin, comme toujours, merci à Tessa et Shane pour m'avoir soutenu à la maison.

Mis en pages par DV Arts Graphiques à La Rochelle.
Imprimé en France par CPI Bussière
à Saint-Amand-Montrond (Cher).
N° d'édition : 1672. — N° d'impression : 103393/4.
Dépôt légal : décembre 2010.
ISBN 978-2-7491-1672-3